MATCH imperfeito

Sandhya Menon

MATCH *imperfeito*

O encontro de Dimple e Rishi

TRADUÇÃO: Lavínia Fávero

GUTENBERG

Título original: *When Dimple Met Rishi*

EDITORA RESPONSÁVEL
Flavia Lago

REVISÃO
Luanna Luchesi

FOTO DE CAPA
Meredith Jenks

DESIGN DE CAPA
Regina Flath

ADAPTAÇÃO DE CAPA
Diogo Droschi

DIAGRAMAÇÃO
Larissa Carvalho Mazzoni

Dados Internacionais de Catalogação na Publicação (CIP)
Câmara Brasileira do Livro, SP, Brasil

Menon, Sandhya
    Match imperfeito : o encontro de Dimple e Rishi / Sandhya
Menon ; tradução Lavínia Fávero. -- 1. ed. -- São Paulo : Gutenberg,
2021.

    Título original: When Dimple Met Rishi

    ISBN 978-65-86553-42-0

    1. Literatura norte-americana I. Fávero, Lavínia. II. Título.

20-52335   CDD-813

Índices para catálogo sistemático:
1. Ficção : Literatura norte-americana 813

Aline Graziele Benitez - Bibliotecária - CRB-1/3129

A **GUTENBERG** É UMA EDITORA DO **GRUPO AUTÊNTICA** ⓒ

São Paulo
Av. Paulista, 2.073 . Conjunto Nacional
Horsa I . Sala 309 . Cerqueira César
01311-940 . São Paulo . SP
Tel.: (55 11) 3034 4468

www.editoragutenberg.com.br

Belo Horizonte
Rua Carlos Turner, 420
Silveira . 31140-520
Belo Horizonte . MG
Tel.: (55 31) 3465 4500

para t, n e m, que o destino
trouxe à minha porta

CAPÍTULO 1

Dimple

DIMPLE não conseguia parar de sorrir. Parecia que os cantos de sua boca estavam sendo puxados por arames, como se ela fosse uma marionete.

Ok. Ou talvez fosse alguma coisa menos bizarra. A questão é: o desejo de sorrir era irresistível.

Dimple abriu o e-mail de novo e leu. *Stanford*. Ela ia para Stanford. Apesar de a carta de admissão ter chegado pelo correio semanas atrás, ela não tinha se permitido acreditar de verdade, até que as informações para fazer a matrícula finalmente chegaram por e-mail. Pensou que, no último instante, seu pai voltaria atrás e não lhe daria o dinheiro da anuidade. Ou que sua mãe ligaria para lá e diria que Dimple tinha mudado de ideia (e, se você acha que a mãe dela nunca faria uma coisa dessas, é porque não a conhece).

Mas não, tinha dado certo. Tudo estava acertado. Ela estava oficialmente matriculada.

Agora, se desse para...

Dimple clicou em outra janela aberta, e seu sorriso se esvaiu só um tantinho.

Insônia Con 2017: Uma oportunidade fabulosa para dar um gás no currículo de alunos do último ano do Ensino Médio ou recém-formados! Neste verão, venha aprender o básico do desenvolvimento web no ensolarado campus da UESF!

"Ah, cala a boca e pega logo meu dinheiro", pensou Dimple.

Mas não era assim tão simples. Seria uma oportunidade incrível – isso era bem verdade. Ela sairia na frente de todos quando as aulas começassem em Stanford, no outono. E imagina só os contatos que faria! Alguns dos maiores nomes do desenvolvimento web tinham passado pela Insônia Con da Universidade Estadual de São Francisco: Jenny Lindt, por exemplo. A mulher era um gênio. Basicamente projetou e programou o aplicativo Meeting Space, que vale um bilhão de dólares, e o site do zero. Dimple ficava salivando só de pensar em frequentar as mesmas aulas que ela, participar das mesmas atividades, andar pelo mesmo campus que Jenny tinha andado.

Mas não sabia se podia abusar da sorte com os pais. O curso de verão custava mil dólares. E, por mais que seu pai e sua mãe fossem de classe média, bem, não eram ricos. Isso sem falar que já tinha claramente abusado da sorte até onde podia. Ao pedir – não, choramingar – para que a deixassem ir para Stanford. Tinha certeza de que o único motivo que os fez concordarem é porque, lá no fundo, esperavam que Dimple encontraria o M.I.I. dos sonhos dela – dela não, *deles* – na prestigiosa universidade.

M.I.I., para quem não sabe, quer dizer *Marido Indiano Ideal*.

Argh. Só de pensar nisso, tinha vontade de chorar como uma alma penada, afundando o rosto no travesseiro.

– Diiiiimpleeee? – sua mãe gritou com a voz aguda e desesperada de sempre.

Quando Dimple era mais nova, teria descido correndo pela escada, com o coração a mil, apavorada, achando que algo horrível tinha acontecido. E, toda vez, sua mãe estava fazendo algo corriqueiro, tipo mexendo no armário da cozinha, e a recebia como se não fosse nada, dizendo: "Você viu meu açafrão?". Sua mãe nunca entendeu por que isso deixava Dimple tão enfurecida.

– Só um minutinho, mãe! – gritou ela, sabendo muito bem que demoraria mais do que um minutinho. Dimple sabia que não precisava correr quando sua mãe a chamava. Tinham chegado a uma trégua difícil: a mãe não precisava modular o tom de voz se Dimple não tivesse que largar tudo e sair correndo para resolver suas emergências com o açafrão.

Ficou clicando na galeria de fotos do site da Insônia Con por mais cinco minutos, suspirando ao ver a estrutura gigante de aço e vidro do edifício, os nerds de tecnologia reunidos em grupinhos convidativos, as fotos dos vencedores anteriores – radiantes – do lendário show de talentos que dava um prêmio em dinheiro para investir em seus aplicativos ou sites. Dimple seria capaz de matar para ser um deles algum dia.

Os participantes da Insônia Con tinham como missão inventar um conceito de aplicativo que fosse o mais inovador possível durante o mês e meio que passariam no campus da UESF. Mesmo sendo impossível programar um app inteiro neste prazo, a ideia era fazer o máximo que dava até a rodada de avaliação. Corriam boatos de que, neste ano, os vencedores teriam a oportunidade de ter seus conceitos criticados pela própria Jenny Lindt. Isso, *sim*, seria incrível.

Dimple fez uma prece rápida, pedindo para ganhar mil dólares na loteria. Desligou o computador, alisou a blusa cinza e surrada do *salwar kameez* – aquele conjunto de calça e túnica tradicional indiano – e desceu as escadas.

– *Woh kuch iske baare mein keh rahi thi na*? – dizia seu pai. "Ela não lhe falou nada sobre isso?"

Dimple ficou parada, de orelha de pé. Será que estavam falando dela? Tentou ouvir mais, mas sua mãe estava falando muito baixo, e não conseguiu entender nada. Claro. Quando ela *queria* ouvir, a mãe resolvia falar baixo e ser discreta. Suspirando, entrou na sala.

Teria sido só sua imaginação ou seus pais pareciam um pouco corados? Quase… culpados? Fez cara de desconfiada e perguntou:

– Mãe, pai. Estão precisando de alguma coisa?

– Dimple, me conte de novo… *oh*. – A expressão culpada sumiu do rosto da mãe, que retorceu os lábios pintados de magenta, examinando a aparência de Dimple. – Está de óculos? – disse, apontando para os óculos da filha, apoiados na ponta do nariz, como sempre. O olhar de sua mãe vagou (com os olhos espremidos, de reprovação) pelo cabelo despenteado, preto e cacheado de Dimple (que ela se recusava a deixar crescer mais do que a altura dos ombros), para seu rosto tão absolutamente sem maquiagem e, infelizmente, sem sombra das covinhas que se formavam quando sorria, que inspiraram sua mãe a lhe dar seu nome, em inglês.

"Ela deveria ficar feliz por eu ter escovado os dentes hoje de manhã", pensou a garota. Só que sua mãe jamais entenderia a aversão da filha por maquiagem e pela moda. Semana sim, semana não, uma das tias da Associação Indiana aparecia para ajudar sua mãe a tingir as raízes do cabelo de preto enquanto seu pai estava trabalhando. Ele achava que os fios da esposa ainda tinham a cor da juventude.

– Cadê suas lentes de contato? E lembra que eu te ensinei a usar kajal?

Kajal é o delineador de potinho que foi tremendamente popular na juventude de sua mãe, uma tendência que, pelo jeito, ela não percebeu que morreu lá nos anos 1970.

– Lembro muito bem – murmurou Dimple, tentando disfarçar a irritação. Ao lado da mãe, seu pai, que sempre tentava pôr panos quentes, estava fazendo uma cara disfarçada de "por favor, deixa para lá". – Eu acabei de me formar, só faz três dias, mãe. Será que não posso tirar essa semana para relaxar e ficar de preguiça?

Nesse momento, a cara do pai ficou parecendo um *roti* que ficou tempo demais na frigideira.

– Relaxar e ficar de *preguiça*? – esbravejou a mãe. Sua pulseiras de vidro fizeram barulho, junto com o grito. – Você acha que vai conseguir achar um marido ficando de *preguiça*? Você acha que, nos últimos 22 anos, desde que me casei com seu pai, eu tive um minuto para ficar de *preguiça*?

"Claro que não. A senhora estava ocupada demais sendo superprotetora", pensou Dimple. Então mordeu a língua e se afundou no sofá, sabendo que, quando sua mãe começava a falar, continuaria falando por um bom tempo. Era melhor deixá-la falar até esgotar as palavras, como aquelas dentaduras de corda que a gente compra na loja de fantasias. Dimple poderia dar um milhão de respostas amargas, claro, mas ainda não tinha descartado a possibilidade de pedir para participar da Insônia Con, se surgisse a oportunidade. Era melhor se segurar.

– Não, não tive – continuou sua mãe. – "Preguiça" não deveria fazer parte do vocabulário de uma mulher. – Ela ajeitou o *dupatta* roxo do seu *salwar kameez* rosa e dourado e se recostou no sofá. Mais parecia uma flor indiana reluzente, que Dimple sabia que jamais seria.

– Sabe, Dimple, uma filha adulta é um reflexo da mãe. O que as pessoas da comunidade vão pensar de mim se virem você... assim. – Nessa hora, meio que apontou para a filha. – Não que você não seja bonita, *beti*, você é. O que torna tudo ainda mais trágico...

Dimple sabia que não devia responder. Mas a faísca de mau humor que se acendeu nela tornou praticamente impossível estancar a torrente de palavras que saíram de sua boca.

– Essa é uma visão *tão* misógina, mãe! – disse, levantando de repente e ajeitando os óculos. Seu pai estava resmungando alguma coisa àquela altura. Podia até estar rezando.

A mãe parecia não acreditar no que estava ouvindo.

– Misógina! Você chamou sua própria mãe de misógina? – Lançou um olhar indignado para o pai que, pelo jeito, estava extremamente concentrado em um fio solto de sua *kurta*. Em seguida, se virou para Dimple e disparou: – É por isso que eu me preocupo! Você está perdendo de vista o que é *importante*, Dimple. Ficar bonita, se esforçar... são essas coisas que as meninas dão valor na nossa cultura. Não essa – ela fez aspas no ar, coisa que, até então, Dimple não havia percebido que sua mãe sabia empregar – história de "misoginia".

A garota resmungou e levou as duas mãos à cabeça, se sentindo como aquela velha panela de pressão que sua mãe ainda usava quando fazia os bolinhos *idli*. Tinha certeza de que podia explodir de verdade. Não tinha como ela e a mãe terem os mesmos genes: deviam até vir de duas espécies completamente diferentes.

– Sério? É para isso que eu deveria usar minha massa cinzenta? Ficar bonita? Tipo, se eu não fizer um esforço para ficar bonita, toda a minha *existência* é nula? Nada mais importa: nem meu intelecto, nem minha personalidade, nem minhas conquistas. Meus sonhos não significam nada se eu não estiver de *delineador*? – Sua voz fora subindo pouco a pouco, até ecoar na sala de pé direito alto.

A mãe concentrou-se naquele detalhe e levantou para encará-la.

– *Hai Ram*, Dimple! Não é delineador: é kajal!

A garota ficou ainda mais irritada: a água fria da decepção amenizava muito de leve o calor do momento. As duas já haviam tido aquela discussão tantas vezes que ela e a mãe, provavelmente, seriam capazes de dizer as mesmas falas uma da outra. Parecia que as duas sempre estavam falando duas línguas diferentes, uma tentando convencer a outra de um léxico alienígena. Por que a mãe não era capaz de fazer o *mínimo* esforço para entender o que filha estava dizendo? Será que realmente achava que Dimple não tinha nenhuma contribuição de valor além de sua aparência? Só de pensar, a pulsação de Dimple disparou. A garota inclinou o corpo para frente, com o rosto em chamas, prestes a falar tudo que realmente sentia...

A campainha ecoou pela casa, fazendo todos se calarem. O coração de Dimple ainda batia acelerado, mas ela sentiu todos os milhões de antigas discussões ficarem em suspenso, as palavras presas em sua garganta.

Minha mãe ajeitou o *dupatta* – o xale comprido tinha começado a cair no meio da discussão – e respirou fundo.

– Nossas convidadas chegaram – disse, com falsa tranquilidade, alisando o cabelo. – Posso confiar que você vai se comportar na frente delas?

O pai olhou para ela com os olhos arregalados, de súplica.

Dimple conseguiu balançar a cabeça de leve, pensando: "Salva pelo gongo, mãe. A senhora não sabe a sorte que tem".

CAPÍTULO 2

Dimple

A MÃE de Dimple saiu correndo da sala, deixando um rastro de sândalo no ar, e foi abrir a porta. A garota tentou respirar fundo para se acalmar. "Só mais alguns meses e estarei em Stanford", tentou lembrar. E, se conseguisse participar da Insônia Con, estaria livre logo, logo.

– Oláááá! – Dimple ouviu depois de um instante. A palavra ecoou estridente, como se fosse o canto de um passarinho irritante.

Seu pai fez careta.

– Tia Ritu – disse, meio resignado, meio irritado. Esticou o braço e pegou o celular. – Chamada importante – murmurou e sumiu da sala.

– Traidor – resmungou Dimple, baixinho, pelas costas. Levantou e juntou as mãos bem na hora em que tia Ritu virou na cadeira de rodas, empurrada, como sempre, por sua nova nora calada e observadora, Seema. – Namastê, tia Ritu. Namastê, *didi* Seema.

Tecnicamente, Ritu não era sua tia, e Seema não era sua *didi* – irmã mais velha. Mas o costume ditava que todos deviam ser respeitosos com os mais velhos, uma lição que lhe foi incutida desde bebê. E, mesmo assim, sem saber o porquê, Dimple se via questionando

13

isso – tudo, na verdade – o tempo todo. Sua mãe sempre lamentava que a primeira palavra da filha tinha sido "porquê".

– Namastê! – disse tia Ritu, radiante. Atrás dela, Seema ficou só olhando, sem sorrir, atrás de uma cortina de cabelos longos, pretos e lisos.

– Sente-se, por favor, Seema – disse minha mãe. – Aceitam um *chai*? Biscoitos? Tenho aqueles da Parle-G, que comprei especialmente para você no mercado indiano.

A mãe de Dimple estava sempre decidida a fazer Seema se sentir à vontade. Na sua opinião, Seema era reservada assim porque tia Ritu não se esforçara o bastante para fazer a nora se sentir bem-vinda em sua *sasural* – a casa do casamento. Isso criou uma rivalidade estranha entre tia Ritu e a mãe de Dimple. A garota tinha pena de Seema, que fora pega feito uma mosca na teia da loucura das duas mulheres.

– Ah, eu e Seema descobrimos um outro que ela gosta mais – respondeu tia Ritu. – Os da Milano. Não é mesmo, Seema? Fala pra ela que você adora.

– São uma delícia – disse Seema, obediente.

Depois de alguns instantes – durante os quais, talvez, tenha ficado esperando mais uma ordem –, Seema se sentou na poltrona vazia ao lado de tia Ritu. Dimple também se sentou.

– Ah, também temos! – anunciou a mãe da garota, triunfante. – Vou buscar. E *chai* para todos.

Sozinha com as visitas, Dimple ajeitou os óculos e tentou vasculhar os pensamentos em busca de algo para dizer. Ainda bem que tia Ritu tinha graduação em amenidades.

– Então! Tudo pronto para Stanford, Dimple? Sua mãe não para de falar nisso!

– Sério? – perguntou Dimple, sorrindo, emocionada.

Não tinha ouvido a mãe falar muita coisa de Stanford, além de lamentar o preço alto da universidade particular. O comentário só demonstrava que, bem lá no fundo, a mãe *estava* orgulhosa da inteligência da filha única. Talvez, apesar das dúvidas de Dimple, a mãe realmente quisesse que a filha estudasse na melhor universidade possível, por mais que fingisse estar…

– Sim! Tantos rapazes vão para lá estudar engenharia. Você vai ter que fisgar algum – falou tia Ritu, virando para Dimple com um brilho de expectativa no olhar.

Claro. Dimple deveria ter adivinhado. Era aquela bobagem de M.I.I. de novo. Suspeitava que toda a comunidade de tias estava nessa. Mais parecia uma versão bizarra de um clube de *geocaching*, aquela caça ao tesouro por GPS. No instante em que a filha de alguém completava 18 anos, todas as tias começavam a traçar o caminho mais curto da casa dos pais ao maior dos prêmios: a *sasural*.

– Certo... Mas, na verdade, estou mais interessada no curso de tecnologia – respondeu Dimple, obrigando-se a continuar sendo educada.

Seema se remexeu na poltrona, incomodada com aquela demonstração de assertividade, mas tia Ritu apenas ignorou, como se pensasse que Dimple estava sendo recatada – e quem é que iria para a universidade com outro propósito que *não* fisgar um namorado casável? Dimple pensou na Insônia Con, em Jenny Lindt, na UESF, em Stanford. Em todas as coisas que arriscaria perder se desse uma resposta atravessada para tia Ritu, dizendo que ela era uma velharia antifeminista em plena sociedade democrática.

Ainda bem que sua mãe voltou bem na hora, com os braços tremendo de segurar a pesada bandeja prateada com bule, xícaras, biscoitos e pratos. – *Chalo, chai aur,* petiscos *ho jayen*! E trouxe mais *shakkar* para você, Seema, sua formiguinha!

Ela deu uma gargalhada exagerada, e Dimple teve que morder a própria bochecha para não dar risada da expressão petrificada de Seema. A mulher ficava tão incomodada com o interesse que sua mãe demonstrava por ela. E, mesmo assim, não fazia ideia de como pôr fim naquilo. Dimple se sentia mal pela outra garota, mas não o suficiente para fazer algum comentário: se prestassem atenção em Seema, prestariam menos atenção nela.

Sua mãe pôs a bandeja na mesinha de centro, e todo mundo se serviu.

– Então, onde fica Stanford mesmo? – perguntou tia Ritu, entre uma mordida e outra. – São Francisco?

Uma estranha quietude veio do lado do sofá onde sua mãe estava sentada, e Dimple tentou, sem sucesso, decifrá-la.

– *Áhn*, mais ou menos – respondeu, virando-se para tia Ritu. – Fica a uns quarenta minutos da saída sul de São Francisco, na verdade.

– Que pena – retrucou tia Ritu, pegando mais um biscoito, exatamente o mesmo que Seema ia pegar. A mão de Seema murchou, e ela se endireitou na poltrona, desistindo completamente de pegar outro biscoito. A mãe de Dimple, dando um sorriso presunçoso, pôs dois biscoitos em um prato e entregou para Seema. Tia Ritu, sem tomar consciência de toda essa interação, continuou falando: – Dizem que São Francisco é uma cidade tão linda… Cheia de oportunidades para os jovens.

Ok. Dimple não podia ter pedido uma oportunidade mais perfeita. Nem se ela própria tivesse cavado, entre arco-íris e raios de sol. Limpou a garganta. Talvez, na presença de Seema, sua mãe quisesse parecer mais magnânima.

– Na verdade, é interessante a senhora ter tocado nesse assunto – disse. Tomou um gole de chá quente para criar coragem e prosseguiu: – Tem uma oportunidade em São Francisco *sim*, no verão, na qual estou interessada. A senhora se lembra que eu comentei, mamãe? – Obrigou-se a manter uma expressão calma e casual, como se pedir mil dólares para os pais para uma coisa dessas fosse algo que fizesse todo dia, nada demais.

– *Hmm*? – Sua mãe parecia distraída, soprando o chá. – Aaah, aquela coisa de… desenvolvimento web?

Uau. Dimple tinha subestimado a mãe – talvez ela prestasse mesmo atenção.

– *Aham*, isso mesmo! – Nessa hora, deu um sorriso animado. – A Insônia Con, no campus da UESF. Começa daqui a três semanas, e é um curso tão fantástico! Algumas das maiores mentes da tecnologia passaram por ele. Dura seis semanas e se aprende tanto. Seria uma grande ajuda, uma preparação para Stanford. Mas é bem caro…

Deixou a frase no ar e ficou vermelha ao perceber que tia Ritu a observava, interessada. Até a Seema Silêncio parecia estar examinando o reflexo de Dimple na bandeja prateada.

– Acho que vale a pena, se vai ajudar na sua carreira – comentou tia Ritu, quebrando o silêncio. Dimple levantou os olhos, surpresa. Não que não ficasse grata pela ajuda, mas era inevitável não ficar surpresa com aquele comentário súbito. Desde quando tia Ritu pensava em construção de *carreira* para uma mulher? – Por que você não conversa com Vijay a respeito, Leena?

Dimple olhou para tia Ritu sem acreditar, e tia Ritu lhe deu uma piscadela.

Instantes depois, sua mãe gritou, chamando o pai.

– Vijay! *Idhar aayiye!*

O pai entrou na sala, com uma cara desconfiada, que logo se converteu em um sorriso carinhoso para as visitas.

– Oi, Ritu. Oi, Seema.

Didi Seema levantou imediatamente, juntou as mãos e respondeu:

– Namastê, tio Vijay.

– Sente-se. Por favor, sente-se.

O pai da garota se sentou ao lado da esposa e, em uma fração de segundo, esticou a mão e pegou um biscoito Milano.

A mãe e Dimple disseram na mesma hora:

– Não!

Mas ele enfiou o biscoito na boca e deu um sorriso envergonhado.

Dimple tocou o nariz com dois dedos e falou:

– Pai, o senhor é diabético!

A mãe suspirou, dramática:

– *Kya aap mujhe vidhwaa chodna chahte ho?*

Dimple revirou os olhos ao ouvir as palavras da mãe.

– É diabetes, mãe. Não acho que ele vai morrer e deixar a senhora viúva tão cedo.

Tia Ritu estava acompanhando aquele pequeno drama familiar com interesse, mas Seema parecia ter vontade de estar em qualquer lugar que não fosse ali.

– Se ele não tomar o remédio como deve, vai sim! Checar a glicose, fazer uma dieta balanceada… Ele não quer fazer nada disso!

A ponta das orelhas do pai de Dimple começaram a ficar vermelhas, e ele limpou a garganta.

– Ok, ok. Por que você me chamou mesmo?

O clima na sala ficou tenso. A mãe de Dimple ajeitou o *salwar kameez* e olhou para a filha.

– Conta para o seu pai o que você me contou.

Mal conseguindo respirar, Dimple repetiu, *ipsis litteris,* o que tinha acabado de dizer para a mãe.

– Posso passar o link do site, se o senhor quiser dar uma olhada – concluiu.

Os pais da garota se entreolharam. Isso sempre a impressionava, como os dois conseguiam se comunicar sem palavras, sem dizer nada. Dimple ficou imaginando como seria ter um laço tão intenso assim com alguém. Mesmo preferindo usar o kajal todo dia a admitir tal coisa, Dimple às vezes sentia uma pontada de dor ao pensar que jamais teria isso. Porque – e tinha certeza disso – o tipo de laço que seus pais tinham requeria um sacrifício que jamais estaria disposta a fazer.

Por fim, o pai se virou para Dimple e disse:

– Sim, gostaria de ver o site. Mas acho que tanto eu quanto sua mãe achamos que você deve ir.

As bochechas do pai estavam levemente rosadas, assim como as pontas das orelhas peludas, como se estivesse envergonhado de dar essa demonstração de carinho.

Um segundo, dois segundos, três. Dimple piscou, sem saber direito o que acabara de acontecer. E então seu corpo entrou em sintonia com o cérebro.

– Ai, meu Deus. Obrigada, vocês dois!

E aí soltou um gritinho e abraçou os pais.

Sério? Esse tempo todo, era só disso que precisava? Pedir coisas a mamãe enquanto tia Ritu e *didi* Seema estavam presentes?

Seus pais deram uma risadinha e tapinhas em suas costas. Dimple se afastou e sorriu para os dois, ainda sem conseguir acreditar. Tinham acabado de permitir que ela fosse para São Francisco, participar da Insônia Con. Simples assim, não parecia verdade. Ela tinha que comprar um presente para tia Ritu.

– Essa é uma ótima notícia! – disse tia Ritu, batendo palmas. – Leena, antes dela ir para São Francisco, você devia levá-la para comprar um *salwar kameez* novo. – A mulher mais velha observou o modelito de Dimple, com pena. – É óbvio que ela precisa de ajuda, *na*.

– Boa ideia. E kajal, é claro – respondeu a mãe, balançando a cabeça com ar de triunfo.

Ok, talvez tia Ritu não ganhasse presente nenhum.

CAPÍTULO 3

Rishi

A GAROTA estava fazendo cara feia. Literalmente, *cara feia*.

Era bonita, com o cabelo preto despenteado e olhos castanhos enormes, escondidos atrás dos óculos de armação quadrada. E baixinha, um par perfeito para ele, que tinha 1,72 metros de altura. Mas aquela cara feia...

Rishi devolveu a foto para os pais.

— Ela não me parece muito... feliz, né?

A mãe pôs a foto dentro do envelope e devolveu para o filho guardar.

— Ah não, não se preocupe, *beta*. Provavelmente, só tiraram a foto no momento errado.

Seu pai a abraçou e deu risada.

— Você se lembra de como eu e sua mãe nos conhecemos?

Rishi deu um sorriso, esquecendo-se das preocupações. A história era uma lenda da família. Depois de alguns minutos de terem se conhecido, a mãe bateu no pai com uma sombrinha, porque o homem tinha roubado o lugar dela no ônibus. Em sua defesa, o pai argumentava que não a tinha visto na fila (ela era *mesmo* meio baixinha). E, em sua defesa, a mãe dizia que aquele tinha sido um longo dia, arrastado, de chuva, com a enchente das monções. Aquele lugar no ônibus era a única coisa que tinha dado certo para ela. O que tornava a história mais engraçada era que o pai estava indo para a casa da mãe, conhecer os pais dela para combinar o casamento arranjado.

– O senhor acabou dando o lugar para mamãe mesmo assim – disse Rishi. – Mesmo depois de ela bater no senhor com a sombrinha.

– Ou talvez tenha sido *por causa* disso – completou a mãe, com um olhar sugestivo. – Vocês, homens, são todos iguais: precisam de uma mulher forte para continuarem na linha.

– Mas não forte demais – retrucou Rishi, pensativo, olhando para o envelope em cima do balcão. – Dimple Shah parece… difícil.

– *Na, beta*, conhecemos Leena e Vijay Shah há décadas. Você até deve lembrar deles de alguns dos casamentos que fomos ao longo dos anos – explicou o pai, mas Rishi não lembrava nem um pouco daquela garota. E, com certeza, lembraria dela. – *Hmm*, talvez não, você era tão novo… De qualquer modo, são uma boa família, Rishi. Sólida. Do mesmo bairro de Mumbai que nós. Dê uma chance a ela, *toh, beta*. E, se você não se entenderem… – ele deu de ombros e completou – …é melhor descobrir agora do que daqui a dez anos, não?

Rishi balançou a cabeça e terminou de tomar o *chai*. Isso era verdade. Que mal tinha, de qualquer modo, fazer um curso de duas semanas em São Francisco para conhecer Dimple Shah? Claro que a garota já tinha concordado com isso, e também devia achar que era uma boa ideia. Tudo parecia bem no papel. Rishi tinha que admitir. Dimple acabara de se formar no Ensino Médio, como ele. E, ao que parecia, tinha entrado na Universidade de Stanford. O que, é claro, era do outro lado do país, já que Rishi ia para o MIT. Mas o garoto tinha certeza de que podiam dar um jeito. Os pais dos dois já se conheciam e tinham a impressão de que as personalidades dos filhos seriam compatíveis. Dimple também tinha nascido e sido criada nos Estados Unidos. Deviam ter muita coisa em comum. Além disso, desde quando seus pais lhe davam conselhos furados? Era só olhar para os dois, abraçados, com um brilho nos olhos de expectativa pelo filho mais velho. Eram o próprio casal-propaganda do casamento arranjado.

– Ok, pai – respondeu Rishi, sorrindo. – Vou fazer o curso.

Rishi assobiou quando entrou no quarto, com o coração leve como um balão de hélio, contra a sua vontade. Acreditava plenamente que comédias românticas eram imbecis. Na vida real, não existe essa coisa de "insta-amor" durar para sempre. Rishi tinha visto dezenas de seus amigos – de todas as etnias – se apaixonarem no começo do ano letivo e se tornarem inimigos mortais no fim do último bimestre. Ou pior: se tornarem nada, apáticos. Sabia, de observar os próprios pais, que o que realmente importava era a compatibilidade e a estabilidade. Não queria um milhão de momentos românticos, dramáticos, de fazer o coração saltar pela boca – só queria uma parceria longa e sustentável.

Mas, apesar de todo o seu pragmatismo, conseguia imaginar *aquela garota* fazendo parte de sua vida. Já sabia, desde a primeira vez que vira a foto de Dimple, que a história dos dois se tornaria meio que uma lenda, que nem a da mãe batendo no pai com a sombrinha. Dimple faria algum comentário engraçado e fofo sobre o dia em que a foto foi tirada, e aquilo encheria o coração de Rishi de ternura por ela. Talvez os pais da garota tivessem escolhido mandar aquela foto justamente porque queriam transmitir sua personalidade brincalhona.

E se tudo desse certo? E se os dois descobrissem que eram, de fato, tão compatíveis quanto os pais haviam previsto? A vida de Rishi estaria *encaminhada*. Tudo iria para o seu devido lugar. Rishi iria para o MIT. Ela talvez pedisse transferência para lá ou algum lugar mais perto. Os dois podiam se conhecer, namorar por uns dois anos enquanto estivessem na faculdade. E, quem sabe, se casar depois da formatura. Rishi cuidaria de Dimple, e ela cuidaria dele. E, alguns anos depois disso… os dois fariam dos pais, avós.

Mas Rishi estava pondo o carro na frente dos bois. Primeiro, tinha que conhecê-la, ver o que ela pensava de tudo aquilo. Talvez quisesse se casar antes de se formar.

Parou de repente quando viu Ashish se esparramando, com aquelas pernas de louva-deus esticadas, ocupando cada centímetro do sofá de dois lugares. Seu cabelo tinha crescido, formando cachos que caíam nos olhos. Estava, como sempre, de uniforme de basquete.

O fato de ser férias de verão não tinha a menor importância. O basquete e Ashish tinham um relacionamento sério desde que o garoto estava no Ensino Fundamental. Agora, oito anos depois, Ashish era tão bom que fazia parte do time do colégio. O único aluno do primeiro ano na equipe. Passara o verão inteiro treinando, em um curso especial para atletas-prodígio.

— Cara, tira esses seus pés fedorentos da almofada. Quantas vezes mamãe vai ter que te dizer? — Rishi chutou o pé do irmão mais novo, mas ele não se mexeu.

Na TV, alguém marcou um ponto, e Ashish resmungou:

— Ah, cara. Você é pé frio, *bhaiyya*.

— Pode até ser, mas acho que não para mim. *Minha* sorte está prestes a mudar, meu amigo. Vou fazer o curso. Vou para São Francisco.

Rishi sentiu um frio na barriga. Se estava contando para o irmão, é porque era verdade.

Ashish tirou o som da TV e foi sentando, devagar. Rishi tentou não sentir muita inveja dos músculos proeminentes do irmão mais novo. "A gente tem interesses muito diferentes", tentou se convencer.

— Fala que você está de brincadeira.

Rishi sacudiu a cabeça e se atirou no lugar vago ao lado de Ashish.

— Não.

— Você vai mesmo conhecer aquela… garota-dragão?

Rishi deu um soco no braço de Ashish e tentou não se encolher de dor na mão.

— Ei. Não se esqueça, quando a mamãe e o papai se conheceram…

Ashish resmungou e se acomodou no sofá.

— É, *acho* que já peguei a história depois de ter ouvido quatro milhões de vezes. — Mas então fez uma cara séria e completou: — Olha, cara. Eu sei que a gente… nem sempre vê as coisas da mesma maneira. Você é, tipo, um adolescente esquisito de 35 anos. Mas não acha que está se apressando? Primeiro o MIT, e agora essa garota e a Insônia Con… Quer dizer, e os seus quadrinhos?

Os ombros de Rishi ficaram tensos antes que seu cérebro pudesse processar completamente o que o irmão estava dizendo.

— O que tem eles? — perguntou, com o cuidado de manter um tom leve e casual. — São só um *hobby*, Ashish, coisa de criança. Isso é vida real. Não estou mais no Ensino Médio.

Ashish encolheu os ombros.

– Eu sei. Só acho, quer dizer, ir para a faculdade não significa desistir de tudo, né? Tipo, eu tenho planos de jogar basquete na faculdade. Por que você não pode fazer o que quer?

Rishi sorriu de leve.

– E o que te faz pensar que não é isso que eu quero?

Os olhos de seu irmão, do mesmo tom de mel que os dele, ficaram vasculhando seu rosto, em busca de algo. Por fim – sem ter encontrado, pelo jeito –, Ashish desviou o olhar.

– Você que sabe, cara. Desde que esteja feliz.

Rishi sentiu uma pontada de alguma coisa ao olhar para seu irmão mais novo.

Ashish já era quase três centímetros mais alto do que ele. Os dois eram tão diferentes… Para Ashish, Rishi era apenas uma relíquia esquisita, uma coisa que cabia na época em que seus pais moravam na Índia, não ali, nos Estados Unidos da modernidade. "Talvez esse seja o início do nosso distanciamento", pensou Rishi, e sentiu dor de cabeça. Mas se obrigou a levantar, porque sabia que, por ora, tinha dito tudo o que havia para dizer.

Foi para o quarto, fazer as malas para ir ao encontro de São Francisco. Para ir ao encontro de Dimple Shah, seja lá quem ela fosse.

CAPÍTULO 4

Dimple

— **E ESTE?** A cor vai ficar bem em você, Dimple.

A garota não conseguiu se segurar e revirou os olhos ao ver o *salwar kameez* volumoso que a mãe estava lhe mostrando. Cheio de faixas de brocado dourado, com um *dupatta* de um azul-pavão bem vivo. Parecia um figurino de um filme de Bollywood.

— Desculpa, mãe, *não posso* usar isso na Insônia Con.

A mãe abaixou o cabide, com uma cara indignada.

— Por que não? Você deveria ter orgulho da sua cultura, Dimple.

Por toda a loja minúscula, cheia de roupas indianas importadas, pais lançavam olhares de aprovação para a mãe de Dimple. A garota praticamente podia vê-la se exibindo para os presentes.

— Eu e seu pai nos apegamos à nossa cultura, aos nossos valores, por um quarto de século! Quando viemos morar aqui, dissemos que *jamais*...

— Sim, mas não vim morar aqui — interrompeu Dimple, lançando um olhar desafiador para todas as pessoas na loja. — Eu nasci aqui. Esta é minha terra. *Esta* é a minha cultura.

A mãe apertou a *salwar* dourada contra o peito.

– *Hai Ram* – disse, baixinho, agarrada à túnica.

Dimple respirou fundo e pegou algumas túnicas longas, estilo *kurta,* que estavam penduradas na arara mais próxima. Eram todas variações da mesma cor e estampa: pretas com detalhes de um tom prata acinzentado.

– E essas? – falou. Ela poderia usar com sua calça jeans *skinny* e seu tênis All Star e quase parecer normal.

A mãe de Dimple fez careta, mas a garota pôde ver que ela ia concordar.

– Acho que vai ter que ser isso mesmo. Mas um pouquinho de cor realmente realçaria o seu tom de pele. Já que você se recusa a usar maquiagem...

Dimple levou a mãe até o caixa rápido, para que pagasse logo e não começasse a vasculhar a loja em busca de kajal.

Chegando em casa, Dimple mandou mensagem para Celia:

Dimple: Vou amanhã às 8 da manhã! Deve levar umas quatro horas saindo de Fresno.

Celia era outra das poucas meninas que iam participar da Insônia Con. Tinham se conhecido nos fóruns on-line e resolvido ficar no mesmo quarto durante aquele mês e meio.

É claro que Dimple não contara nada disso para os pais. Os dois ficariam com medo que Celia fosse, na verdade, um homem de 50 anos, que tinha uma pá e uma *van,* caso soubessem que a filha não a conhecia pessoalmente (Celia não era nada disso. Dimple tinha checado pelo Facebook). Já fora bem difícil convencê-los a deixá-la ir de carro sozinha. Dimple não sabia se os dois tinham entendido direito o conceito de faculdade – que, dentro de apenas duas semanas, ela estaria morando longe deles, tomando as próprias decisões. Sozinha.

O celular apitou, com uma mensagem.

Mal... posso... esperar.

Celia, que tinha acabado de se formar no Ensino Médio, morava em São Francisco com os pais. No próximo semestre, entraria na UESF.

Nem eu! Quer almoçar quando eu chegar?
Claro! Que tal no campus? Tem uma pizzaria ótima!
Seria incrível.

Depois que combinaram os detalhes, Dimple se recostou na cama e sorriu. Estava tudo dando certo. Sua vida estava finalmente começando.

Rishi

A mãe fez o ritual na porta de casa. Tinha preparado uma tigela com *kumkum* em pó dissolvido em água, que pôs em uma bandeja prateada. Ficou passando aquilo pelo rosto e pelos ombros de Rishi, fazendo movimentos circulares. Seus lábios se movimentavam febrilmente, rezando para Lorde Hanuman, pedindo que a sorte sorrisse para seu filho mais velho. Quando terminou o ritual, se afastou e sorriu para ele, com lágrimas nos olhos.

O pai de Rishi pousou a mão no ombro do garoto. Apertou uma vez só, bem rápido, e soltou em seguida.

– Você tem tudo o que precisa?

O pai disse "tudo" com um peso significativo, e Rishi balançou a cabeça solenemente, entendendo o que ele queria dizer.

– Ligue para a gente assim que você chegar lá – disse a mãe.

– Moramos em Atherton. Vai levar mais ou menos uma hora para chegar na UESF. Ele demora para tomar banho – completou Ashish.

Ele estava a poucos metros de distância, jogando basquete enquanto esperava os amigos passarem para buscá-lo e fazer sabe-se lá qual atividade divertida que tinham programado para o fim de semana – contrair hepatite C ou, quem sabe, entrar em coma alcoólico.

A mãe olhou feio para ele.

– Sim, mas esta viagem é especial. Seu irmão pode conhecer sua futura *bhabhi*, Ashish. Seja pelo menos respeitoso.

– Não se preocupe, vou ligar assim que puder – Rishi foi logo dizendo. Então se abaixou e tocou nos pés dos dois. – Tchau, mãe. Tchau, pai.

Sentiu seu peito inchar de emoção quando entrou no carro e partiu, vendo seus pais abanarem loucamente pelo retrovisor. Algo maior do que Rishi ameaçava esmagá-lo, algo maior do que todos eles. O garoto seria capaz de jurar, enquanto dirigia pela rua ladeada de árvores, na luz do final da manhã, que tinha visto dezenas de fantasmas – dos avós e dos pais dos avós e dos pais dos *pais* dos avós – observando, sorrindo para ele. Acompanhando-o até o seu destino.

Dimple

Dimple alongou os músculos tensos enquanto ia em direção ao conjunto de lojas e restaurantes, que ficava do outro lado do estacionamento. A sensação do sol do fim do dia em sua pele era luxuriante: tinha ficado presa dentro do carro pelas últimas três horas. O céu aberto da cidade e o ar livre lhe davam uma sensação terapêutica, depois de inalar todo aquele ar-condicionado.

Como chegou mais cedo do que planejara, mandou uma mensagem para Celia, avisando que já estava ali, mas que ela não precisava se apressar. Andaria um tempo pelo campus enquanto esperava. Mas, antes: Starbucks.

Precisava ingerir cafeína antes de ligar para os pais para avisar que já havia chegado. A mãe, com certeza, teria outro rosário de perguntas e pontos de atenção sobre universitários norte-americanos. Pela manhã, Dimple teve que fechar o vidro do carro *enquanto* a mãe estava falando, para conseguir sair no horário. Até o pai, depois de vinte minutos, tinha desistido e entrado em casa. A mulher era incansável e tinha os músculos maxilares de um predador selvagem.

A vantagem é que, como estava com medo de se atrasar, Dimple andara a dez quilômetros acima do limite de velocidade o tempo todo, se recusando a parar, e chegara cedo.

– Um café gelado, por favor – disse para o barista bonitinho com piercing no septo. A cafeteria estava lotada, cheia de universitários que mais pareciam peixes tropicais exibidos, com seus cabelos coloridos. Só a variedade e o número de tatuagens e piercings teria feito sua mãe desmaiar. Dimple adorou. Agarrada em seu café gelado, saiu e foi andando devagar até um chafariz de pedra com uma estátua do jacaré, mascote da UESF (que estava desligado. Valeu, seca).

A garota se sentou na beirada do chafariz e levantou o rosto para o céu. Ficou absorvendo a luz do sol e pensando o que ia fazer para passar o tempo durante a próxima hora. Será que deveria ir até o prédio da Insônia Con agora ou fazer isso depois, com Celia? Queria dar uma passada pela biblioteca também, ver se tinha a nova biografia de Jenny Lindt…

A liberdade a fazia se sentir quase bêbada. Dimple amava mesmo a família, *muito*. Mas morar na casa dos pais estava começando a lhe dar a sensação de vestir um corselete de ferro, que apertava, pinicava e fazia doer onde não devia. Mas isso ela tinha que reconhecer: o fato de os pais a terem mandado para lá era algo sem precedentes. Dimple não sabia o que fizera seus pais mudarem subitamente de ideia em relação à Insônia Con. Mas, quem sabe, tivesse uma influência maior sobre os dois do que imaginava. Talvez estivessem finalmente começando a se dar conta de que Dimple pensava por conta própria, que tinha um sistema de crenças mais moderno e divergente, que abria mão da dinâmica patriarcal deles…

A garota ouviu um som de passos vindo de perto e abriu os olhos, assustada. Um garoto indiano, mais ou menos da sua idade, olhava para ela com o sorriso mais estranho e pateta no rosto. O cabelo liso, muito preto, caía na sua testa.

– Oi, futura esposa – disse, fazendo graça. – Mal posso esperar para dar início ao resto de nossas vidas!

Dimple ficou olhando para o garoto por um bom tempo. A única palavra que seu cérebro deu conta de produzir, em diversas variações de tom, foi:

– Quê? *Quê?*

Ela não sabia o que pensar. Seria um assassino em série? Alguém que fugiu do hospício? Um assaltante estranhamente simpático? Nada fazia sentido. Então, fez a única coisa que conseguiu pensar naquele momento: atirou o café gelado nele e saiu correndo na direção oposta.

CAPÍTULO 5

Rishi

AH, DROGA. Ah, não, não, não. Ele estava *brincando*.

Enquanto olhava as costas cada vez mais distantes de sua possível futura esposa, Rishi se deu conta de que tinha apavorado a garota com aquela piada sem graça. Era por essas e outras que, normalmente, deixava o humor a cargo de Ashish.

Enquanto tentava limpar o café gelado da camisa, chegou a pensar em correr atrás dela e se explicar. Mas sabia, pela distância que a garota percorrera até então, que ela não estava em condições de ouvir.

Caramba. E se Dimple Shah ligasse para os pais e dissesse que o filho dos Patel era um psicopata, e os pais dela ligassem para os *seus* pais? Rishi pegou o celular e ligou para casa, para avisar a mãe e o pai.

— Alô? — Foi sua mãe que atendeu, ofegante, na expectativa.

— Mãe?

Ao ouvir sua voz, Rishi se sentiu ainda mais culpado, mais envergonhado de sua conduta naquele primeiro encontro. Os pais tiveram tanto trabalho para arranjar aquele...

— *Haan, beta!* Você chegou bem?

— Cheguei, mas...

— Maravilha!

– Não, não é não. – Rishi abaixou a cabeça, sentindo o cheiro de café que exalava. Sentou-se na beirada do chafariz – que estava pelando por causa do sol – onde, há poucos instantes, seu futuro havia sentado.

Um instante de silêncio. E então:

– *Kya hua?*

– É capaz de vocês receberem um telefonema dos pais de Dimple Shah a qualquer momento. Acabei de encontrá-la. – A voz de Rishi estava mais para um gemido. – E as coisas não saíram nada bem. Eu estraguei tudo.

Ouviu um murmúrio e sua mãe dizer algo baixinho para alguém. E então seu pai pegou o celular.

– Rishi?

O garoto fechou bem os olhos e respondeu:

– Desculpa, pai. O tio Vijay e a tia Leena provavelmente vão ligar para o senhor, e não vão estar nem um pouco felizes.

– Conte o que aconteceu.

– Eu vi a garota, Dimple Shah. E então me aproximei dela e fiz uma piada completamente imbecil. Falei que íamos dar início a nossa vida juntos. E ela… ela atirou o café em mim e saiu correndo.

Um longo silêncio.

– Entendo. E… por acaso você disse quem era antes de fazer essa piada?

Rishi abriu os olhos de repente. Caramba. Será que ele era *mesmo* tão imbecil?

– Não. Não me apresentei.

– Então um completo desconhecido aborda a moça na rua e diz que quer começar o resto da vida juntos. Não me parece uma reação exagerada entrar em pânico. Não é mesmo?

O coração de Rishi se aquietou. Só um pouquinho. Será que era só isso? Ela precisava saber o contexto? Dimple nem sequer sabia quem ele era! Deu um sorrisinho.

– Não, acho que não. – E então seu sorriso se esvaiu. – Depois dessa, ela não vai mais querer falar comigo.

Sua mãe disse alguma coisa, e o pai respondeu:

– Não é má ideia.

Para Rishi, disse:

– Você está com o… presente especial?

O garoto franziu levemente a testa.

– Na minha mala de viagem, dentro do carro, sim. Mas o senhor não acha que é um pouco cedo demais?

– Seria, em circunstâncias normais, *beta*. Mas agora é o jeito perfeito de mostrar para a moça quem você é. Peça desculpas pelo seu erro. Ela deve ser uma menina muito tradicional, Rishi, se é que Vijay e Leena servem de parâmetro.

A testa de Rishi relaxou. Ele ia conseguir dar um jeito naquilo.

– Ok. O senhor deve ter razão.

– Um minuto. *Ma se baat karo.* – Ouviu um som áspero e o pai passando o telefone para a mãe.

A voz de sua mãe estava curiosa, alegre.

– Conta, Rishi, o que você achou dela?

Hum. O que ele tinha achado dela mesmo? Para ser sincero, estava nervoso demais para entender tudo o que tinha visto. Saíra do estacionamento pensando em comprar uma água no Starbucks. E aí viu a garota *ali*, bem na sua frente, como se fosse a personificação de uma gigantesca coincidência cósmica. Sentada naquele chafariz, olhando para cima, tomando café ao sol feito uma flor, parecendo uma santa. Seus cachos estavam despenteados, loucos por um pente. E Dimple estava de *kurta* – Rishi gostou disso.

Mas o jeito como a garota olhou para ele – em princípio, com espanto, depois, com hostilidade. E, depois disso, com uma expressão absolutamente mortífera.

Rishi tinha mesmo muita sorte por a garota só ter atirado café nele. Dimple tinha cara de quem era capaz de muito mais, tipo quebrar seu nariz ou lhe dar um golpe brutal, daqueles de arrancar pedaço.

– *Ãhn*… ela me pareceu… cheia de personalidade.

A risada estrondosa de sua mãe foi transmitida pelo sinal do telefone.

– Cheia de personalidade! Ótimo, ótimo. Seu pai teria dito a mesma coisa de mim 25 anos atrás.

"Com certeza", pensou Rishi. Mas a personalidade da mãe tinha seu lado mais tranquilo, delicado. Dimple Shah, ele já não sabia. Alguma coisa no modo como aqueles olhos castanhos cuspiam fogo por atrás daqueles óculos enormes…

– Sim. Talvez eu deva procurá-la no dormitório.

Essa possibilidade o fez se sentir incomodado. Mas, quanto mais esperasse, pior seria. Quem sabe, depois que ele se explicasse e mostrasse o que tinha trazido, ela se sentisse lisonjeada. Quem sabe os dois pudessem dar risada de tudo aquilo.

Dimple

Se São Francisco era daquele jeito, Dimple teria que investir em um *spray* de pimenta pesado. Mal tinha passado quinze minutos na cidade e já fora atacada por um predador sexual. Talvez ela e Celia pudessem fazer umas aulas de krav magá por fora, aprender a usar o tamanho do agressor contra ele mesmo. Não que aquele cara fosse tão grande assim. Era meio Chris Messina, mais para baixinho e magro, mas parecia forte. Ficou imaginando qual era a dele. De todo modo, com ou sem café gelado, Dimple teria conseguido se livrar do assediador. Não era nenhuma florzinha delicada.

Ajeitou a pasta no ombro e foi para o dormitório da universidade. Pensou que teria que trazer sua mala pequena em algum momento, mas estava cansada demais para fazer isso agora (obrigada, assaltante psicopata, pela falta de cafeína). Teria que guardar suas coisas, tentar conseguir um mapa do campus e depois ir para a pizzaria esperar por Celia.

O quarto do dormitório era pequeno e retangular: só cabiam duas camas de solteiro e duas escrivaninhas. Havia um cheiro inexplicável de serragem tomando conta do ar. As paredes eram pintadas de um bege cinzento institucional. O carpete era da mesma cor. Na cabeceira de uma das camas, algum ex-aluno tinha escrito, com caneta permanente e capricho: *ipsa scientia potestas est*. "Conhecimento em si é poder." Dimple adorou, adorou *tudo*, uma paixão imoderada e instantânea.

Era o começo. De sua liberdade, de sua independência, de seu período de aprendizado – a respeito de si mesma, do mundo, de sua carreira. Estava finalmente fazendo aquilo. Ali, não seria Dimple Shah, a filha rebelde e americanizada de pais imigrantes: seria apenas Dimple Shah, futura programadora. As pessoas a julgariam pelo seu cérebro, não pela falta de maquiagem. Não haveria turminha, como no Ensino Médio. Todo mundo estava ali por vontade própria, para aprender, para ensinar, para trabalhar em conjunto.

Mandou uma mensagem rápida para os pais:

Cheguei bem! O dormitório é legal. Pai, por favor tome o remédio. E chega de doce por hoje!

E então, sorrindo, fechou a porta e foi se aproximando dos alunos – presentes ali para os vários cursos de verão – que conversavam, no saguão principal.

Rishi

Rishi a viu novamente no saguão principal, olhando para o *display* com mapas empoeirados do campus. Nem tinha entrado no quarto ainda, estava com tanto medo de não encontrar a garota que correu até o carro para pegar o presente e correu de volta para procurá-la. Como todos os participantes da Insônia Con receberam quartos no mesmo dormitório, não foi tão difícil descobrir onde Dimple estaria.

Mas agora, parado ali, no saguão meio vazio, ficou pensando se não iria assustá-la de novo. Não conseguia ver nenhuma bebida em sua mão. O que era bom. "Desta vez", pensou Rishi, "vou ser tranquilo. Calmo. Sossegado".

Rishi ajeitou o cabelo, o colarinho da camisa e seguiu em frente.

Dimple

Todos os mapas pareciam antigos. Mas Dimple teve que se contentar com eles. Pegou um aleatoriamente e se virou.

E lá estava *ele*, de boca aberta, olhando para suas as costas.

"Mas que droga é essa?"

Antes que conseguisse pensar direito a respeito, Dimple esticou o braço e bateu nele com o canto do mapa.

– Ai!

Segurando o braço, o psicopata foi cambaleando para trás, alguns passos.

Hmmm. Como predador sexual, não era lá grande coisa. Só foi necessário um cortezinho com papel para detê-lo.

– Por que você está me seguindo? – Dimple deu um passo ameaçador à frente – pelo menos, torceu para que fosse –, brandindo o mapa como se fosse uma arma.

O garoto olhou para ela, desconfiado, e baixou os braços. "Está com uma roupa até que bem normal para um psicótico", pensou Dimple. Camisa abotoada (ainda com uma mancha úmida. "O café que atirei nele", pensou, com orgulho), com as mangas dobradas e calça jeans mais justa. Seus olhos, cor de caramelo escuro, eram quase inocentes. O que só provava que não dá para confiar nas aparências.

– Bom, eu estava prestes a explicar isso quando você me atacou.

– *Eu* ataquei *você*? – retrucou Dimple, devagar, levantando as sobrancelhas ao ouvir o tom indignado do garoto. – Você está falando sério? Você está me seguindo, agindo feito um tarado.

O garoto baixou a cabeça de leve, com as pontas das orelhas vermelhas, igual ao pai de Dimple, quando ficava com vergonha.

– Desculpa. Não tive a intenção de agir feito um tarado.

– Claro, colega, se você diz… – Dimple ficou em alerta, prestando atenção a qualquer sinal de ataque. – Só fica longe de mim ou vou te denunciar para a polícia do campus.

– Não, espera!

– Estou falando sério!

A garota se virou de novo, brandindo o mapa.

– Dimple, por favor, só me deixa explicar. Não é isso que…

Ela baixou o mapa e franziu a testa.

– Como é que você sabe meu nome, caramba?

Rishi

Cara, a garota estava demorando muito para ligar os pontos. Não dizem por aí que os alunos de Stanford são inteligentes?

– É isso que eu estou tentando te explicar – falou, com toda a paciência. – Sou eu, Rishi Patel.

Ficou esperando cair a ficha, que Dimple desse um sorriso, batesse na própria testa e dissesse: "É claro". Mas ela só ficou fazendo careta, com a testa franzida, as sobrancelhas grossas erguidas. Era, na verdade, meio assustadora.

– O...k. E isso deveria fazer algum sentido para mim?

Rishi ficou só encarando Dimple. Aquilo era uma piada, certo? Ou talvez ela apenas estivesse terrivelmente envergonhada e não queria admitir que tinha cometido um erro. Talvez Rishi devesse facilitar as coisas para ela.

– Ei, tudo bem. – Deu um sorriso e completou: – Isso é tudo meio exagerado, eu sei.

Dimple sacudiu a cabeça.

– Olha, não sei do que você está falando.

A garota parecia sincera demais para estar zoando dele. Rishi sentiu uma dúvida começar a despontar.

– Você é Dimple Shah, certo? De Fresno? Filha de Vijay e Leena Shah?

Ela arregalou os olhos e deu um passo para trás.

– Você sabe muito sobre mim. Demais até.

Ah, que ótimo. Agora estava assustando a garota de novo. Era melhor simplesmente desembuchar logo.

– É porque nós... nós teoricamente vamos nos casar.

Dimple

Essa bobagem de novo, não. Esse delírio de casamento. Mas ela tinha que admitir: o garoto parecia confiável. Sincero. Alguma coisa sinistra e pesada começou a dar o ar da graça bem debaixo do seu diafragma.

– Espera aí. *Como* você sabe da minha vida, dos meus pais?

Rishi estava com uma expressão completamente confusa.

– Porque nossos pais são amigos de infância. Arranjaram tudo isso. Seus pais mandaram uma foto sua para os meus pelo correio, e vice-versa. – E então sua expressão desanuviou, e ele falou: – E… você está ouvindo falar disso agora, pela primeira vez.

Não foi uma pergunta.

Dimple ficou com medo de vomitar. Se tivesse alguma coisa no estômago, teria vomitado. O mundo girava, e seus ouvidos zuniam. Era por *isso* que os pais tinham sido tão solícitos e deixado a filha participar da Insônia Con. Era *esse* o motivo para todos aqueles olhares estranhos de culpa, e a maldita da tia Ritu também devia fazer parte do complô.

– Ei, tudo bem?

O garoto – Rishi – se aproximou e colocou a mão de leve no seu braço, para equilibrá-la.

Dimple puxou o braço, sentindo um calor invadir seu rosto. Queria mesmo era cortá-lo com o mapa de novo, mas conseguiu resistir.

– Isso é ridículo. Ok? Não consigo nem *acreditar*… Como posso saber que você não está inventando isso tudo, *hein*? Talvez seja só uma cantada barata e doentia.

Ela não conseguiu se controlar: toda a raiva e a fúria que deveria dirigir aos pais estava sendo dirigida ao lugar errado – a Rishi.

Viu as bochechas do garoto ficarem vermelhas, seu maxilar ficar tenso. Mas, em vez de retrucar, ele tirou um envelope do bolso, do qual tirou uma foto pequena. Dela.

Dimple lembrou da foto… Fora tirada no *Diwali*, o Festival das Luzes, do ano anterior. Sua mãe insistiu para que ela fosse à festa religiosa organizada pela Associação Indiana. Ela queria ter ido assistir a uma sessão especial do documentário *Bridegroom*, sobre um casal de jovens gays, por isso fez careta para a foto. Mas, pensando bem, saía mais ou menos com a mesma cara em todas as fotos.

– E…

Rishi pôs a mão no bolso de novo e tirou dele uma caixinha de joalheria.

Ai, meu Deus, não. Por favor, permita que não seja o que estou pensando.

O garoto abriu a caixinha.

Dentro dela, havia um anel de ouro tão puro que era quase cor de laranja.

– É o anel da minha bisavó. Meus pais guardam para mim desde o dia em que nasci. – Rishi ficou calado por alguns instantes, olhando para o anel pequeno e quadrado. Sua expressão era solene, como se estivesse segurando algo capaz de trazer fortunas e mudar destinos. Quando olhou de novo para Dimple, ela se deu conta do quanto aquilo significava para o garoto. Aquilo não era apenas um casamento arranjado para Rishi: era a rica construção da história em si, que se estendia através do tempo e do espaço. – Pode acreditar, eu não usaria isso para dar uma cantada barata e doentia.

Estava falando devagar, medindo as palavras e o tom de voz, mas Dimple podia perceber que ele estava bravo.

Meu Deus, agora ela se sentia uma completa imbecil. Não era culpa do garoto o fato de os dois estarem naquela situação hedionda. Dimple sentiu toda raiva se esvair dela. Soltou um suspiro e falou:

– Me... desculpa. É que eu fui pega completamente de surpresa.

Rishi ficou olhando para ela, boquiaberto. Dimple franziu a testa e perguntou:

– Que foi?

– É que eu não esperava que você se desculpasse. Você é tão...

Dimple ficou esperando, de sobrancelha erguida.

– Cheia de personalidade – completou Rishi, de um jeito que dava a entender que tinha pensado em um adjetivo bem menos elogioso, mas mudou de ideia. Guardou o anel no bolso e, depois de um instante, estendeu a foto para ela. Dimple a pegou. E o garoto, passando a mão na nuca, falou:

– Então... Ai, isso é muito constrangedor.

– É – Dimple começou a falar. Mas parou em seguida. – Quer saber? Por que tem que ser constrangedor para *nós*? As únicas pessoas que deviam ficar constrangidas por isso são os meus pais. – Então pegou o celular e fez que ia ligar bem ali, no saguão. – Vou dizer umas verdades para eles.

Rishi balançou a cabeça devagar e disse:

– Ok. Bom, acho que vou deixar você falar com eles em paz.

Dimple segurou o braço do garoto.

– Ah, não. Você vai ficar bem aqui. Também foi vítima deles.

Ligou para casa e não ficou surpresa quando caiu direto na caixa postal.

– Então vocês dois se acham muito espertos, né? – falou, no seu tom mais agressivo, com a respiração ofegante. – O que vocês *achavam* que ia acontecer? Que eu ia chegar aqui e cair nos braços do garoto? – Percebeu que Rishi ficou corado e foi logo completando: – Tenho certeza de que ele fará alguma moça muito feliz um dia. Mas essa moça não sou eu. – Nessa hora, bateu no próprio peito. – Espero que vocês saibam que estragaram *tudo*. Espero que estejam preparados para dizer aos seus amigos... – Tapou o microfone do celular e perguntou para Rishi: – Como seus pais se chamam?

– Kartik e Sunita – sussurrou o garoto.

Dimple voltou a falar no celular:

– ...Kartik e Sunita, que vocês definitivamente estragaram a sua amizade de décadas, porque resolveram *enganar* sua única filha. Tchau. – Então desligou, com o coração ainda acelerado, a adrenalina correndo nas veias. – Que ridículo – murmurou, com as mãos na cintura. Olhou para Rishi e indagou: – E aí, qual é a história, você mora em São Francisco?

O garoto sacudiu a cabeça e respondeu:

– Moro em Atherton, com meus pais e meu irmão. Vim participar da Insônia Con, que nem você.

– Ah. Pelo menos, não estava ali só por causa dela. – E o que vai fazer agora?

Rishi sacudiu os ombros e falou:

– Meus planos eram de a gente se conhecer, mas óbvio que isso não vai rolar. – Deu um sorriso sem graça, e Dimple percebeu que o garoto estava tenso. Estava se esforçando muito para não demonstrar o quanto estava decepcionado. Dimple sentiu uma pontada de pena dele e outra pontada, mais forte e maligna, de raiva dos pais. – Provavelmente, vou ficar um tempinho no meu quarto.

O garoto levantou a mão, deu um "tchauzinho" constrangido e foi se dirigindo aos elevadores.

Dimple sentiu um aperto no peito ao vê-lo se afastar. Não queria que fosse embora assim. Quando se deu conta, estava gritando:

– Espera!

Rishi se virou, com uma expressão surpresa.

– Se você quiser, pode, sabe, almoçar comigo e com minha amiga, Celia. Se estiver com fome, quer dizer.

E então parou de falar, sem saber direito de onde aquele convite tinha saído. "Óbvio que sinto uma certa pena dele por causa do que aconteceu", foi logo tentando se convencer. Eram meio que dois sobreviventes do mesmo trauma, vítimas dos pais dela. Dimple só estava sendo um ser humano decente. Nada além disso.

Rishi sorriu de novo. Mas, dessa vez, foi um sorriso *verdadeiro*, sem tensão. "Parece que estou vendo o sol nascer", pensou Dimple. "Ou as luzes dos postes se acendendo, no fim da tarde. Uma coisa gradual, poderosa, brilhante, de certo modo."

– Valeu – disse Rishi, já se aproximando de Dimple. – Eu adoraria.

CAPÍTULO 6

Rishi

OS DOIS foram até a pizzaria Jacarezinho lado a lado, compartilhando um silêncio cada vez mais constrangedor. Rishi estava superalerta a tudo: à sensação de ter Dimple caminhando ao seu lado; à visão do alto da cabeça da garota; ao fato de seus cachos, do lado esquerdo, invadirem seu espaço pessoal – e de não se importar nem um pouco com isso. Quando soprava o vento, podia sentir o cheiro do xampu da garota, de coco e jasmim. Ai, meus deuses. Tinha acabado de respirar bem fundo, e agora Dimple olhava para ele de um jeito estranho.

O garoto tentou dar um sorriso casual e perguntou:

– Então, que amiga é essa? Vocês se conhecem de Fresno?

Dimple sacudiu a cabeça e ajeitou a pasta no ombro.

– Não. A gente se conheceu no fórum da Insônia Con e decidimos ficar no mesmo quarto.

Rishi ficou olhando para Dimple, esperando o fim da piada.

– Você está brincando. Certo?

Ela ergueu a sobrancelha e respondeu:

– Não.

– É sério que você conheceu uma pessoa qualquer on-line e resolveu que vai dividir o quarto com… "ela", por dois meses, sem nunca ter visto a cara da garota na vida?

Dimple soltou um suspiro.

– Por seis semanas. E não precisa ficar fazendo aspas no ar quando você diz "ela". É ela mesmo. Chequei no Facebook.

Rishi abafou uma risada incrédula. Estava começando a duvidar da reputação da Universidade de Stanford.

– É sério que você não enxerga a falácia lógica disso? O fato de você checar... on-line... se essa pessoa é *fake*?

– Bom... – respondeu Dimple, bem quando viraram na esquina e pararam na frente da pizzaria. O cheiro de gordura e queijo pairava no ar. Ela arregalou os olhos atrás dos óculos, chegou mais perto e completou: – Das duas, uma: ou vamos ser feitos em pedacinhos por um assassino em série, ou vamos curtir uma pizza. Só o tempo dirá.

Rishi esticou o braço para abrir a porta, mas ela mesma abriu, fez uma reverência, e entrou.

Uma garota sentada no canto, de cabelo caramelo descolado, de uns setenta centímetros de comprimento e olhos castanho-claros enormes, sorriu e levantou. Deu um abraço que Dimple obviamente não estava esperando. Estava com saltos enormes que a deixavam bem mais alta do que a amiga. Mas sem eles, Rishi teve a impressão de que as duas deviam ter a mesma altura.

– Dimple! Você veio!

Dimple se afastou e deu um sorriso.

– Como você sabia que era eu?

– Facebook, claro – respondeu a garota, dando risada.

Dimple lançou um olhar triunfante para Rishi. Ele soltou um suspiro e se aproximou.

– Ah, oi.

A garota deu um sorriso um tanto sugestivo e perguntou:

– Quem é esse? Você não falou que ia trazer um *amigo*.

Parece mentira, mas Celia fez a palavra "amigo" parecer indecente.

Dimple se sentou e, depois de alguns segundos, foi para o lado, dando lugar para Rishi sentar no sofazinho. O garoto tentou ignorar o leve acelerar de sua pulsação em reação à atitude dela.

– É porque eu não sabia. Celia Ramirez, Rishi Patel. Rishi, essa é a Celia.

– *Enchanté* – disse Celia, apertando a mão de Rishi. – Pedi uma grande de *pepperoni*. Tomara que vocês gostem.

– Adoro – respondeu Dimple, na mesma hora em que Rishi disse: – Não como carne.

Os dois se entreolharam.

– Vou lá pedir uma de queijo – falou o garoto, segundos depois, já levantando do sofazinho. "Anote mais um item na lista das nossas mil e uma incompatibilidades", pensou Rishi. Enquanto pedia a pizza no balcão, ficou observando Dimple, completamente à vontade conversando com Celia, de um jeito que não tinha ficado com ele. E, pela milésima vez na última hora, Rishi se perguntou como seus pais poderiam ter cometido um erro tão grande.

Dimple

– Sério? – disse Celia, sem tirar os olhos de Rishi, boquiaberta.

– Para de olhar pra ele – reclamou Dimple. – E, sim, sério. Meus pais são tão loucos que não tem nem graça.

– E ele trouxe o anel da bisavó. No primeiro encontro de vocês. – Celia, que obviamente não estava bem inteirada dos costumes de certas famílias indianas, não conseguia processar esse fato.

Dimple soltou um suspiro.

– Só que eu me sinto meio mal por ele. Tipo, foi vergonhoso. O cara até que está levando na boa. É muito mais calmo do que eu. Mal posso *esperar* para dizer mais umas verdades para os meus pais. – Nessa hora, rasgou a embalagem do canudinho com gana. – Eles não podem fugir de mim para sempre.

– Não deixa de ser romântico – falou Celia. Deu um sorrisinho e voltou a olhar para Dimple. – Você não acha?

– Como assim, romântico? – Dimple se engasgou com a água. Pôs o copo na mesa e falou: – Por favor. Tenho 18 anos, caramba. Casamento é a última coisa que passa pela minha cabeça.

– Bom, eu tenho 17. E concordo com você – disse Celia. – Mas, mesmo assim… quer dizer, só o fato de, sabe? Ele *poderia* ser o seu *match* perfeito. Tem uma certa mágica nisso.

Dimple lançou um olhar para Rishi. Que estava indo se servir na máquina de refrigerante. Cada movimento do garoto era decidido, calmo, confiante.

– Não sei – comentou Dimple, por fim, bem na hora em que o garçom trouxe as pizzas. – Acho que eu simplesmente não consigo ver isso.

Rishi

Quando Rishi se sentou, houve um silêncio meio estranho, tenso, no ar. O garoto soltou um suspiro e olhou para cima.

– Ela te contou, não foi? O lance do casamento arranjado?

Dimple ficou toda dura atrás de Rishi. Celia balançou a cabeça e respondeu:

– Contou, sim.

– E você acha que é loucura – concluiu ele.

– *Aham*. – Celia mastigou o pedaço gigantesco de pizza que tinha mordido antes de falar: – Também acho romântico. – Deu um sorriso e completou: – Um romance predestinado.

Rishi sorriu. Talvez aquela garota não fosse uma assassina em série, afinal.

– Mais ou menos. Mas casamentos arranjados são mais pragmáticos do que românticos. Compatibilidades, uma parceria a longo prazo. Essas coisas.

Atrás dele, Dimple bufou. O garoto se virou para ela e falou:

– Acho que você não concorda.

– Pode até ser por compatibilidade à primeira vista – explicou Dimple, ajeitando os óculos no nariz. – Mas, na verdade, é só um jeito dos nossos pais nos controlarem. Tipo, é assim desde que a instituição do casamento surgiu. Para que os pais pudessem fazer alianças e usar os filhos, especialmente as filhas, como peões em sua luta por poder.

Depois dessa, mordeu um pedaço de pizza e mastigou, furiosa.

Senhor, será que ela não relaxava nunca?

– Bom, já que nossos pais não são *rajas* e *ranis*, não acho que seja por isso.

Celia deu risada.

– *Raja...* quer dizer "rei", certo?

– Certo. – Rishi deu um sorriso e completou: – E *rani* é "rainha".

– Então quer dizer que você é bilíngue? – perguntou Celia.

Rishi balançou a cabeça e respondeu:

– Sou, aprendi hindi primeiro, antes de falar inglês. Meus pais fizeram absoluta questão disso. Tecnicamente, são de Guzerate, mas também são a terceira geração da família que se estabeleceu em Mumbai, por isso falam hindi. Mumbai é tipo uma mistura enorme de gente de outros estados da Índia. Pelo jeito, é por isso que todo mundo fala essa versão especial do que meus pais chamam de "hindi de Bombaim".

O garoto olhava ao longe, com um sorrisinho nos lábios. Era óbvio que adorava falar dessas coisas.

– Que legal – elogiou Celia. – Eu queria saber mais do que, tipo, cinco palavras de espanhol. Você já foi para Mumbai?

– Você realmente se interessa por desenvolvimento web ou só está aqui por causa disso? – indagou Dimple, fazendo sinal para os dois. Se Rishi não a conhecesse, diria que estava irritada porque ele e Celia estavam se dando bem. "Ciúme?", pensou ele, com certa esperança. Mas tinha que ser prático: o mais provável era que ela só quisesse ter uma discussão acalorada sobre os males dos casamentos arranjados e dos pais controladores. E estava decepcionada porque isso não aconteceu.

Rishi encolheu os ombros e deu mais uma mordida na pizza.

– Pelas duas coisas. Quer dizer, vou entrar no MIT no semestre que vem, cursar ciência da computação e engenharia. Esse curso vai ser bom para o meu currículo.

– Só que você não é apaixonado por desenvolvimento web. – Dimple espremeu os olhos e completou: – Não é o seu sonho.

– Não – respondeu Rishi, bem devagar. – Acho que não.

– Você gastou mil dólares em algo que não é sua paixão?

A garota ficou olhando para ele, com uma expressão perplexa.

– E daí? Ele quer ampliar seus horizontes. Não saia julgando – defendeu Celia.

– Você é quem sabe. Só acho melhor não ser minha dupla – murmurou Dimple, voltando a dar atenção à pizza.

– Pode acreditar que não ser sua dupla seria perfeito para mim – retrucou Rishi, começando a se sentir irritado. Por que a garota tinha que ser tão... intensa? Por que era da sua conta se ele queria ou deixava de querer casar e ter filhos com o desenvolvimento web? – Sabe, acho que eu vou voltar para o dormitório – disse, limpando as mãos no guardanapo. – Preciso desfazer as malas e tal.

– Ah, tem certeza? – perguntou Celia, e ele ficou com a impressão de que a garota realmente gostava da sua companhia.

– Tenho. – Deu um sorriso e completou: – Mas vejo vocês duas na aula amanhã.

Um silêncio pesado pairou no ar enquanto Rishi levantava e deixava uma gorjeta bem gorda na mesa, para que as garotas não precisassem gastar com isso. Sabia que as duas só estavam esperando ele ir embora para falar a seu respeito. Soltou um suspiro, foi até a porta e saiu, encarando os raios de sol da tarde.

CAPÍTULO 7

Dimple

O SININHO da porta da pizzaria tilintou quando Rishi a fechou e sumiu calçada afora. Dimple continuou mordendo a pizza, ignorando a minúscula pontada que sentia no estômago, apesar de conseguir sentir o peso do olhar de Celia em cima dela.

– *Aham*.

Dimple revirou os olhos e disse:

– Ninguém diz "*aham*". As pessoas simplesmente limpam a garganta.

Celia sacudiu a mão, dando a entender que não ligava para o comentário. Suas muitas pulseiras de madeira fizeram barulho.

– Então finja que eu simplesmente limpei a garganta. Precisava ser tão má com ele?

– Não fui má. Só… sincera. Não seria mais cruel fazer o garoto ter esperança de eu mudar de ideia e concordar com essa coisa toda?

Tomou um gole d'água e a pontada no estômago ficou mais forte. "Culpa", pensou. Era de culpa. Celia tinha razão: Rishi era um cara muito legal, e Dimple o sentenciara a mil chibatadas da sua língua afiada. "Fale primeiro, pense depois", esse era o seu modo *default*, por mais que tentasse se controlar. Dimple se endireitou no sofá e expulsou esses pensamentos. Tinha posto Rishi Patel para correr, e não tinha motivos para ficar toda fraca e duvidar de suas decisões agora.

Celia enrolou um dos seus longos cachos no dedo. Dimple ficou imaginando como ela era capaz de aguentar aquele cabelo todo, até a cintura. Não podia se esquecer de não contar isso para a mãe. Se contasse, ela provavelmente ligaria para Celia, pedindo dicas de como convencer Dimple a deixar seu cabelo crescer também. E não teria a menor importância o fato de as duas jamais terem se falado na vida.

– Pode ser.

– Ok. Cansei de falar de garotos. – Dimple se inclinou para a frente, deu um sorriso e perguntou: – Qual você acha que vai ser o prêmio da Insônia Con esse ano?

– Ah… – Celia esfregou as mãos, com um brilho nos olhos. – Não sei, mas com certeza vai ser algo incrível. Ouvi dizer que realmente se superaram esse ano. Todo mundo acha que será uma carta escrita pela própria da Jenny Lindt, dando feedback sobre o projeto, mas acho que será um prêmio em dinheiro de, tipo, dez mil.

Dimple sacudiu a cabeça e argumentou:

– Não. Aposto que será alguma coisa muito mais legal e absurda do que isso. Não costumam dar prêmios em dinheiro na Insônia Con. Isso eles fazem no show de talentos, lá pela metade da competição, lembra? Talvez seja, tipo, o feedback e um exemplar autografado da autobiografia da Jenny Lindt e tal.

Celia deu risada e falou:

– A sua obsessão com a Jenny Lindt não tem limites. Já sabe como vai ser o seu grande projeto para a Insônia Con?

– Tenho uma ideia até que bem clara – respondeu Dimple, tentando não demonstrar o quanto estava ridiculamente animada com aquilo. Tinha pensado no projeto no ano anterior e, para ser sincera, ia fazer a programação do aplicativo mesmo que não tivesse vindo para a Insônia Con. Mas pensar em fazer isso em uma escala maior era ainda mais emocionante. Ela pesquisou: não havia nada parecido no mercado. Não podia contar nada para Celia: era uma das regras da Insônia Con. Só a sua dupla podia saber o que você estava fazendo. – Mas ainda não me aprofundei. E você?

– Ainda estou pensando. Não me surgiu nenhuma grande ideia. Eu não ia ligar de me dedicar ao seu projeto. – Celia deu um sorrisinho e perguntou: – Você acha que vão nos deixar ficar em dupla?

– Ouvi dizer que colegas de quarto não costumam ficar em dupla – respondeu Dimple, afastando o prato vazio. – Mas vamos cruzar os dedos.

Quando o celular tocou bem cedo, na manhã seguinte, Dimple sonhava que estava em cima do palco, recebendo um prêmio das mãos de Jenny Lindt. Jenny a olhava, radiante, falando algo que, Dimple tinha certeza, eram elogios efusivos. Mas, cada vez que Jenny abria a boca, Dimple só conseguia ouvir *bipes*. "Como?", dizia Dimple, no sonho. "Você pode repetir?"

Por fim, Celia gritou do outro lado do quarto:

– Dimple, é o seu celular! Pelo amor de Deus, atende antes que eu perca a cabeça!

– Desculpa – resmungou, esticando o braço para pegar o celular na mesa de cabeceira. Silenciou o aparelho e olhou para a tela. A raiva tomou conta dela, com força. De repente, estava bem acordada. Pegou o aparelho, foi para o corredor e fechou a porta sem fazer barulho.

– Mãe.

– Dimple! – respondeu sua mãe, com uma alegria forçada. – *Kaisi ho, beti?* Você desfez suas malas? Como é o campus?

– Ah, não, não. A senhora não tem o direito de me acordar e perguntar sobre o campus. Vamos falar do *verdadeiro* assunto, sim?

– Eu te acordei? Mas por que você ainda estava dormindo? É o primeiro dia!

Dimple apertou o celular com mais força.

– Porque o seminário não começa no raiar do dia, caramba! Além do mais, isso não vem ao caso. A senhora pode, por favor, se concentrar, mãe? Que *cazzo* é esse de Rishi Patel?

– *Cazzo*…? – Sua mãe fingiu ignorar a gíria, o que deixou Dimple ainda mais furiosa. Sério, de onde ela tirava essas coisas?

– Não entendi o que você quis dizer, Dimple…

– Mãe, por favor! Por que a senhora e o papai fizeram isso? Por que estão tentando me arranjar um cara qualquer que eu nunca vi na vida? Vocês sabem que não é por isso que eu estou aqui! Vocês sabem o quanto isso é importante para mim!

Dimple sentiu as lágrimas nos olhos, pressionando suas pálpebras, quentes e furiosas. Por que, uma vez na vida, seus pais não podiam concordar com ela?

– Dimple, *beti, math ro.* – Nessa hora, sua mãe pareceu estar sinceramente chateada. – Não chore. Só queríamos que você o conhecesse. Ele é um bom rapaz, de uma família boa. Vocês dois têm muito em comum.

A garota esfregou os olhos, ignorando os olhares de alguns alunos que levantaram cedo e, provavelmente, estavam indo tomar o café da manhã. De todo modo, não passavam de um borrão, já que Dimple estava sem óculos.

– A senhora não entende? Eu... não... quero... saber. O garoto poderia ser feito de pó de unicórnio e jujubas, mesmo assim não ia querer nada com ele. Não estou interessada em achar alguém para casar, mãe. Nem agora nem daqui a dez anos!

Então ouviu um ruído, como se a mãe tivesse abaixado o celular. Ouviu ela murmurar em hindi: – Vijay, fala com ela. – Um silêncio, e então: – Não sei. Tem a ver com unicórnios. Não entendi.

Dimple revirou os olhos e soltou um suspiro, esperando seu pai falar.

– Dimple *beti?*

A voz dele, grave e tranquilizante, conhecida e reconfortante como uma camiseta de algodão, fez o nó na sua garganta reaparecer. Como duas pessoas que a amavam tanto podiam simplesmente não *entendê-la* em um grau tão básico e essencial?

– Oi, pai. – Ela respirou fundo, tremendo, e prosseguiu: – Não entendo por que vocês mentiram para mim. Vocês dois. Fingiram que me deixavam vir para a Insônia Con só porque eu queria, mas isso é ridículo, pai. Não vou me casar.

– Ninguém quer que você se case agora, Dimple. Só queríamos saber se você e o filho dos Patel tinham alguma compatibilidade. Lá na frente, quem é que sabe o que pode acontecer? Não é fácil encontrar uma boa família indiana aqui nos Estados Unidos, *na.* – Ele ficou em silêncio alguns instantes, e quando tornou a falar, sua voz tinha um tom sério. – *Usne kuch kiya?*

A garota encostou na parede e foi descendo até o chão: tinha perdido as forças para discutir. A voz do pai e sua atitude calma, gentil e racional costumavam ter esse efeito nela.

– Não, ele não fez nada de mal. Foi extremamente educado. Um cavalheiro.

A verdade é que seus pais escolheram muito bem: conseguiram achar alguém que não era um babaca.

– Mas, pai, eu simplesmente não estou a fim de pensar nele, nem em nenhum garoto, desse jeito. O senhor consegue entender isso?

Seu pai suspirou do outro lado da linha. Quando finalmente falou, foi sem crítica nem raiva na voz:

– Eu entendo.

Dimple piscou, surpresa. Será que seria assim tão fácil?

– Mesmo? E a mamãe?

Então ouviu os passos do pai, que devia estar se afastando da esposa.

– Ela também vai entender. Só queremos sua felicidade, Dimple. Isso é o mais importante.

O nó na garganta voltou. Dimple teve que engolir em seco algumas vezes.

– E a Insônia Con? Posso fazer o curso mesmo sem nenhuma chance de namorar com o Rishi?

Ela ouviu o sorriso na voz do pai:

– Claro. Quando disse que era um bom passo para a sua carreira, estava falando sério.

A garota baixou a cabeça, tomada por alívio, amor e alegria.

– Obrigada, pai.

– *Mujhse bas ek vada karo*, Dimple. Só me prometa uma coisa.

Desconfiada, Dimple perguntou:

– O quê?

– Vença a Insônia Con.

Ela deu um sorriso.

Seu pai realmente devia ter lido o site que ela mandou.

– Ah, é isso que eu pretendo. Não se preocupe, pai.

CAPÍTULO 8

Dimple

DIMPLE sentia uma energia estranha pulsando no seu corpo enquanto se dirigia com Celia ao prédio Andrew G. Spurlock, que todos os anos sediava a Insônia Con. Apesar do nevoeiro pesado que baixava ao redor, parecia que uma gaze tinha sido retirada da atmosfera. Ou que um fedor especialmente nauseabundo havia passado. Tudo parecia novo e vivo, limpo: ninguém mais tinha expectativas em relação a ela, a não ser arrasar e vencer a Insônia Con. E era exatamente isso que Dimple queria.

Não falou de novo com sua mãe. Tinha certeza de que seria uma conversa engraçada. E, quando pensava em Rishi – que não vira o dia todo, apesar de ter ficado em alerta e avistado uma dezena de caras com a mesma altura e o mesmo tipo físico –, sentia uma pontada bem lá no fundo. Porque ele não era mau. Na verdade, parecia ser um cara bem legal. As conversas rolavam naturalmente: parecia uma taquigrafia instantânea, talvez porque os dois viessem de culturas semelhantes. Se tivessem sido apresentados em qualquer outra circunstância, talvez pudessem ter se tornado amigos. Talvez. Mesmo com todas as similaridades, eram diferentes ao ponto de as coisas poderem ser interessantes. Ou, quem sabe, completamente irritantes. Sei lá. Por que ela estava desperdiçando massa cinzenta com aquilo?

– Olha só esses caras – sussurrou, no ouvido de Celia, voltando a focar sua atenção para as dezenas de outros participantes da Insônia Con que iam para o mesmo lugar que as duas, 98% dos quais eram homens. – A gente consegue derrubar todos eles, certo?

Celia grunhiu por trás do seu copo da Starbucks, soltando um ruído que pareceu "toma". Mas Dimple teve quase certeza de que a amiga disse "todos". Eram onze da manhã, e a garota mal tinha acordado. Dimple ficou com a impressão de que Celia gostava ainda menos de acordar cedo do que ela. Celia piscou e olhou em volta, um pouco mais animada.

– Olha, não vejo seu amigo Rishi.

Dimple não queria admitir, mas também tinha percebido.

– Nem eu.

– Áhn, vai ver ele desistiu.

Dimple ficou se perguntando por que essa frase caiu como uma bola de chumbo no seu estômago.

Rishi

Ele ficou observando Dimple sair do prédio com Celia, esperou cinco minutos e depois foi indo na mesma direção das duas. Não queria ser um pé no saco. Rishi sabia muito bem quando sua companhia era indesejada.

Seus pais tinham ligado pedindo notícias, e foi muito difícil contar a verdade para eles: o mais provável é que as coisas com Dimple não dariam certo. A garota simplesmente… não tinha as mesmas intenções que ele. Pôde perceber que os pais ficaram decepcionados, mas tentaram disfarçar. E, quando perguntaram se Rishi queria voltar para casa, o garoto pensou seriamente no assunto. Mas acabou resolvendo ficar. Já não dava mais para pedir reembolso, de qualquer jeito. E, além disso, não queria que Dimple Shah pensasse que fora para lá só por causa dela. Mesmo que, de certo modo, tivesse. Então, seu plano era participar da Insônia

Con, aprender um pouco sobre desenvolvimento web e depois ir para o MIT. Não tinha nada a perder.

Foi andando naquele nevoeiro estranho, prestando atenção nas conversas dos alunos à sua volta, que tagarelavam feito gralhas. Ficou pensando por que nunca se sentiu à vontade entre os colegas. Sempre foi assim: com exceção de alguns amigos fãs de quadrinhos, Rishi nunca conseguiu se identificar de verdade com ninguém.

E não era só porque levava muito a sério a obrigação de ser um bom filho e seguir o caminho que seus pais traçaram com tanto cuidado para ele. Era algo dentro *dele* que parecia diferente. Estranho. Como se jamais mostrasse para o mundo quem era de verdade, a não ser por meio da sua arte.

Mas sempre soube que ser artista era só uma fase. Tinha que ser. Metas criativas não tinham lugar na vida real. É assim que as coisas são, e Rishi não via problema nenhum nisso. Talvez fosse o peso de ser o primogênito. Ashish certamente não tinha os mesmos pudores em relação ao esporte. Mas o fato é que já havia um modelo para atletas seguirem. Ashish podia usar suas habilidades para entrar na faculdade, para tornar seu nome conhecido, abrir mais portas. O irmão era bom a esse nível. Rishi também era bom, mas quem leva a sério a arte dos quadrinhos? As pessoas não comparecem em massa para ver quadrinistas desenharem na TV, né? Ninguém dá festas para assistir ao Super Campeonato de Desenho. Exatamente.

Rishi ergueu os olhos e piscou. Seria algum fruto estranho de sua imaginação? Não, logo adiante, havia um banner gigante: alguém tinha desenhado as personagens Madoka e Sayaka, do anime *Madoka Magica*, no papel de universitários, com camisetas da UESF. Embaixo, estava escrito DEPARTAMENTO DE ARTE DA UESF. Em volta de uma mesa, na frente do banner, alunos com óculos de *hipster* e cabelo desgrenhado se reuniam, discutindo se Ferd Johnson era mesmo o gênio criador da tirinha *Moon Mullins,* de 1920. Rishi piscou de novo. Como se estivesse sob o efeito de uma estranha lei da atração, quando deu por si suas pernas o levaram até lá.

Um aluno alto e franzino, com uma boa dose de acne nas duas bochechas, olhou para ele, sorriu e perguntou:

– E aí, cara? Está interessado em fazer faculdade de arte ou design gráfico?

"Não", pensou Rishi. "Não mesmo."

– Talvez – quando percebeu, já tinha dito. – Eu faço quadrinhos.

– Legal, eu também. – O cara franzino deu um sorriso, no estilo "agora a gente pode ser amigo". – Olha, você devia aparecer na Mini Comic Con. Os alunos do curso de belas artes da UESF é que organizam, é aberto ao público. Alguns dos nossos professores também vão estar lá, e virão alguns artistas importantes. – E estendeu um panfleto para Rishi e completou: – Eu sou o Kevin Keo. Pode me procurar no estande de mangá.

Rishi levantou as sobrancelhas e respondeu:

– Legal. – Olhou para o panfleto. A Mini Comic Con era dali a uma semana. – Vou tentar ir.

– Demais. Acho que você vai gostar muito. Foi o que me convenceu a me candidatar ao curso de belas artes da UESF – explicou Kevin, sorrindo.

– Valeu. – Nessa hora, olhou para o relógio. – Droga. Tenho que ir.

Rishi correu na direção do edifício Spurlock. *Argh*. Ia chegar atrasado.

Dimple

Dimple estava tendo uma crise. Uma crise *boa*, se é que isso existe.

Em toda a sua volta, tinha gente sentada, esperando ansiosa para o homem na frente do auditório começar a falar. Algumas pessoas tinham cara de convencidas – como aquele grupinho ali, de dois meninos que pareciam ter saído de um catálogo de loja de roupa *hipster* e a loira com um perpétuo sorriso de desprezo, como se fosse boa demais para estar ali. Um dos caras, o indiano, viu que Dimple estava olhando, fez algo nojento/tarado com a língua e caiu na gargalhada quando ela virou o rosto, com o coração disparado. Outros, como o grupo de meninos bem no fundão, todos mais ou menos da altura dela ou mais baixos – alguns deles, ainda com as dobrinhas da infância intactas –, estavam com uma cara apavorada.

Dimple olhou para Celia e ficou imaginando o que os outros achavam dela e da amiga. Ela se sentia eletrizada, pronta para o desafio.

– Isso não é emocionante? – falou, pela sexta vez desde que tinham sentado. O instrutor lá na frente, barbudo e de colete colorido, estava mexendo no microfone da tribuna. Deviam ter umas cinquenta pessoas ali, fácil.

– Sim.

Celia sorriu, de um jeito meio condescendente, achou Dimple. Definitivamente, não estava tão animada com tudo aquilo quanto ela.

Dimple tinha a sensação de que quase tudo era fácil para Celia. Seus pais eram extremamente ricos, tinham pagado aquilo sem pensar duas vezes. Era só algo – como as aulas de vela que Celia já tinha feito – para passar o tempo até a faculdade começar.

– E eu estou vendo ga-tiiinhozz – completou Celia, meio cantarolando, olhando direto para o grupo dos *hipsters* com cara de modelo, encarando todos eles, tanto os garotos quanto a garota. Dessa vez, o grupinho não percebeu que Dimple estava olhando.

– Bem-vindos à Insônia Con – gritou o homem barbudo na frente da sala, dando um sorriso simpático para todos. O auditório ficou em silêncio no mesmo instante. – Meu nome é Max Framer, e serei seu instrutor durante a Insônia Con. Por favor, me chamem de Max e não de senhor Framer. Isso ajuda a gente que é velho a se sentir jovem. – Algumas pessoas deram risada, e ele prosseguiu: – Estou superfeliz de ver mais uma turma de caras novas e estou louco para ver o que vocês vão aprontar este ano. Agora, antes de passarmos ao que, eu sei, todos vocês *realmente* querem saber... – ele então ficou em silêncio por alguns instantes, sorrindo – ...ou seja, o grande prêmio da Insônia Con, quero passar algumas informações básicas e as regras. Isso vai garantir que vocês realmente vão ouvir as palavras que saírem da minha boca.

Houve gemidos e assobios por todo o auditório. Dimple tinha certeza de que enlouqueceria se o cara barbudo não falasse logo.

– Bom, primeiro, bem-vindos a São Francisco para aqueles que não são da nossa cidade maravilhosa. Duas coisinhas que vocês têm que saber: podemos estar no verão, mas a temperatura pode cair para quinze graus ou menos à noite. Vocês também vão ficar conhecendo Karl muito bem. – Algumas pessoas, entre elas Celia, deram risada, mas Dimple só franziu a testa, confusa.

– Quê? – sussurrou para Celia. – Quem é Karl?

Celia respondeu, também sussurrando:

– O nevoeiro. O nevoeiro que sobe da água.

Dimple começou a balançar a cabeça, mas depois a sacudiu.

– Não, ainda estou confusa. Vocês deram *nome* para um fenômeno climático?

Celia deu um sorrisinho e respondeu:

– Bem-vinda a São Francisco.

Lá na frente, Max continuava falando:

– Bom, outra coisa: eu é que vou escolher as duplas. Não quero que vocês se juntem com gente que está no mesmo quarto. Mas, caso tenham indicado alguma preferência no formulário de matrícula, levei isso em consideração.

Como Dimple só conheceu Celia depois de ter se matriculado (bem antes dos pais terem dito "sim" – ela tinha que guardar o lugar, por garantia), nem ela nem Celia tinham pedido para formar dupla uma com a outra. Ficou imaginando quem seria sua dupla. Tomara que não fosse aquela loira gélida que tinha cara de quem comia criancinhas de sobremesa, mas Celia provavelmente não se importaria, a julgar pelos olhares que ainda estava lançando para o grupinho.

– Em segundo lugar – continuou Max –, assim que vocês descobrirem quem é a sua dupla, quero que comecem a sentar juntos, para já começar a pensar imediatamente no conceito. Alguns já devem ter noção do que querem fazer. Outros, não. Tudo bem. Nos próximos dois ou três dias, vamos nos concentrar apenas em dar mais substância às suas ideias embrionárias, e só aí vamos passar à parte divertida: programar de verdade.

Um *frisson* bem perceptível percorreu a sala. Todo mundo estava louco para pôr as mãos na massa. Dimple tinha certeza de que a maioria daquelas pessoas, assim como ela, sabia exatamente o que queria fazer.

– Ok – disse Max. – Agora chegou a hora que vocês estavam esperando. O grande prêmio da Insônia Con deste ano… – ele deixou a frase no ar, e o auditório todo segurou a respiração – ...Jenny Lindt vai considerar a hipótese de fazer uma parceria com a dupla vencedora para deixar o aplicativo pronto para ser lançado no mercado *e* patrocinar a divulgação. O aplicativo de vocês pode ser lançado com o poder da Meeting Space Inc. por trás. Vamos absorver isso.

A última parte do discurso de Max foi engolida pelo pandemônio que entrou em erupção. Dimple se virou para Celia, de olhos arregalados. Estava em choque: não conseguia pensar em nada para dizer.

– Bom, então está combinado – disse Celia, como se não fosse nada demais. – Você vai ter mesmo que arrasar com a concorrência.

Dimple sacudiu a cabeça. Estava com a boca tão seca que seus lábios grudaram nos dentes. Estava tão tonta que mal conseguia enxergar. Aquilo era verdade mesmo?

– Não consigo nem... Ai... meu... Deus. Eles... eles nunca fizeram nada assim.

Aquilo era tudo. Ela tinha que ganhar.

– Tá bom. – Max ergueu a voz, e todos se acalmaram um pouco, apesar da nova energia que circulava pela sala, elétrica, emocionante, emanando de cada uma das pessoas. – Vou começar a chamar as duplas. Quando eu disser os dois nomes, venham para a frente e se sentem na primeira fileira.

A porta se abriu em pleno silêncio. Dimple olhou para trás.

Claro. Era Rishi.

CAPÍTULO 9

Rishi

ERA ÓBVIO que ele tinha perdido algo fundamental. Todo mundo estava com um brilho nos olhos, as bochechas coradas. Cinquenta pares de olhos notaram que ele entrou, mas quarenta e nove desses pares não registraram sua presença e se viraram.

Viu Dimple na mesma hora. Era dela o único par de olhos que tentava fulminá-lo. Rishi ergueu o queixo e seguiu em frente. Tinha tanto direito de estar ali quanto aquela garota.

– Ah, ei, espera um pouco antes de sentar – disse o cara com uma barba ruiva exuberante na frente do auditório. – Eu já ia começar a chamar as duplas, é melhor você já sentar com a sua. Qual é o seu nome?

– Rishi Patel.

– P… Patel… Ah, achei. Você vai ficar com Dimple Shah.

O instrutor levantou os olhos, procurando naquele mar de rostos.

– Dimple Shah?

Rishi não teve coragem de olhar para ela. Droga. Tinha esquecido completamente que pedira para ficar com Dimple quando fez a matrícula. Naquele momento, lhe pareceu uma boa ideia, e de fato esperava que a garota também achasse. Pensou que teriam mais tempo juntos, veriam como trabalhavam em dupla.

Dimple ficou de pé, e os dois foram até a primeira fileira juntos. Dimple, com uma postura dura, os ombros tensos. O corpo da garota transmitia raiva, como se fosse sua segunda língua: ela devia ter muita prática nisso. Assim que se sentaram, se virou para Rishi, com os olhos faiscando.

– Você pediu para ficar comigo, não foi?

Rishi esfregou a nuca e ficou vermelho.

– Pedi, mas achei que você também pediria para ficar comigo. Olha, vou lá no fim da aula falar com o cara e pedir para a gente mudar de dupla, Ok? Relaxa.

– O nome do cara é Max. Coisa que você saberia se tivesse se dado ao trabalho de chegar na hora. Perdeu até o anúncio do grande prêmio.

A garota olhava para ele como se o acusasse de tocar fogo em uma reserva florestal.

– Ah é? E qual é o prêmio?

Rishi percebeu que os lábios de Dimple esboçaram um sorriso, sem que ela percebesse. Seus olhos brilhavam por trás dos óculos, radiantes, empolgados.

– A dupla vencedora terá a oportunidade de apresentar sua ideia para Jenny Lindt. Se ela gostar, será sócia em marketing e desenvolvimento.

Como a voz de Dimple estava duas oitavas mais aguda do que o normal quando ela terminou de falar, Rishi sabia que, seja lá o que tivesse dito, devia ser muito importante. Tentou lembrar quem era a tal de Jenny Lindt, mas seu cérebro não retornou nenhum resultado. Ok. Podia fingir por enquanto e pesquisar quem ela era depois.

– Que ótimo! – Deu um sorriso e tentou imitar a animação de Dimple. – Isso é muito legal!

A garota se aproximou, e ele sentiu de novo o aroma daquele xampu enlouquecedor e incrível.

– Sério? Você também é fã da Jenny Lindt?

Estava com uma expressão franca, os olhos arregalados e enternecidos de um jeito que Rishi ainda não vira.

– Ah, *super* – respondeu, pensando, "vou ser até o fim do dia, se é para você me olhar desse jeito".

Dimple deu risada.

– Eu sei, ela é demais! Qual é sua parte favorita da história de sucesso da Jenny, até agora?

Droga. Ele continuou sorrindo. Ok, histórias de sucesso. O que todas têm em comum?

– O fato de ter vindo do nada e se tornado, sabe?, a *Jenny Lindt*.

Rishi achou que tinha se saído bem, mas Dimple estava fazendo careta.

– Ela não veio exatamente do "nada". É filha de advogados, que lhe deram o dinheiro para fazer o Meeting Space. A Jenny sempre fala isso nas entrevistas.

Rishi sentiu um calor no rosto. Corpo, seu traidor.

A garota parou de fazer careta e disse:

– Você não sabe nada sobre a Jenny, né? – perguntou, recostando na cadeira e cruzando os braços. – Você já tinha ouvido falar dela antes de hoje?

– Quer saber? Eu, *ãhn*, vou falar com o tal instrutor… Max… – foi logo corrigindo – …pedir para a gente mudar de dupla.

– É. – Os olhos de Dimple agora eram bolinhas de gude sem expressão por trás dos óculos. A garota daria uma boa assassina em série. – Faça isso mesmo.

Dimple

Aquele garoto teve a ousadia de mentir para ela daquele jeito.

– "O fato de ter vindo do nada" – resmungou Dimple, em tom de deboche. Que imbecil. Quem sabe Max não abria uma exceção, só desta vez, e a deixava fazer dupla com Celia. Sua companheira de quarto sabia o quanto era importante para ela vencer a competição. Daria o sangue.

Dimple olhou para trás e viu Celia de papo com um daqueles meninos *hipster* com cara de modelo, sacudindo os cachos e gargalhando de uma piada. *Hmmmmm.* Ou, quem sabe, Celia não ia querer ficar de dupla com ela.

Dimple virou e deu de cara com Rishi, que tinha sentado do seu lado de novo, com as bochechas ainda vermelhas.

– Que foi? Com quem vamos ficar?

– *Ãhn*, bom… com ninguém – respondeu o garoto, se encolhendo de leve quando a olhou nos olhos. – Ele falou que agora é tarde demais. Vamos ter que ficar juntos.

– Como assim? Você explicou que pedir para ficar comigo foi um erro?

– Expliquei. Não adiantou.

Dimple ficou de pé.

– Ah, vai adiantar. Deixa comigo.

E então foi falar com Max.

– Desculpa, preciso muito mudar de dupla – falou, assim que ele a viu, se sentindo levemente culpada. Ao fazer isso, Dimple estava dando a entender que não conseguia suportar ficar nem um minuto ao lado de Rishi. A ambição e a gentileza estavam se digladiando dentro dela, e Dimple estava escolhendo a ambição… de novo. Mas queria tanto aquilo. Tanto, tanto. – Rishi Patel não sabe nada a respeito de Jenny Lindt. Duvido que saiba alguma coisa sobre desenvolvimento web.

Max deu um sorriso e respondeu:

– Bom, todos estamos aqui para aprender.

– Certo, mas ele não liga tanto quanto eu. Preciso de uma dupla que queira ganhar tanto quanto eu quero.

Max coçou a barba, pensativo.

– Ou, talvez, você precise de alguém que possa te ensinar alguma coisa, *hein*? Talvez Rishi seja a maneira de o universo te ensinar a respirar fundo e simplesmente encarar o desafio.

Ah, meu Deus, o cara era *hippie* até o último fio de cabelo. Maldita São Francisco. Como dava para ver que Max seria implacável, Dimple se obrigou a balançar a cabeça e sorrir.

– *Hmmm*, tem razão. Obrigada mesmo assim.

Quando Dimple voltou para o seu lugar, se segurou para não arrancar a cabeça de Rishi às mordidas. Dava para sentir que o garoto a olhava de esguelha, tentando arranjar uma maneira de perguntar.

– Não – disparou, por fim. – Ele não vai deixar a gente mudar de dupla a essa altura.

Rishi soltou um suspiro e disse, com um tom de compaixão sincera:

– Que merda. Sinto muito.

– É. – Dimple sentiu aquela fúria bem conhecida fervendo dentro dela. A mesma fúria que fluía quando seus pais não entendiam por que queria fazer certas coisas. – Claro. Tenho certeza de que você sente muito.

Houve alguns instantes de silêncio.

– Olha, não entendo por que você fica tão irritada comigo. Já conversamos sobre isso ontem. – Dimple podia perceber que Rishi estava tentando controlar a própria irritação. Ficava com uma ruguinha entre as sobrancelhas quando ficava bravo, ela percebeu. E então tentou desperceber. – Eu não sabia que os seus pais não tinham te contado nada. Caramba, achei que você também ia pedir para ficar de dupla comigo. Achei que você tinha concordado com tudo isso. No caso, a sua raiva está meio mal dirigida, você não acha?

– *Mal dirigida?* – Dimple se segurou para não gritar. Apesar de que, com todo o barulho e a movimentação da sala, duvidava muito que ela e o garoto chamariam muito a atenção, mesmo que começassem a atirar coisas um no outro. O que, com certeza, não passara pela sua cabeça. Não mesmo.

– Ah, não *acho*. Você não faz a menor ideia, né? Você não sabe como é. Meus pais simplesmente não me entendem, ok? A minha mãe não sabe por que quero fazer qualquer coisa que não seja casar com o marido indiano ideal e sossegar o facho. Acha que a faculdade é, basicamente, um grande ritual de acasalamento. Então, o fato de eu *estar* aqui é nada mais, nada menos que um milagre. Ter essa chance de seguir os passos da Jenny Lindt... a oportunidade de verdade de conversar com ela sobre a minha ideia? Essa é a minha mais louca fantasia. Mas, mesmo nisso, que deveria ser algo só para mim e para a minha carreira, para as coisas que eu quero fazer neste mundo, tenho que aguentar você. Tenho que lembrar, a cada segundo que olho para você, que o único motivo para eu estar aqui é meus pais terem a expectativa de que vou finalmente entrar na linha. Vou me tornar aquela filha indiana obediente que sempre quiseram. Eu achava que essa seria minha chance de apenas ser eu mesma, que essas seis semanas seriam para demonstrar minhas habilidades, meu talento e minha inteligência. Mas, no fim, virei piada. E, quer saber? Estou cansada disso. Estou cansada. E isso é uma *merda*.

Aí parou de falar, sem ar, e ajeitou os óculos. Seu coração batia disparado. Tinha um nó na garganta, de raiva e lágrimas presas, mas estava determinada a não deixar transparecer o quanto estava prestes a chorar.

Rishi parecia… "Bom, o termo científico poderia ser 'estupefato'", pensou Dimple. Quase teve vontade de cair na gargalhada. O garoto estava de olhos arregalados, com a expressão completamente petrificada, em choque. É, tinha soltado a louca que vivia dentro dela. Mas precisava. O problema é que, com aquela inocência toda de Rishi, se sentia culpada por estar furiosa, por sujeitar o garoto à descarga de uma vida de raiva reprimida que tinha muito pouco a ver com ele. Mas jamais admitiria isso em voz alta. Soltou um suspiro, ajeitou-se na cadeira e cruzou os braços.

– Bom, foi você que perguntou – resmungou.

CAPÍTULO 10

Rishi

UAAA U.

Obviamente, a garota tinha muita coisa guardada no peito. Rishi ficou sem saber o que dizer. Aquilo tudo era muito mais pesado para Dimple do que era para ele. Ficou decepcionado por ela estar tão resoluta e decidida contra aquilo, sim. Mas, mais do que tudo, ficou mal pela própria família. Todo o esforço e toda a esperança que colocaram naquele relacionamento tinham sido claramente em vão.

– Ei – falou, por fim, com todo o cuidado. – Consigo entender que isso é uma droga. Não fazia ideia. Olha, vou embora. Vou voltar para casa, e o cara vai ter que arrumar outra dupla para você. Quem sabe você não pode formar um grupo de três pessoas.

Dimple olhou para Rishi, meio que não acreditando.

– Você faria isso. Por mim.

– Claro. – Ele deu de ombros. – Isso significa muito mais para você do que poderia significar para mim. E, sabe, eu entendo. É a sua paixão.

– Você não vai receber seu dinheiro de volta – retrucou a garota, seca, e Rishi se segurou para não dar risada daquele tom de desconfiança.

– Não tem problema. Meus pais não ligam se eu voltar para casa antes. Vou só terminar esse dia e dizer para o Max que tenho uma emergência de família ou algo assim.

Dimple abriu a boca para responder, mas Max começou a falar, interrompendo-a.

– Acho que todos estão conhecendo melhor sua dupla. Mas quero dar um passo além. Esse é nosso primeiro dia juntos, e pensei que seria legal para todo mundo se tivesse uma ajudinha para quebrar o gelo. Quero que todos ponham a mão debaixo da cadeira.

Tomados pela curiosidade, todos obedeceram. Rishi olhou para a engenhoca que segurava por alguns segundos até conseguir entender o que era.

– Uma câmera Polaroid – falou Dimple, na mesma hora. – Uau. Acho que meus pais têm uma dessas no sótão.

– E o que a gente vai fazer com isso, caramba? – perguntou Rishi, olhando em volta.

Um grupinho irritante de gente bem-arrumada – uma menina branca, um menino branco e um menino indiano – já estava tirando fotos. Um dos meninos – o branco que, pelo jeito, era a dupla de Celia – reparou em Rishi.

– Ok, meninos e meninas – disse Max, lá na frente. – Para quem não sabe, vocês têm nas mãos um tesouro esquecido. É uma câmera Polaroid e, como um fotógrafo amador, acho que esse é um dos meios artísticos mais sinceros para capturar momentos do dia a dia. Quero que vocês saiam e capturem alguns momentos hoje. Tendo isso em mente, pensei em alguns tópicos para a sua caça ao tesouro fotográfica. – Em seguida, começou a passar listas numeradas impressas em papel. – Vocês vão ver que dei para cada dupla uma folha com cinco tópicos. Quero que vocês capturem todos os cinco e tragam de volta para cá dentro de duas horas. Acredito que todos vocês vão conhecer melhor suas duplas desse jeito do que se ficarmos aqui sentados nesse ar reciclado horrível, fazendo perguntas uns para os outros. A única regra é a seguinte: nada de pedir ajuda para outras duplas. As equipes que completarem esse exercício e forem bem vão ganhar mais dez pontos na média final da Insônia Con. – Um burburinho tomou conta do auditório. Max fez sinal para fazerem silêncio e falou mais alto: – Podem ir. Boa sorte! Vou estar lá fora, tirando um cochilo na minha rede. É só me acordar quando vocês voltarem.

Rishi olhou para Dimple, e os dois se levantaram. A garota parecia estar tão feliz quanto ele: estava apertando os lábios, com os olhos fixos em Celia, que já se afastava. Enquanto os dois saíam, o garoto falou:

– Se você quiser, posso avisar que vou embora agora.

Dimple diminuiu o passo, para os dois saírem juntos do auditório, e mordeu o lábio.

– Não – respondeu, enfim, olhando para ele. – Vamos fazer isso juntos.

Rishi franziu a testa, sem saber direito qual era o motivo para aquela mudança tão brusca de humor.

– Tem certeza?

– Tenho. – Dimple respirou fundo e olhou para Rishi de novo. – Muito legal da sua parte se oferecer para ir embora. Pouca gente faria isso.

E, então, deu um sorriso tão deslumbrante que o garoto tropeçou no próprio pé.

Dimple

– Você está bem? – Dimple tentou segurar o braço de Rishi, mas ele recuperou o equilíbrio encostando na parede e ficou com a cara completamente vermelha.

– Estou, sim – respondeu, sem olhá-la no olhos. – Cadarços – completou, desconversando, e pendurou a Polaroid no pescoço.

Os dois caminharam em relativo silêncio, enquanto os colegas se espalhavam em várias direções, pisando na grama para chegar aos lugares em que queriam tirar fotos. Estava fresquinho, apesar do sol, ao ponto de Dimple fechar o moletom de capuz. Ela olhou de esguelha para Rishi, por trás dos cachos, se sentindo uma imbecil. Tinha mesmo descarregado um monte de merda em cima do garoto, que fora tão… maduro. Tão compreensivo. Dimple queria muito poder fazer aquele negócio de quebrar o gelo com outra pessoa, com alguém que trabalharia com ela durante o restante do projeto, mas pedir para o garoto ir embora teria sido simplesmente cruel. Era como dizer que não aguentava ficar perto dele nem durante a realização de uma tarefa imbecil. E, já que Rishi fora tão decente, não havia necessidade disso. Sendo assim, enfrentaria a situação. E, de mais a mais, o garoto não era má companhia, pelo pouco que conhecia dele.

– Ok. – Dimple olhou para a lista enquanto perambulavam na direção de um gramado, onde alguns alunos estavam jogando futebol americano. – Esta é a nossa lista: "engraçado", "água", "amarelo", "borrão" e "Buda". – Tirou os olhos do papel e perguntou: – Por onde você quer começar?

Rishi deu um sorriso.

– Pelo Buda, definitivamente. Vem, dá só uma olhada nisso.

Ele apressou o passo, e a Polaroid ficou batendo no seu peito. Dimple teve que correr para acompanhá-lo.

– Quer fazer o favor de me dizer aonde estamos indo?

– Ah, você vai ver, minha amiga – respondeu ele, alegre.

Dimple sacudiu a cabeça.

– Tudo bem – falou, bem devagar. – Ei, o que é isso na sua camiseta? – O casaco dele estava desabotoado, mostrando um pouco da estampa da camiseta. Parecia um cartum de um menino indiano de *kurta* bordado, segurando alguma coisa – uma espada? – acima da cabeça.

Rishi ficou um pouco corado, mas ela não soube dizer se era por estarem caminhando rápido ou se por causa de sua pergunta.

– Só um personagem de quadrinhos.

Dimple revirou os olhos.

– Você está bem enigmático hoje, né? É *óbvio* que eu sei que é um personagem de quadrinhos. Quero saber qual.

O garoto olhou para ela de esguelha e perguntou:

– Você entende de quadrinhos?

– *Áhn*, só conheço os mais famosos. A Mulher-Maravilha é meio que minha *girl crush*.

Rishi sorriu.

– É, ela é legal. – E olhou para a própria camiseta e abriu um pouco mais o casaco. Dimple pôde ver que o menino estava segurando uma *gada* de ouro: uma maça, não uma espada. – É o Aditya – explicou Rishi, sempre com um sorriso. – É um jovem superherói indiano cujo poder vem do sol. Eu me inspirei vagamente em Hanuman para criá-lo. Por isso a *gada*. Eu era muito fã de Hanuman quando era pequeno. Minha mãe me obrigava a ver essa série no canal hindu com ela, uma adaptação do *Ramayana*, aquele poema épico. O Aditya é um dos primeiros personagens que eu criei, há uns três anos. Fiquei tão orgulhoso que mandei fazer uma camiseta.

Nessa hora, Rishi deu uma risada debochada.

– Espera aí, espera aí, foi você que desenhou? Tipo, do zero? – Dimple ficou observando o desenho, a riqueza de detalhes da *kurta* brocada do menino e as calças, o trabalho intrincado no metal da *gada*. – Que incrível. E você tinha qual idade? Quinze anos?

Rishi balançou a cabeça, afirmando. Mal olhava nos olhos dela enquanto falava, mas seu tom de voz transmitia uma alegria cada vez maior, que demonstrava o quanto tinha gostado dos elogios.

– É, achava o máximo desenhar meus próprios quadrinhos naquela época. Tinha um estudiozinho no meu quarto e tudo.

– Como assim "naquela época"? Você não desenha mais?

Ele deu de ombros bem quando chegaram a um semáforo e começaram a atravessar a rua. O ar estava ficando mais úmido, mais pesado. As palavras de Rishi saíram abafadas.

– Não sei. Acho que ainda desenho quando sobra tempo, o que não tem acontecido muito, ultimamente.

Dimple pôs o capuz e continuou:

– Mas… por quê? Quer dizer, é óbvio que você adora fazer isso e faz bem.

A garota não conseguia entender. Respirava e vivia programação: não conseguia imaginar abrir mão disso por nada.

Rishi deu uma risadinha, mas com um quê de reserva, como se ele estivesse escondendo alguma coisa em sua cabeça.

– Não é das ocupações mais práticas. Arte é um *hobby* legal, quando sobra tempo. Mas não dá para viver disso. – Ficou em silêncio por alguns instantes e completou: – Nevoeiro imbecil.

– Karl – corrigiu Dimple, meio distraída. – Até onde sei, as pessoas de São Francisco dão nomes para os fenômenos climáticos. – Viraram a esquina, e Rishi começou a ir mais devagar. – Mas, sério, simplesmente não acredito nisso. E daí que a sua arte não é prática? Se você ama isso, é isso que deveria fazer. Que sentido faz qualquer outra coisa?

Quase esbarrou em Rishi, porque ele parou de repente. Surpresa, Dimple olhou para cima, para a fachada verde descascada de uma loja que parecia muito velha, no meio de muitas outras lojas que pareciam abandonadas. A placa pintada à mão dizia: TESOUROS DO MUNDO DA WANDA.

– Que lugar é esse?

– É onde a gente vai encontrar Buda – respondeu Rishi, sorrindo e abrindo a porta para Dimple entrar.

CAPÍTULO 11

Rishi

O CHEIRO de sândalo e cravo envolveu os dois como se fosse uma cortina suave que se abria. O sino dos ventos pendurado na porta soou discreto, e Rishi percebeu que estava nervoso. Foi aí que se deu conta de que queria que Dimple gostasse daquele lugar.

Para ser sincero, teriam encontrado uma estátua de Buda em quase qualquer loja em volta do campus. Afinal de contas, estavam em São Francisco. Mas tinha arrastado a garota até aquela loja específica para que ela pudesse vê-la, se deliciar com o lugar. Rishi queria lhe dar um motivo para sorrir. Mas não sabia se aquilo era do gosto de Dimple. Quer dizer, e se achasse todas aquelas coisas velhas e usadas completamente nojentas?

Rishi apontou para o interior da loja, abarrotada e mal iluminada. Por todos os lados, tinham pilhas de *coisas* quase caindo: livros de capa de couro com letras douradas, bandejas douradas e prateadas, colares de miçanga pendurados em xícaras lascadas, móveis velhos de todos os tipos, que rangiam. Do teto, pendiam fios de luzinhas enrolados em volta de grandes espelhos, dosséis de cama e um lustre de cristal estranho que não funcionava.

– Descobri esse lugar por acaso ontem, depois que a gente almoçou. Não sei, acho que achei meio legal…

– Adorei – sussurrou Dimple, e as lentes de seus óculos refletiam as luzinhas, à medida que ela virava a cabeça para olhar em cada canto. Foi até uma cabeça de cavalo pintada e passou a mão na crina perolada. – Incrível.

– Sejam bem-vindos – disse uma senhora de meia-idade e cabelo curto, atrás de uma mesa azul-petróleo, em um dos cantos da loja. – Eu sou a Wanda. Encontrei todas essas coisas em minhas viagens pelo mundo. Algumas vieram de feiras de antiguidade. Outras, ganhei de presente. Deem uma olhada e, se tiverem dúvidas, é só me perguntar!

– Pode deixar! – respondeu Dimple. Em seguida, pendurou no pescoço um conjunto de colares chamativos, com discos dourados do tamanho da palma de sua mão, e pôs a mão na cintura. – O que você acha? É a minha cara, né?

Rishi levantou um dedo, pegou uma tiara cheia de pedras em strass, com uma pena de pavão, e pôs na cabeça de Dimple. – Pronto. Agora, *sim*, você está deslumbrante.

A garota fingiu que desfilava e, por impulso, Rishi pegou a Polaroid e tirou uma foto.

– Ei! – disse ela, quando o flash disparou. – Para que isso?

Em seguida, deu um soco nas costelas de Rishi, como se fosse a coisa mais normal do mundo.

– Ai! – exclamou Rishi, massageando as costelas. – O que deu em você?

– Desculpa – resmungou Dimple, e o pedido pareceu pouco sincero aos ouvidos dele. – Mas, sério, por que você tirou uma foto minha?

– Acho que a gente acabou de riscar "engraçado" da lista – respondeu, lembrando do primeiro item da caça ao tesouro. Sacudiu a foto algumas vezes e esticou a mão, para que a garota a visse. Dimple parecia um peru coberto de joias.

A princípio, Rishi achou que ela ia rasgar a foto. Uma expressão de horror e nojo passou pelo seu rosto. Mas, em seguida, Dimple espremeu os olhos e deu uma risada debochada.

– Ok. Tem razão. – Tirou os colares e a tiara e olhou em volta, com as mãos na cintura. – E aí? Cadê o Buda?

– *Ahá*! Por aqui. – Rishi apontou para a frente e foi se espremendo entre as divisórias e mesinhas de centro. Quando chegaram ao outro lado da loja, fez uma mesura e exclamou: – *Tá-dááá*!

Ficou observando a expressão da garota com atenção enquanto ela absorvia a estátua folheada a ouro de quase dois metros e meio de altura. Dimple arregalou os olhos e se virou para ele, sorrindo. "Uau!" Parecia que levava um soco no diafragma toda vez que ela dava aquele sorriso na potência máxima. Rishi tentou sorrir normalmente e perguntou:

– Não é legal?

Dimple deu risada e foi correndo até a estátua.

– Legal? Isso é simplesmente fantástico! Minha mãe ia surtar. Ela adora estátuas de Buda, especialmente os que dão risada. Tem, tipo, uma coleção inteira no *puja* lá de casa – explicou, referindo-se ao altar presente em todas as residências indianas tradicionais. Em seguida, passou a mão no braço da estátua e completou: – É muito linda, de um certo modo, não é?

Rishi levantou a sobrancelha e pegou a câmera para tirar a foto.

– Se com "linda" você quer dizer "cafona"…

A garota deu uma risadinha e falou:

– É a minha vez de tirar a foto.

E aí arrancou a câmera das mãos de Rishi e, pelo jeito, tinha esquecido que estava presa ao pescoço dele pela alça. Quando puxou a câmera, arrastou o garoto mais para perto, e a cabeça dele se inclinou automaticamente na sua direção.

Rishi congelou, dirigindo o olhar diretamente para os olhos de Dimple. Estavam a uns cinco centímetros de distância. Coisas estranhas estavam acontecendo na boca do seu estômago. Coisas engraçadas.

Dimple

Os olhos dele a faziam lembrar daqueles vidros de farmácia antigos, de um marrom escuro, que quando o sol bate se torna quase âmbar. Dimple adorava coisas antigas. Até seguia uns perfis de fotos antigas no Instagram, e vidros de farmácia eram seu tema favorito.

Logo, era meio mágico estar ali naquele antiquário com um garoto cujos olhos eram do tom perfeito de mel.

Por cerca de dois segundos.

Ela se afastou, tossindo, e soltou a câmera, que bateu no peito do garoto.

– Ai, desculpa. Achei que, *ãhn*… Não sabia que você ainda estava com a alça no pescoço.

Não conseguia olhar nos olhos dele. E aquilo era mesmo uma camadinha de *suor* no seu buço? *Eca*! Dimple fingiu tirar um cacho perdido do rosto e passou a mão para secar.

Rishi não devia estar sentindo aquele alvoroço de estranheza que ela sentia. Respondeu com uma voz absolutamente tranquila:

– Não foi nada. Toma. – Tirou a alça do pescoço elegantemente e estendeu a câmera para Dimple. Quando olhou para ela, seus olhos estavam com um brilho diferente, mas passou tão rápido que a garota achou que tinha visto coisas. – É a sua vez, você tem razão.

Aquele clima de brincadeira e risadas dos últimos minutos tinha se esvaído por completo quando Dimple apontou a câmera para a estátua e tirou a foto.

– Valeu. – Devolveu a câmera para Rishi e ficou sacudindo a foto. Sem dizer uma palavra, ele pendurou a câmera de novo no pescoço. – Então – disse, guardando a foto no envelope que tinha vindo junto com a lista. – E agora? Já temos "Buda" e "engraçado". Fica faltando "água", "amarelo" e "borrão".

"Água" era fácil. Os dois estavam com sede e resolveram não ter a menor imaginação e ir até o café do outro lado da rua comprar garrafinhas d'água. Só que beberam no pátio do lado de fora, sentados em uma mesa de ferro envolta no nevoeiro, com a câmera entre os dois. Foi aí que Rishi começou a jogar gotas d'água na garota.

Dimple realmente achava que era o nevoeiro que, por algum motivo, estava se condensando nela. Inclinou a cabeça para trás e olhou para cima, para ver o nevoeiro que se formava.

– Que estranho. Eu poderia jurar que senti gotas d'água. Será que esse nevoeiro simplesmente vira chuva de uma hora para outra?

– *Hmmm*. Acho que isso não é possível. – Rishi estava com uma expressão completamente impassível e ficou com a mão segurando a garrafa d'água, como quem não quer nada. – Mas talvez um passarinho tenha babado em você.

Dimple deu risada.

– Um passarinho *babou* em mim? O que você andou fumando?

Mas, quando tomou mais um gole d'água, sentiu as gotas de novo. E, quando olhou para cima, viu uma revoada de pássaros.

– Te falei – disse Rishi, ainda completamente sério. – Pouca gente sabe disso, mas pássaros são um dos meus *hobbies*. Algumas espécies, como a *Avius borealis*, que está voando aí em cima, babam para soltar um cheiro. Isso ajuda os outros pássaros a segui-los com mais precisão em áreas de nevoeiro.

– Eu só sinto *cheiro* de mentira.

Só que as palavras de Dimple foram pronunciadas sem muita convicção, até ela percebeu. Tudo o que o garoto estava dizendo era tão ridículo, mas ele estava tão sério… Rishi levantou a mão, solene, e declarou:

– Juro por Deus.

Mas o brilho em seus olhos o denunciava.

– Que interessante.

Dimple mordeu o lábio para não sorrir, olhou para baixo e conferiu a lista da caça ao tesouro. E, quando sentiu novas gotas d'água baterem em sua pele, pegou a câmera e tirou uma foto de Rishi.

Ela capturou o garoto no flagra, rindo disfarçadamente enquanto jogava água nela. A foto ficou muito legal, com a luz do sol refletida nas gotas d'água, que brilhavam como pequenos diamantes. Indo bem na direção dela, congeladas no ar, com um Rishi borrado sorrindo logo atrás.

Dimple mostrou a prova, de sobrancelha erguida.

– Então… baba de pássaro, *hein*?

Os dois se entreolharam por um instante e caíram na gargalhada.

– Eu te peguei por um minuto, admita – falou Rishi, assim que recuperou o fôlego.

Dimple mostrou a língua e disse:

– Nem pensar.

Jamais admitiria isso para ele, mas até que Rishi Patel era um cara engraçado. Podia até ser que ficasse com saudade quando o garoto fosse embora, no dia seguinte.

"Amarelo" e "borrão" acabaram sendo as mais fáceis, porque Rishi tirou uma foto de um bonde amarelo que passou pelos dois.

– *Bum!* Terminamos. E ainda temos... – Olhou para o relógio. Gucci. Dimple lembrou que tinha lido em algum lugar que eram caros, pois tratava-se de "instrumentos de medir o tempo", não relógios. – ...dezessete minutos.

Entregou a foto para ela, e Dimple a guardou no envelope. Caminharam de volta para o edifício Spurlock, que estava a quase um quilômetro de distância.

– Demais. – Dimple olhou de esguelha para Rishi. Os raios de sol oblíquos do fim da tarde deixavam as pontas do cabelo do garoto cor de chocolate. – E o que os seus pais fazem da vida?

– Meus pais? – Obviamente confuso com a pergunta, Rishi respondeu: – Meu pai é executivo, e minha mãe é dona de casa. Por quê?

Dimple ficou se perguntando se a riqueza da família Patel teria sido um dos motivos para seus pais escolherem Rishi para ela e se sentiu envergonhada na mesma hora. Seus pais eram muita coisa, mas não eram mercenários.

– Só por curiosidade. Você acha que nossos pais vão continuar sendo amigos, mesmo você indo embora amanhã? – Dimple falou em um tom leve, mas parecia que estava mastigando cascalho ao pronunciar aquela pergunta. Tentou se imaginar brincando com outra dupla como tinha brincado com Rishi e achou que seria possível. Era bem possível que a colocassem com alguém cujo senso de humor também entenderia na hora, com quem se sentiria tão à vontade quanto estava se sentindo com Rishi. Tudo estava dentro do possível. E, mesmo assim...

– Ah, acho que sim. Tenho a sensação de que, quando as pessoas têm uma ligação de décadas, duas crianças bobas não bastam para acabar com isso.

Ela ouviu um sorriso em suas palavras, mas também tinha um quê de arrependimento, que conferia certa tristeza ao que Rishi disse. Será que estava sendo tola? O garoto já tinha concordado que não namorariam. Seu pai já tinha dito que não esperava nada dela a não ser que vencesse a Insônia Con. Então por que queria que Rishi fosse embora? Qual seria o sentido disso, de verdade? Quem foi que disse que, se conseguisse uma nova dupla, seria alguém melhor ou mais dedicado à sua ideia do que Rishi?

— Então, o que vamos…

— Acho que você deveria ficar.

Os dois falaram ao mesmo tempo, e Dimple virou de frente para Rishi, que franziu de leve a testa, com um brilho de esperança e desconfiança nos olhos.

— Como assim?

— Não vai. Não vai embora amanhã. Acho que eu e você temos que ficar em dupla.

Dimple se deu conta de que estava retorcendo o envelope enquanto falava e se obrigou a parar.

— Sério?

Rishi esboçou um sorriso.

— Bom, como amigos.

Dimple olhou para os próprios pés e depois para o rosto do garoto. Droga. Não queria ter passado a impressão errada.

O garoto ficou com uma expressão confusa.

— Mas… mas eu achei que você estava falando que queria casar comigo!

Dimple ficou olhando para ele, com o coração pesado. E então Rishi caiu na gargalhada, espremendo aqueles olhos cor de vidro de farmácia. As mãos de Dimple coçaram de vontade de pegar a câmera. Mas, em vez disso, ela bateu no garoto com o envelope.

— Você é muito sem graça, Rishi Patel.

Ele deu risada de novo, passou a mão no cabelo delicadamente, e os dois voltaram a andar, lado a lado, encostando os braços de leve.

— Seja como for, eu adoraria ser sua dupla na Insônia Con, Dimple Shah.

CAPÍTULO 12

Rishi

QUANDO Dimple e Rishi voltaram para o auditório, a primeira coisa que notaram foi a multidão se aglomerando do lado esquerdo do recinto cavernoso. Alguém tinha esticado fios de aço compridos e finos e colocado prendedores de roupa. Havia cartazes dispostos em intervalos regulares, escrito GRUPO 1, GRUPO 2, e assim por diante, até chegar ao grupo 25, com o nome das duplas logo abaixo. Alguns já tinham pendurado suas cinco fotos.

Rishi devolveu a câmera Polaroid na mesa de Max e foi correndo ao encontro de Dimple, que estava examinando as fotos do grupo 8 (Tim e José).

— Estão muito boas — ela falou, apontando para o *close* de uma banana. As sementes e manchas pareciam crateras em um grande planeta amarelo.

— *Unf.* Tirar foto de banana para o tema "amarelo"? Que clichê.

Dimple virou para Rishi e ergueu a sobrancelha. Ele estava começando a ver aquilo como um dos talentos da garota: a sobrancelha imperiosa.

— A gente combinou duas fotos. Será que vão achar que fomos preguiçosos?

Rishi deu de ombros e foi com ela até o cartaz do grupo 12: Dimple e Rishi.

– E daí se acharem? Acho que Max vai entender nossa genialidade artística.

Dimple tirou as fotografias do envelope e começou a pendurá-las com os prendedores de roupa. Rishi percebeu que os lábios dela se repuxaram ao ver a foto da careta que fizera no antiquário – com os óculos tortos, a boca retorcida, as narinas abertas. A garota apontou para a foto e disse:

– Ah, claro, total. Essa aqui é pura genialidade artística.

– Jesus, essa só dá para comer com um saco na cabeça. – Uma gargalhada pontuou o comentário e o cara indiano *hipster* passou, junto com o cara branco de barbicha de bode que fazia dupla com Celia. Os dois estavam trocando soquinhos no ar. Olharam bem para a foto, para o rosto real de Dimple, depois para Rishi e passaram.

O garoto se virou para a dupla quando esbarraram nele, e a surpresa foi lentamente se transformando em raiva.

– O que foi que você disse?

Dimple o segurou pelo braço.

– Deixa quieto.

– Mas eles…

– Para. – Os olhos de Dimple brilharam, e Rishi viu que ela estava com uma expressão séria. – Isso só vai piorar as coisas. Deixa os dois pra lá. De qualquer modo, são só grandes imbecis com micropênis.

Rishi franziu a testa. O jeito ensaiado como ela disse aquilo, aquelas frases bem treinadas…

– Como assim "só vai piorar as coisas"? Eles já incomodaram você antes?

Só de pensar, sentiu uma erupção de lava furiosa pulsando em suas veias.

Dimple soltou um suspiro, se encostou na parede próxima das fotos e cruzou os braços sobre o peito.

– "Eles", especificamente, não. Mas, caras como eles. Não tenho uma beleza convencional. E gosto de tecnologia. – A garota deu de ombros, como se não fosse nada demais. – Acho que isso faz essa gente pensar que pode falar esse tipo de coisa. – Respirou fundo e completou: – Como eu disse, micropênis.

O garoto, sem perceber, franziu ainda mais a testa.

– Quem foi que disse que você não tem uma beleza convencional?

Dimple revirou os olhos e respondeu:

– Isso não vem ao caso, mesmo.

Rishi abriu a boca para responder, mas Max estava bem do lado dele, coçando a barba, que brilhava à luz do auditório e tinha cheiro de laranja, como se ele tivesse acabado de passar um óleo nela.

– Ficaram excelentes. – Aproximou-se para observar a foto que Dimple tirara de Rishi jogando água nela. Depois, chegou mais perto da que os dois estavam lado a lado, perto da estátua de Buda. Wanda a tirou bem quando estavam se olhando. Rishi saiu fazendo orelhinhas de burro em Dimple, que lhe lançava um olhar de advertência. – O que me chama a atenção na maioria delas é uma sensação de companheirismo natural. Como se vocês já fossem amigos em espírito. – Nessa hora, deu um sorriso e completou: – Vocês já se conheciam antes do curso?

O garoto sentiu um peso quente apertando seu diafragma. "Como se vocês já fossem amigos em espírito." "É isso", pensou. Apesar de aquele ser o primeiro dia em que ficava mais tempo na companhia de Dimple, tinha a impressão de que já a conhecia. Como se estivessem retomando uma conversa de onde pararam.

Rishi percebeu que não tinha coragem de olhar para Dimple quando respondeu para Max:

– Não. – Limpou a garganta. – A gente se conheceu ontem.

– Bom, então, acho que vocês vão trabalhar muito bem juntos. Mas acho que vocês já sabiam disso. Parabéns.

Max deu um sorriso bondoso e se dirigiu ao próximo grupo.

Dimple

Dimple olhou de esguelha para Rishi, mas ele estava olhando para a foto do bonde amarelo como se Max fosse fazer um questionário a respeito depois.

"Vocês já eram amigos em espírito." Que grande baboseira de *hippie*.

Só que… talvez Max tivesse razão. Era raro Dimple conhecer gente com quem se desse tão bem. Estava sempre na defensiva, como sua mãe gostava de dizer, quando ela sentava sozinha em uma mesa na hora da *garbha,* enquanto os outros meninos e meninas indianos faziam a dança. "Se você ficar sempre com cara de que vai morder os rapazes, *beti,* ninguém nunca vai querer conversar com você." Mas a ideia era meio essa, e sua mãe não entendia.

Dimple não estava querendo elogios quando contou para Rishi que já tinha sofrido *bullying* de caras como aqueles dois imbecis que tinham passado por eles. Tinha o peito reto, insistia em usar óculos e em não usar maquiagem, se recusava a deixar o cabelo crescer e não raro ocupava espaços – como a Insônia Con – que, pelo jeito, eram implicitamente reservados aos homens. Mesmo quando estava no Ensino Fundamental, sempre escolhia ficar no laboratório dos computadores. Ao contrário das outras meninas, mais populares, que sempre se juntavam nas aulas de arte ou nos clubes de leitura. Tudo isso, pelo jeito, fazia os meninos acharem que havia algo de errado com ela. Por um tempo, presumiam que Dimple era lésbica. Porque, sabe?, talvez isso tornasse as coisas – e ela – menos ameaçadoras.

Mas não era assim com Rishi. Parecia que o garoto tinha achado um ponto fraco em sua armadura e entrado se espremendo por ali, insistindo, com sua risada espontânea e suas piadas bobas, para que Dimple gostasse ele. Para que ficassem amigos.

"E será que estamos?", perguntou-se, olhando rapidamente para Rishi. Será que estavam mesmo virando amigos?

– Então, quer se encontrar depois, falar de por onde você quer começar o conceito do aplicativo? – perguntou Rishi, tirando-a de suas encanações.

– *Áhn*, sim, claro. – Dimple coçou a nuca, sentindo-se subitamente perdida. Já que Rishi não era o inimigo, será que isso significava que tinha que perdoar sua mãe? – Vamos nos encontrar na pizzaria de novo e podemos traçar um plano de ataque.

Rishi sorriu para ela, animado, com um brilho nos olhos. E Dimple não gostou de perceber que, na verdade, não odiava a ideia de passar mais tempo com aquele garoto.

CAPÍTULO 13

Dimple

CELIA estava no quarto do dormitório, atravessada na cama, mandando uma mensagem no celular. Quando Dimple entrou, ela tirou os olhos da tela e disse:

– Eeei! Até que enfim. Fiquei com a sensação de não ter visto você o dia todo.

Dimple percebeu que ficou na defensiva; sentiu que aquele muro intransponível, construído com tijolos de cinismo e indiferença, que usava para manter as pessoas a distância, se erguera. A garota não tinha feito nada, propriamente. Só estava fazendo amizade com pessoas que Dimple passara a vida inteira evitando. Ou sendo zoada por elas.

"Mas a Celia não tem culpa disso", lembrou. Até agora, ela não tinha sido nada além de completamente legal. Não podia evitar o fato de ter que fazer dupla com o garoto da barbicha, assim como Dimple não podia fazer nada a respeito de ter ficado em dupla com Rishi.

– Oi.

Tirou a pasta do ombro e se atirou na cama, suspirando de alegria só por estar ali.

Sua amiga pôs o celular na cama, com a tela virada para baixo, e se sentou, de pernas cruzadas.

– E aííí? – perguntou. Dimple percebeu, pela sua voz, que estava remexendo as sobrancelhas. – Vi que você ficou de dupla com o Rishi.

Dimple pegou o travesseiro e o colocou na frente do rosto.

– Fiquei – respondeu Dimple, com a voz abafada. – Ele pediu para ficar comigo quando fez a matrícula.

Celia deu risada, achando graça da situação.

– Que fofo! Então, como é que vão as coisas? Ele te pediu em casamento de novo? Deu mais alguma herança da família de presente?

Dimple soltou um grunhido e tirou o travesseiro do rosto. Virou-se para o lado e apoiou a cabeça na mão.

– Não, graças a Deus. A gente conversou, e acho que ele entendeu que eu simplesmente não estou interessada. E, na verdade, o Rishi foi bem legal. No fim, a gente acabou se divertindo na caça ao tesouro. – Levantou a mão ao ver que os olhos de Celia brilhavam. – Como *amigos*. A gente se divertiu como amigos. Então, acho que não vai ter problema trabalhar em dupla com ele.

Celia sacudiu a mão e comentou:

– É, trabalho hoje, ereção amanhã.

– Que nojo! – Dimple atirou o travesseiro na amiga e, dando risada, Celia o atirou de volta.

– E a sua dupla? Vi que você ficou com um dos cabritinhos.

Celia ergueu a sobrancelha.

– Você quis dizer "gatinhos"?

– O que foi que eu disse? – perguntou Dimple, fingindo estar confusa.

Celia sacudiu a cabeça.

– Bom, sim, fiquei. Ele se chama Evan. O outro gatinho amigo dele se chama Hari, e a menina é, tipo, amiga deles desde o Ensino Médio. E, por acaso, também é prima de terceiro grau do Evan ou algo assim. O nome dela é Isabelle. Ela e Hari ficaram em dupla. Os dois se conhecem desde o Jardim da Infância. – Celia deu um sorriso, se inclinou para a frente e ficou mexendo na manga boca de sino da blusa. – Eles são tão legais... Conheci pessoas como eles no Ensino Médio, mas era diferente, sabe? Eu nunca... – Nessa hora, fez um gesto, como se estivesse encaixando duas peças. – ...me encaixei. Mas acho que vai ser diferente com eles. Pelo jeito, entendem muito sobre colégios particulares e crescer em Nob Hill com pais malucos. E, pelo jeito, Isabelle é tipo um-dezesseis-avos dominicana e tal. O que é legal, porque eu te falei, né? Que meu pai é dominicano?

– Falou... Que legal – comentou Dimple, sem muita empolgação, principalmente porque ela não sabia o que mais poderia dizer.

Celia inclinou a cabeça, e seus cachos volumosos bateram na colcha.

– Você não me parece muito entusiasmada.

Dimple ajeitou os óculos no nariz e respondeu:

– Não, só achei que eles pareciam meio... superficiais.

Ela não ia, não *queria*, contar para Celia sobre os comentários que os garotos – achava que eram Evan e Hari – tinham feito. Não a conhecia tão bem assim e não queria que ficasse com pena dela. Já era ruim o suficiente o fato de Rishi ter ouvido.

– Ah, não são, não – Celia foi logo dizendo, antes que Dimple terminasse a frase. O celular de Celia tocou, interrompendo a conversa, e ela atendeu. – Oi, Isabelle! – falou, animada.

Dimple ouviu um murmúrio agudo e ficou imaginando Isabelle falando pelos cotovelos. – Jantar seria ótimo! – disse Celia. – Que tal comida italiana? – Ficou ouvindo por alguns instantes e respondeu: – Não, tudo bem, não precisamos comer no italiano... O que vocês estavam pensando? – Celia fez careta ao ouvir a resposta de Isabelle. – No Olmo? Não, não sou muito fã da comida de lá... – Depois de uns instantes de silêncio, disse, meio apressada: – Não, não, está ótimo! Acho que eu não estava em um bom dia da última vez que fui lá. Tenho certeza de que vou achar alguma coisa boa hoje. – Celia ouviu um pouco mais e deu risada, que parecia falsa. – Ok. Até mais. Tchau! – Quando desligou, olhou para Dimple, dando um sorriso forçado, e falou: – Olha, vou jantar com eles. Por que você não vai comigo para conhecer o pessoal? – Ao ver a expressão de Dimple, completou: – Convida o Rishi também. Aí, pelo menos, vão ter duas pessoas que você conhece.

Dimple soltou um suspiro. Por um lado, não tinha a menor vontade de ver aquelas pessoas de novo sem ser na aula. Por outro, Celia também estaria lá. E Rishi, se aceitasse o convite. Talvez pudesse deixar tudo aquilo para trás, e Evan e Hari não a incomodariam de novo se soubessem que era amiga de Celia. Todos poderiam simplesmente esquecer daquele comentário idiota e virar a página, sem criar climão. Além do mais, não queria que a companheira de quarto pensasse que estava julgando seus novos amigos sem nem dar uma chance de conhecê-los. Isso tornaria as seis semanas que passariam juntas muito constrangedoras.

– Ok – respondeu, por fim. – Aonde vamos?

– Nesse tal de Olmo, um lugar na avenida Piazza, que fica a uns dez minutos daqui, andando. – Celia coçou a orelha e, de um jeito que não pareceu muito convincente, completou: – Dizem que macarrão aos quatro queijos de lá é demais.

– Tudo bem, eu vou. Vamos juntas?

Celia fez careta e pegou o celular.

– Bem que eu queria, amiga. Mas tenho que dar um pulo em casa rapidinho. Pelo jeito, minha avó resolveu fazer uma visita-surpresa de três dias, e ela surta se não conseguir me ver. – Celia levantou e pôs a bolsa no ombro. Tinha trocado a mochila colorida, com detalhes em *patchwork*, por uma bolsa de couro bege mais certinha. Os dois Cs entrelaçados brilhavam nas luzes do quarto. – Mas te encontro lá às sete, tá?

– Tudo bem. – Ao ouvir a porta bater depois que Celia saiu, Dimple se sentou e ficou olhando para o teto. Era só um jantar ridículo. E aí ela estaria livre. Nada demais. Tirou o celular da bolsa. Como Max tinha obrigado todas as duplas a trocarem os números do celular, Rishi já estava em seus contatos. Por algum motivo, as suas mãos suavam de leve enquanto ela digitava.

Oi, é a Dimple. Quer ir jantar com os amigos novos da Celia em vez de ir à pizzaria? Às 7.

Espera aí, com os *Aberzombies*?

Dimple deu risada, mas não ficou muito surpresa com o fato de o apelido inventado por Rishi descrever exatamente o que ela achava do grupinho.

Sim, infelizmente. Mas prometi que daria uma chance a eles. No Olmo, na avenida Piazza.

Claro, eu vou. Quer que eu te busque ou a gente se encontra lá?

A garota pensou alguns instantes, com o coração levemente acelerado. Será que aquela pergunta era capciosa? Se pedisse para Rishi vir buscá-la, será que passaria a impressão errada? Mas, se não pedisse, será que daria a entender que não queria passar mais tempo com o garoto do que o absolutamente necessário?

Dimple bateu a testa na tela algumas vezes e digitou:

Vem me buscar às 10 pras 7.

A resposta de Rishi foi imediata:

Até mais.

Exatamente às 6h49 alguém bateu na porta do quarto de Dimple. Ela abriu e deu de cara com Rishi, que estava usando uma camisa vinho perfeitamente passada (a cor ficava bem nele, realçava o vermelho dos seus lábios, agora que Dimple estava olhando, *olhando* mesmo) e calça cáqui. Muito Garoto no Primeiro Encontro. Pelo menos, não tinha trazido flores.

Rishi

Rishi chegou a pensar em levar uma flor de caule longo – sabia que aquilo não era um encontro: quem sabe um cravo em vez de uma rosa? –, mas desistiu no último instante. Ao ver a expressão de Dimple agora, examinando o seu traje esporte fino, ficou meio feliz por isso.

Dimple

Isso Dimple podia dizer a respeito de Rishi: com ele, não existia trapaça. Nada de joguinhos, nem de tentar ser descolado nem parecer algo que não era. Rishi era ele mesmo, descaradamente. A garota sentiu uma pontada de carinho e tossiu para disfarçar.

– Ah, *ãhn*, oi. Estou me sentindo malvestida.

– Você está incrível. – Rishi sorriu, e Dimple sentiu que o garoto realmente estava sendo sincero. – Vamos?

Lá fora, o sol tinha tingido o nevoeiro com tons suaves de rosa e dourado. Karl se espreguiçava, brincando com o cabelo dos dois e sussurrando umidade em seus ouvidos. A luz do final da tarde espichava as sombras de ambos, e uma leve brisa balançava as folhas dos eucaliptos pelos quais passavam. Dimple tirou um cacho perdido e úmido da frente do rosto.

– Então, quer conversar rapidinho sobre a ideia que eu tive para a Insônia Con? Já que a gente não vai comer pizza para falar disso?

Rishi pôs as mãos nos bolsos e respondeu:

– Claro.

Dimple sentiu sua pulsação acelerar. Passara tanto tempo pensando nisso e agora, finalmente, havia chegado a hora. A chance de tornar aquilo realidade.

– Então, a primeira coisa que você tem que saber é que meu pai é diabético. Ele realmente tem dificuldade para tomar os remédios e seguir a dieta à risca. Está sempre falando que é um pé no saco lembrar de todos os detalhes que ser diabético envolve. A injeção, os remédios, a dieta, os exercícios… Isso me fez pensar: e se houvesse um jeito de facilitar e tornar esses cuidados mais divertidos para as pessoas doentes? E se existisse um app que transformasse isso em um tipo de jogo, com um sistema de premiação?

– Interessante. Acabei de ler um artigo sobre a psicologia dos games. Que até mesmo os games mais simples e repetitivos podem ser viciantes, se a pessoa recebe prêmios suficientes ou algo assim.

A garota balançou a cabeça, animada com o fato de Rishi já ter ouvido falar naquilo.

– É, isso se chama *loop* compulsivo. Quando repetimos um certo comportamento e recebemos algo em troca, temos vontade de seguir repetindo esse comportamento. Então, se esse comportamento for registrar que a pessoa tomou o remédio ou seguiu a dieta, algo que será representado visualmente e garantirá uma recompensa, as pessoas vão querer continuar repetindo. Mas precisa ser algo simples, que até pessoas mais velhas como o papai consigam fazer facilmente no celular.

Rishi olhou para ela, impressionado.

– Isso é muito legal. Já adorei a ideia.

Dimple ficou corada e abaixou a cabeça.

– Obrigada. Espero que os jurados também adorem.

– A gente só tem que se esforçar um pouco mais para eles adorarem.

A garota sorriu para ele, para o seu entusiasmo franco. Baixinho, falou:

– Aliás, obrigada por ter vindo a esse negócio.

– Sem problemas. – Alguns instantes de silêncio. – Então, por que estamos indo mesmo?

Dimple reparou no "nós", em vez de "você", e sentiu um calor na barriga. Rishi era um bom amigo naturalmente, dava para perceber. O tipo de cara que transforma em sua qualquer preocupação que a gente tem.

– Principalmente porque é importante para Celia, e acho que esse mês e meio vai ser bem menos constrangedor se eu fizer um esforço para gostar dos amigos dela. Tenho certeza de que vão aparecer em nosso quarto e tal... – Dimple lembrou que Celia tinha ficado corada quando falou de Evan. – Além disso, se eu puder conhecê-los melhor, quem sabe...

Deixou a frase no ar, sem conseguir acreditar que estava prestes a contar para Rishi os seus pensamentos.

– Quem sabe eles não vão te incomodar de novo – completou o garoto, compreensivo. – Faz sentido.

Os dois caminharam lado a lado, ambos olhando para a frente, até chegarem ao semáforo.

Dimple se virou para Rishi, enquanto esperavam pelo sinal verde.

– Sério? Faz sentido para você?

– Claro.

O olhar do garoto era límpido e sincero.

Dimple deu um leve sorriso.

– Você não é desses que acha que a gente não deve dar mole para quem faz *bullying*?

Rishi deu de ombros. O semáforo ficou verde, e começaram a atravessar a rua.

– Isso também faz sentido. Mas se você quer tentar apelar para o lado simpático deles, não vejo nada de mal.

Dimple balançou a cabeça. Não precisava que Rishi concordasse com ela: sabia que sua estratégia era boa. E, mesmo assim, por algum motivo, se sentia vulnerável, de um jeito completamente novo. Normalmente, ignorava essas pessoas, fingia que não existiam.

E funcionava, quase sempre. Costumavam se cansar e a deixavam em paz, prontos para atacar a próxima vítima, de preferência alguém que lhes desse o que queriam: sangue e lágrima. Mas, desta vez, estava se dirigindo diretamente à boca da fera. Ia jantar com aquelas pessoas.

"Mas você não sabe se eles realmente são do tipo que faz *bullying*", tentou se convencer. Claro, tinham feito aquele comentário desprezível sobre o seu rosto. Mas, quem sabe… "Quem sabe só estivessem tendo um dia ruim."

No mesmo instante em que pensou isso, ficou irritada consigo mesma. Dias ruins não justificam debochar da aparência de alguém, nem ser cruel e vulgar como tinham sido. Sabia disso.

"Estou com medo", Dimple percebeu e levou um susto. Aquilo era novo para ela. Não fazia ideia do que poderia acontecer se jantasse com gente desse tipo e, de certo modo, aquilo era apavorante.

Olhou para baixo e viu os pés de Rishi, com seu sapato social, do lado dos dela, de All Star, e sentiu uma onda de gratidão. Pelo menos, não estava indo para lá sozinha. E, quem sabe? Quem sabe, até o fim da noite, não teria nada a se preocupar em relação a Evan e Hari.

CAPÍTULO 14

Rishi

TINHA algo diferente nela, que incomodava Rishi, feito uma etiqueta daquelas que coçam na nuca. Não conhecia Dimple muito bem, óbvio, mas, naquela noite, ela estava simplesmente… estranha. Parecia uma impressão desbotada da pessoa vibrante que conhecia. Como se alguém tivesse deixado uma fotografia no sol tempo demais. Ela estava meio que encolhida, com os braços por cima da *kurta* cinza, os cachos escondendo o rosto, feito uma cortina improvisada.

Rishi cerrou os punhos ao lado do corpo e tentou respirar. Ok, iam só jantar com aqueles escrotos aquela noite. Tudo bem. Isso não significava que ele ficaria sentado enquanto riam de Dimple. Se saísse qualquer coisa parecida com aquele comentário que ouvira, perderia a cabeça. Não era assim que a garota gostava de lidar com aquilo, mas sério… A gente aguenta as coisas até certo ponto, depois tem que pôr um fim. Além do mais, Rishi conhecia pessoas como aqueles *Aberzombies*: frequentou o colégio – particular – em Atherton. E, em 99% das vezes, eles eram cheios de papo, mas não tinham culhão.

Olhou para Dimple de novo, tomado pela preocupação. Queria que ela tivesse simplesmente recusado o convite de Celia. Será que valia mesmo a pena?

Dimple

A ansiedade apertou seus dedos gelados ao redor de Dimple, tentando entrar. Ela respirou fundo quando estavam chegando perto do Olmo, que tinha uma fachada de lugar super da moda – percebeu, surpresa –, com letras prateadas que reluziam à luz do sol que se punha. As janelas eram tapadas por um tecido dourado e pesado. Os dedos da ansiedade se tornaram garras. A garota se virou para Rishi e perguntou:

– *Áhn*, esse lugar é tipo *chique*? – sussurrou a palavra "chique" como se fosse algo ilícito, bem na hora em que um casal de 50 anos, bem-vestido, passou por eles. Antes que Rishi conseguisse responder, a recepcionista – de aproximadamente 25 anos e usava um vestido preto justo e saltos dourados –, que abriu a porta para o casal, sorriu para os dois.

– Oi! Mesa para dois?

Dimple percebeu que a garota espremeu os olhos de leve ao ver sua calça jeans *skinny* e seu tênis All Star antes de responder:

– Na verdade, vamos encontrar alguns amigos – falou, baixinho. – Celia Ramirez?

A recepcionista digitou algo no computador e deu um sorriso.

– Ah, sim. Por favor, passem.

Ah, que ótimo. Quando entraram no salão do restaurante, foi ficando cada vez mais claro por que Rishi estava vestido daquele jeito. Por todos os lados, havia casais e grupos pareciam que estavam indo a uma conferência ou a uma festa, sorrindo e dando risada nas mesas à luz de velas. Em cada mesa de toalha dourada, havia um aquário de vidro cheio de flores amarelas clarinhas. No centro do salão, tinha um chafariz de verdade, que estava ligado. Dimple era a única ali de *kurta* desbotada, calça jeans e All Star.

Enquanto a recepcionista os levava cada vez mais para os fundos do restaurante, Dimple disse para Rishi:

– Por que você não me falou? Estou tão malvestida. Você disse que eu estava bem!

– Desculpa! – Sua expressão de angústia ao perceber o constrangimento da garota era óbvia. – À tarde, costuma ser um ambiente mais casual, achei que você estaria bem-vestida. Nunca jantei aqui.

Dimple soltou um suspiro.

– Celia falou que o macarrão aos quatro queijos deles é incrível. Estava esperando um lugar pequeno, meio caseiro. – Outro pensamento lhe ocorreu, e ela ficou pálida. – Droga, não tenho como pagar isso. – Ela tinha como pagar, mas só se usasse o cartão de crédito que seus pais haviam lhe dado para emergências. Coisa que ela não queria, não queria mesmo, fazer. A conta ia direto para eles.

– Não se preocupe – falou Rishi, na mesma hora. – Eu pago.

A garota se virou para ele, com o rosto pegando fogo.

– De jeito nenhum.

– Mas...

– Eu não aceito esmolas. Além do mais, não quero ser a única que não vai pagar do próprio bolso, Rishi. Isso, com certeza, não vai pegar bem com essa gente.

Ele soltou um suspiro e, depois de alguns instantes, balançou a cabeça concordando.

Rishi

A recepcionista levou os dois até a mesa, uma mesa grande no canto, iluminada por seu próprio lustre de madeira entalhada. Estava vazia.

– São os primeiros a chegar – disse ela, animada. – Por favor, sentem-se, que o garçom logo virá atender vocês.

– Obrigado – respondeu Rishi.

Dimple se encolheu em uma das cadeiras, e Rishi se sentou ao seu lado. Ela parecia estar ainda mais desanimada. O celular da garota tocou, ela o tirou da bolsa e olhou para a tela.

– Que ótimo – resmungou. – Celia teve que ficar vendo um filme com a avó. Vai chegar trinta minutos atrasada.

– Vai ser interessante ver se os *Aberzombies* vão chegar antes dela. Pelo menos, Celia avisou.

Dimple deu um sorriso murcho.

– Bom, se eles não vierem, pelo menos vai ser bom para o meu bolso.

Pegou o cardápio e abriu, lendo os pratos com uma expressão que só podia ser descrita como "de medo".

Rishi limpou a garganta e falou:

– Olha, *ãhn*, vou no banheiro rapidinho. Já volto.

Foi até o fundo do restaurante, onde havia uma porta dupla que levava até a cozinha. Um garçom de meia-idade e gravata borboleta se aproximou dele sorrindo.

– Olá, senhor. Posso ajudá-lo?

– Pode. Olha, estou sentado naquela mesa ali. – Nessa hora, apontou discretamente para a mesa. – De sete pessoas, a reserva está em nome de Ramirez. Gostaria de pagar a conta toda.

O garçom sorriu, gentil.

– Ok, senhor. Vamos fazer o seguinte: trazemos a conta e...

– Não. – Rishi sacudiu a cabeça. – Você não entendeu. Quero pagar anonimamente. Com antecedência.

O garçom ficou parado, com a boca entreaberta, a testa franzida.

– Anonimamente?

– Sim. – O garoto se esforçou para transmitir paciência. Será que ninguém nunca tinha feito aquilo? Bom, pensando bem, talvez não. – Gostaria de pagar agora, e que você ou quem for nos atender não dissesse nada a respeito de quem pagou a conta. Talvez vocês possam simplesmente dizer que alguém pagou a nossa conta, tipo aquele lance de "corrente do bem", sabe? Pode ser?

O garçom ajeitou a gravata borboleta, ainda com cara de perdido.

– Mas, senhor, como vamos saber quanto cobrar com antecedência?

– Bom... – Rishi pegou a carteira e tirou dela um maço de notas. – Isso deve dar para pagar sete refeições, certo? Mais a gorjeta? Pode ficar com o troco.

O garçom pegou o dinheiro e guardou discretamente na pastinha que tirou do avental.

– Claro, senhor. Eu mesmo vou atender sua mesa.

Rishi sorriu para o homem e, depois de alguns instantes, o garçom também sorriu.

Dimple

Ah, não. Ah, não, ah, não, ah, não.

Dimple ouviu e sentiu o cheiro deles antes de vê-los. Os *Aberzombies*. Em vez de gemidos mortais, eram conhecidos por suas risadinhas estridentes (meninas), suas gargalhadas forçadas (meninos) e pelo perfume caro em excesso (ambos). Esticou o pescoço e tentou encontrar Rishi, desesperada, mas ele não estava ao alcance da vista. Tinha ido ao banheiro há apenas um minuto, e a garota teria que encarar aquilo sozinha.

Dimple se virou para Evan, Hari e Isabelle, que se aproximavam, rindo e falando alto, sem ligar para as pessoas mais velhas que estavam jantando e olhando feio para eles. Evan era uma versão mais clara e alta de Hari. Mas, tirando isso, os dois estavam usando roupas quase idênticas, camisas xadrez sem graça com o logo da Ralph Lauren no peito, calças cáqui e mocassins. No pulso dos dois, havia relógios de ouro, pesados e reluzentes. Ao contrário do relógio de Rishi, os deles eram feitos para gritar: "Olhem para mim!". A luz bateu no relógio de Evan e queimou a retina de Dimple. Piscando, ela olhou para Isabelle. Apesar do frio que estava fazendo, a garota usava um vestidinho mínimo, sem alças, azul, que realçava o tom de bronzeamento artificial de sua pele. Um cinto branco bem fino pendia em volta da cinturinha, e uma pequena cruz de diamantes brilhava perto do seu pescoço. Tinha feito cachos no cabelo loiro que passava dos ombros.

Todos se sentaram sem sequer olhar para Dimple, ainda entretidos falando de um cara chamado Corey, que era do time de *lacrosse* lá da cidade deles. Dimple tomou um gole d'água, tentando não se sentir pequena e insignificante. "Não dou a mínima para eles", ficou pensando. "Vim aqui por mim mesma." Finalmente, depois de uns cinco minutos, quando o assunto estava acabando, Isabelle dirigiu seus olhos azuis para Dimple.

– Oi – falou, dando um sorriso contido. – Você é a Dimple, né? – A garota pronunciou "Dimple" fazendo uma leve careta de nojo. Como se Dimple se chamasse "Cisto Cheio de Pus" ou "Careca Masculina".

– É – respondeu Dimple, se obrigando a sorrir. – E você é a... Isabella? – Não conseguiu se conter.

– *Isabelle* – retrucou a menina, de má vontade, como se já tivesse corrigido o nome mil vezes. O que, claro, era exatamente o que Dimple esperava.

– Ah, tá. Desculpa. – Então se obrigou a se dirigir aos garotos, que olhavam o cardápio, calados. – E vocês devem ser Evan e Hari, né? Celia me falou de vocês. – E ela pronunciou "Hari" da maneira correta, enrolando o R e falando A como se tivesse acento agudo.

Evan só balançou a cabeça e voltou a olhar o cardápio, mas Hari se virou para ela, com o seu sorriso de quem usou aparelho, que a fez se sentir toda grudenta. – Na verdade, se pronuncia "rérri", como o nome "Harry".

Evan deu risada.

"Na verdade, não", pensou Dimple. "Por que ele deveria poder se fazer de superior sendo que está errado?"

– Só que não – respondeu ela, sem conseguir se controlar.

Hari lhe lançou um olhar gelado e venenoso, e falou:

– Perdoe-me se não tenho vontade de seguir um conselho a respeito do meu nome de alguém que se chama "Dimple".

A garota sentiu seus ombros se encolherem, por mais que tentasse não fazer isso. Não deveria dar tanta importância a alguém como Hari, mas não conseguia evitar. Sentia-se completamente maltrapilha e posta em seu devido lugar. O que, claro, era exatamente o que ele pretendia.

Evan deu uma gargalhada exagerada e falou:

– Cara... – com os lábios encostados no próprio punho cerrado.

Isabelle olhou para Dimple de esguelha. Um leve rubor estava aparecendo em suas bochechas.

– Para – resmungou. – Ela só está interessada em estabelecer uma ligação com alguém que vem do mesmo país.

Dimple se segurou para não revirar os olhos para a defesa bem-intencionada de Isabelle. Precisava de um cartaz tipo de homem-sanduíche escrito "Os Estados Unidos são o meu país também".

Evan deu um sorrisinho.

– É, não liga para o Hari. "Harry". Ele não é tão viajado como a gente.

Isabelle deu uma risada disfarçada e ficou mexendo na cruz, obviamente incomodada.

– Velejar no iate do papai não quer dizer que você é viajado.

Evan se recostou na cadeira e disse:

– Olha aqui, já fui para Manila, para Mumbai *e* para o Haiti, em missão. E aqui está a prova: assim que você chega ao aeroporto, dá para sentir *o cheiro* de países do terceiro mundo. Isso é uma coisa que os guias de viagem não contam. Pode perguntar para qualquer um. Pergunta para a Dimple. Não é verdade? – falou, com os olhos verdes arregalados. – Não dá para sentir o cheiro assim que você pousa?

Dimple se segurou para não demonstrar a raiva que estava sentindo e respondeu:

– *Ãhn*, não vou para a Índia desde que eu era criança. Não lembro.

Eram só moleques ricos e burros que não sabiam de nada. Ela sabia disso. E, mesmo assim, por algum motivo, era incrível como aquele tipo de conversa a fazia se sentir *tão diferente*. Com as mãos tremendo de leve, pegou o copo e tomou um gole de água gelada. E começou a se arrepender de ter aceitado aquele convite para jantar.

CAPÍTULO 15

Dimple

ASSIM que se virou para voltar para a mesa, Rishi viu que os *Aberzombies* tinham chegado. Apressou-se para voltar logo para o lado de Dimple. E, quando a viu, com o rosto vermelho, mordendo o lábio, teve certeza de que já tinham soltado alguma, e ele havia perdido. Droga.

Sentou-se e deu um sorriso para a garota.

– Desculpa ter demorado tanto. Tinha fila.

– Imagina – murmurou ela, com os olhos fixos no cardápio.

Rishi começou a olhar o cardápio também.

– O que te parece gostoso?

– *Áhn*, oi? – disse uma voz feminina. – Eu sou a Isabelle?

Rishi levantou os olhos, fazendo questão de pôr a "máscara de entediado" que havia aperfeiçoado no colégio particular.

– Rishi.

Não cumprimentou os garotos e voltou a olhar o cardápio.

– Rishi – repetiu Isabelle, pronunciando "Riiii-shiiiii", apesar de ele ter acabado de pronunciar corretamente o próprio nome. – Vocês têm uns nomes tão interessantes.

A garota disse "interessante" de um jeito que deixava claro que queria dizer "esquisito".

Rishi olhou de novo, fazendo uma cara fingida de confusão.

– Vocês quem? Você está se referindo ao pessoal da Insônia Con? Porque eu não notei isso.

Nessa hora, ouviu o suspiro de Dimple e, quando olhou, percebeu que ela tinha mordido a própria bochecha para não sorrir. Seu coração deu pulinhos de alegria.

– Não, não… Eu estava falando, bom, do nome do *Hari*… Mas você… – Isabelle deixou a frase no ar. Era óbvio que sua educação de classe alta tornava difícil explicar o que ela *queria* dizer.

Ficaram falando sobre assuntos insignificantes e sem perigo de ofensa por cerca de quinze minutos. Os garotos ficaram praticamente calados, a não ser quando davam respostas atravessadas à tagarelice de Isabelle, que não parava de falar de qual fraternidade faria parte quando entrasse na faculdade. Queria que todos soubessem que a mãe simplesmente *morreria* se ela não entrasse também para a Alfa Ômega da Universidade do Sul da Califórnia, como as avós do lado materno e paterno.

Uma hora (ainda bem) mudaram de assunto e começaram a falar sobre a Insônia Con.

– Eu e o Hari achamos que vamos vencer, né? – Isabelle deu um sorriso e se inclinou na direção do garoto, que fez carinho no ombro dela com uma cara inexpressiva, olhando para o seu decote.

Rishi ergueu as sobrancelhas, se virou para Dimple e comentou:

– Não sei, não. Acho que nossas chances de vencer são grandes. A sua ideia é muito boa. Inovadora, ambiciosa na medida certa… Acho que a gente vai arrasar.

Evan ergueu a cabeça, com um leve interesse no olhar, e perguntou:

– E que ideia é essa?

Rishi olhou para o garoto, obrigando-se a fingir uma certa surpresa, como se não tivesse percebido que Evan estava empoleirado na cadeira como se fosse o rei da mesa, do restaurante e do mundo.

– Ah. Bom, não quero revelar. "Inspirar" vocês sem querer, sabe? – Aí deu uma gargalhada e ficou só observando, satisfeito, Evan e Hari ficarem vermelhos. – Nossa ideia é boa nesse nível.

– Você não precisa se preocupar com isso, mano – disse Hari, olhando para Evan. – A gente é cheio de ideias. É uma pena ter que dividi-las com duas garotas. Não acredito que nos separaram mesmo depois do meu pai ter feito aquela doação.

Evan, pelo menos, teve a decência de ficar com a cara ligeiramente constrangida enquanto Isabelle choramingava, toda se lamuriando, feito uma menininha.

– *Ooolha*, a gente é tão boa quanto vocês. – E mostrou a língua, graciosa, mas algo na postura rígida dela deixava transparecer um incômodo profundo. Parecia tanto alguém que estava atuando no papel de menina rica, bonita e mimada que Rishi se perguntou se a garota ensaiava na frente do espelho para poder desempenhar melhor o papel.

Ao seu lado, Dimple se endireitou na cadeira.

– No mínimo, ter garotas na dupla de vocês vai só melhorar as suas ideias. – Nesse momento, ajeitou os óculos, como sempre fazia quando se sentia especialmente animada com alguma coisa. Rishi tinha percebido isso. – Pesquisas mostram que mulheres são melhores programadoras…

Hari bocejou, um bocejo alto e demorado, cortando Dimple, que ficou completamente vermelha e se calou.

Rishi se virou para ele e disse:

– Bom, acho que isso só serve para demonstrar que nem todo o dinheiro do papai basta para comprar boas maneiras.

De canto de olho, ele viu que Dimple estava praticamente boquiaberta. Isabelle ficou estranhamente quieta, e Evan levantou os olhos do cardápio bem devagar. Hari se inclinou para frente, aproximando-se de Rishi com as bochechas morenas em um tom de fúcsia.

– O que foi que você disse? – perguntou.

Rishi deu um sorriso simpático e respondeu:

– Ah, você ouviu. Se você tem que ser desagradável para provar que é melhor do que os outros, então… Bom, digamos que estirpe não é tudo.

Hari cerrou o punho em cima da mesa, e Evan pôs a mão em seu braço.

– Relaxa, mano. Não deixa o cara te irritar.

Uma tensão se instaurou na mesa. Dimple se acomodou, rígida, na cadeira, recusando-se a olhar para os outros; ficou olhando para um ponto fixo ao longe. Rishi sentiu uma pontada de culpa. Não tinha feito o que a garota lhe pedira. Dimple queria que aquele jantar fosse uma reconciliação, e ele tinha feito exatamente o oposto disso, seja lá o que fosse.

– Desculpem o atraso! Quando a *abuelita* começa a falar, não para mais. E aí ela me empurrou um monte de *comida*. Não sei nem como vou fazer para guardar.

Todos se viraram ao ouvir aquela voz rouca. Era Celia. Tinha duas sacolas com ela, incluindo a bolsa, e os óculos roxos *sem grau* estavam segurando seus cachos no alto da cabeça. Ela ficou calada, olhando um por um.

– O que foi que eu perdi?

Dimple

Dimple tinha vontade de morrer.

Não conseguia acreditar em Rishi. O que ele estava pensando, caramba? Por acaso não tinha pedido para ele não interferir? Era para o garoto simplesmente estar presente, não praticamente desafiar Hari para um duelo. Sua mão coçava de vontade de socar alguma coisa, e as costelas dele estavam tão perto…

Se não achasse que isso tornaria tudo ainda pior (*ha!*, como se isso fosse possível), teria ido embora naquele instante. Ia simplesmente falar para Celia que estava se sentindo mal e dar o fora. Mas, em vez disso, se obrigou a dar um sorrisinho e respondeu:

– Nada. Você não perdeu nada. E aí? Que filme ela te obrigou a assistir?

Celia entregou as sacolas para o garçom solícito, de gravata borboleta, e se sentou, soltando um grande suspiro. E, quando começou a contar o martírio de assistir *Adoráveis mulheres* com a avó dominicana de 72 anos, Dimple se permitiu simplesmente não prestar atenção. Olhou para Hari, que estava com cara de quem queria estar em qualquer lugar que não fosse ali. Estava no celular, mandando mensagem para alguém, sem parar. Isabelle estava hipnotizada pela história de Celia, o que não deixava de ser interessante. Talvez gostasse mesmo dela. Evan estava sorrindo, educadamente, mas dava para ver, pelo jeito como não parava de olhar para o celular, que não estava muito interessado pela história. Dimple supôs que estavam ali só para fazer um favor para Isabelle.

Finalmente, olhou para Rishi, meio de lado, e sentiu um calor no rosto quando viu que o garoto estava olhando para ela também. Em seguida, endireitou-se na cadeira, lembrando que estava brava com Rishi por causa do que ele tinha dito para Hari. Tentou transmitir sua fúria pelos olhos, mas o garoto só sorriu. Sacudiu a cabeça para Rishi, que levantou as sobrancelhas, tipo "Que foi?". Mas percebeu que o garoto ficou com as pontas das orelhas vermelhas. Ah, ele sabia muito bem o que tinha feito.

O garçom, que meio que intuiu a interrupção na história de Celia, apareceu do nada.

– Já escolheram? – perguntou, sorrindo.

Dimple poderia dizer uma coisa a respeito daqueles lugares ridiculamente caros: o serviço era impecável. Não conseguia ver isso acontecendo no *Bistrô Bombaim*, um restaurante indiano pequeno, de bufê, que era o conceito que a sua família tinha de lugar chique para jantar fora.

Assim que todos fizeram o pedido (Dimple foi a única que pediu só uma sopa de tomate com manjericão, apesar de Rishi insistir para ela pedir algo mais substancioso. Qual parte de "não tenho dinheiro para pagar este lugar" o garoto não entendeu, aliás? Como gente rica é burra), o assunto mudou, inevitavelmente, para onde todo mundo "veraneava" quando não estavam fazendo coisas corriqueiras como participar da Insônia Con. Isabelle jurou que Boca Raton era o melhor lugar, e sua família tinha casa lá, mas Evan gostava de Praga, e Hari disse que as garotas das Bermudas eram as melhores (*eca*).

Rishi olhou para Dimple, que ficou tensa. Alguma coisa nos olhos dele… sempre dava pra ver quando ia inventar alguma que ela não ia gostar. Antes que conseguisse abrir a boca para impedi-lo, o garoto decolou, feito um foguete impossível de parar.

– Então... Conta, Hari, de que parte da Índia seus pais são?

Hari foi erguendo a cabeça lentamente até olhar feio para Rishi, e Dimple percebeu que a boca do garoto se retorceu. Ele estava constrangido.

– Meus pais são de San Mateo, aqui na Califórnia.

Rishi balançou a cabeça, impassível.

– Certo... E os seus avós?

Hari levantou as duas sobrancelhas brilhantes: parecia que tinha passado cera e pó nelas.

– Posso imprimir a minha árvore genealógica para você depois, se quiser.

Evan começou a dar sua gargalhada inconsequente, mas Rishi o interrompeu e falou em alto e bom som:

– Deixa eu te contar uma coisa: jamais vou me esquecer do verão passado, quando visitei a casa dos meus ancestrais em Guzerate.

Todo mundo estava olhando para ele. Rishi até poderia ter sentido o calor dos olhares, mas não deixou transparecer nada.

– Foi incrível – continuou, com um brilho nos olhos, como se não tivesse a menor ideia de que iam achar aquela história qualquer coisa, *menos* incrível. – Todas aquelas décadas, mais de um século de história! Quando eu ficava no pátio, na chuva, tinha a sensação de que os deuses estavam cantando no céu.

Celia estava com uma expressão confusa, como se estivesse sentindo uma corrente de ar estranha, mas não sabia o que era nem como tinha surgido. Hari bufou, debochado, mas não falou nada. Parecia estar um pouco envergonhado agora – Dimple percebeu que todos os *Aberzombies* pareciam estar, na verdade –, como se não soubesse o que fazer na presença de alguém que estava se sentindo tão obviamente à vontade com o fato de não ser descolado. Alguém que tinha a audácia de achar que *ele* era o descolado, quando era tão óbvio que não era.

Dimple limpou a garganta e falou:

– Isso é demais mesmo. – Obrigou-se a falar mais alto, com firmeza e clareza, sorrindo para Rishi. – Aposto que essas férias são muito mais significativas do que ir para as Bermudas e transar com uma garçonete que você nem lembra o nome.

E então lançou um olhar para Hari, e quase deu risada ao ver sua expressão. Parecia que o garoto estava se engasgando com uma espinha de peixe.

O garçom chegou com os pratos bem nessa hora, e todo mundo voltou sua atenção para a comida.

CAPÍTULO 16

Dimple

– **ENTÃO,** baseado nas impressões do primeiro dia, quem vocês acham que vai vencer a Insônia Con? – perguntou Celia, entre uma garfada e outra do seu macarrão aos quatro queijos, de 42 dólares. Dimple não conseguia evitar de ficar calculando o valor de cada garfada. "Lá se vão dois dólares. E mais dois. Ela nem mastigou direito *estes* dois dólares."

– Essa é uma pergunta que não se faz – respondeu Hari. – Ou vai ser a dupla do Evan ou a minha.

Dimple se segurou para não revirar os olhos depois dessa. Por acaso "parceria" não significava que a dupla não era só deles?

– Acho que José Alvarez e Tim Wheaton têm boas chances – comentou, tomando uma colherada da sopa de tomate com manjericão. Que, por 25 dólares, tinha gosto de extrato de tomate diluído em água. – Eles têm planilhas do que vão fazer em cada dia da semana e tudo. O José até já escreveu uma rotina de coisas para o computador fazer à noite, enquanto eles dormem.

Dimple jamais admitiria, mas sentiu uma pontada de inveja daquele planejamento tão bem pensado. Por que ela não tinha pensado nisso?

– É, os dois devem planejar isso desde o primeiro ano do Ensino Médio. – Rishi deu risada. – Eu aposto no Marcus Whitman e Simon Terrence. Depois da Dimple e de mim, claro.

– Os dois são bons – concordou Dimple. – Mas não têm aquela dedicação focada que o José e o Tim têm. Eles, tipo, respiram esse negócio.

– *Âhn-hãm* – interveio Celia. – Eu até ouvi dizer que eles pagaram para os respectivos colegas de quarto, para poderem ficar juntos e trabalhar nesse negócio 24 horas por dia.

Esse tipo de negociação era bem comum na Insônia Con, e os organizadores simplesmente fingiam que não viam. Provavelmente porque era muito difícil de controlar.

– Eu não me importaria de ficar no mesmo quarto do que a Dimple – disse Rishi, dando risada, e todos viraram para ele. E para ela.

Dimple sentiu seu rosto ficar completamente vermelho.

– Como assim? – disparou.

A ponta das orelhas de Rishi pegaram fogo, e o garoto ficou com uma expressão sem graça quando percebeu o que tinha acabado de dizer.

– Só falei porque a gente podia dar uma surra em todo mundo. *Seee* tivesse mais tempo, tipo assim, se estivéssemos no mesmo quarto. – Rishi soltou um suspiro quando viu que Dimple não tinha se convencido. – Deixa pra lá.

Celia deu uma risadinha e comentou:

– Que fofo.

– É. – Evan deu um sorriso estranho de tão falso. – Que… fofo.

Antes que a situação ficasse ainda mais constrangedora, o garçom apareceu e perguntou:

– Alguém gostaria de uma sobremesa?

Dimple gemeu por dentro. Por que ele simplesmente não trazia a conta? Agora teria que fingir que estava cheia de água de tomate, enquanto todo mundo pedia sobremesas de 50 dólares e comia na frente dela.

A amiga olhou para ela e perguntou:

– Os crepes de Nutella são uma delícia. Quer dividir um comigo?

Crepes de Nutella. Que custavam 28 dólares. Dividido por dois, dava 14, ou seja: a parte dela da conta daria apenas cerca de 40 dólares, mais a gorjeta. Que droga. Dimple só tinha vinte. E teria que pôr o resto no cartão de crédito. Será que seria estranho pagar metade em dinheiro e metade no cartão em um lugar daqueles? Sim. Seria. Teria que colocar tudo no cartão e dar um jeito de explicar para os pais depois.

– Desculpe, senhor – Rishi chamou o garçom, que olhou para ele, radiante. – Você pode me dizer quanto custa o crepe de Nutella? – Ergueu a sobrancelha e completou: – Só quero me certificar de que não estou excedendo meu orçamento.

Como? Por que ele estava dizendo aquilo? O senhor Gucci, obviamente, não tinha um orçamento limitado. Estava fazendo aquilo por causa de Dimple, não?

O garçom balançou a cabeça e deu um sorriso.

– Uma preocupação razoável, senhor. Mas não se preocupe. Um benfeitor anônimo já foi generoso e pagou pela refeição de todos vocês, incluindo a sobremesa.

Dimple olhou para cima, de repente, e indagou:

– Como assim? Quem foi?

O garçom levantou as mãos de unhas feitas e retrucou:

– Bem, isso não seria muito anônimo, seria, senhorita? O benfeitor pediu para permanecer anônimo. Mas, por favor, peça o que desejar.

– Nossa, foi muito legal da parte desse tal benfeitor – comentou Rishi.

Dimple olhou para ele, desconfiada, mas o garoto estava examinando o cardápio de sobremesas com mais interesse. Os demais pareciam perplexos.

– Nós temos condições de pagar a nossa própria conta – disse Hari, por fim, parecendo mortalmente ofendido.

– Com certeza, senhor – respondeu o garçom. – O benfeitor estava simplesmente tentando fazer algo bom, creio eu. Como naquele filme, *A corrente do bem*.

Isabelle, que estava corada, comentou:

– É. Ou, tipo, foi um cara que queria pagar a *minha* conta e não sabia como fazer isso a não ser pagando a conta de todo mundo. – Aí olhou para o garçom e perguntou: – Por acaso ele deixou o número do telefone?

O garçom franziu a testa e respondeu:

– Não, senhorita. O benfeitor não deixou nada além de dinheiro. A senhorita quer pedir uma sobremesa?

Um tanto ofendida, Isabelle fungou.

– Bom... – Depois de alguns instantes de silêncio, disse, de má vontade: – Sim. Acho que vou querer o brownie de caramelo.

O resto do jantar transcorreu sem grandes problemas. Basicamente, todo mundo ficou falando da semana que estava começando, como iam fazer para se sair bem na Insônia Con e como seria difícil. Eles ouviram falar que algumas pessoas tinham trazido até comprimidos de cafeína para ficarem a noite inteira acordadas.

Celia tremeu e comentou:

– Eu não conseguiria fazer isso. Mas tomaria um Red Bull em qualquer dia da semana. – Ficou em silêncio, olhou em volta e completou: – Sério, qualquer dia da semana, estou disposta.

Todo mundo deu risada, até Dimple, que deu uma risada um tanto histérica porque estava muito feliz de o jantar estar quase terminando. Só queria voltar para o dormitório, tomar um banho bem quente e lavar o cabelo. Não sabia por que, mas lavar o cabelo a acalmava.

Dimple e Rishi terminaram a sobremesa ao mesmo tempo.

O garoto jogou o guardanapo em cima da mesa e levantou.

– Bom, vou nessa. – Dimple se segurou para não rir. O garoto não estava nem fingindo que queria aguentar a companhia daquela gente um segundo a mais do que o absolutamente necessário. Pousou a mão na cadeira de Dimple e perguntou: – Você vem comigo ou quer ficar mais um pouco?

Ela também jogou o guardanapo em cima da mesa e empurrou a cadeira para trás.

– Ah, não. Para mim, já deu. – Sorriu para Celia e disse: – A gente se vê depois.

E, em seguida, os dois se dirigiram à porta, deixando um silêncio pesado no ar.

Lá fora, estava ainda mais frio. As estrelas tinham sido apagadas pelo nevoeiro, e Dimple sentiu uma pontada de tristeza. Isso era uma das coisas que ela adorava no seu quintal do subúrbio: sempre conseguia ver pelo menos algumas estrelas.

– E aí? – falou Rishi, abotoando o casaco. – Foi interessante, não?

Dimple bufou, mas não disse nada, só puxou as tiras do capuz.

– Ah, fala sério, Dimple Shah – insistiu o garoto, batendo de leve no ombro de Dimple com o dele. – O que você achou, de verdade?

– Foi você o benfeitor? – perguntou, baixinho.

Houve um milésimo de segundo de silêncio, um único instante minúsculo, e aí:

– Você deve achar que sou muito mais generoso do que realmente sou. Você viu o quanto aqueles *Aberzombies* comeram? E olha que nem tinha cérebro no cardápio.

– Há! Há! Há! – respondeu Dimple, pensando: "Você não respondeu à minha pergunta". Ficou imaginando se deveria ficar mais incomodada com aquilo, se deveria confrontá-lo. Mas acabou se dando conta de que, mesmo que Rishi tivesse sido o benfeitor, estava simplesmente feliz com o fato de seus pais não terem que pagar a conta.

Resolveu mudar de tática:

– Ok, então me responde isso: você realmente acredita em tudo o que disse? Sobre a casa dos seus ancestrais em Guzerate? Em ver toda a história? Ou estava fingindo na frente deles? – Nessa hora, esfregou os braços para se proteger do frio, e Rishi, aparentemente sem pensar, se aproximou dela, até os braços dos dois se encostarem. Dimple teria reclamado, mas o garoto exalava uma quantidade louca de calor, mesmo com aquelas camadas de tecido que os separavam.

– Você faz muitas perguntas, né?

Dimple deu risada.

– Que foi?

Ela sacudiu a cabeça.

– Nada. É que a minha mãe sempre diz isso. "Ninguém gosta de meninas enxeridas, Dimple." "Você nunca vai fisgar um menino com essa sua boca."

– *Hmmm.* – Rishi inclinou a cabeça e ficou observando o rosto de Dimple, enquanto a garota olhava para ele, confusa. Era meio difícil fazer aquilo enquanto os dois caminhavam, mas Rishi deu um jeito. – Sei lá... Acho a sua boca é perfeita do jeito que é.

CAPÍTULO 17

Dimple

O CLIMA entre os dois mudou. O calor subiu até o rosto de Dimple. De repente, não estava mais com frio e se afastou de Rishi, que ficou sem expressão por um segundo e completamente mortificado em seguida. Até suas sobrancelhas pareciam envergonhadas, sabe-se lá como. Dimple ficou com um pouco de pena do garoto. Mas não muita, porque ele é quem tinha dito aquilo.

– Eu não quis dizer… Eu estava falando das suas perguntas…

Dimple sacudiu a mão e manteve os olhos fixos na calçada.

– Bom. Agora responde à minha pergunta.

– Certo. – Ele passou a mão na nuca, e Dimple achou o gesto estranhamente cativante. – Sim, acredito. Acredito completamente no que eu disse.

– Na real.

Dimple ergueu a sobrancelha.

Rishi deu uma risadinha.

– Na real. Quando a gente para e pensa, nossas famílias estão lá na Índia, a quase treze mil quilômetros de distância. E, ainda assim, eles têm uma ligação tão intrínseca conosco. Temos o mesmo sobrenome, os mesmos rituais, as mesmas tradições. Os sonhos dessas pessoas aparecem quando fechamos os olhos. Acho isso lindo.

A garota chutou uma pedrinha. Viraram a esquina e chegaram ao semáforo.

– Não sei. Acho isso meio opressivo. Todas essas regras. A gente não pode namorar ninguém que não seja indiano. A gente não pode namorar, ponto final, antes dos 30 anos. – Nessa hora, olhou para Rishi. – A menos, é claro, que seus pais estejam tentando te arranjar um marido ou esposa. As garotas não podem se interessar mais pela carreira do que pelo casamento. Têm que usar maquiagem. Deixar o cabelo bem comprido.

Quando o sinal ficou verde, começaram a atravessar.

Rishi deu risada e comentou:

– Isso me parece bem ruim. Acho que não tive que enfrentar essas regras, com exceção da primeira e da segunda. Mas o fato é que essas coisas são tangenciais. Estou falando do contexto mais amplo. Da ideia de que um fio invisível nos liga a pessoas que vivem no lugar de onde viemos. De onde nossos pais vieram. Temos um mapa para nossa vida. Acho que isso torna tudo mais reconfortante, de certo modo. Seguro.

O garoto passou a mão no cabelo e enfiou no bolso em seguida, como se estivesse com vergonha de tudo o que acabara de dizer.

– Acho que ter um mapa torna a vida chata. E talvez eu não queira me casar, ter filhos nem nada disso. Talvez eu só queira uma carreira e nada mais.

Rishi olhou para ela com franqueza e sinceridade.

– E isso não te parece uma vida solitária?

Dimple ficou calada alguns instantes, refletindo. Nunca tinha pensado sob esse ponto de vista. Com sua incansável luta pela liberdade, nunca tinha parado para pensar de verdade em como seria o dia a dia. Por fim, sacudiu a cabeça e respondeu:

– Quando a gente tem uma mãe que é a própria superproteção em pessoa, qualquer tipo de solidão parece o paraíso.

Mas dizer isso a fez pensar na mãe, em casa. Se Dimple estivesse lá, sua mãe estaria ocupada, limpando a cozinha, enquanto a garota ficava sentada no balcão e bebia chá. Provavelmente, estariam discutindo sobre algo sem importância. Dimple estaria considerando a possibilidade de fechar a boca da mãe com fita adesiva. A mãe, provavelmente, estaria considerando a possibilidade de entregar Dimple para adoção. Mas estariam juntas. Era meio que o ritual das duas.

Então imaginou o que sua mãe estaria fazendo naquele momento. Pensou nela sentada na sala, sozinha, fazendo palavras cruzadas. Ou assistindo ao canal hindu, sozinha. E isso a deixou triste. Quase a fez sentir saudade de casa.

Quase.

– Acho que a gente só pensa diferente a esse respeito – concluiu Rishi.

Passaram por um homem encoberto pelo nevoeiro, tocando violão. O garoto deixou o que, aos olhos de Dimple, parecia uma nota de 20 dólares para o cara. O homem cumprimentou os dois balançando a cabeça e continuou tocando. Uma música que parecia ser a canção de amor mais triste de todos os tempos.

– Por que você não é igual a eles? – perguntou Dimple.

– *Hein*?

– Aos *Aberzombies*. Por que você não se parece com eles?

Rishi sacudiu os ombros.

– Sei lá. – Enfiou as mãos nos bolsos e completou: – Acho que nunca entendi muito bem por que as pessoas do meu colégio particular achavam que eram tão incríveis. Tipo, foram nossos pais que deram duro. A gente só nasceu rico. É como ter orgulho de ser alto, ter cabelo volumoso ou olhos perfeitamente simétricos. É absurdo.

Dimple deu uma risadinha.

– Legal que você seja capaz de pensar assim. Tem tanta gente que não pensa. Óbvio.

Rishi soltou um grunhido e falou, baixinho:

– Desculpa se eu exagerei lá no restaurante. É que fiquei muito frustrado por aquela gente estar falando com você daquele jeito. Eles não passam de uns escrotinhos, sabe?

– Acho que sim. – Dimple ficou mexendo no zíper do casaco. – Você não… liga de estar piorando as coisas? Não está tentando melhorar a relação com eles. Agora, provavelmente, vão ser ainda mais imbecis com a gente na aula.

Os dois passaram por um arbusto que tinha flores de um tom azul-violeta bem vivo, e Rishi esfregou as duas mãos nele, fazendo a planta exalar seu aroma.

– Acho que esses caras vão ser assim independente do que a gente faça. Vão encontrar algum motivo. Se você tenta melhorar a relação, vão agir assim porque acham que você é fraco. Se não, vão fazer a mesma coisa porque ficaram com o ego ferido. Eu prefiro simplesmente confrontar de cara.

Dimple olhou de esguelha para ele.

– Que foi? – perguntou Rishi.

– Nada. – Nessa hora, um cacho que se soltou do capuz bateu nos olhos de Dimple, e ela o pôs para trás. – Você é surpreendente. Só isso. Eu tinha te julgado, achado que você era um cara que só segue o fluxo.

– E eu sou. Quase sempre. Mas não quando encontro gente que tenta pisotear coisas que são importantes demais para mim.

– Justo.

Dimple jamais admitiria, mas ficou admirada, mesmo sem querer, com a coragem sem rodeios do garoto.

Atravessaram o gramado até chegar ao dormitório. Rishi abriu a porta para Dimple, e ela deu uma risadinha.

– Que foi? – indagou Rishi, com uma expressão constrangida.

– Você é tão cavalheiro. Isso vem da sua linhagem *desi* ou da sua linhagem de milionário?

Ele revirou os olhos e respondeu:

– É a minha linhagem Patel. Nós, rapazes da família Patel, somos muito bem-educados, sabe? Minha mãe não se contenta com menos.

– Então você tem um irmão? – perguntou Dimple, enquanto os dois atravessavam o saguão gelado e mostravam a carteirinha para a recepcionista do dormitório, que estava digitando loucamente no celular e mal levantou os olhos da tela. A garota não tinha pensado na possibilidade de Rishi ter irmãos. – Mais velho ou mais novo? Ele é parecido com você?

Dimple percebeu que Rishi estava tentando conter o sorriso e falou:

– Desculpa. Perguntas demais.

Em seguida, apertou o botão do elevador, sabendo que deveria se sentir envergonhada. Mas, sabe-se lá como, não se sentia envergonhada na frente de Rishi, o que era estranho.

– Nem um pouco. – Ele pareceu sincero. Encostou na parede, cruzou os braços e completou: – Ashish, meu irmão, tem 16 anos. Estão para nascer dois parentes de sangue mais diferentes do que nós. Às vezes, tenho a impressão de que Ashish gostaria de ter nascido em outra família. É um ser de outra espécie.

Dimple franziu a testa e comentou:

– Provavelmente, eu e o Ashish temos muito em comum, então.

O elevador fez *bipe,* e as portas se abriram. Algumas garotas saíram, conversando animadas sobre alguma leitura de poesia na qual iriam comparecer, parte da programação do curso de verão de literatura. Rishi e Dimple foram os únicos a subir.

À medida que as portas foram se fechando, isolando os dois na solidão daquela minúscula câmara metálica, os pensamentos de Dimple, de alguma forma, não paravam de voltar para aquele instante no antiquário, quando ela tentou pegar a Polaroid, e acabaram ficando tão perto. E como o clima entre os dois se transformou.

Tentou pensar em coisas mais importantes, como o planejamento para a Insônia Con que tinham que fazer na manhã seguinte. Mas seus pensamentos teimosos continuavam voltando para aquela cena, passando incontáveis vezes o filme da lembrança de sua pulsação ficando acelerada, do sorriso de Rishi se esvaindo lentamente.

Rishi

Ele ficou observando Dimple sem que ela percebesse. A garota estava perdida em seus pensamentos, e as emoções que transpareciam na sua expressão eram um tanto engraçadas. Meio que sonhadora, com uma pontada de irritação, aí voltava a ser sonhadora, e a irritação apagava tudo de novo. Seus lábios se retorciam, e o garoto ficou imaginando o que ela devia estar pensando.

Rishi limpou a garganta e falou:

– Olha, é, *áhn*, são só nove e meia. A gente podia fazer um pouco do planejamento, se você quiser. Ou também, quem sabe? Podemos deixar para amanhã de manhã, se você tiver outras coisas para fazer.

Ele não queria que aquela noite terminasse. O que era ridículo, porque tinha certeza de que devia haver outras mil noites que ambos classificariam como bem melhores do que aquela, graças aos *Aberzombies*.

Dimple olhou de relance para ele, entreabrindo os lábios, como se o garoto a tivesse pegado de surpresa. E, nesse instante, Rishi quis muito saber o que Dimple estava pensando.

– *Áhn*, não, sim. Parece uma boa. Só vou tomar um banho e vestir uma roupa mais confortável. Posso te encontrar no seu quarto, se você quiser. Não sei se já estou preparada para encarar a Celia quando ela voltar.

Rishi deu um sorriso, e seu coração deu pulinhos de alegria quando ela disse "sim". "Para estudar, Patel", tentou lembrar. E, para ela, falou:

– É, legal. Imagino que eu também não seja uma das pessoas de quem Celia mais gosta neste momento. Provavelmente, ela não vai ficar muito empolgada de me ver no quarto de vocês.

As portas se abriram no quarto andar. Rishi saiu e pôs a mão no vão, para que não fechassem.

– Pode ser, tipo dez e quinze?

Dimple balançou a cabeça e sorriu.

– Por mim, tudo bem.

Então, Rishi (que os deuses o protejam) pensou: "Eu poderia olhar para esse sorriso todos os dias sem jamais me cansar".

CAPÍTULO 18

Dimple

DE VOLTA ao dormitório, Dimple pegou a *nécessaire* no quarto, foi para o banheiro e tomou um banho mais rápido do que ela gostaria. Não queria estar lá quando Celia voltasse. Ainda não tinha processado tudo o que tinha acontecido no Olmo e precisava de um tempo. Quando Celia perguntasse por que sua companheira de quarto e Rishi tinham sido tão hostis com os amigos dela, queria ter uma resposta apropriada. Dimple mandava muito bem quando brigava com a mãe. Mas, quando o assunto era confronto com outras pessoas, sua língua afiada ficava completamente cega. Um jeito de consertar isso, tinha aprendido, era pensar com calma em respostas para vários argumentos.

"Desculpa, Celia, mas esses *Aberzombies* podem ir tomar no cu."

Nããão, agressivo demais sem nada de construtivo.

"Desculpa se você achou que não fui simpática, mas é que não ouviu tudo o que eles disseram antes de você chegar."

Muito "vou contar para minha mãe".

A garota soltou um suspiro e lavou os cachos, tomando o cuidado de massagear o couro cabeludo. Era algo que sempre conseguia baixar sua pressão e mandar embora todas as merdas que aconteceram ao longo do dia. Se tivesse dinheiro, iria simplesmente sentar em um salão de beleza, para que ficassem lavando o seu cabelo o dia inteiro.

Enquanto o aroma de coco e jasmim tomava conta do *box*, ficou pensando no benfeitor anônimo que pagara o jantar. Dimple tinha 95% de certeza de que o tal benfeitor era Rishi, apesar de o garoto não ter admitido. Rishi era diferente do que Dimple havia imaginado. Rico, mas não ostentava. Bobo e simpático, mas firme. Tinha absoluta certeza de quem era, de um jeito muito agradável. Pessoas seguras de si como ele têm algo especial: fazem as outras se sentirem bem a respeito de si mesmas, como se aceitassem tudo o que são, com defeitos e tudo mais.

Dimple enxaguou o cabelo, saiu do chuveiro e voltou para o quarto usando seu roupão atoalhado cinza. Abriu a gaveta da cômoda e olhou para os seus pijamas. Só tinha trazido camisetas velhas esfarrapadas e calças de moletom da época do primeiro ano do Ensino Médio. Por um breve instante, se sentiu extremamente insegura e chegou a pensar em mexer na gaveta de Celia em busca de algo mais… feminino. Mas aí o restante do seu cérebro pegou no tranco, e a insegurança foi substituída pela irritação. Sério? Revirou os olhos para si mesma e vestiu a camiseta que dizia "Meninos, seus tolos, programação é coisa de menina" e uma calça de flanela cinza. Que tinha perdido o elástico há séculos e ficava solta nos lugares errados, mas era o que tinha para hoje.

A garota estava penteando os cabelos com os dedos quando o celular tocou. Franziu a testa e foi buscá-lo, torcendo para que não fosse Rishi cancelando o programa. Mas foi uma foto dos pais que apareceu na tela.

Dimple pegou o celular e passou o dedo na tela para atender.

– Pai?

– Dimple?

Ela endireitou a postura, se preparando para uma discussão.

– Mãe…

Seu pai devia ter contado sobre a última conversa que tiveram, que nada ia acontecer entre Dimple e Rishi Patel.

– *Kaisi ho?* Eu… estou com saudade, *beti*.

– Falei com a senhora hoje de manhã – respondeu Dimple.

Mas sabia do que sua mãe estava falando. Mal tinham conversado. E Dimple estava brava demais para ter uma conversa de verdade.

Dimple se sentou na cama, sentindo um nó na garganta. A mãe falava com uma voz suave, indefesa, que ela nunca tinha ouvido. Lembrou de quando era pequena e ficava doente, e sua mãe vinha sentar na beirada da sua cama, tirar o cabelo de sua testa febril e lhe dar leite com cúrcuma, *haldi doodh*. Era a solução mágica de sua mãe para qualquer situação. Normalmente, funcionava. Dimple seria capaz de matar alguém para ganhar um leite desses naquele exato momento.

— Também estou com saudade, mãe – respondeu, com a voz embargada.

— Você já jantou?

Há! Ah, se ela soubesse…

— Sim, já jantei. Em um restaurante novo, o Olmo.

— *Kaisa tha?* Gostou?

Dimple piscou. "Não. Odiei", teve vontade de dizer. "As pessoas eram um saco. Minha colega de quarto tem esses novos amigos, zumbis que acham que sou uma aberração. Mas, pelo menos, não tive que pagar." Engoliu em seco e falou:

— *Ãhn*, é, foi legal, acho. Não chegou nem aos pés do seu lagostim ao *curry*.

A mãe da garota deu risada. Obviamente, tinha gostado do elogio.

— Nada é melhor do que comida caseira!

Dimple segurou o riso. Esse era um dos mantras de sua mãe. Toda vez que ela choramingava que queria pedir uma pizza de *pepperoni* porque estava cansada de comer o que a mãe estava cozinhando, a mãe soltava essa.

— Mãe, o papai lhe contou do… Rishi?

Em seguida, ouviu sua mãe respirar fundo.

— *Aham.* – Depois disso, houve um longo silêncio.

Dimple imaginou cristais de reprovação se formando na linha telefônica.

— Sei que a senhora não está nem um pouco feliz. Mas, sinceramente, eu só…

— *Beti…* – Dimple se calou. – Tudo bem. Não tem problema.

Mas sua não parecia estar convencida disso. Tinha um quê de evasivo no seu tom de voz.

– Não que eu não goste dele – explicou a garota. – Ele é legal, eu só... eu só preciso de um tempo, mãe. Para ficar sozinha. Para descobrir o que quero da vida.

Mais um silêncio, enquanto sua mãe processava a informação.

– Ok.

Pelo modo lento e pesado como sua mãe disse isso, Dimple sabia que devia ter sido um esforço hercúleo.

– Ok? Sério? – "Cala boca, Dimple", pensou. "Se a mulher que está dizendo 'ok', aceita!" – Obrigada, mãe.

Sabia que a mãe não entendia o que o tempo tinha a ver com aquilo. Aos seus olhos, as mulheres iam para a faculdade só para ficar mais atraentes para os homens. O fato de ter dito isso era uma demonstração do quanto estava disposta a considerar que os tempos mudaram, e levar o que sua filha estranha pensava em consideração.

– Dimple, me fala, você está lembrando de se maquiar para ir à aula?

A garota soltou um suspiro e foi para trás, deitando de costas na cama. E, já que tinham encerrado aquele outro assunto, iam falar de coisas mais importantes, pelo jeito.

– *Ãhn*, não. Eu nem trouxe maquiagem, mãe.

– O quê? E as suas lentes de contato?

– Mamãe... vim aqui para aprender.

– E não pode aprender de batom? Não pode ler de lente de contato? Ah, Dimple... – "Ah, Dimple." O jeito indiano de dizer: "Toma jeito na vida, Dimple".

A garota se sentou e falou:

– Ok, preciso desligar.

– Hora do sono de beleza, *na*? Você levou o creme Pond's? – Dimple ficou calada, confusa. – *Hai Ram*. Comprei para você no Walmart, *na*? Dimple, o creme Pond's vai deixar a sua pele macia. É só passar à noite e...

– Ah, sim, lembrei. Eu, *ãhn*, já passei.

Em seguida, deu um bocejo exagerado.

– Ok, ok. Boa noite, *beti*. Seu pai já foi dormir, mas amanhã eu digo que você mandou um beijo para ele.

– Obrigada, mãe. Dorme bem.

– Você também, *beti*.

CAPÍTULO 19

Rishi

ÀS DEZ e dezenove, Rishi andou pelo quarto minúsculo mais uma vez, para se certificar que estava tudo em ordem. Só de pensar que Dimple estaria ali, sentia uma efervescência estranha, como se estivesse cheio de borbulhas de champanhe. Óbvio que sabia que nada ia *acontecer*. Não tentaria nada, de qualquer modo, ainda mais que sabia quais eram os sentimentos da garota. Era aquele seu maldito coração tolo. Sempre otimista, sempre procurando um raio de sol, mesmo no céu tomado por nuvens de tempestade. Sacudiu a cabeça e afofou o travesseiro.

Às dez e vinte, Rishi encheu uma tigela de *khatta meetha* agridoce e algumas *baadam* que a mãe o fizera trazer. Também pegou água. Limpou a tela do notebook com a manga da camisa e aí teve que mudar de camisa, porque a manga ficou suja de poeira.

Às dez e vinte e dois, começou a ficar realmente preocupado, achando que Dimple não viria. Será que devia mandar uma mensagem para ela? Não, pareceria carente demais. Se a garota não fosse aparecer, tinha que respeitar. "Mas quem é que resolve simplesmente não aparecer?", pensou, irritado. Dimple, pelo menos, tinha que mandar uma mensagem. Ou grudar um bilhete na sua porta. Olhou para sua porta. Talvez tivesse um bilhete grudado do outro lado.

Às dez e vinte e três, estava atravessando o quarto para ver se tinha um bilhete na porta e ouviu uma batida. Soltou o ar.

Dimple estava do outro lado, com o cabelo meio molhado, sorrindo.

– Oi. Desculpa o atraso. Minha mãe ligou.

Uau. Como ela estava cheirosa. Rishi teve que se esforçar muito para não respirar bem fundo.

– Tudo bem. – Segurou a porta, esticou o braço e disse: – Entra.

Dimple entrou e vasculhou o lugar com os olhos.

– Você não está dividindo o quarto com ninguém? Como conseguiu isso?

Rishi sacudiu os ombros e passou a mão na nuca.

– Ah, meus pais insistiram em pagar uma suíte privativa – respondeu.

A garota olhou para ele, dando um sorriso malicioso. Mas, quando Rishi ergueu as sobrancelhas de um modo inquisidor, Dimple simplesmente desviou o olhar e voltou a inspecionar a cômoda, a cama, a escrivaninha.

– Ah, *khatta meetha*! Eu adoro.

Ele deu um sorrisinho. Aquilo o deixava irracionalmente feliz.

– Que demais. Fica à vontade.

– Você trouxe de casa? Ou encontrou um mercadinho indiano? – perguntou Dimple, enfiando um punhado da mistura de amendoim e flocos de arroz na boca.

– Minha mãe pôs na minha mala. Mas é uma boa ideia: a gente devia encontrar um mercadinho indiano. Fazer um estoque dos nossos salgadinhos preferidos para ter energia enquanto escrevemos.

Dimple concordou, balançando a cabeça.

– Boa ideia. A gente também devia achar um mercadinho asiático. Preciso daqueles palitinhos Pocky. Que são, tipo, minha guloseima favorita durante as provas finais. – Ao notar a expressão confusa de Rishi, soltou um suspiro de surpresa e levou a mão ao peito. – Você não sabe o que é Pocky?

O garoto sacudiu a cabeça.

– Desculpa. Não faço a menor ideia.

– Precisamos dar um jeito nisso.

Em seguida, Dimple pegou algumas *baadam* e enfiou na boca. Ficou olhando meio atravessado para ele, de brincadeira, enquanto mastigava as amêndoas. Rishi sentiu uma leveza no coração: a garota parecia estar mais feliz do que antes, como se, tomando banho, tivesse conseguido se livrar de todas aquelas merdas que os *Aberzombies* tinham atirado nela durante o jantar. Que bom. Aqueles caras não mereciam um centésimo de segundo do tempo de Dimple.

Ela olhou em volta por um instante e se sentou na beirada da cama, meio sem jeito, perto da escrivaninha.

– Tudo bem se eu, *ãhn*, me sentar aqui? – perguntou.

Rishi sentiu um calor no rosto e respondeu:

– Tudo, claro. Eu fico aqui.

Em seguida, se jogou na cadeira de madeira barata que havia perto da escrivaninha. Naquele quarto minúsculo, era quase a mesma coisa do que sentar bem do lado de Dimple na cama, mas estabelecer aquela diferença entre a cadeira e a cama, sabe-se lá por quê, lhe transmitiu mais segurança, lhe pareceu algo menos escandaloso.

– Então… – Rishi encostou no *trackpad* do notebook para acender a tela. – Sei que você já me falou um pouco e decidimos entrar em detalhes depois. Por onde você quer começar?

– Eu estava pensando que a gente poderia ter uma abordagem *top-down*. Vamos pensar em um nome que realmente represente a alma do aplicativo e seguimos a partir daí. O que você acha?

– Parece ótimo. – Rishi abriu um documento em branco no Word e completou: – Vou anotando enquanto a gente conversa.

– Ok, legal. – Dimple levantou da cama e começou a andar de um lado para o outro. A camiseta e a calça eram tão grandes que parecia estar usando as roupas do irmão mais velho. Rishi sentiu uma pontada de ternura, que tentou disfarçar coçando a nuca e desviando o olhar. – Vamos ver… Bom, quero ter certeza de que as pessoas saibam que esse é um produto sério. Sabe? Tipo, pode salvar vidas. Mas que também é divertido. Cuidar da saúde, tomar os remédios ou fazer o teste de glicose, ou seja lá o que for, não precisa ser um pé no saco. Isso é o que mais pega para o meu pai… Ele acha tão pesado cuidar da diabetes. Acho que é por isso que prefere nem pensar sobre isso. Então, se as pessoas pudessem ver um lado mais leve nisso tudo, talvez tudo ficasse menos assustador.

– Ok. – Rishi balançou a cabeça e escreveu o essencial do que Dimple estava dizendo. – Então o que queremos transmitir é: cuidados com a saúde de um jeito diferente.

– Exatamente. Sério, mas divertido. Funciona, mas não dá medo de usar. Dá *vontade* de usar. Quanto mais você se cuida, mais pontos ganha. E aí, no final de, tipo, cinco sessões, você pode ir para a loja e comprar coisas.

– Certo. – O garoto ficou batendo com o lápis no queixo. – Mas talvez a gente pudesse explorar mais aquele *loop* compulsivo que você comentou. Assim, as pessoas podem entrar na loja do app, caso continuem registrando todas as vezes que tomaram os remédios ou algo assim, certo?

Dimple parou de andar por alguns instantes e balançou a cabeça. Rishi prosseguiu:

– Mas e se elas não registrarem nada? Qual é a motivação para passarem a registrar tudo regularmente, para começo de conversa?

– Acho que só os pontos? – Dimple sacudiu os ombros e franziu de leve a testa. – Mas entendo o que você está dizendo. Não é um grande incentivo, né? Ainda mais para quem já não está a fim de registrar esse tipo de coisa.

– Certo. Nossa missão, então, é transformar isso em um game viciante, fazer parecer que não é tão ameaçador assim, para as pessoas realmente terem vontade de abrir o app.

Dimple ficou calada, pensando, com um brilho nos olhos enquanto maquinava. Rishi ficou observando descaradamente, talvez com mais atenção do que devia, intrigado.

– Ah. – Dimple olhou para Rishi, que ficou vermelho e desviou o olhar. Mas, pelo jeito, a garota nem notou, porque estava concentrada demais em sua ideia. – Ok. E se tivesse alguma coisa atacando essas pessoas? Tipo, a recompensa é você se livrar de um cara grande, tipo um chefão malvado, que vem atrás de você, quanto mais você se cuidar. E, se você tiver preguiça ou for descuidado, ele te mata.

Rishi deu um sorriso.

– Sim. – Nessa hora, pegou um pedaço de papel e um lápis na escrivaninha e começou a desenhar. – O que você acha de algo assim?

Ele sentiu a presença de Dimple, bem atrás dele, observando. Em vez de ficar nervoso, como ficava quando Ashish ou sua mãe tentavam vê-lo desenhar, se sentiu mais confiante. Quanto mais desenhava, mais Dimple se aproximava, parecendo hipnotizada, até que finalmente se ajoelhou para chegar bem perto, e as pontas dos seus cachos roçaram no braço de Rishi.

O garoto se obrigou a se concentrar no desenho, a ignorar aquele formigamento quente que subia e descia pelo seu braço. Não havia nada além do desenho. "Concentre-se, Patel."

Dimple

Dimple soltou um suspiro e disse:

– Uau.

Rishi tirou o braço da frente, mudou de posição na cadeira, constrangido, e ela se deu conta de que tinha acabado de soltar o ar na cara dele, e o garoto devia ter ficado enojado.

– Ah, desculpa.

Afastou-se um pouco, mas não ao ponto de não conseguir ver o que estava rolando. Era fantástico. Rishi tinha desenhado uma horda de uns sete zumbis, cada um de um tipo, todos nojentos, mas de um jeito completamente bobo. Uns tinham os olhos saltados, e outros não tinham dentes ou tinham linhas onduladas de fedor saindo deles. Outros exalavam uma gosma do meio dos dedos. Todos avançavam em uma raposinha minúscula, circular, de olhos enormes e cauda bem fofa enrolada em volta do corpo.

– Viu? – falou Rishi. – Então, talvez, possa ter essa gangue enorme de zumbis errantes, e o usuário pode escolher um avatar, e os zumbis vão comer a raposa se a pessoa não se cuidar e não colocar os dados com a velocidade ou a regularidade devida. Sabe? Meio tipo *Plants vs. Zombies*, mas com mais ações de acompanhamento. – Nessa hora, olhou para ela e perguntou: – O que você acha?

Dimple balançou a cabeça, como se estivesse entendendo tudo, com o coração batendo forte no peito. Aquilo era bom. Aquilo era muito, muito bom. Já conseguia até ver.

– Eu tenho uma única preocupação. Grande – Rishi ficou esperando Dimple continuar falando, com uma ruguinha entre as sobrancelhas. – Será que dá para a gente fazer *aliens* em vez de zumbis? Zumbis estão tão batidos.

– *Aliens*? – Rishi revirou os olhos. – Você não tem mesmo a minha visão artística.

A garota lhe deu um soco nas costelas, com menos força do que gostaria. Mas, mesmo assim, ele se encolheu todo.

– Ai! Sabe que a maioria das garotas só dá um tapinha de brincadeira no braço e tal? Não machuca de verdade.

– Bom, talvez você precise ampliar o seu conceito de como as garotas se comportam – retrucou Dimple, sorrindo.

Rishi deu risada.

– Pode ser. E, sim, posso desenhar *aliens*, total, já que, pelo jeito, são tão importantes para você.

Dimple também sorriu.

– Demais. Então a gente vai arrasar muito na Insônia Con!

Os dois fizeram um "toca aqui". Dimple pegou a folha de papel e se sentou na cama, para admirar o desenho.

– Você é um artista incrível. Será que faria as artes preliminares para apresentar o conceito?

Ele balançou a cabeça.

– Claro. Não quero que ninguém mais entre e roube a minha visão.

A garota deu uma risada debochada.

– Total. Aliás, você tem alguma amostra dos seus quadrinhos? Tipo, coisas antigas ou algo assim?

Rishi começou a clicar na tela do notebook na mesma hora, como se tivesse descoberto algo extremamente importante que precisava ser feito já.

– *Áhn*, não. Nada assim.

– *Hmmm.* – "Interessante", pensou Dimple. "Acho que Rishi Patel está mentido." Virou o papel onde o garoto tinha desenhado os zumbis: era um panfleto. – Ah, que legal. Mini Comic Con. Você vai?

Rishi esfregou a nuca e respondeu:

– Ah, não sei. É, peguei isso por impulso.

– Dia 13, das seis às dez – leu Dimple. – Olha, é este fim de semana. – Em seguida, olhou para Rishi e completou: – A gente pode ir juntos. Quer dizer, se você estiver a fim. Já que você foi tão legal e me acompanhou no jantar com os *Aberzombies*.

Rishi

Por acaso Dimple Shah tinha acabado de convidá-lo para um encontro?

CAPÍTULO 20

Dimple

– **NÃO** é tipo um encontro nem nada – Dimple foi logo esclarecendo. E então se sentiu uma completa imbecil, porque a expressão de Rishi foi de decepção, só uma mínima mudança, bem de leve. – Mas, sabe, como amigos. O que é ainda melhor, na minha opinião.

Ele sorriu, mas Dimple percebeu que não era aquele seu sorriso de sempre, total, solar.

– É, legal. Vamos, sim.

Ficaram mais duas horas pesquisando o mercado, fazendo o *design* da interface do usuário e começando o *wireframe* e o *storyboard*. Esse processo, quase sempre, dava um arrepio de empolgação na espinha de Dimple. Era a ideia dela que estavam falando em implementar. Dentro de seis semanas, seria uma coisa *real*, que existe no mundo. Quase a meio caminho de estar pronto, não só um conceito abstrato. Pessoas-chave iam ver, julgar. E, quem sabe, se passasse dessa fase, Jenny Lindt poderia querer trabalhar com ela e finalizar o aplicativo. Que um dia salvaria vidas.

Finalmente, lá por volta de uma da manhã, Dimple levantou e se espreguiçou.

– Acho que é melhor voltar para o quarto. Te vejo amanhã de manhã? – perguntou.

Rishi deu um bocejo disfarçado e fechou o notebook.

– Sim, é uma boa. Quer que eu passe para te buscar?

A garota fez um coque improvisado e olhou para os próprios pés.

– Pode ser. Vamos para o mesmo lugar, né?

Rishi

Não deveria, mas aquilo fez o coração de Rishi dar pulinhos de alegria. Quando é que ele ia aprender?

"Você está querendo acabar com o coração partido, Patel", tentou se convencer.

Mas, por mais que isso fosse verdade, não conseguiu impedir o sorriso de se alastrar pelo seu rosto.

Dimple

Dimple estava tão animada com tudo que tinham conseguido fazer – "e com o fato de que você e Rishi marcaram um *não encontro* que vai lhe permitir conhecer melhor a personalidade de quadrinista que esse garoto gosta de esconder", disse uma vozinha dentro dela – que nem sequer notou a presença de Celia até ter tirado os sapatos e deitado na cama.

A amiga estava sentada na própria cama, encostada nos travesseiros, lançando um olhar de reprovação para Dimple, com o celular no colo, virado para baixo.

– Ah, oi – falou Dimple. E, de repente, lembrou, com um certo pânico, que não tinha pensado em nenhuma boa resposta.

– O que foi que aconteceu no restaurante, caramba? – perguntou Celia, mais em um tom de lamento do que de acusação. – Achei que vocês iam se dar bem!

Dimple soltou um suspiro e foi para debaixo das cobertas. Deitou de lado para conseguir olhar Celia de frente.

– Eu também. Mas acho que sou muito diferente dos seus amigos.

Aí encolheu os ombros, tipo, *"c'est la vie"*. Celia não precisava saber o quanto Dimple esperava por uma bandeira branca, por mais que quem agiu mal não tenha sido ela.

– E o Rishi foi meio grosso – continuou Celia, mexendo no celular. – Qual é a dele?

Dimple lembrou de todas as vezes que Rishi a tinha defendido. De que o garoto não tinha se intimidado nem um pouco com os comentários grosseiros, nem com as alfinetadas ao longo da noite. Sentiu uma raiva passando por ela: sempre achava mais fácil defender outras pessoas do que a si mesma.

– Desculpa, Celia. Mas você perdeu uns quarenta minutos de conversa enquanto estava com a sua avó. Os seus amigos mereceram todas as grosserias, e até mais. Tipo, sei que você acha que eles são legais e te entendem e sei lá mais o quê, mas não vamos tentar forçar uma coisa que nunca vai acontecer.

Celia ergueu as sobrancelhas com cara de "ai" e disse:

– Tudo bem.

Em seguida, pegou o celular, e um silêncio constrangedor reinou no quarto.

Dimple puxou as cobertas até os ombros e falou:

– Mas eu ainda quero ser sua amiga. Acho que a gente devia continuar juntas e dar apoio moral uma pra outra. Mas talvez seja melhor uma não fazer amizade com os amigos da outra.

A garota continuou mexendo no celular por mais alguns instantes. E então soltou o aparelho e olhou para Dimple. Seus olhos estavam sorrindo.

– Gostei dessa ideia.

Rishi

O fim de semana chegou voando. Dimple e Rishi passaram todos os dias afinando o *wireframe* inicial do protótipo, garantindo que estava tudo pronto para começar a trabalhar no *back-end*, na gestão dos dados.

O garoto adorava ver como Dimple ficava iluminada por dentro quando falava de seus planos para o aplicativo, do quanto queria a aprovação do pai. Mesmo que não gostasse de admitir, seus pais eram importantes para ela, e Rishi respeitava isso. Penteou o cabelo na frente do espelho, passando os dedos naquela parte mais comprida que Ashley Sternberger, lá no oitavo ano, tinha chamado de "adorável". E, como Ashley também ficou piscando os olhos azuis para ele quando disse isso, Rishi sabia que ela não estava só falando "adorável" como falaria para um irmão mais novo.

Seu olhar pousou no panfleto da Mini Comic Con em cima da cômoda, e o garoto sentiu um calor estranho nas bochechas ao lembrar de Dimple perguntando se poderia ir com ele. Tinha pedido tantas vezes para ver seus quadrinhos, e Rishi sempre dissera "não". A verdade é que adoraria mostrar para ela.

Vira o fogo nos olhos dela quando falava de desenvolver aquele app: sabia que entenderia justamente o que seus pais não entendiam. Entenderia como aquilo o fazia sentir, como os personagens se tornavam uma extensão de si mesmo, como conseguia passar horas perdido ali, desenhando, debruçado sobre uma folha de papel, traçando os quadros, vendo os personagens lentamente começarem a piscar, respirar, ganhar vida.

Rishi foi até sua mala de viagem e, atrás dos livros que tinha trazido, pegou algo que colocara lá dentro no último minuto, sem pensar muito: o caderno de desenho. Ao tirá-lo da mala, sentiu aquela tão conhecida sensação de amor, apego e carinho tomar conta dele.

A capa de papelão estava caindo, e as página estavam meio amassadas e dobradas de tão velhas, principalmente as primeiras. Era uma espécie de *flipbook* do seu talento: no começo, tinha os desenhos que fizera há uns três anos, ainda meio quadrados e sem graça, por causa da falta de experiência do criador. À medida que os meses iam passando, os desenhos iam se transformando em algo vivo e dinâmico, fluido e vibrante. Tinha melhorado muito em relação à consistência dos personagens, ao desenvolvimento de suas características específicas e do seu próprio estilo. Sorriu ao ver as mudanças de Aditya à medida que o tempo passou. Por mais bobo e inconsequente que tudo aquilo fosse, desenhar sempre fora um alívio para Rishi. A arte era um modo de sossegar seu cérebro e se perder em um lugar que ele nem sequer sabia que existia.

Rishi guardou o caderno na mala de novo e colocou a bolsa no ombro. Quem sabe, ir à Mini Comic Con naquela noite não seria a pior coisa de todos os tempos. Poderia entender o que faziam as pessoas que apareciam por lá em busca de uma carreira como quadrinista. Apostava que a maioria dessas pessoas acabavam dando aula em cursos como esse, ou trabalhando com publicidade. E nenhuma dessas duas coisas lhe atraía, nem um pouco.

"Mas não vou mentir", pensou, pegando a chave do quarto e fechando a porta. "O fato de Dimple Shah me acompanhar torna tudo mais atraente." Ainda tinha mais uma parada antes de passar no quarto dela para buscá-la.

Só de pensar em vê-la de novo, seu estômago revirou, de um jeito nem um pouco prático.

Dimple

— Que roupa é essa? — perguntou Celia, sentada na frente da cômoda/penteadeira. Tinha acabado de passar base em todo o rosto e pescoço com uma esponjinha.

Dimple tirou os olhos do computador, sacudiu os ombros e respondeu:

— Calça jeans?

Celia gemeu e segurou o cabelo, depois o alisou meticulosamente. Pôs uma tiara preta com um grande laço brilhante e falou:

— É a Mini Comic Con. Acho que as pessoas se fantasiam, não? Mandam ver?

Era sexta à noite e, pelo jeito, os *Aberzombies* tinham convidado Celia para ir a alguma festa.

Dimple mordeu o lábio. Não tinha sequer pensado nisso.

— Você acha?

Celia começou a desenhar no próprio rosto com o que lhe pareceu um giz de cera marrom bem grosso. Ao ver a expressão confusa de Dimple, a garota explicou:

– Corretivo. E, sim, acho mesmo. Por que você não dá um Google? Vê o que as pessoas fizeram nas edições anteriores? No panfleto está escrito "terceira edição anual", aposto que deve ter umas fotos na internet.

– Boa ideia. – Dimple abriu o site do Departamento de Arte e gemeu: – Ah, não. – Foi abrindo foto por foto. As pessoas não apenas mandavam ver: elas iam à loucura. Tinha um comentário sobre um cara que tinha feito a própria fantasia de Homem de Ferro de sucata e depois passou uma tinta *spray* rosa iridescente incrível. Outra aluna fez a própria fantasia de Predador e demorou um ano inteiro para costurar tudo à mão. Era digna do Oscar, ou seja lá qual for o prêmio que se dá para fantasias. Tinha fantasias de grupo e fantasias feitas de materiais interessantes, fantasias ecológicas e fantasias que brilhavam no escuro… Dimple ficou parada olhando. – Caramba, por que o Rishi não me disse nada?

– *Ânh*, porque talvez ele não saiba? Você deveria mandar uma mensagem para o Rishi.

Celia passou uma sombra cor de sereia nas pálpebras. Ficou incrível com os olhos castanhos dela. Mesmo Dimple, que tinha aversão à maquiagem, era capaz de admirar.

Pegou o celular e digitou:

Você sabia que todo mundo vai fantasiado? Com fantasias bem elaboradas?

O aparelho tocou alguns segundos depois.

Sim, é que nem a Comic Con, não? Só que menor.

Dimple soltou um grunhido. Será que todo mundo sabe automaticamente dessas coisas?

Seu celular tocou de novo.

Mas você não precisa se fantasiar. É minha convidada.

Bom, e você vai de quê?

Ahá! Segredo.

A garota revirou os olhos. Que ótimo. Olhou para Celia e perguntou:

– Por acaso você tem alguma coisa pra me emprestar que dê para passar por fantasia?

Celia tinha praticamente trazido o armário inteiro de casa. Estava até ocupando uma parte do armário de Dimple, porque não couberam todas as roupas no seu.

Ela fez careta enquanto passava um batom dourado claro com pincel nos lábios. Quem passa batom com pincel? Ninguém que Dimple conhecia.

– Pode dar uma olhada. Só que eu só tenho roupas normais... De que você está planejando ir?

– Sei lá! – Dimple levantou as mãos, em desespero. – O único desenho que eu lembro de ter me interessado... – E parou de repente; uma ideia estava tomando forma. – Celia, você tem alguma blusa verde de manga comprida?

– *Hmmm...* – Celia pôs o batom e o pincel em cima da cômoda e foi até o armário. Um segundo depois, tirou de lá um moletom de capuz com zíper. – Que tal esse?

Dimple foi abrindo um sorriso, bem devagar.

– Acho ótimo. Posso pegar uma saia preta curta também?

CAPÍTULO 21

Dimple

QUANDO Rishi bateu à sua porta, às sete, Dimple nem estava nervosa. Sabia que sua fantasia estava incrível. O garoto ficou olhando para ela por menos de meio segundo antes de sorrir e falar:

— Eu adoro a Daria.

— Né? — Dimple também sorriu. Celia a tinha ajudado a fazer chapinha no cabelo, que ficou mais brilhante e comprido, bem abaixo do ombro. — Quem não adora? Mas acho que funcionaria melhor se a Celia pudesse vir também, para fazer a Quinn.

Rishi deu risada.

— Ah, cara… Onde é que você arranjou esses coturnos dos anos 1990? — Mas foi parando de rir quando percebeu que Dimple estava olhando atravessado para ele.

— São meus. Eu uso de vez em quando.

— Ah, eu, *ãhn*, são demais…

Dimple sorriu.

— Você não precisa fingir que gosta. Eu gosto, e não ligo que não estejam mais na moda ou sei lá o quê. E aí? Você está fantasiado do que eu acho que está fantasiado?

O garoto deu uma pirueta, bem de leve.

– É. Aditya, o Deus do Sol/super-herói a seu dispor.

– Que demais! E de onde você tirou essa *gada*?

Ela fechou a porta, e os dois se dirigiram juntos aos elevadores.

– Bom, acho que você deve se lembrar da nossa velha amiga Wanda. Voltei lá e expliquei o que estava buscando. Acontece que o marido dela é um ótimo ferreiro. E me ajudou a fazer isso aqui com uns pedaços de metal reciclado que tinha na oficina. Passei a tarde pintando os detalhes. O Kevin Keo, esse cara que conheci, do Departamento de Arte, foi bem legal. Ele me deixou ir lá e usar o material deles quando expliquei para o que era.

– Que demais – comentou Dimple, olhando para Rishi de cima a baixo, admirando, sem deixar que ele percebesse o quanto estava admirando. O garoto estava de *kurta* justa e calça jeans. Toda vez que balançava a *gada*, Dimple conseguia ver seus bíceps através do tecido fino.

O dia estava meio quente, apesar do nevoeiro, com um leve toque de perfume e colônia, porque os universitários andavam pelo campus, indo para diferentes eventos. Dimple adorou o burburinho e a energia, uma coisa meio bêbada, meio inebriante. O brilho das luzes da cidade mal aparecia por causa do nevoeiro, tingindo o ar de um tom de dourado quase mágico. Respirou fundo – e espirrou. Malditas alergias.

– Que os deuses te criem – disse Rishi.

Dimple ergueu as sobrancelhas e perguntou:

– Como assim, deuses?

O garoto balançou a cabeça, com um ar solene.

– Sendo adepto do hinduísmo, sou politeísta, como você deve bem saber.

Ela deu risada e retrucou:

– Sim. E também sei que a gente pode dizer Deus mesmo assim, não deuses. Ainda acreditamos que Brahma é o criador supremo.

Rishi deu um sorriso, um sorrisinho intrometido que se esboçou no seu rosto antes que ele pudesse impedir.

– Você me pegou. Esta é a minha versão de microagressão, para me vingar das pessoas.

– Pode explicar.

– Tá, ok. É assim que as coisas funcionam nos Estados Unidos: na primavera, somos submetidos constantemente a coelhinhos e ovos por todo lado, que simbolizam a ressurreição de Cristo. Aí, lá pra outubro, começamos a ver pinheiros, presépios e homens brancos e gordos rindo por todos os cantos. A iconografia cristã está por todos os lados, é jogada na nossa cara constantemente, até em conversas que não têm nada a ver. "Esta é a Bíblia dos quadrinistas…", "Ele confessou seus pecados…", e coisa e tal. Então, esse é meu jeito de dizer: "olha, talvez eu acredite em algo um pouco diferente". E, toda vez que alguém me pergunta por que "deuses", posso falar sobre o hinduísmo.

Dimple ficou ruminando aquela explicação, impressionada, ainda que a contragosto. O garoto realmente tinha um argumento válido. Por que o cristianismo sempre *era* o parâmetro?

– Ah… – Balançou a cabeça, ajeitou os óculos no nariz e completou: – Então, você está querendo dizer que é tipo uma Testemunha de Jeová do nosso povo.

Rishi retorceu os lábios, mas balançou a cabeça, bem sério.

– Sim. Sou Testemunha de Ganesha. É um nome que pega, você não acha?

Os dois atravessaram o gramado e foram para a esquerda, em direção ao prédio que, no mapa de Rishi, estava marcado com uma estrela: o local da Mini Comic Con. Alguém buzinou, ao longe.

– Não sei dizer se você é maluco ou só muito apaixonado por essa coisa de cultura – concluiu Dimple, depois de terem andado em silêncio.

O garoto deu uma risadinha.

– O Ashish, meu irmão, e eu, já tivemos essa conversa muitas vezes. – Rishi comentou isso com um tom descontraído, mas havia algo de pesado por baixo dessa leveza. – Não sei como explicar… É só uma necessidade que tenho dentro de mim. Acho que só sinto isso com mais força do que a maioria das pessoas da nossa idade. Sinto necessidade de falar do assunto. Porque, se ninguém falar, se ninguém disser "esse sou eu, é nisso que eu acredito e é por isso que sou diferente e é por isso que não tem problema", qual o sentido? Qual o sentido de viver nesse belo caldeirão de raças onde todo mundo pode ter coragem de ser o que quiser? – Nessa hora, sacudiu os ombros. – Além disso, você nunca foi para a Índia e ficou só no meio da família, ouvindo a história dos parentes e se sentiu... sei lá, com vontade de contar para mais pessoas?

Dimple ficou mexendo no zíper do moletom de Celia, evitando olhar Rishi nos olhos.

– Não sei. A última vez que fui para a Índia eu tinha 12 anos. As passagens são muito caras para os meus pais. Mas, mesmo quando fui, o que eu mais me lembro é de sentir que eu não me encaixava ali. Quer dizer, eu já estava naquela fase de estar no colégio e achar que a minha família era esquisita, diferente, e só queria, tipo, que eles fossem iguais aos outros pais. Mas aí eu fui para Mumbai e me dei conta de que, para o povo de lá, eu era norte-americana. Ainda era forasteira, ainda era estranha e ainda não me encaixava.

Ela prendeu uma mecha de cabelo atrás da orelha, sentindo aquele beliscão de entendimento de novo, igualzinho quando tinha 12 anos. A ficha tinha caído mesmo quando a prima Preeti, que tinha sua idade, apresentou Dimple para as amigas do bairro como "a prima americana". Uma das meninas, ao ouvir o sotaque de Dimple, deu risada e a chamou de "*firang*". Preeti explicou, com o rosto vermelho, que significava "estrangeira". Preeti a defendeu, mas Dimple percebeu que não foi com muita convicção. Até Preeti achava que Dimple era *firang*. Ela simplesmente não se encaixava ali.

– Que interessante – falou Rishi. Uma leve brisa levantou seu cabelo, e ele ficou parecendo um adorável "Denis, o Pimentinha" indiano. – Acho que sou o oposto. Eu me sinto indiano-americano aqui e, quando estou na Índia, me sinto só indiano. Vejo as duas coisas como equivalentes e válidas.

– Como você consegue ser tão bem-adaptado? – resmungou Dimple.

Rishi deu uma risada debochada.

– Demorou, juro. Passei por toda uma fase emo no Fundamental e cheguei a usar o codinome Rick. – O garoto se encolheu todo e completou: – Fico feliz que o apelido não tenha pegado.

Dimple deu risada.

– É, gosto muito mais de Rishi.

O garoto chutou uma pedrinha, que saiu voando.

– Para ser sincero, mesmo quando me sinto em casa culturalmente, não sinto a mesma coisa socialmente. Tipo, como você estava contando… Eu nunca me encaixei na turma da escola particular. Nunca tive bons amigos no Ensino Médio, pessoas que me deram vontade de manter contato. Não sinto saudade de ninguém.

Dimple não queria admitir o quanto aquilo que Rishi estava dizendo também valia para ela. Solidão. Era isso que Rishi estava descrevendo. E Dimple já sentira tanto isso que se tornara uma presença constante em sua vida, enroscada nela feito um gato quando dorme.

– Sei do que você está falando – disse, baixinho. – Infelizmente.

– Não acho que seja infelizmente. Deve ser por isso que a gente se dá tão bem. Mesmo depois de você *ter* me atacado violentamente quando a gente se conheceu.

Dimple deu risada de novo, e Rishi ficou olhando para ela, radiante, como sempre fazia quando a garota dava risada. Parecia que estava se deliciando com a alegria dela. Em vez de desviar o olhar, como sempre, Dimple também sorriu.

Alguma emoção transpareceu nos olhos de Rishi. Ela coçou o cotovelo, desviou o olhar e perguntou:

– Que foi?

– Nada.

O garoto olhou para o outro lado, mas um sorrisinho maroto se esboçou nos seus lábios.

Dimple deu um soco de leve nas costelas dele.

– *Que foi*, Rishi?

– Ah… – Ele passou a mão na nuca e olhou para Dimple meio de lado. – Essa é a primeira vez que você não finge que não vê o fato de ter um certo… efeito sobre mim quando dá risada.

Dimple sentiu as bochechas pegarem fogo e olhou para os próprios pés.

– Não faço ideia do que você está falando.

Rishi riu baixinho.

– Acho que faz, sim. Mas vou deixar passar, já que, obviamente, você não quer tocar no assunto.

E Dimple percebeu que estava se sentindo levemente decepcionada.

CAPÍTULO 22

Rishi

A MINI Comic Con seria realizada no prédio principal do Departamento de Arte. Assim que caminharam mais uma quadra, Rishi viu o prédio na esquina. Era uma construção enorme, moderna, com o térreo basicamente formado por janelas. Lá dentro, Rishi podia ver um burburinho colorido: grupinhos de pessoas fantasiadas se espremiam entre os estandes, *banners* e apresentações. Sentiu uma pontada de nervosismo percorrer sua espinha: não fazia ideia de que o evento estaria tão cheio. Tinha uma escultura gigante de um biscoito da sorte do lado de fora, feito de – assim lhe pareceu – roupas velhas. Quando as pessoas passavam por ele, pegavam uma "sorte" de uma fenda.

– O que é aquilo? – perguntou Dimple, apertando o passo.

– Não sei – murmurou Rishi, ficando um pouco para trás, se arrependendo de não ter dito que não tinha interesse no evento quando conheceu Kevin Keo, na semana anterior. "Você tem interesse em fazer faculdade de arte? Não, obrigado." "Isso não seria muito difícil, né, Patel?"

Quando se aproximaram da escultura, Rishi viu uma placa na frente da obra, na qual se lia: *BISCOITO DA SORTE DE ALFAIATARIA* DE YAEL BORGER, 2017.

"A estrutura do biscoito foi construída com canos de PVC, cobertos por uma camada de espuma. Roupas higienizadas vindas de um lixão envolvem o conjunto da obra. Tiras de tecido, nas quais foram impressas 'sortes' para cada espectador, podem ser puxadas do oco no meio da estrutura. Yael Borger é aluna do último ano do curso de belas artes da UESF e espera conscientizar as pessoas a respeito do desperdício de roupas e seu impacto no meio ambiente."

– Interessante. – Dimple assobiou e pôs a mão na abertura para pegar uma sorte. Ergueu a sobrancelha ao perceber que Rishi não iria fazer o mesmo. – Vem logo. Você precisa pegar uma também.

O garoto soltou um suspiro e repetiu o movimento, levando sua mão ao grande buraco, bem no meio do biscoito, para puxar uma tira.

– Isso é muito esquisito – resmungou.

Dimple deu risada.

– Lê logo a sua. – Ela desdobrou sua tira, um pedaço de jeans azul-celeste com bordas desfiadas e palavras impressas em branco. – *Hmmm*. "A extinção se aproxima." – Olhou para Rishi e perguntou: – O que está escrito na sua?

Ele virou sua tira de tecido amarelo de bolinhas pretas, escrito em vermelho:

– Isso não vai acabar bem.

– Uau. – Dimple deu risada. – Que fatídico.

Rishi amassou a tira e a colocou no cesto de reciclagem que havia ao lado da escultura.

– Cara, Yael Borger deve ser muito divertida. Você consegue imaginá-la em um jantar?

Então, com uma voz alegre, falou: – Oi, Yael, como você está? – Em seguida, com uma entonação sepulcral para representar Yael, ele respondeu: – Você vai morrer.

Dimple deu uma risada debochada.

– Pelo menos, está fazendo as pessoas pensarem e conversarem sobre a questão que ela quer que as pessoas pensem e falem. Missão cumprida, diria eu. Não é esse o objetivo da arte? – Nessa hora, os dois desviaram de um grupinho de alunos que conversavam na porta do prédio. – Tipo, por que você faz seus quadrinhos?

– Para sentir alívio – respondeu Rishi, antes que pudesse pensar em se censurar. Para os pais, sempre tomava o cuidado de dizer que os quadrinhos eram só um *hobby* divertido, sem grandes consequências. Dessa forma, os dois tratavam o assunto com mais compreensão. – É como pegar um balão de hélio gigante, cheio de preocupações, e simplesmente soltar.

O saguão era enorme, com chão de mármore, e as conversas animadas dos alunos e expositores ecoavam pelo local. Pendurado no centro do recinto, havia um banner gigante, parecido com aquele perto da mesa onde Kevin Keo estava no outro dia, com os seguintes dizeres: BEM-VINDOS À MINI COMIC CON! VOCÊ PODE TRANSFORMAR SUA ARTE EM CARREIRA. CONTE CONOSCO!

Um pôster gigante de Naruto Uzumaki pendia no corrimão da escadaria. Alguém naquele departamento obviamente amava anime. Havia estandes com banners gigantes mostrando diversos outros personagens de quadrinhos famosos espalhados pelo lugar. O garoto viu de tudo; de Pokémon a Harley Quinn, passando pelo Hulk. Do outro lado, Rishi avistou alguém em um estande lotado. Ficou sem ar.

– Ai, meus deuses. – Com o coração acelerado, pegou Dimple pela mão, sem pensar, e soltou imediatamente. – É o Leo Tilden.

– Quem? – Dimple acompanhou o olhar de Rishi. – Quem é esse?

– Ele criou esse personagem incrível, o Platinum Panic, para uma série de *graphic novels*. Eu leio desde que tinha, tipo, uns 10 anos. É meio o que me fez querer fazer quadrinhos. E o cara também faz uns vídeos incríveis no YouTube.

Rishi passou a mão na nuca. Aquilo parecia surreal. Ter o cara parado a menos de dez metros dele, depois de tê-lo idolatrado a distância por quase uma década, depois de ter dado risada de cada piada que Leo fez no YouTube. Depois de ter mandado uma carta vergonhosa para ele quando tinha 11 anos, dizendo que era seu fã – não que ele estivesse disposto a revelar esse fato para Dimple. Nem o fato de ter, até hoje, o cartão-postal que Leo lhe mandou, grampeado na última página do seu bloco de desenho. Nele, estava escrito "*Semper pinge* – Continue sempre desenhando", em latim. O bordão do Platinum Panic era "*Semper sursum* – Sempre para cima".

– Bom, anda logo, vamos ficar na fila para conhecer o cara.

Dimple segurou a mão de Rishi e foi se dirigindo para a fila.

O garoto nem teve tempo de processar que: (a) Dimple tinha pegado na mão dele por livre e espontânea vontade e (b) o quanto aquilo era bom, porque estava começando a surtar.

– *Áhn*, não sei, não – falou Rishi, puxando Dimple para trás.

Tudo aquilo estava acontecendo rápido demais. Era coisa demais. Ele tinha dito "sim" para Kevin Keo, mas deveria ter dito "não". E agora que estava naquela convenção gigantesca, e seu ídolo estava bem na sua frente: estava caindo em alguma toca do coelho dos quadrinhos. "É como tentar se afastar da garota que você ama loucamente, mas sabe que te faz mal", pensou. Você não se aproxima, porque é a única maneira de se salvar. Você não se aproxima porque sabe que, caso se aproxime, ficará completamente desarmado e desamparado diante de tudo o que ama nela. O afastamento é a promessa de segurança. Sem afastamento, Rishi sabia que o amor inexorável pela sua arte, pela criação, o sugaria e jamais soltaria.

Dimple se virou para ele, espremendo os olhos.

– Como assim, não sabe? Você acabou de falar que esse cara é seu ídolo, né? – Algo na expressão do garoto a fez ser menos agressiva. Dimple pousou a mão no braço de Rishi e perguntou: – Que foi?

– Eu não esperava tudo isso. – Nessa hora, meio que apontou para Leo Tilden. – Era para ser um evento pequeno. – Então apontou para o banner de boas-vindas, no qual estava escrito "Mini Comic Con". – Viu só? "Mini". Até o nome diz.

Em seguida, deu um sorriso, mas não foi de coração.

Dimple ficou examinando o garoto por alguns instantes.

– Você está com medo de não se encaixar aqui? Ou de se encaixar demais?

Rishi olhou para a garota, surpreso. Como tinha verbalizado, de forma tão rápida e sucinta, tudo o que ele estava sentindo?

– E você é o quê? Alguém que lê pensamentos?

Dimple sorriu.

– Olha, vamos só conhecer Leo Tilden, aí podemos ir embora. Você não precisa nem contar que desenha nem nada. Pode fingir que está fantasiado de algum personagem de quadrinhos indiano que ninguém conhece. – Nessa hora, sacudiu os ombros e completou: – O que você tem a perder?

A garota tinha razão. Quando Rishi lembrasse daquilo, dali a um ano, já estudando no MIT, nenhum desses sentimentos estariam em suas memórias: lembraria apenas que tinha conhecido Leo Tilden. E essa lembrança permaneceria para sempre.

Balançou a cabeça e respondeu:

– Tudo bem, Daria. E, quem sabe, depois a gente pode ir tomar um sorvete e tal.

Dimple deu um sorriso e declarou:

– Vamos nessa.

CAPÍTULO 23

Rishi

– **OI.** – Era a voz característica de Leo Tilden, em carne e osso. Uau.

Rishi deu um sorriso, mas não sabia se estava sorrindo de um modo socialmente apropriado. Ou seja: estava mostrando todos os dentes. Só que o homem alto e musculoso do lado de Leo Tilden – que devia ser Sven, seu assistente – parecia levemente perturbado. Dimple deu uma cotovelada nas costelas do garoto.

– *Áhn*, o-oi. Eu... eu sou um grande Rishi. – Nessa hora, ouviu Dimple dar risada. "Ai meus deuses." Por acaso ele tinha acabado de dizer "eu sou um grande Rishi?" – Fã – corrigiu, sentindo que a sua cara inteira estava prestes a explodir em chamas. – Sou um grande fã. Meu nome é...

– Deixe-me adivinhar... – disse Leo, sorrindo. – Rishi. – O quadrinista lhe estendeu a mão. Ao seu lado, o robusto Sven relaxou. – Muito prazer, cara.

– O prazer é meu – falou Rishi, com a sensação de que estava em um sonho bizarro. Fez questão de pronunciar bem as palavras e olhar para Leo o tempo todo. Sabia, pelos vídeos do ídolo no YouTube, que o artista usava aparelho auditivo, o que lhe permitia ouvir, mas não tão bem quanto uma pessoa sem deficiência auditiva. – Li *Platinum*

Panic quando tinha 10 anos. Foi o que me fez querer fazer quadrinhos. Lembro de descobrir que você era o único quadrinista surdo a alcançar tamanho sucesso. Para mim, foi... – sacudiu a cabeça e continuou – ... significativo. Como se não houvesse problemas em não seguir as regras.

Leo também sacudiu a cabeça e respondeu:

– Total, é até *necessário* não seguir as regras. Precisamos de mais gente sacudindo as coisas. Foi aqui que eu comecei, na UESF. Eles mandam muito bem no quesito "dar voz à diversidade". – Então apontou para a roupa de Rishi e perguntou: – Você está fantasiado de quê?

Rishi olhou para baixo. Tinha, sinceramente, esquecido que estava usando aquela fantasia. Teve a sensação de que a sua boca era o deserto do Rajastão.

– *Áhn*, de n-nada.

Leo ergueu a sobrancelha cabeluda.

– De nada? – Em seguida, apontou para a *gada* que o garoto segurava e perguntou: – Você sempre anda por aí carregando esse negócio?

Dimple lhe deu mais uma cotovelada. Rishi a ignorou.

– É só... não é...

– É o Aditya, o Deus do Sol/super-herói. E foi ele que criou o personagem, há uns dois anos. – Triunfante, Dimple lançou um olhar de desdém para Rishi. Depois ele teria uma Conversa Muito Séria com aquela garota. Tentou transmitir isso pelo olhar. Mas, pelo jeito, ela não entendeu. Ou, se entendeu, não ficou nervosa o bastante.

– Sério? – Leo se aproximou. – Você tem alguma arte aí com você?

A bolsa que Rishi levava no ombro ficou pesada. O caderno de desenho estava lá dentro. Anos de trabalho. Tinha até algumas páginas bem recentes, finalizadas e tudo mais. Estavam dignas de mostrar para Leo Tilden. Não seria vergonhoso nem nada.

Mas... Rishi se sentiu estranho. Como se estivesse traindo seus pais. Os dois pensavam que o filho estava ali por causa de Dimple. Para ganhar experiência antes de ir para o MIT. Aquilo era exatamente o tipo de coisa que não queriam que ele fizesse. Rishi teve a sensação de que mostrar seus desenhos para um grande quadrinista seria como dar um passo. Um passo que ele não sabia bem se queria dar.

– Não, não trouxe – acabou respondendo. E teve a sensação de mastigar cacos de vidro quando pronunciou essas palavras. Doeu. Doeu muito.

Leo fez uma expressão de decepção sincera.

– Ah, que pena. Fica para a próxima.

"Não terá uma próxima, nunca mais", pensou Rishi. Sabia disso com a mais absoluta certeza. Lá no fundo, algo leve, criativo e vulnerável enrijeceu. Um passarinho virou pedra.

– Sim, claro. – Rishi deu um sorriso forçado e estendeu a mão de novo. – Foi ótimo conhecer você. Adoraria comprar um exemplar assinado do seu último quadrinho.

Sven já estava com um na mão.

Dimple

Dimple ficou lançando olhares para Rishi enquanto os dois visitavam diversos estandes. Ele sorriu de leve, sem parar de observar um aluno do curso de belas artes que fazia uma demonstração de cerâmica. Algo nele tinha mudado em relação à meia hora anterior. Algo vital. Mas a garota não sabia o que era.

– Você está… bem? – perguntou ela, quando Rishi pegou um folheto que lhe entregaram e deixou na próxima mesa, sem nem olhar.

– Estou. – Rishi olhou para Dimple e sorriu. "É aquele fogo no olhar dele", percebeu a garota. Tinha se inflamado assim que Rishi vira Leo Tilden, mas sumira. – Por quê?

Dimple sacudiu a cabeça e respondeu:

– Não sei. Você está diferente. Desanimado. Foi porque não estava com seus desenhos para mostrar ao Leo Tilden? Porque aposto que dá para perguntar se você pode mandar e-mail para ele depois…

– *Nãããão*, não é isso. – Passaram por um estande no qual uma bela mulher com cabelo fúcsia estava demonstrando uma nova linha de canetas para um grupo de caras que olhavam mais para ela do que para os produtos. Rishi pegou um estojo de canetas e devolveu em seguida. – Acho que já quero ir embora. E você?

Argh, era tão frustrante aquilo que ele estava fazendo. Dimple não sabia exatamente o que Rishi estava fazendo, mas era definitivamente frustrante.

– *Áhn...* Acho que sim.

Foram desviando de um grupo de pessoas que estavam na fila para ganhar pipoca grátis e alguém gritou:

– Oi! Ei, você! Rishi, né?

Eles se viraram e deram de cara com um cara magrelo em um estande a poucos metros de distância. Mais ou menos da altura de Rishi, de cabelo preto espetado e óculos de armação de metal vermelho. Estava sorrindo, abanando profusamente. Muito obviamente fantasiado do mesmo personagem de mangá estampado no *banner* logo atrás dele.

– Quem é esse coelhinho da Duracell? – perguntou Dimple, quando foram se aproximando.

– É o Kevin Keo, o cara que me convidou para vir aqui. Ele é muito legal. Vou só dar um "oi" e aí podemos ir embora. Tudo bem por você?

– Claro.

À medida que se aproximavam, Dimple percebeu que o estande de Kevin era dedicado a quadrinhos e mangá. Tinha até um caderno de desenho aberto na frente dele. O garoto, pelo jeito, estava desenhando um cruzamento entre um *alien* e uma menina de calça de ioga. Que era bem legal, para falar a verdade: parecia 3D, como se estivesse saindo da página. Dimple olhou para Rishi, mas ele só ficou observando daquele jeito esquisito e impassível de novo, como se não tivesse nada a ver com aquilo tudo. Qual era a dele?

Até Dimple achou que o desenho era muito incrível, e olha que ela não se interessava muito por coisas artísticas.

– Ficou demais – falou, se abaixando para observar os detalhes. De perto, percebeu que os tentáculos daquela criatura alienígena eram formados por palavras, bem juntinhas, que se curvavam umas sobre as outras.

– Valeu! – disse Kevin. – É um diálogo do *One Piece*. – Nessa hora, apontou para o *banner* atrás dele e para a própria fantasia. – Estou de Monkey D. Luffy, o personagem principal. É um dos meus desenhos preferidos. Você já viu?

Dimple sacudiu os ombros.

– Desculpa. Não entendo nada de mangá. – Olhou para Rishi e perguntou: – Você conhece *One Piece*?

– Conheço. Vi alguns episódios num verão desses.

Kevin, sem perceber o desânimo de Rishi, esfregou as mãos e comentou:

– Gostei de como ficou sua *gada*, cara. Legal mesmo. – Ficou em silêncio e, como Rishi só murmurou um "valeu" baixinho, continuou falando: – E aí? O que você está achando da MCC? Já conheceu alguém legal?

Rishi deu um sorriso meio amarelo.

– Conheci. O Leo Tilden. Foi legal. – Então mostrou a *graphic novel* que tinha comprado. – Comprei um exemplar autografado.

– O cara é demais! – falou Kevin, e todo o seu rosto se iluminou de um jeito apaixonado, animado e entusiasmado. – Você segue o canal dele no YouTube? – Rishi balançou a cabeça, afirmando, e Kevin continuou: – Eu entro toda semana. Ouvi dizer que ele vai começar a mostrar material dos usuários. E, se você entrar aqui no próximo semestre…

– Olha, cara, tudo isso foi muito legal, mas preciso te dizer: acho que não vou fazer faculdade aqui. Já passei no MIT. – Rishi encolheu os ombros e completou: – Não quero te dar falsas esperanças.

– Ah… – Kevin ficou com uma expressão desnorteada. E aí franziu a testa e perguntou: – MIT? Mas eu achei que você fazia quadrinhos.

– E faço. – Rishi ficou em silêncio alguns instantes e corrigiu: – Fazia. Era mais um *hobby* que eu tive no Ensino Fundamental e Médio. Mas agora não vou ter tempo pra isso. Tenho uma carreira de verdade para me concentrar, sabe?

A expressão de Kevin mudou. Com um tom mais frio, perguntou:

– E o que você vai cursar no MIT?

Pelo jeito que falou, ficou claro para Dimple que o garoto achava que Rishi estava sendo um babaca pretensioso.

"Mas ele não é", teve vontade de gritar. "Não faço ideia de quem é esse zumbi sério e esquisito!"

– Ciência da computação e engenharia.

Kevin balançou a cabeça. Seu olhar pousou sobre a *kurta* e a *gada* de Rishi.

– Você não entrou em detalhes antes, quando eu te vi. De que você está fantasiado?

Rishi olhou para baixo. Por um instante, deu a impressão de que queria contar para Kevin sobre Aditya. Um olhar, quase um anseio, passou pelo seu rosto feito uma nuvem branca. E então sua expressão se firmou. – Ninguém. É um personagem indiano obscuro que eu gostava quando era criança.

CAPÍTULO 24

Dimple

KEVIN olhou para Dimple. Tinha, obviamente, desencanado de Rishi.

– E você? – perguntou, sorrindo. – Gosta de quadrinhos ou de algum tipo de arte? Não reconheci sua fantasia.

– É a Daria, daquele desenho dos anos 1990. Dá uma olhada, se tiver a oportunidade. Mas, no quesito criatividade… – A garota fez careta e explicou: – Acho que eu estava de cama quando os genes da arte foram distribuídos. Minha criatividade se limita a desenvolvimento de apps e um pouco de webdesign. Programar é meio que contar uma história, acho eu, mas nada além disso. Mas, sério, achei o evento incrível. – Nessa hora, girou a mão, sinalizando o ambiente como um todo. – Adoro todas essas cores! E as fantasias do pessoal são simplesmente demais.

Uma garota com um vestido dourado retrô deslumbrante, tranças azuis e maquiagem que parecia ter sido feita com *airbrush* passou por eles, enfatizando o que acabara de dizer.

Kevin ficou radiante, visivelmente feliz com o fato de que pelo menos um dos dois estava raciocinando direito.

– Bom, vocês têm algum plano para hoje à noite depois da feira? – perguntou.

Dimple sacudiu a cabeça e respondeu:

– Não, acho que não. Por quê?

– Os alunos do Departamento de Arte costumam dar umas festas incríveis. Você devia ir. Normalmente, começa lá pelas nove. – Nessa hora, anotou o endereço em um pedaço de papel, rasgou e entregou para Dimple. Meio relutante, Kevin se virou para Rishi, que estava observando toda a conversa, impassível, e falou: – Pode ir também.

– Valeu – respondeu Rishi. – Mas eu não...

– A gente vai adorar – interrompeu Dimple, com firmeza, ignorando o fato de Rishi estar olhando feio para ela.

Sentir o ar fresco, ao sair da feira, foi revitalizante, depois de terem ficado naquele abafamento da Mini Comic Con. Dimple foi respirando fundo enquanto caminhavam, deixando para trás o barulho, o calor e as risadas. O mundo estava escuro e frio. E o nevoeiro, ainda por cima, obscurecia as estrelas. Caminharam em silêncio por alguns minutos, o vento mexendo as folhas das árvores e bagunçando o cabelo de Dimple. A garota o prendeu em um coque.

– E aí? – disse, baixinho. – O que você achou?

– Estou com uma fominha. Está a fim de tomar aquele sorvete?

Dimple balançou a cabeça bem devagar.

– Estou. Mas, *ãhn*, você vai me contar o que aconteceu lá dentro ou não? – Nessa hora, olhou para Rishi, mas não conseguiu interpretar a expressão do garoto. – Quer dizer, se você estiver a fim.

Por um instante, a expressão dele continuou assim: de pedra, impassível. Mas aí Rishi respirou fundo. Uma respiração que parecia começar nas solas dos pés e subir até a boca, como se, até então, o garoto carregasse um grande peso e tivesse ficado feliz por tirá-lo das costas por um instante. Quando falou, foi com uma voz calma, controlada, mansa.

– Não vejo sentido em perder tempo, nem o meu e nem o de outras pessoas, com algo que nunca vai acontecer. – Olhou bem para Dimple e completou, quase em tom de desafio: – Nunca vou ser quadrinista.

Ela ficou se perguntando para quem Rishi falava aquilo em voz alta, daquele jeito.

– E daí que essa não vai ser sua carreira? Você ainda adora, certo? Por que não pode continuar sendo um *hobby*?

– Consome muito tempo – respondeu Rishi, mas nem ele parecia convencido disso. – E tudo vira uma bola de neve. Você viu: o Kevin queria que eu me matriculasse no curso daqui. O Leo Tilden queria ver meus desenhos. Muito barulho por nada.

– Eles ficaram animados com você – falou Dimple, sacudindo a cabeça. – Eu acho incrível o fato de ter pessoas que querem ver você se dar bem. Você fica falando que não vai ser quadrinista, mas acho que a questão é a seguinte: se quisesse ser, poderia.

Rishi deu risada, mas não foi um riso alegre.

– Não é tão simples assim. Quer dizer, é ótimo para o Kevin Keo, que simplesmente sabe que quer ser quadrinista e se sente livre para seguir essa carreira. Mas eu não sou assim. Você tem ideia de quais são as chances de alguém se tornar o próximo Leo Tilden, o próximo Stan Lee? Uma em um milhão. Sei o que é importante para mim: quero ter uma vida. Quero me casar e ter uma família. Não vou conseguir sustentar uma família trabalhando de garçom na esperança de, um dia, ter sucesso como quadrinista.

– Você tem 18 anos. – Dimple ficou olhando para ele, imaginando se não estava em algum universo estranho, em que Rishi acabaria se revelando um vampiro de 2 mil anos. – Não precisa se preocupar com tudo isso agora.

O garoto soltou um suspiro e chutou uma pedrinha, que saiu voando noite afora. Instantes depois, a pedrinha parou debaixo de uma árvore, brilhando.

– Eu sei que não *preciso*, mas quero. Nunca vou ser aquele cara muito louco de 18 anos, baladeiro, sabe? Não é a minha praia.

Dimple deu um sorriso. Adorava um desafio.

– Sério? Você já foi a alguma festa? Tipo, no Ensino Médio?

– Claro que sim.

A garota fez cara de desconfiada e insistiu:

– Tipo uma festa de verdade. Não uma dada por pais.

Houve um silêncio. Ela deu risada.

– Você pensou nas festas de *Diwali*, não pensou?

– Olha, são festas de verdade!

Mas Rishi também deu risada.

– Ok. Nós vamos a essa festa hoje.

A garota lhe mostrou o papelzinho que Kevin havia lhe dado, com o endereço da festa.

Rishi fez careta e falou:

– Sério?

– Sério. Você não tem que ser "baladeiro" para ir a uma festa e se divertir. – Quando viu que ele tinha aberto a boca para discutir, Dimple foi logo completando: – Além do mais, é só você pensar que está fazendo um experimento sociológico. A gente tem que ir a, pelo menos, uma festa louca da faculdade, certo? É tipo um rito de passagem. Você pode tirar isso da sua frente agora, e eu serei sua guia.

Depois de um instante, ele fechou a boca.

– Ah, tudo bem.

Dimple cutucou o garoto com o ombro.

– Que bom. Você pode até se divertir.

Rishi

– Isso é loucura.

Rishi e Dimple estavam parados na frente da casa onde estava acontecendo a festa.

Não tinha como negar que estavam no lugar certo. O jardim estava decorado com o que parecia ser um jogo de boliche que brilhava no escuro, feito com garrafas d'água cheias de palitos de neon. As pessoas estavam tentando derrubar os pinos e gargalhavam estrepitosamente. Rishi tinha quase certeza de que havia uma boneca em tamanho real sentada em uma árvore, como se estivesse observando o jogo, com os lábios, o cabelo e o vestido brilhando, por causa das luzes negras penduradas nos galhos da árvore. A porta da frente estava aberta, e a música que saía dela era tão alta que os graves sacudiam o chão debaixo dos pés do garoto.

– A gente não pode entrar aí. Esse povo está completamente bêbado.

– Ah, para!

Dimple pegou ele pela mão e o fez atravessar a rua. Rishi reparou que os olhos dela estavam grudados nos pinos de boliche.

Na varandinha minúscula na frente da casa, tinha um *cooler* cheio de bebidas alcoólicas e não alcoólicas. Dimple pegou uma cerveja e passou para ele. Rishi sacudiu a cabeça.

– Olha, a gente não precisa beber para se divertir – falou.

Dimple revirou os olhos, devolveu as cervejas e pegou duas Cocas, uma para ela, uma para Rishi.

– Sabe, tomar uma cerveja não vai fazer você virar sem-teto nem ir morar na rua. Talvez até dê uma soltada no pau que você tem bunda – retrucou a garota, dando risada da própria piada.

Rishi abriu a Coca e entrou atrás na casa, logo atrás de Dimple.

– Há-há-há. Sabe, eu assisti um documentário que…

Ela pegou um drinque cor-de-rosa de uma bandeja e tomou de um gole só.

– Você nem sabe o que tem aí dentro! – reclamou Rishi, se segurando para sua voz não atingir o volume alto que gostaria.

Será que aquela garota era *louca*? Rishi jamais beberia algo que ele mesmo não tivesse feito. Dimple nem sequer conhecia aquela gente!

Dimple se virou, pousou as mãos nos braços dele e se aproximou, para que Rishi a ouvisse, por causa da música alta. Lá dentro estava escuro, só havia algumas luzes negras e palitos de neon pendurados ao redor, e o coração de Rishi deu uma leve acelerada.

– Relaxa – gritou ela –, era só limonada cor-de-rosa, juro. – E aí, sorrindo, pegou mais uma limonada e tomou de uma vez. – Vou continuar fazendo isso até você beber alguma coisa também. Se solta!

Um grupo de pessoas passou pelos dois gritando e gargalhando, se dirigindo ao boliche. Só restavam mais três drinques na bandeja. Dimple ergueu a sobrancelha e pegou mais um.

– Ok, ok – falou Rishi. Pegou um dos copinhos de plástico e virou um drinque azul. Era doce, azedinho, e desceu suave pela sua garganta. Para ser sincero, não parecia ter gosto de nada mais sinistro do que limonada com *blueberry*. Talvez aquela festa não fosse tão *absurdamente* descontrolada como ele imaginava. – Pronto. Feliz agora?

CAPÍTULO 25

Rishi

DIMPLE deu um sorriso e comentou:

– Já é um começo. Bom, vamos ver o que aquele pessoal está fazendo.

A garota apontou para um grupinho reunido em volta de um menino ruivo e uma garota de tranças, que estavam sentados em um sofá, um de frente para o outro. Os dois tinham um caderno de desenho no colo e, na mesinha de centro, havia copos plásticos com drinques.

Rishi foi atrás de Dimple, que se acotovelava com os presentes, passando com facilidade no meio de pessoas que eram muito mais altas e corpulentas do que ela. Rishi a seguiu, mas teve que soltar alguns "desculpa" e "com licença" no caminho.

– Ok. Mais um! – disse um garoto alto, que obviamente estava bancando o MC, olhando para o grupinho. Os dois sentados no sofá viraram a página do caderno, deixando a folha em branco.

– O que é que está rolando? – perguntou Rishi para um cara alto e magro ao lado dele. Dimple se aproximou para ouvir a resposta.

– Estão fazendo um duelo de desenhos – respondeu o cara, sorrindo. – As pessoas gritam sugestões de coisas malucas para os dois desenharem, aí eles desenham.

– Filho de Darth Vader com Miley Cyrus! – gritou alguém.

E outra pessoa completou:

– Com uma pegada gótica!

Todos deram risada e aplaudiram, aprovando a sugestão.

Dimple

Os dois desenhistas se empenharam muito. Era difícil de ver naquela luz negra, com a pouca claridade que vinha de fora e passava pelas janelas. Mas, no caderno do cara que estava mais próximo dela, Dimple conseguiu enxergar um desenho hilário do capacete de Darth Vader no corpo de uma mulher sexy, sentada em cima de uma bola gigante. Na tentativa de deixar tudo aquilo gótico, o cara estava desenhando torres ogivais no alto da página.

– Você deveria fazer isso depois deles – falou Dimple.

– O quê? – Rishi olhou para ela, apavorado, e suas sobrancelhas grossas quase sumiram no meio do cabelo do garoto. Dimple teve uma vontade súbita de dar risada. E deu.

– Acho que você deveria entrar na competição quando eles terminarem – explicou, apontando para os dois desenhistas.

– Acho que não – falou Rishi, lançando-lhe um olhar do tipo "ok, sua maluca".

– Tempo! – gritou o MC.

Os artistas largaram os lápis. Um deles começou a remexer os dedos enquanto as pessoas votavam, e a votação consistia em gritar "Vinnie!" ou "Lola!". Alguém, obviamente em estado alterado, falou "Lolinnie!". E esse voto foi computado para os dois desenhistas. No fim, Lola ganhou. Vinnie virou um drinque e foi logo desaparecendo nos fundos da casa escura com uma garota da plateia.

Lola, uma mulher baixinha com tranças azuis (ou cor de vinho ou amarelas, era difícil dizer naquela luz negra), olhou para o grupo e deu um sorriso exagerado.

– E aí? Quem é o próximo?

Dimple empurrou Rishi, com mais força do que gostaria. Ele foi para a frente, meio que tropeçando, e bateu as canelas na mesa.

– Muito bem! – falou Lola, olhando para Rishi. – Sente-se! – Ela deu um sorriso ainda mais exagerado. – E se prepare para perder.

Enquanto fuzilava Dimple com o olhar, Rishi sentou-se e pegou o caderno de desenho.

– Ok, competidores, apresentem-se – instruiu o MC.

– Eu sou a Lola – disse ela, estendendo a mão.

– Rishi – respondeu, retribuindo o cumprimento.

– Ótimo! Agora quero ouvir as sugestões, pessoal!

O MC disse isso e olhou para a plateia, que estava empolgada, sorridente, falando sem parar.

Alguém gritou:

– Um bicho-preguiça de vestido dançando balé.

Ouviram-se gritos de aprovação, os dois adversários balançaram a cabeça e começaram a desenhar.

Dimple já tinha ido a um show de mágica, quando tinha 8 anos. O diretor da sua escola contratou um cara chamado Mário, o Maravilhoso, para divertir os alunos. Lembrava de ter sentado no auditório com todas as outras crianças suadas do segundo ano, espichando o pescoço para enxergar o palco, enquanto Mário puxava lenços de seda laranja das mangas, fazia um coelho aparecer do nada e desaparecer de novo, pressionava uma moeda contra a própria mão até ela sumir. Ela tinha ficado completamente encantada. Depois disso, por duas semanas, chegou a decidir que queria ser mágica quando crescesse. Seu nome artístico seria Dimple, a Deslumbrante.

Mas aquele êxtase absoluto não era nada comparado ao que estava sentindo agora.

Vendo Rishi sentado ali, encolhido em cima do caderno, com um toco de lápis em uma mão e escondendo o desenho com a outra, Dimple teve certeza de que o garoto não estava ali *de verdade*. Tinha saído de si, estava em alguma ilha flutuante feita de papel e grafite, onde aquela realidade não existia. Ele só enxergava o bicho-preguiça bailarino bizarro em sua cabeça, que tomava forma no papel, um traço por vez. Suas linhas eram confiantes e firmes, o desenho que ia surgindo era cômico, bizarro e absolutamente hipnotizante, tudo ao mesmo tempo.

Dimple percebeu que algumas pessoas estavam se cutucando, se aproximando, para conseguir ver os detalhes. Tipo, a preguiça estava de monóculo. Tinha ainda o fato de Rishi estar desenhando um coque de bailarina perfeito, só que o coque era um *croissant*.

Alguns minutos depois, o MC gritou:

– Tempo!

Rishi soltou o lápis e flexionou os dedos. Seus olhos procuraram Dimple no meio da plateia e, quando seus olhares se cruzaram, ele deu um sorriso franco e feliz. A garota sentiu algo profundo no peito quando sorriu para ele.

Foi quase unânime. Rishi venceu. Lola levantou e disse:

– Parabéns – balançando a cabeça, séria. – Você estuda aqui?

Rishi sacudiu a cabeça.

– Não, só vim fazer um curso de verão – respondeu, então lançou um olhar para Dimple.

– Que pena – disse Lola, pegando o caderno e ajeitando a saia. – Você manda muito bem.

– Quem é que quer enfrentar Rishi, nosso novo campeão? – perguntou o MC.

Mas Rishi ficou de pé, sacudiu a cabeça e declarou:

– Não. Valeu, cara. Já deu pra mim.

As pessoas gemeram e vaiaram, mas Rishi levantou as mãos – com caderno e tudo – e se aproximou de Dimple.

De repente, ela ficou tímida. Era estranho, mas parecia… parecia que tinha visto uma parte de Rishi que não sabia que existia. A maioria das pessoas não teria esse tipo de reação a uma preguiça de monóculo dançando balé. Dimple sabia disso. Era difícil de explicar, até para si mesma. Rishi tinha um dom. Um dom sério que, pelo jeito, não gostava de mostrar para as pessoas. E agora ela sabia o porquê: era algo tão íntimo. Rishi se tornava outra pessoa, vulnerável, sem consciência de si mesmo, sem enxergar mais nada ao redor. Tinha visto a alma do garoto. E tinha gostado.

– E aí? – disse ele, sorrindo para Dimple. Guardou o caderno na pasta, fechou a bolsa e perguntou: – O que você quer fazer agora?

Dimple ficou esfregando o braço e respondeu:

– *Ãhn*, não sei…

– Dimple! – Os dois se viraram e deram de cara com Kevin Keo, que estava entrando na casa, com mais três caras com jeito de artista. – Você veio!

Ela deu um sorriso e respondeu:

– Vim. Obrigada por ter nos convidado. A festa está muito legal. – Então cutucou Rishi e contou: – Ele acabou de ganhar um desafio de desenho.

– Sério? – Kevin olhou para Rishi com um certo ar de desconfiança e comentou: – Que ótimo.

Uma das pessoas que estavam com ele, uma menina, colocou um prato na mesa, onde antes estavam os drinques azuis e cor-de-rosa.

– Vocês querem brownie? – perguntou, pegando um pedaço.

– Claro! – falou Dimple, já pegando um.

Rishi a segurou pelo braço.

– *Ãhn*, Dimple, tem certeza de que dá para comer esse brownie? – sussurrou no ouvido dela.

A garota tentou ignorar o formigamento que sentiu quando a respiração dele roçou em seu ouvido, bem como o leve e delicioso arrepio que percorreu sua espinha.

– Sim, tudo bem – respondeu, com plena consciência de que sua voz estava duas oitavas mais alta que o normal.

Rishi, pelo jeito, não percebeu.

– Mas você não tem certeza disso – insistiu ele, erguendo as sobrancelhas para ser mais enfático.

Kevin Keo ficou observando a conversa, com um ar interessado.

CAPÍTULO 26

Dimple

ABAFANDO o riso, Dimple pegou mais um brownie completamente inocente e mordeu.

– *Mmmm.* Que gostoso.

– Minha receita preferida – disse a garota. – Eu que fiz.

– Você é uma cozinheira muito talentosa – elogiou Dimple, e a menina ficou corada, feliz.

Rishi chegou mais perto de Dimple quando Kevin e seus amigos começaram a se dispersar no meio das outras pessoas.

– Como você consegue simplesmente comer e beber coisas num lugar como esse? – indagou.

Ele olhou para as pessoas em volta, que estavam se beijando, gritando e dando risada naquela quase escuridão.

Dimple deu mais uma mordida, mastigou e engoliu.

– Você está falando sério mesmo? – O garoto ficou olhando para ela, sem expressão. – Você precisa relaxar um pouco. – Rishi abriu a boca, e ela já foi cortando: – E, *por favor*, não me diga que eu preciso tomar cuidado com a droga do estupro.

Rishi fechou a boca de repente.

– Ok, não vou dizer. Mas, sério, você não fica com medo? Nunca prestou atenção nas apresentações do Programa Educacional de Resistência às Drogas e à Violência?

Dimple soltou uma gargalhada debochada e deu mais uma mordida.

– Não. E você? Prestou?

Rishi passou a mão no queixo e continuou:

– I-isso não vem ao caso. Olha, você não pode simplesmente ficar comendo e bebendo em uma festa de gente desconhecida, pegando coisas que estão abertas. Não é seguro. As pessoas vão se aproveitar...

Ele parou de falar porque Dimple chegou mais perto e passou o brownie nos lábios dele.

– Você sabe que quer. Está uma *delícia*.

Rishi olhou para ela, sacudiu a cabeça e fez *ãhn-ãhn* com a garganta, sem abrir a boca. "Ai meu Deus, como ele é gatinho." Dimple bateu as pestanas para ele e disse, com uma voz sensual que nem sabia que era capaz de fazer:

– Por favor, Rishi Patel...

Os olhos do garoto brilharam ao ouvir suas palavras, e Dimple ficou corada com o clima entre os dois. Que era praticamente palpável, eletrizando o ar.

No instante seguinte, Rishi fez o que ela pediu, bem obediente. A garota sentiu um arrepio pelo fato de Rishi ter atendido ao seu pedido. Ao perceber que, de algum modo, por algum motivo, exercia algum tipo de poder sobre aquele garoto.

Rishi

Era importante não entrar em pânico. Bom, ok, ele tinha acabado de engolir um pedaço de brownie que podia conter algo ilícito. E o fato de ter feito isso só porque a mãozinha de Dimple, cheirando a chocolate, estava perto de sua boca (e porque a garota estava tão perto dele que conseguia sentir o calor do seu corpo) só piorava as coisas.

Mas Rishi não queria pensar nisso. Também não ia se preocupar com a possibilidade de uma equipe da SWAT entrar pela porta a qualquer momento, jogá-lo no chão e algemá-lo. E não ia pensar que escreveria cartas para casa da prisão enquanto Bozo, seu colega de cela de 1,90 metros de altura e olhar sedutor, o observava.

Dimple deu risadinha – uma risadinha! Um som que ele jamais havia imaginado que poderia sair de sua boca. Em seguida, abaixou a mão. Rishi ficou instantaneamente petrificado.

– Você devia ver a sua cara.

– Aposto que não é nada comparado a minhas ondas cerebrais. Que devem estar gritando, antecipando anos de vício.

A garota sacudiu a cabeça e soltou um suspiro.

– Não tem nada neste brownie além de açúcar e gordura.

Sem dizer uma palavra, ela e Rishi foram se dirigindo à porta de correr dos fundos. O pátio escuro parecia quase vazio.

– Acho que é idealismo acreditar nas pessoas desse jeito. É por isso que não gosto de ir a festas. – Rishi conseguia sentir o olhar dela, daquele jeito irônico, Dimple de ser; os olhos calculistas, as sobrancelhas levemente erguidas. – Siiim?

A garota passou pela porta. Ele fez a mesma coisa e a fechou em seguida, na esperança de impedir que aqueles universitários podres de bêbados também fossem para lá. Os dois foram até um canteiro de arbustos mais para a direita. Soprava um vento frio o bastante para aliviar aquele calor úmido e abafado que sentiram lá dentro, devido a quantidade de gente que tinha na festa.

– Bom, sabe, eu não acho que seja idealismo. As pessoas vão a festas o tempo todo só para se distrair e se divertir. Você nunca sentiu necessidade de aliviar o estresse?

Rishi entrelaçou os dedos atrás da cabeça. Tinha um banco pequeno atrás dos arbustos, escondido do resto do quintal e da casa. Foi até lá, e Dimple o acompanhou.

Em sua cabeça, reinava um silêncio tranquilo, como se estivesse isolado do mundo. Sua voz, no nevoeiro, parecia abafada.

– Claro que sim. É por isso que eu desenho. – Sentou-se no banco de pedra gelado e pôs a bolsa no chão. – Nunca senti necessidade de nada além disso.

Dimple sentou-se ao seu lado, com os braços e as pernas tensos, como se estivesse com medo de invadir o espaço de Rishi, de tocá-lo.

O garoto entendia muito bem como ela estava se sentindo. Antes, roçar os braços ou segurar a mão da garota parecia algo inocente, só emocionante, nada de sério ou assustador. Mas ali, naquele lugarzinho reservado, no escuro, tudo parecia mais sério. Mais importante. E Rishi não sabia ao certo se queria seguir por esse caminho. Até porque não sabia ao certo se *ela* queria.

– *Mmm.*

Como Dimple não falou mais nada, Rishi inclinou a cabeça para trás e respirou fundo. O nevoeiro cobria o céu e se enroscava nas árvores em volta dos dois. Parecia que estavam presos em uma minúscula bolha cinza. Só ele e Dimple. Seu coração começou a bater mais rápido só de pensar nisso, mas Rishi se sentia bem com o desconhecido da situação. "Eu me sinto bem em relação a isso tudo", pensou, esboçando um sorriso. A garota tinha esse efeito sobre ele.

– Mostra pra mim o seu caderno de desenho.

Aquela sensação de bem-estar sumiu. Rishi olhou para Dimple. Seus olhos brilhavam no escuro, por trás dos óculos. Apesar da postura cautelosa da garota, algumas mechas do seu cabelo rebelde encostavam no ombro dele, como se tivessem vida própria.

– *Hein?*

– Você deve ter uns desenhos aí na bolsa, não? Você mentiu para Leo Tilden.

Parecia que tinha encontrado Leo Tilden há uma eternidade. Ao se lembrar daquele momento, seu estômago se revirou, de um jeito bem desagradável.

– É. Mas... sei lá. É que não são muito bons.

– Não faz isso. – Dimple se virou bem de frente para ele, e sua expressão, mesmo na penumbra, era de interesse. – Não despreze o seu talento. Se não quer me mostrar, é só falar. Mas vi do que você é capaz, lá dentro. – Nessa hora, a garota apontou para a casa. – E foi impressionante. Aditya é, até onde pude ver, incrível. Então é óbvio que você tem talento, muito talento. Mas não sei por que não quer mostrar para os outros. Se fosse eu, mergulharia de cabeça.

– É isso que você está fazendo?

Dimple balançou a cabeça e ficou com uma expressão tímida, vulnerável.

– Estou tentando. E morro de medo. Mas, sabe? Qual é a alternativa? Simplesmente esquecer? Não consigo. – Ela se aproximou e completou: – Você não devia esquecer também, Rishi, só porque dá medo…

– Não é porque tenho medo. – Rishi foi para trás e respirou fundo. Ainda não era fácil falar sobre aquilo, por mais que a presença de Dimple tornasse tudo suave e cor-de-rosa. Mas, ao ver a expressão sincera da garota e ouvir suas perguntas interessadas, as inibições que Rishi costumava ter se tornavam nuvens de fumaça, efêmeras, que se dissipavam pelos ares quando ele tentava agarrá-las. Quando deu por si, Rishi estava abrindo o coração: – Eu adoraria fazer o que você está fazendo. Mergulhar no trabalho, pensar, respirar, comer e dormir arte. Mas é assim que tem que ser, sabe? Não tem meio-termo para mim. Não posso ser engenheiro *e* quadrinista em meio período. Não pode ser só um *hobby*. Amo demais, significa demais para mim. É tipo como ter um filho. Acho. Como eu imagino que seja: toma conta de tudo.

– Bom, então é fácil, né? – Dimple parecia estar sinceramente confusa. – Faça isso. Faça o que você ama, se dedique à sua paixão. E daí que não é a carreira mais prática? Você tem 18 anos, só vai precisar ser prático daqui há muito, muito tempo… Talvez nunca, se resolver não ser. Tem gente que vive muito frugalmente e passa anos meio que desligada da sociedade, porque não consegue nem pensar em viver de outro modo.

– Eu não sou uma dessas pessoas. – Rishi se remexeu no banco, constrangido. De repente, tinha se cansado de falar daquilo.

– Por que não?

– Já te falei. Por causa dos meus pais, eu prometi para eles. Sou o filho mais velho. Simplesmente não vai rolar. Tenho obrigações, compromissos.

Dimple soltou um longo suspiro.

Rishi ficou olhando para ela por um instante, tocado com sua preocupação. E então, sem se dar muito tempo para pensar a respeito, abriu a bolsa. Tirou dela o caderno de desenho e entregou para Dimple.

CAPÍTULO 27

Rishi

DIMPLE sorriu, uma luz na escuridão.

– Sério? – falou.

Rishi balançou a cabeça. Ela pegou o caderno e colocou com todo cuidado no colo. Tirou o celular do bolso, abriu um aplicativo de lanterna e pôs em cima do banco, entre os dois. E então, quase com reverência, começou a levantar a capa.

– Espera. – Rishi pôs a mão em cima da mão de Dimple. A garota ficou olhando para ele, com cara de interrogação. Seu rosto e os óculos estavam meio azulados por conta da luz prateada do celular. – Então, esses desenhos não são finais. Bom, alguns são, mas outros não. São mais, tipo... rascunhos. Tipo umas ideias.

– Ok.

Dimple concordou com a cabeça, e Rishi tirou a mão do caderno. Dimple começou a levantar a capa de novo. Então, Rishi pôs a mão sobre a dela de novo. Dimple olhou para ele, erguendo uma das sobrancelhas.

– Mais uma coisa. Não olhe só para o que está acontecendo: olhe para as nuances. Tipo, preste atenção nos cenários de cada quadro.

É uma informação importante: conta mais sobre o que eu tinha planejado para a história. Estabelece o clima e tudo o mais.

Dimple balançou a cabeça de novo.

– Ok.

Rishi soltou a mão de Dimple, que começou a levantar a capa, mais uma vez.

– Ah, mais uma c...

– Rishi – interrompeu ela, virando-se para olhá-lo nos olhos. – Eu não tenho nenhuma expectativa. Ok? Nenhuma. Não importa o que tem aqui dentro, não vou te julgar. Só quero ver.

Ele ficou observando Dimple, a sinceridade do seu olhar, sua expressão franca e espontânea, seus ombros relaxados.

– Ok.

Dimple finalmente abriu o caderno e, enquanto observava cada quadro, cada desenho, cada linha que Rishi tinha feito, o garoto ficou observando *ela*. Dimple sorriu em silêncio ao ver alguns desenhos. Em outros, teve a impressão de que as imagens a capturavam. Seu olhar ia de linha em linha, sem parar. E, de vez em quando, ela trazia o caderno mais para perto. Em um dos desenhos, ela parou, espremeu os olhos, com a mais curiosa das expressões, que misturava incredulidade, graça e maravilhamento. Rishi se aproximou para ver o que ela estava olhando. Era uma tira que havia desenhado há uns dois anos, de um menino de 10 ou 11 anos fazendo flores de papel com uma pilha de páginas rasgadas. Pela janela, dava para ver que chovia forte do lado de fora.

Rishi deu uma risadinha, e aquele som passou lentamente nos seus pensamentos, em segundo plano.

– Flores de papel. Eu fazia quando tinha essa idade. Não sei por que, mas fiquei obcecado por elas por um tempo. Essa tira foi mais um exercício. Eu estava me sentindo lerdo e vazio neste dia.

Não era nem de longe seu melhor desenho; não sabia por que Dimple parecia tão cativada por ele.

A garota se virou para ele, ainda com aquela expressão estranha. Seu corpo inteiro estava congelado, imóvel.

– Você fazia flores de papel. Com páginas de revista.

Rishi balançou a cabeça, surpreso.

– Como você sabe que eu usava páginas de revista?

– Você não lembra? – Dimple sacudiu a cabeça, examinando-o de olhos arregalados. – "Pode ficar. Lembra de mim. E não vai fazer fofoca."

E, na mesma hora, a lembrança o acertou em cheio.

Os pais de Rishi o tinham arrastado para o casamento de algum conhecido indiano em San Diego. Estava quente, e o casamento era ao ar livre. Ashish estava sendo um bebezão, choramingando que estava com fome, e seus pais discutiam sobre alguma coisa. Como não havia nada programado para as crianças fazerem, Rishi disse para os pais que tinha que ir ao banheiro e sumiu. Estava usando uma *kurta* de brocado dourado grosso, lembrou, que pinicava pra caramba. Seus planos consistiam em entrar no hotel, que estava fresquinho e tinha ar-condicionado, e encontrar uma camiseta ou outra coisa para vestir. Talvez roubasse de algum quarto aberto; isso sempre dava certo nos filmes.

Mas, quando entrou, Rishi viu que os convidados tinham tomado conta do saguão também. Não tinha como passar por eles e subir para os quartos. Tinha os garçons, as pessoas do bufê e tios e tias barulhentos por todos os lados. Então entrou de fininho em uma sala, com uma placa escrito SALA DE CONFERÊNCIA A (sabe-se lá o que isso significava). Sentou-se em uma cadeira, na penumbra (só tinha um abajur ligado, no canto do grande recinto), dando graças pelo silêncio e pelo ar fresco. Havia uma pilha de revistas na mesa, e Rishi começou a rasgar as páginas metodicamente, sentado ali, a dobrá-las e a transformá-las em flores, que enfileirava na mesa à sua frente.

Tinha adquirido esse hábito há poucos meses, depois de ter visto um programa na TV. Primeiro, tentou com uma das revistas sobre Bollywood de sua mãe e achou a atividade estranhamente cativante. Nem se importou com o fato de cortar constantemente os dedos no papel. E então fazia rosas, crisântemos e lírios; os movimentos repetitivos e conhecidos eram tranquilizantes.

Estava já na terceira rosa quando ouviu alguém limpar a garganta. Rishi levou um susto, ergueu os olhos e viu uma menina pequena, com um cabelo maluco. Estava sentada em uma poltrona de espaldar alto no canto do cômodo, que ele não tinha percebido, e tinha nas mãos um exemplar de *Uma dobra no tempo*, de Madeleine L'Engle, virado para baixo. Seus pés, que apareciam por baixo da *lehenga*, uma saia longa de um tom vivo de azul, não encostavam no chão.

A menina olhava fixamente para ele, usando óculos grandes demais para seu rosto estreito.

– Por que você está rasgando essas revistas? Não são suas.

Sua voz era aguda: o fez lembrar de Tinker Bell, um desenho que Ashish adorava, mas não gostava que pegassem no seu pé por isso. Rishi descobriu isso da pior maneira possível. Ainda estava com a canela machucada.

Ele se recostou na cadeira, deixou a rosa cair e ficou olhando para aquela menina minúscula. "Deve ter mais ou menos a minha idade", pensou, apesar da sua altura nada impressionante.

– Você não é *fofoqueira*, é? – perguntou, de um jeito que dava a entender que: (a) na sua opinião, poucas coisas poderiam ser piores do que ser uma pessoa fofoqueira, e (b) ela com certeza parecia ser.

– Não – respondeu a menina, imediatamente, quase antes de ele terminar a pergunta, ajeitando aqueles óculos gigantes.

Rishi ficou olhando para ela por mais um bom tempo, examinando-a.

– Estou entediado – falou. E então voltou a enrolar papel para fazer a próxima flor. – Por que você está aqui lendo?

A menina também olhou um bom tempo para ele, e só então respondeu:

– Também estou entediada.

Rishi balançou a cabeça, mas continuou olhando para o lírio.

Depois de alguns instantes, a menina levantou da poltrona, se aproximou da mesa e se sentou na cadeira ao lado dele. Rishi podia vê-la de canto de olho. Ela pôs o livro em cima da mesa com cuidado, dobrando carinhosamente o canto da página que estava lendo. Depois que fez isso, pegou um crisântemo e examinou com atenção, virando-o de vários modos.

– Gostei – declarou, por fim, colocando a flor de volta em cima da mesa e olhando para Rishi. – Como você sabe fazer isso?

O garoto deu de ombros, como se não fosse nada demais.

– Aprendi sozinho – respondeu.

Ela balançou a cabeça, sacudindo os cachos.

– Legal. Talvez você possa me ensinar.

– *Nããão*, vai demorar muito – alegou Rishi. – Além do mais, as suas mãos são muito pequenas.

Rishi não sabia ao certo se aquilo era verdade, mas a menina tampouco saberia.

– Olha, isso não…

– Diiiimple!

A menina congelou e olhou para a porta.

– É a mamãe. Tenho que ir.

Pegou o livro e começou a levantar da cadeira. Mas, instantes antes de ficar fora de seu alcance, Rishi a segurou pelo pulso. A menina olhou para ele, confusa.

O garoto colocou o crisântemo na mão pequena e suada da menina.

– Pode ficar – falou, olhando bem nos olhos dela, como vira Shah Rukh Khan fazer com uma dúzia de atrizes diferentes em uma dúzia de filmes de Bollywood diferentes. – Lembra de mim. – Ficou em silêncio por alguns instantes e completou: – E não vai fazer fofoca.

A menina olhou para a flor, depois para ele de novo. Balançou a cabeça com ar solene, como se entendesse a gravidade da situação. Não ia fazer fofoca. E, então, apertou a flor, saiu de fininho da sala de conferências e fechou a porta, sem fazer barulho.

CAPÍTULO 28

Rishi

ALI, sentado no banco de pedra gelado, Rishi suspirou.

– Era você? – perguntou, olhando bem para Dimple. O seu cérebro se encantou com a impossibilidade daquilo, a mera coincidência de aquela menina séria de *lehenga* azul estar sentada na sua frente, olhando para o seu caderno de desenho.

Dimple deu risada, sacudindo a cabeça.

– Eu sei. Que loucura. – Sacudiu os ombros e completou: – Quer dizer, não loucura, *loucura*. A gente mora bem perto, e nossos pais fazem parte da comunidade indiana do norte da Califórnia, que não é tão grande assim...

– Não. – Nessa hora, Rishi passou a mão na nuca. – Ainda assim, é loucura. – E, bem baixinho, completou: – Destino.

A garota olhou para ele, com aquele olhos grandes, reluzentes e quase negros por causa da luz do celular.

– Destino.

E, em seguida, Dimple Shah segurou a cabeça de Rishi, o puxou para perto e o beijou.

Dimple

Pensando bem, Dimple não sabia direito o que tinha acontecido. Em um instante, estavam falando da coincidência maluca de terem se conhecido há uns oito anos, em um casamento qualquer. E, quando deu por si, estava grudada na cara de Rishi.

Seu coração batia forte no peito; ecoava pelo mundo. Seu sangue fervia, as chamas consumiam sua pele...

Ah, meu Deus. Ele não mexia a boca.

Por que ele não mexia a boca?

Rishi estava sentado, duro como uma estátua, enquanto ela o beijava. Assim que se deu conta disso, se afastou. Com o rosto pegando fogo, obrigou-se a olhá-lo nos olhos.

– Desculpa. Não me dei conta... *ãhn...* não sei exatamente o que acabou de acontecer.

Rishi limpou a garganta, com os olhos levemente enevoados. Dimple se virou para o outro lado, voltou a olhar para o caderno de desenhos, mas não estava mais enxergando desenho nenhum.

– Eu também sinto muito – falou o garoto, e o coração dela afundou no peito, virando uma poça gelada e triste nos seus pés. – Sinto muito por ter parado.

Dimple então se virou para ele, e a esperança fez sua pulsação acelerar.

– Como...

E aí Rishi a abraçou pela cintura e a puxou para perto. Segurou seu rosto, colocando o polegar logo abaixo do seu maxilar, e enroscou os dedos da outra mão no cabelo de Dimple. Rishi a beijou com vontade, com significado, como se acreditasse que era exatamente ali que os dois deveriam estar naquele momento. E beijou Dimple até que ela também acreditou nisso.

Rishi

Alguns momentos na vida são tremendamente decepcionantes. A gente espera, espera, espera, e aí... As férias de verão acabam sendo chatas. Aquela grande viagem para Nova York foi horrível porque as pessoas eram grossas e choveu o tempo todo. Aquele filme que você passou meses esperando para assistir, quando estreou, era uma bosta.

Aquele momento não era nem um pouco parecido com isso. Aquele momento era como *Diwali*, aniversário e um vídeo novo do Leo Tilden no YouTube, tudo em uma coisa só. Não, risca isso. Era melhor do que todas essas coisas juntas. Rishi tinha quase certeza de que lhe faltava vocabulário para traduzir em palavras o que estava acontecendo no seu cérebro – e no seu corpo – naquele momento.

O garoto se sentia lúcido, vivo, encantado, maravilhado. Os lábios de Dimple eram macios, pequenos e carnudos; seu corpo, contra o dele, era quente, e o cheiro de sua pele e de seu cabelo o inundaram, feito a luz de mil holofotes. Ele estava beijando Dimple. Ele, Rishi Patel, estava beijando ela. Dimple Shah. E *ela* o tinha beijado primeiro. Como é que isso foi acontecer, caramba? Como é que um cara consegue ter tanta sorte, caramba?

Quando finalmente pararam de se beijar, os lábios de Rishi ainda formigavam. Dimple deu um sorriso tímido e olhou para as mãos dos dois, entrelaçadas e pousadas no banco.

– Bom – falou, baixinho. – Isso foi inesperado.

Ele se inclinou e lhe deu um beijo na testa, como se fosse a coisa mais natural a fazer. Será que esse seria o lance dos dois agora, trocar uns beijos sem compromisso? Tomara.

– Inesperado, mas incrível. – Rishi ficou em silêncio alguns instantes e perguntou: – Certo?

Dimple deu risada, olhou para o garoto e respondeu:

– Com certeza.

Rishi deu um sorrisinho, e seu coração estava encharcado de felicidade.

O sorriso de Dimple enfraqueceu um pouco, e ela olhou para o caderno de desenho, que ainda estava em seu colo.

– Rishi… – Respirou fundo, dando a impressão de que estava se preparando para o que queria dizer. Rishi sentiu aquela sensação de defesa tão conhecida se erguer em seu coração, como se fosse uma cerca elétrica. – Você devia mostrar esses desenhos para o Leo Tilden.

Sério. Eles são… são simplesmente incríveis. Você pode ir mostrar para ele agora mesmo.

Pelo olhar de Dimple, Rishi percebeu que a garota realmente acreditava nisso, que sentia que ele tinha um grande dom para oferecer ao mundo, e seria uma tragédia se não fizesse isso. E uma pontada de carinho ameaçou desarmá-lo. Prendeu uma mecha rebelde atrás da orelha dela e falou:

— Acho que agora é tarde demais.

Dimple sacudiu a cabeça, com uma expressão de teimosia, o maxilar tenso.

— A gente pode perguntar para o Kevin em que hotel ele está. Deve haver um jeito de…

Rishi acariciou o lábio de Dimple.

— A gente não pode simplesmente ficar aqui? Posso ficar olhando para você?

Dimple balançou a cabeça, sem dizer nada. Rishi observou tudo o que havia para observar no seu rosto: cada traço, cada curva e cada tom. E então pegou o caderno que estava no colo dela.

— O que você está fazendo?

Rishi abriu o caderno, pegou o lápis na pasta e começou a desenhar.

— Ah, você vai ver, minha amiga.

Quando Dimple tentou espiar, o garoto se virou, escondendo a página dela.

Dimple deu risada.

— Então é assim?

Rishi deu um sorriso, mas não respondeu. Mais um minuto, e ele terminou o desenho. Arrancou a página, dobrou, e entregou o papel e o lápis para ela.

Era algo bobo, mas seu coração acelerou. Aquele momento lhe parecia mais sério do que devia.

Dimple

Dimple abriu o papel. Era um desenho tão incrível que, se não tivesse visto Rishi fazendo em cerca de um minuto, teria achado que levou muito mais tempo. Era o desenho de um garoto, com o cabelo nos olhos e músculos enormes rasgando as mangas da camisa – nessa hora, Dimple soltou uma risada debochada –, entregando uma flor de papel para uma menina que parecia brava. Ele tinha a representado tão perfeitamente com apenas alguns traços: seus óculos quadrados gigantes, seu cabelo bagunçado, a ruga na testa. Embaixo do desenho, estava escrito:

Você aceita sair comigo, tipo um encontro?

Sim

Não

Dimple respirou fundo porque sentiu sua pulsação acelerar. Rishi estava tentando oficializar as coisas, e ela não sabia ao certo se queria isso. Na verdade, não sabia ao certo o que queria.

Embaixo do "não", escreveu:

Outra coisa

E devolveu o papel para Rishi.

O garoto ficou olhando para a folha, e ela percebeu uma leve decepção em sua expressão. Mas, quando olhou para ela, estava apenas com uma cara de curiosidade.

– Pode me explicar?

Dimple desligou a lanterna do celular. Não sabia o porquê, mas era mais fácil falar sob o manto da escuridão. A noite de nevoeiro funcionava como um bálsamo, aliviando a picada das palavras.

– Rishi, não posso ser sua namorada.

Um instante de silêncio.

– Por que não? – Ele disse isso baixinho, não como uma crítica, mas simplesmente querendo entender.

Dimple sentiu uma dor no coração.

– Não é para isso que estou aqui – obrigou-se a dizer, com firmeza. Ela se recusava a ser uma dessas garotas que desistem de todos os seus sonhos e planos só porque um garoto tinha entrado na jogada. – Você sabe que não estou querendo um relacionamento agora.

– Mesmo se o relacionamento tiver tudo para dar certo?

Ela ficou em silêncio, ouvindo algum convidado da festa que ria histericamente ao longe.

– Principalmente.

Pelo canto de olho, viu Rishi balançar a cabeça. Naquele silêncio, ficou pensando se ele tinha ficado tão magoado que não conseguia falar. Então, o garoto se virou para ela, sorrindo.

– Ok. E daí? Não precisamos ter um relacionamento sério. Você pode simplesmente sair comigo, e a gente chama… de *não encontro*.

Dimple fez uma cara desconfiada.

– Rishi…

– Não, escuta, é como se você e Celia fossem sair, certo? Sem compromisso. Nenhum dos dois têm expectativas. A gente só vai sair.

A garota olhou para a expressão franca e esperançosa de Rishi, para o otimismo e alegria estampados no seu rosto, e sentiu que a sua própria determinação estava derretendo. Suspirou e falou:

– Não quero magoar você.

O sorriso de Rishi se abriu. Ele conseguia sentir o "sim" no ar, pelo jeito.

– Você não vai me magoar. Apenas amigos saindo juntos.

Então escreveu algo no papel e devolveu para Dimple.

Agora estava escrito:

Você aceita sair comigo, tipo um não encontro?

Dando risada, ela circulou o "sim" e torceu, do fundo do coração, que os dois soubessem o que estavam fazendo.

CAPÍTULO 29

Dimple

ERA sexta, depois do Grande Beijo, como Dimple e Celia tinham apelidado o ocorrido.

Ponto para Celia: quando Dimple contou, ela soltou um gritinho de felicidade, pediu pizza da pizzaria 24 horas da esquina e a fez recontar cada detalhe *ad nauseam* para ajudá-la a dissecar tudo. Dimple tentou explicar que a amiga não precisava fazer aquilo — que, na verdade, era ela quem não queria se entregar ao não relacionamento. Mas, pelo jeito, Celia era incapaz de entender esse conceito.

Depois de alguns minutos de silêncio, ela falou:

– Você dois são que nem Raj e Simran.

Dimple ficou olhando para a amiga e perguntou:

– Raj e Simran? Tipo, de *Dilwale dulhania le jayenge*?

Celia balançou a cabeça e confirmou:

– *Aham.*

– Como você conhece esse filme?

– Quando a gente começou a conversar pelo fórum, achei que eu devia ver uns filmes de Bollywood na Netflix, para descobrir como respeitar sua cultura e tudo mais. – Celia deu um sorriso, ficou com a cabeça pendurada na beira da cama e seu cabelo cacheado imenso encostou no chão. – Claro que isso foi antes de eu saber que você é mais americana do que eu.

Dimple deu uma risada debochada e comentou:

– Bom, foi um gesto legal mesmo assim.

– Vocês dois são, tipo, destinados a ficarem juntos, sabia?

Dimple soltou um suspiro e se deitou.

– Não acredito em destino – falou, apesar de ter conversado com Rishi a esse respeito na festa. – Acredito em lógica. E, pela lógica, eu não deveria ir neste *não encontro*.

Durante a aula, Rishi estava radiante.

– Isso é o que eu consegui fazer. O que você acha?

Dimple olhou para os desenhos do garoto, e sua animação estava misturada ao nervosismo que começava a se manifestar toda vez que olhava para ele depois daquela noite. Era como se seu corpo lembrasse na hora que aquele era o garoto que ela tinha beijado, mesmo que já fizesse uma semana, e tentasse transformá-la em uma imbecil sedutora, que só falava bobagem. Mas bom, Dimple não era uma imbecil sedutora que só falava bobagem. Só tinha que lembrar disso e se esquecer que aquele beijo tinha acontecido. E do fato de que o *não encontro* dos dois era naquela noite.

Só de pensar nisso, as borboletas no estômago de Dimple começaram a bater as asas de novo, incansáveis, e a garota se segurou para não gemer. O que havia de errado com ela, caramba?

– Está incrível – respondeu, meio alto demais, na esperança de distrair o próprio cérebro daqueles pensamentos traidores. E, de verdade, Rishi tinha feito um trabalho impressionante. Desenhara um layout detalhado para o aplicativo dos dois, utilizando o conceito que Dimple tinha sugerido. Cada botão era vibrante, engraçado, exatamente como ela queria.

– Que bom que você gostou – falou o garoto, aproximando-se para lhe mostrar um detalhe.

Dimple sentiu o cheiro da colônia dele, algo sutil, mas profundamente masculino, que a fez lembrar de carvalhos no sol do verão. Sua cabeça quase foi inundada pela lembrança daquele beijo, e ela teve que piscar várias vezes para seus pensamentos voltarem aos trilhos. – ... podemos fazer isso, se você estiver a fim.

Rishi estava olhando para ela, com aqueles olhos cor de mel maravilhosos, em uma expressão de carinho e expectativa. Droga. Ela não fazia ideia do que o garoto tinha acabado de perguntar.

– *Ãhn*, sim, claro – respondeu, coçando a nuca.

Rishi deu um sorriso contido, sem falar nada, como se soubesse por onde os pensamentos dela andavam, e guardou o desenho. Esticou as pernas compridas, cruzou as mãos atrás da cabeça, e uma mecha de seu cabelo preto e brilhante caiu nos seus olhos.

– E aí? – falou, com um sorrisinho malicioso. – Está preparada para o nosso *não encontro*?

Dimple, quando deu por si, estava se perguntando mais uma vez se aquilo não era uma péssima ideia. "Está *tudo bem*", tentou se convencer, pela milionésima vez. Não era um encontro, e ela queria ir. Não era nada demais. Não estava traindo nenhum dos seus princípios.

– Estou – respondeu, mexendo no botão do mouse. – E aí? Aonde você quer ir? Não conheço muito bem essa cidade.

Rishi sacudiu a mão e respondeu:

– Já cuidei disso. Falei com os caras do meu andar e eles recomendaram alguns lugares. Aí dei um Google e *voilà*: o *não encontro* está todo planejado.

O garoto deu um sorrisinho.

Aquelas borboletas ridículas deram o ar da graça no estômago de Dimple novamente, depois desse sorriso. E também graças ao jeito como Rishi olhava para ela. E ao fato de o cabelo do garoto ser tão bagunçado, fofo e sexy.

– Que ótimo – Dimple percebeu o tremor na sua voz e se segurou para não se encolher toda. – Mal posso esperar.

– Passo pra te buscar às sete?

Antes que ela pudesse responder, Isabelle – com quem os dois não falavam desde aquele jantar no restaurante, há quase duas semanas – se aproximou. Sua presença foi precedida pelo seu perfume, uma coisa frutada e doce que ameaçou asfixiar Dimple com duas mãos. Ela tossiu disfarçadamente.

Isabelle ficou parada na frente de Rishi, com as mãos entrelaçadas, mexendo em um dos muitos anéis que estava usando. Seus shorts na altura da bunda mal cobriam sua bunda. Será que ela não estava com frio? O tempo estava úmido e nublado. Mas a barriga de Isabelle era bronzeada e parecia feliz, por baixo da regata branca transparente que ela estava usando. Sem nem perceber, Dimple ficou olhando para Rishi, para ver se ele tinha notado. Também não conseguiu impedir a sensação de vingança ao perceber que a expressão do garoto transparecia a mais completa irritação.

– Oi? – falou Rishi, meio com desdém, como se Isabelle fosse um enorme buraco negro que engolia o tempo, apesar de ela ainda não ter dito nada.

– Eu, *áhn*... – Isabelle pôs um dos cachos loiros atrás da orelha e olhou para Rishi, depois para Dimple e então para ele de novo. – Lá no Olmo, os meninos...

Dimple ficou esperando, curiosa. Rishi estava com uma expressão genérica de tédio.

Mas, seja lá o que Isabelle pretendia dizer, obviamente resolveu que não iria terminar. Em vez disso, limpou a garganta e falou, para Rishi:

– Meu pai conhece o seu pai.

– O... k?

– Você não falou que seu pai é o CEO da Global Comm. Meu pai, tipo, quer muito convidar seus pais para jantar. Disse que Kartik Patel é uma verdadeira lenda.

Isabelle disse esta última frase com um ar encantado.

Dimple pôde perceber que ela estava tentando somar dois mais dois. O respeito que o pai de Rishi obviamente conquistara com o fato de Rishi ser o cara mais nerd que ela conhecia. Havia falhas nas suas percepções, e a garota estava tentando entendê-las. Era quase fascinante, como assistir aquela parte do documentário sobre vida selvagem quando a gazela se dá conta de que está sendo perseguida por um leão. "Como ela irá reagir? O que ela fará agora?", pensou Dimple, com uma voz empostada e grave de narrador de documentário.

E então caiu a ficha do que Isabelle acabara de dizer. Dimple olhou bem séria para Rishi. CEO do Global Comm? A empresa, tipo, é a provedora de internet para quase o país inteiro, e o pai dele era o CEO, caramba? Quando ela perguntou, Rishi só respondeu que o pai era "executivo". Mas o CEO é o chefão, basicamente. De uma empresa multibilionária.

Ficou observando Rishi com atenção enquanto ele conversava com Isabelle, mas não conseguia ver isso nele. Sempre presumira que garotos ultrarricos eram como Evan ou Hari, mas Rishi era tão... Rishi. Bobo, engraçado, talentoso, fofo e levava sua cultura tão a sério. O garoto se parecia muito mais com Dimple do que com Isabelle e aqueles outros caras.

Na mesma hora, antes que pudesse controlar, aquela frase famosa de Emily Brontë lhe veio à cabeça: "Não sei de que são feitas as almas, mas a minha e a dele são iguais". Dimple ficou vermelha e tossiu para disfarçar sua vergonha de ter um pensamento tão ridículo e meloso.

– Vou transmitir o recado – disse Rishi, indiferente, e em seguida se virou para Dimple, dispensando Isabelle com sucesso. – Então, ouvi falar desse filme que está passando no IMAX...

Isabelle ficou sem ação, olhou para Rishi, para Dimple, e para Rishi de novo, de um jeito levemente frustrado. Como se quisesse dizer mais alguma coisa. Mas, como fizera antes, resolvera não dizer. Dimple ficou observando a garota ir embora antes de responder para Rishi.

– Que filme? – perguntou, já que Rishi não tinha terminado a frase.

– Nenhum. Só queria que ela fosse embora. Achei que ia morrer asfixiado.

Dimple deu risada.

– Não seja maldoso. – Sério, foi um alívio saber que um garoto preferia a companhia dela do que a de uma menina como Isabelle. Aquilo, literalmente, nunca tinha acontecido.

Rishi deu um sorriso e sacudiu os ombros.

– E aí, hoje mais tarde. Passo para te pegar às sete?

– Claro.

Dimple torceu muuuito para ele não ter percebido o quanto a sua voz saíra estridente e estranha.

CAPÍTULO 30

Dimple

DIMPLE ficou puxando a bainha da *kurta* que tinha comprado com a mãe. O troço tinha desfiado quando lavou, e o cinza prateado agora era só cinza, uma "não cor", parecia algo que fora lavado e usado por uma década. Quase se arrependeu de não ter ouvido o conselho de mãe e comprado algo um pouco mais colorido.

Quase.

Ainda não estava tão desesperada assim.

"E, de todo modo", pensou, endireitando os ombros e arrumando os óculos, "não preciso estar bonita para esse *não encontro*. Minha aparência é irrelevante, na verdade".

Quando Dimple se virou, Celia estava esparramada na cama, observando, com o queixo apoiado na mão.

– Você precisa de algo mais sensual.

– E você não devia estar trocando mensagens de sexo com Evan? – resmungou Dimple.

Era a nova mania de Celia, ficar mandando mensagens de sexo para Evan noite e dia, o tempo todo. Quando Dimple perguntou por que ela simplesmente não ia para o quarto dele, Celia sempre respondia, com um brilho nos olhos:

– *Pour cultiver le mystère.*

Seja lá o que isso queria dizer.

Pelo que Dimple tinha ouvido as outras garotas falarem, no banheiro e nos elevadores, Evan estava ganhando fama de conquistador. Tinha tentado comentar com a amiga, mas ela simplesmente mudava de assunto, como se fizesse questão de não saber. Será que estava tão desesperada para entrar no grupinho dos *Aberzombies* que ignorava o fato de Evan a estar traindo? Ou será que não ligava mesmo que Evan saísse com outras garotas, coisa que Dimple não conseguia conceber?

Basicamente, ela se esforçava para não ter inveja do fato de Celia ser não apenas inteligente, glamourosa, rica e linda, mas também por falar um espanhol decente, francês excelente e inglês fluente. Dimple, por sua vez, tinha dificuldade com o hindi e com o seu cabelo selvagem, digno do Serengeti.

Celia deu um suspiro exagerado e jogou a cabeça contra o colchão. Quando encostou o rosto no lençol, seus cachos cascatearam lindamente ao seu redor. "Ela bem que podia ser a personagem principal de uma série de livros infantis", pensou Dimple.

– As coisas andam meio complicadas – murmurou Celia, com a voz abafada pelo cabelo. – Está difícil… interpretar Evan. E não sei se quero interpretá-lo.

– Ah. – Dimple ficou puxando um fio solto em sua manga, constrangida. Era péssima em dar conselhos sentimentais, já que era tão inexperiente nesse quesito. – Desculpa.

– Ah, tudo bem. Vou dar um jeito. – Tendo um ataque súbito de energia, Celia levantou da cama e foi desfilando até o armário. Um instante depois, tirou de lá algo… transparente, e entregou para Dimple, com ar triunfante.

– Veste isso.

Dimple deu um passo para trás, no automático.

– *Áhn*, o que é isso?

A amiga ficou boquiaberta, fazendo cara de ofendida e furiosa ao mesmo tempo.

– É um vestido! Da nova coleção da Elie Tahari!

Dimple ficou se perguntando se sua cara era tão vazia quanto estava se sentindo.

– E isso é… uma marca?

– Isso é uma… – Celia apertou aquela espécie de camiseta/vestido esvoaçante contra o peito e revirou os olhos, fazendo uma imitação impressionante da mãe de Dimple. Por fim, olhou para a amiga de novo, suspirou e falou: – Pode acreditar. Você precisa disso na sua vida e no seu corpo.

Dimple pegou uma parte mais larga que devia ser uma manga.

– Não sei nem como vestir esse negócio.

– Eu te ajudo.

– *Áhn*, não. Não vou tirar a roupa na sua frente.

– Ai, pelo amor de… – Celia se virou de repente para o armário, remexeu na gaveta e atirou uma camisolinha de seda em Dimple.

– Toma. Veste isso e aí põe o vestido por cima. Ok? Posso ver você de camisolinha ou será que isso é contra seus princípios de virgem também?

Dimple pegou a camisolinha e fez sinal para Celia virar de costas. Depois de tirar a *kurta* e a calça jeans e colocar aquela camisolinha *beeem* curta, falou:

– Ok.

Celia a ajudou a pôr o vestido, colocando os braços da amiga em certos buracos e a cabeça em outro. Depois, alisou o tecido na altura dos quadris de Dimple e deu um passo para trás, sorrindo.

– Pronto. Olha no espelho.

A garota sentiu uma onda de nervosismo enquanto se virava. E uau. Nem parecia ela mesma. O vestido era justo na cintura e no peito, mas a camisolinha não revelava… nada muito revelador. As mangas boca de sino ficavam soltinhas nos braços, e a saia – também soltinha – ia até alguns centímetros acima do joelho.

– Bom. – Celia ficou atrás dela e prendeu o cabelo da amiga com o elástico que sempre usava no pulso, fazendo um coque bagunçado e sofisticado, deixando alguns cachos soltos.

Dimple ficou se olhando no espelho, e Celia deu um passo para o lado, feito uma mãe orgulhosa vendo sua filha ir para o baile de formatura. Não conseguia acreditar que estava… estava daquele jeito. Parecia uma garota de revista, alguém que deveria estar fazendo pose ao lado de uma bicicleta retrô com flores e balões em tons pastéis. Devia estar em um cartão-postal.

– Sabia que você ia gostar – disse Celia, convencida. – E agora, quer maquiagem emprestada? Porque eu poderia passar uma sombra, tipo, lilazinha nos seus olhos e um batom…

– Não – falou Dimple, com firmeza, parando de se olhar no espelho. – Definitivamente, nada de maquiagem.

– Mas…

Ela se virou para Celia e ajeitou os óculos no nariz.

– Eu quero continuar pelo menos um pouco parecida comigo mesma.

Estava com medo de que Rishi pensasse que estava tentando impressioná-lo ou algo assim. *Será* que estava tentando impressioná-lo? Essa ideia era ligeiramente perturbadora, mas não ao ponto de fazê-la tirar aquele vestido emprestado e mágico.

– Ok, tudo bem. Mas esse vestido é para usar com essas botas. – Celia tirou do armário um par de botas bem fashion, meio de caubói. – Tipo assim, é um conjunto. Você vai usar, né? – Parecia sinceramente preocupada que Dimple fosse dizer "não". – Só quero que você se divirta. E sei que, só assim, você já vai deixar o cara louquinho, mas as botas iam mesmo dar o toque final.

Dimple deu um sorriso, emocionada ao perceber que Celia realmente pensava nela como amiga. Aquele era o seu jeito de demonstrar que gostava dela: estava 100% dedicada àquele *não encontro*. Dimple nunca tinha tido uma amiga assim: uma companheira de programação generosa e glamourosa.

– Claro que vou. Valeu, Celia.

Rishi

Rishi ajeitou o cabelo com a mão. Será que aquela coisa comprida que chamavam de "franja" ficava melhor para a direita ou para a esquerda? Mudou de um lado para o outro. Será que Dimple notaria algo assim? Não, definitivamente para a direita. Para a esquerda, ele ficava com cara de engenheiro. Do tipo que usa protetor de bolso para as canetas, não do tipo legal. E, pelo amor dos deuses, por que ele estava usando aquela camisa mesmo? Tinha quase certeza de que estava usando a mesma camisa na primeira vez que se viram e, bom, essa não era a melhor das associações, era? Estava abrindo o primeiro botão quando bateram na sua porta.

– Quem é? – gritou, desabotoando o segundo botão.

– *Áhn*, sou eu. Dimple. Desculpa. Sei que você falou que ia passar para me buscar, mas fiquei pronta antes e pensei...

Droga, droga, droga. Ela estava *ali*? Ela estava ali. Agora era tarde demais. Rishi fechou os botões de novo e abriu a porta, com o coração na boca.

Mas, no instante em que a viu, o coração voltou para o peito e começou a bater em velocidade de dobra espacial.

Santa lindeza, Batman.

Ela... estava... fenomenal.

Rishi não conseguia formular um pensamento coerente.

– Uau. – Ele soltou o ar e passou a mão no queixo. Sentiu um calor nas bochechas quando se deu conta de que estava olhando fixamente para as pernas dela. "Olhe pra cima, Patel." – Você está, *áhn*, simplesmente...

– É. – As bochechas de Dimple estavam ficando levemente rosadas, e ela não parava de puxar a bainha do vestido, como se pudesse torná-lo mais comprido apenas com uso de força física. – A Celia meio que me obrigou a pôr essa coisa, e eu não sei... Não tem nada a ver comigo, mas...

– Não, não. Você está incrível – garantiu Rishi. E então apontou para ela, certificando-se que, desta vez, manteria os olhos fixos nos dela, por mais difícil que fosse. – Boa, Celia.

Dimple ficou ainda mais corada, e Rishi teve vontade de abraçá-la. E, quando a garota mordeu o lábio, o cérebro de Rishi lembrou na mesma hora da sensação de beijar aquela boca na festa, do quanto seus lábios eram macios, de como sua língua era sedosa. Que ótimo. Obrigado, cérebro. Rishi se deu conta, de supetão, que seu cérebro também estava desviando o fluxo de sangue para outras partes de seu corpo. Na mesma hora, começou a pensar em Nani, sua avó que tinha uma verruga peluda na papada. Sim. Funcionou. Crise revertida.

– E aí, você está pronto? – perguntou Dimple, olhando para ele.

– Estou. Vamos nessa.

Rishi saiu, fechou a porta do quarto e caminhou pelo corredor ao lado dela.

Mesmo sob aquela luz fluorescente enjoativa do corredor, Dimple estava linda. As paredes cinzas e feias, que deixavam a maioria das pessoas com cara de zumbi ambulante, não estragavam o tom perfeito de canela de sua pele. Como isso era possível? Seria desejo?

Rishi tinha ouvido falar que, quando você se sente atraído por alguém, seu cérebro é capaz de se reprogramar e fazer você pensar que todas as coisas ruins da pessoa são perfeitas. E aí, quando vocês estão juntos há um tempo, *bum*. Aquela fina cortina de desejo cai, e você se dá conta de que se casou com um jacaré que tem bafo.

Dimple olhava para o garoto de relance, daquele jeito que ela fazia: um olhar disfarçado e, ainda assim, fulminante.

– No que você está pensando?

Droga. Não podia contar para ela que estava enojado, pensando no mau hálito de certos animais carnívoros marinhos. Não no primeiro encontro deles. *Não encontro*. Sabe-se lá.

– Só, sabe, no cérebro. É um órgão fascinante, você não acha?

Dimple fez careta e respondeu:

– Acho, com certeza. Mas você estava com cara de quem tinha comido alguma coisa muito nojenta.

Ok. Hora de mudar o assunto.

– E por falar em nojento, sabe quem me deu notícia hoje? Meu irmão, Ashish.

– É mesmo? Como é que ele vai?

Os dois chegaram ao elevador, e encontraram um grupinho de caras discutindo, bem alto, sobre os méritos dos concursos de camiseta molhada. Retardados. Dimple, que parecia estar constrangida, apertou o botão, apesar de ele já estar aceso.

Rishi olhou feio para o grupinho, mas eles não percebiam mais nada, a não ser suas próprias opiniões detestáveis.

– Está ótimo – respondeu, bem alto, na esperança de abafar as vozes dos caras. – Um caça-talentos do time de basquete da UESF se interessou por ele, e meus pais querem que ele venha para cá, dar uma olhada no campus e conhecer parte da equipe. Acho que estão treinando aqui. Ashish passou o verão passado treinando aqui, mas isso seria diferente, porque o cara pode mesmo fazer faculdade aqui.

Dimple fez uma expressão impressionada e sincera.

– Isso é ótimo mesmo!

As portas do elevador se abriram, e o grupinho de caras detestáveis entrou.

– Vamos esperar o próximo? – murmurou Rishi, e Dimple balançou a cabeça, agradecida.

Um dos caras esticou o braço para a porta não fechar, mas Rishi deu um grande sorriso.

– Ah, não, podem ir – falou, simpático. – Nosso cérebro precisa de um tempo de toda essa imbecilidade esmagadora.

O cara sorriu instantaneamente e acenou, mas enquanto as portas se fechavam, os dois ouviram ele falar:

– Espera aí, o que foi que ele disse?

Rishi olhou para Dimple, que caiu na gargalhada. Ele pensou que poderia ouvir essa música pelo resto da vida.

– Você sempre me surpreende – disse a garota, sacudindo a cabeça.

– No bom sentido? – perguntou, também sorrindo, não querendo demonstrar o quanto se importava com isso.

– Num ótimo sentido – respondeu Dimple, olhando nos olhos de Rishi só um instante a mais do que tinha olhado antes e se virando para apertar o botão de novo. – Então, você acha que o Ashish vai vir e ficar no seu quarto?

– Provavelmente. Para ser sincero, acho que ele está mais interessado em conferir as universitárias do que examinar os pontos fortes do campus. – Rishi revirou os olhos.

– Ah, até parece que isso nem te ocorreu quando você veio para cá – comentou Dimple.

As portas se abriram. O elevador estava vazio, e os dois entraram. Rishi se virou para ela enquanto as portas fechavam e disse, bem sério:

– Não me ocorreu, não. Eu só estava pensando em você.

CAPÍTULO 31

Dimple

SEM pensar, Dimple chegou mais perto bem na hora em que Rishi inclinou a cabeça na sua direção. Uma voz baixinha dentro dela, que ainda fazia sentido, declarou que aquilo já estava muito mais com cara de encontro e nem de longe se parecia com um *não encontro*. Antes que desse tempo de se beijarem, o celular de Dimple começou a tocar "Cavalgada das Valquírias". Perfeito.

Ela levou um susto e foi para trás, ajeitou os óculos no nariz. Percebeu que Rishi ficou sem graça e também se afastou. Dimple sabia como ele estava se sentindo: aquele toque tinha afogado em bile as borboletas que voejavam de um jeito tão agradável em seu estômago.

— Desculpa. — Remexeu na bolsa, percebendo, alarmada, que estava muito decepcionada e só *um pouquinho* aliviada, porque o clima no elevador tinha se despedaçado em mil pedaços que foram parar nos seus pés. Sério. Tinha que dar um jeito naquilo, seja lá o que fosse, antes que perdesse o seu controle. Passou o dedo na tela para silenciar o barulho, respirou fundo e falou: — Mãe. Posso te ligar depois?

— O que é tão importante que você não pode nem falar com a sua própria mãe? Preciso te contar o que aquela tia Ritu fez com a Seema. Você sabe que ela queria ver aquele filme do Hrithik Roshan, *na?*

Vishal ia levar Seema para sair, só os dois, e aí Ritu resolveu que iria junto! No último minuto! Dá para acreditar? Eu falei para ela: "Ritu, deixe as crianças ficarem sozinhas um pouco"...

Dimple revirou os olhos. Rishi estava mordendo a própria bochecha para não rir. É claro que conseguia ouvir a mãe dela, Nossa Senhora da Voz de Broca de Dentista.

– *Mein* amigo *keh saath hoon*, mãe. Vou te ligar depois, tá?

– Amigo? Que amigo é esse?

Ela soltou um suspiro e olhou para Rishi. Que ergueu as sobrancelhas, como se dissesse "bom, agora você tem que contar". Dimple teve vontade de saber mentir melhor sob pressão, mas sabia que, se mentisse agora, sem ter se preparado, sua mãe perceberia na hora e ficaria ainda mais insuportável. Era melhor tirar logo aquilo da frente.

– Ok, é o Rishi Patel. Mas, por favor, não vá botando ideias...

– Rishi Patel! *Kartik aur Sunita ka beta?*

Dimple ficou vermelha e começou a suar na testa. Meu Deus, não conseguia sequer olhar para o garoto agora.

– Mãe, por favor. Não é nada demais – resmungou, apertando o celular com a mão suada. Por que ela tinha atendido? Sério, o que estava pensando?

– Aonde vocês vão? *Akele uske kamre mein math jaana*, Dimple...

– *Meu Deus*, mãe, preciso desligar. E é claro que não.

Dimple desligou, sentindo uma pontada de culpa de ter interrompido o conselho bem-intencionado da mãe. Mas, caramba... "Não entre sozinha no quarto dele?" Como se Dimple já não tivesse passado vergonha suficiente na frente de Rishi. Provavelmente, sua mãe estava prestes a falar da virgindade sagrada da filha. Guardou o celular na bolsa e se obrigou a olhar nos olhos de Rishi. Que ainda estava mordendo a própria bochecha.

– Que foi? – perguntou, um pouco mais agressiva do que pretendia.

Ele levantou as mãos e falou:

– Não falei nada.

E o garoto começou a cantarolar, murmurando.

Dimple reconheceu a música bem na hora em que as portas do elevador se abriram, no térreo. *"Hum tum, ek kamre mein bandh ho, aur chaavi kho jaaye..."* Era uma canção antiga e popular, sobre um casal que fica trancado em um quarto e perde a chave. Dimple deu um tapa no braço de Rishi enquanto saíam do elevador.

– Que engraçado – disparou.

Ele caiu na gargalhada, e o coração da garota deu pulos de alegria, apesar da irritação que ainda a consumia.

– Ah, para. Não é tão ruim assim. Ela só está sendo sua mãe.

– Exatamente – resmungou Dimple, enquanto os dois atravessavam o saguão e saíam. Até que foi legal o fato de não precisar explicar toda aquela superproteção. Que, na verdade, era uma forma de amor. Rishi entendia que era assim que os pais e mães se comportavam no mundo dos dois.

Dimple respirou fundo, e o cheiro acre da poluição, do nevoeiro úmido e dos eucaliptos que havia ali perto se misturaram em seus pulmões. Grupinhos e uns poucos casais estavam por ali, rindo, brincando e se chamando – algumas pessoas, já bêbadas –, saindo do campus para passar o fim de semana fora.

Ela começou a subir a rua íngreme à direita que levava para fora do campus, imaginando que iam a um restaurante ali perto, mas Rishi segurou seu braço.

– Espera um segundo.

Como quem não quer nada, Rishi pegou na mão de Dimple, e os dois atravessaram a rua.

Ela se esforçou para não demonstrar o quanto tinha ficado toda atrapalhada nem o quanto gostava da sensação dos dedos grandes e quentinhos dele entrelaçados nos seus, bem de leve.

– *Áhn*, aonde estamos indo?

Rishi apontou para um conversível preto e chique, com a capota baixa. Quando se aproximaram, as portas apitaram.

– Nossa carruagem está esperando.

Dimple lançou um olhar perplexo para Rishi e entrou no carro. Depois que o garoto fechou a porta dela e entrou no banco do motorista, perguntou:

– Você tem uma BMW?

Rishi a olhou com um ar inocente e perguntou:

– O que é que tem?

Ela deu uma risada debochada e respondeu:

– Nada. Só que as pessoas normais costumam pegar ônibus quando querem ir a um lugar mais longe.

O garoto pareceu sinceramente constrangido e foi manobrando o carro para sair da vaga.

– Ônibus. Certo.

Sentindo uma certa pena dele, Dimple ajustou seu tom de "debochado" para "levemente provocativo".

– É muita ostentação para um *não encontro*.

Rishi deu um sorrisinho e passou a mão na nuca. Acelerou em seguida, pois estavam em uma subida íngreme.

– Do que você está falando? Ontem pedi uma limusine porque queria ir até o mercado rapidinho, comprar chiclete. Não é isso que as pessoas fazem?

Dimple deu risada.

– Total. Às vezes, eu peço até um jatinho.

Ficaram em silêncio por alguns instantes, sentindo o vento bater nos cabelos, e então ela perguntou:

– E aí, aonde a gente vai?

O garoto sacudiu a cabeça.

– Ainda é surpresa. Mas acho que você vai gostar.

Dimple se deu conta de que não havia um único lugar que *não quisesse* ir naquele momento. Não porque ela não era exigente, mas porque poderia ir a quase qualquer lugar com Rishi e se divertir. Essa percepção foi alarmante. Preocupante. E não de todo inconveniente.

O carro chamativo foi mais devagar, e depois acelerou. O motor roncava ao subir os indefectíveis morros de São Francisco. Rishi tinha ligado o aquecedor dos assentos ao ver que Dimple estava tremendo de leve por causa do vento, e ela estava perfeitamente confortável. Ficou observando os prédios do campus se distanciarem enquanto adentravam cada vez mais no que parecia ser um bairro residencial. A rua tinha sobradinhos em tons pastéis dos dois lados, que pareciam ter sido desenhadas com giz na calçada. Plantinhas em vasos decoravam os degraus de pedra das varandas. Passaram por um idoso levando um cachorrinho branco para passear, que olhou para os dois com curiosidade.

Pararam no sinal vermelho.

– Estou me sentindo uma celebridade – comentou Dimple. Em seguida, sorriu e se virou. E deu de cara com Rishi olhando para ela, descaradamente. Quando seus olhares se cruzaram, ele ficou com o rosto vermelho, assim como as pontas das orelhas. Mas não desviou o olhar. E Dimple também não desviou o olhar. Ela... não conseguiu.

Aquele momento foi se estendendo, leve e frágil, se entrelaçando com o sombrio e o pesado. Dimple começou a reparar em outras coisas: no seu braço descoberto, que estava perto do de Rishi. No calor que o corpo dele emanava – um perfume de raio de sol, algo amadeirado, de menino.

O garoto passou a mão na nuca e, do nada, foi para frente, de supetão. Dimple só percebeu porque o braço dele encostou no seu. Sentiu uma sensação quente, melosa, por dentro. Só conseguia ver os olhos de Rishi, que se aproximava cada vez mais. Quando deu por si, seus lábios estavam se entreabrindo, involuntariamente, por mais que ela pensasse: "esse é um comportamento absolutamente de *não encontro*".

A SUV atrás deles buzinou. O semáforo já estava verde. Rishi deu partida e virou o rosto. E aquele instante se perdeu.

CAPÍTULO 32

Dimple

RISHI limpou a garganta e acelerou o carro. Dimple arrumou o vestido, constrangida, imaginando se o garoto estava tão decepcionado quanto ela. Era o segundo momento beijável que tinham deixado passar.

Instantes depois, Rishi ligou a seta para entrar à esquerda e parou na calçada. Saiu do carro e correu para abrir a porta para Dimple, sempre cavalheiro. Nenhum dos dois disse nada. Tinha uma leve eletricidade no ar, aquela sensação de pressão que vem logo antes de uma tempestade. A pulsação de Dimple acelerou. Será que Rishi também se sentia assim? Sua expressão era impassível: ela não conseguia decifrar.

Em silêncio, atravessaram a rua juntos em direção a uma série de lojas com fachadas estreitas – a maioria de roupas e discos. Rishi a levou até um estabelecimento com a fachada pintada de um tom de azul esverdeado. A placa dizia: DUAS IRMÃS BAR E LIVROS.

– Bar e livros? – Dimple ajeitou os óculos no nariz, sentindo um formigamento de curiosidade subir pela sua pele. – O que isso quer dizer?

Rishi piscou para ela e falou:

– Você já vai ver.

Rishi

O lugar parecia tão incrível quanto da última vez que Rishi entrara ali, para conferir, durante a semana. O papel de parede vermelho e bege estilo vitoriano. O cheiro de cola de livro antigo, o tilintar dos copos e o murmúrio das conversas discretas e, de vez em quando, risadas… Era diferente e descolado na medida certa para estar à altura de Dimple. Era exatamente o que ele queria para o primeiro *não encontro* dos dois. Agora que o sol estava começando a se pôr, a loja tinha ligado os lustres e, graças a eles e ao papel de parede rosado, todo o ambiente ficou com um brilho rosa e dourado.

Dimple ficou olhando para o bar e para as prateleiras de livros, boquiaberta. Rishi deu uma risadinha disfarçada, de satisfação. A garota estava extasiada. "Boa, Patel."

– Então este lugar é um bar? Um restaurante? Com *livros?*

Rishi sorriu e respondeu:

– É. As donas compram essas edições incríveis do mundo todo. E aí você pode comer, beber e ler, acredito.

Dimple fez cara de desconfiada e sorriu.

– Você sabe que a gente não tem idade para beber, não sabe?

– Eles fazem tudo sem álcool. Eu perguntei.

A garota ficou com uma expressão estranha, e parou de sorrir.

– Você perguntou? Quando?

– Uns dias atrás, quando vim aqui dar uma olhada. – O olhar de Dimple tinha algo que ele não conseguiu decifrar. Ela virou o rosto, ficou mexendo na alça da bolsa, e Rishi ficou se perguntando se tinha feito algo errado. Como Dimple não disse nada, ele continuou falando, um pouco menos seguro: – Então, você pode olhar os livros, pegar alguns se quiser. Mas, *ah*, eu também…

Deixou a frase no ar, em dúvida se deveria mesmo contar aquilo para Dimple. A sua expressão, o seu olhar… tinha algo de errado. Será que a garota estava pensando que ele tinha exagerado nos preparativos? Se esforçado demais? Será que aquilo tudo era demais para ela?

Dimple encarou Rishi, com olhar de indagação.

– Você também o quê?

Ele sentiu que estava começando a entrar em pânico. Droga. Nesse momento, o garçom, Willie, com quem Rishi já tinha combinado, se aproximou, sorrindo de orelha a orelha. Rishi tentou se comunicar com o olhar – já que Dimple ainda estava olhando para ele –, informá-lo de que precisavam dar um jeito de abortar o plano. Abortar... o... plano. Mas Willie só deu um sorriso ainda maior e abanou. Duas vezes droga.

– Olá, pessoal! – disse Willie, e Dimple se virou de frente para ele. – Você deve ser a encantadora Dimple de quem eu tanto ouvi falar – continuou o garçom, segurando a mão dela e dando tapinhas, animado. Dimple arregalou os olhos e ficou olhando para Willie, para Rishi, para Willie, sem parar, e o que Rishi viu em seu olhar estava longe de ser felicidade.

Ai, não, não, não. Rishi olhou para a rua, querendo fugir. Se isso não significasse que abandonaria Dimple, teria corrido até o carro, entrado em um pulo e ido direto para casa, em Atherton.

Willie, com uma alegria irritante, sem se dar conta do que estava acontecendo, continuou falando. Por que Rishi não tinha notado que o cara era tão animadinho?

– Por que vocês não me acompanham? Já temos uma mesa reservada para os dois. – E então lançou um olhar radiante e nada sutil para Rishi, sem perceber os sinais do garoto para cortar aquele clima.

Dimple e Rishi o acompanharam até os fundos do salão, que era mais silencioso e vazio. Willie apontou para a mesa deles, já decorada com os livros que Rishi tinha pedido para separar e colocar ali.

– Obrigado – resmungou Rishi, colocando uma gorjeta na mão do garçom.

Finalmente, parecendo um tanto perplexo com a falta de entusiasmo, Willie teve o bom senso de aceitar a gorjeta e se afastar sem dizer nada.

Os dois se sentaram nas cadeiras pesadas, de madeira escura, e Rishi mal tinha coragem de olhar para Dimple. Ela reparou nos livros e uma expressão de compreensão foi tomando conta de seu rosto. Ajeitou os óculos no nariz e pegou uma das edições pequenas, com capa de tecido.

– *Uma dobra no tempo* – falou, baixinho.

– Sim, é, *ãhn*, uma edição especial de 2009. De oito anos atrás, sabe? Porque…

Ela o olhou nos olhos e disse:

– Foi o ano em que a gente se conheceu, no casamento.

Rishi sentiu uma leve sensação de alívio. Pelo menos, a garota tinha entendido. Mas, só de olhar para ela, não sabia se tinha ficado assustada. Ou lisonjeada. Ou apenas confusa. Dimple pegou os outros dois livros que estavam em cima da mesa.

– E essas aí são só minhas *graphic novels* favoritas – explicou Rishi. Ambas tinham como tema o primeiro amor, mas achou que não devia contar isso para Dimple naquele momento. – Achei que você ia, *ãhn*, gostar. Talvez. Se quiser ler. – Nessa hora, passou a mão na nuca. Aquilo era exaustivo. Caramba, por que tinha feito tudo aquilo? De onde tirou que seria uma boa ideia? Dimple tinha feito de tudo para garantir que ele entendesse que aquilo era um *não encontro*. O que significava que Rishi agora era um participante oficial do Acampamento Forçando a Barra.

Aaargggh.

– Tudo bem?

O garoto levou um susto, olhou para ela e perguntou:

– *Hein*? Por quê?

– Porque você acabou de soltar esse grunhido.

Droga. Tinha feito aquilo em voz alta?

– Ah… por nada. – Rishi suspirou e explicou: – Olha, se eu exagerei, se você odiou, a gente pode ir para outro lugar.

Mas Dimple só pousou a mão em cima da mão dele. Quando olhou para a garota, sentindo a esperança desabrochar dolorosamente no peito, ela estava sorrindo, um sorriso firme e delicado.

– Com certeza não odiei. Obrigada.

Rishi suspirou de novo.

– De nada.

Pelo menos, Dimple não tinha odiado. Mas isso não queria dizer que Rishi já podia ir embora do Acampamento Forçando a Barra. Mas ela não tinha odiado. E era isso.

CAPÍTULO 33

Dimple

– **DEBAIXO** da cadeira da senhora Murry, Fortinbras soltou um suspiro contente. – Dimple fechou o livro e se recostou na cadeira. Olhou para Rishi e deu um leve sorriso. Que loucura como as palavras (só rabiscos pretos em uma folha de papel) eram capazes de trazer tantas lembranças. Lembrou de estar deitada na cama, debaixo das cobertas, bem depois da hora de dormir, iluminando aquelas mesmas páginas com a lanterna.

– Adoro esse livro – falou, passando a mão na capa de tecido, que era muito mais chique do que a edição de bolso de dois dólares que ela tinha. – Eu ainda lembro de me sentir tão... à vontade, enquanto pensava na gigante família Murry, como todos se amavam, como cuidavam uns dos outros, independentemente da situação. Isso costumava me fazer querer que meus pais aparecessem um pouco mais.

Rishi estava debruçado na mesa, de olhos arregalados.

– Ok, mas o que acontece com o pai? Ele volta, um dia?

Dimple soltou uma risadinha e engoliu o último pedaço do seu minissanduíche de salmão. Rishi tinha praticamente inalado a sopa de cebola à francesa enquanto ela lia.

– Não acredito que você nunca leu *Uma dobra no tempo*. É um clássico.

– Acho que eu estava entretido demais lendo quadrinhos. Mas, sério, ele volta um dia?

A garota empurrou o livro para ele.

– Que tal: você lê, e eu leio seus quadrinhos? – E ficou em silêncio, franzindo a testa. – Ah, espera aí! A gente não pode levar esses livros da loja, né?

As pontas das orelhas de Rishi ficaram vermelhas. Ele baixou o olhar, até o próprio dedo, que estava acompanhando os padrões da madeira da mesa.

– Ah, normalmente, não. Mas, esse livros, *ãhn*, são meus. Eu encomendei e pedi para o garçom colocar aqui para a gente. Então, podemos levar, sim.

O coração de Dimple se alegrou. O garoto tinha se esforçado mesmo para aquele *não encontro*. Tinha encontrado um lugar que sabia que ela adoraria, e ela de fato adorou: se pudesse viver para sempre ali, debaixo de uma daquela, ficaria completamente feliz. E Rishi tinha comprado livros que significavam algo para ela e para ele. Sabia que devia desencorajá-lo. Também sabia que não queria fazer isso. Se aquele era o modo de Rishi Patel demonstrar seu interesse por ela, de conquistá-la, Dimple queria mais, mais, mais.

Ela tomou um gole de seu *cosmopolitan* sem álcool. Colocou o copo sobre a mesa e se obrigou a olhá-lo nos olhos.

– Rishi…

O garoto levantou os olhos, e todos os seus músculos estavam tensos.

– Sim?

– Eu, *ãhn*, só queria dizer… – Meu Deus, por que a maioridade para beber nos Estados Unidos não podia ser 18 anos? Os adolescentes europeus não faziam ideia de como a vida deles era fácil. Mas, em Mumbai, é preciso ter 25 anos para beber. E então talvez as coisas não sejam assim tão ruins para eles. E por que estava pensando em leis sobre bebida agora, caramba? Dimple se obrigou a se concentrar novamente. – Eu… – engoliu em seco e completou: – Eu estou avançando bastante na programação. Consegui resolver aquele problema que a gente estava falando ontem.

Argh, que covarde.

Rishi se mostrou decepcionado, e o coração dela também.

– Ah é? – O garoto deu um sorriso forçado, fraco como *chai* aguado. – Que bom.

Willie, o garçom, apareceu bem nessa hora, com aquele sorriso de orelha a orelha ainda estampado na cara.

– Oi! Como é que estamos, pessoal?

– Tudo ótimo. – Dimple sorriu para ele. – Já pode trazer a conta.

– Belezinha! – Então tirou do bolso uma pastinha de couro, e Rishi esticou a mão para pegá-la.

– A gente pode dividir – falou Dimple, na mesma hora.

Só que Rishi só balançou a cabeça, colocou algumas notas lá dentro e falou para o garçom:

– Pode ficar com o troco.

– Você já quer ir embora?

O garoto estava sorrindo, mas era aquele mesmo sorriso de *chai* aguado. Tinha perdido o brilho. Tinha perdido o brilho por causa dela.

Dimple sentiu um aperto no peito. Devia dizer alguma coisa para resolver aquela situação. Falar como tinha gostado de tudo o que Rishi fizera. Pela primeira vez na vida, devia simplesmente expressar seus sentimentos. Abriu a boca – e fechou logo em seguida.

– Sim. Quero ir.

Os dois saíram do bar, e o clima estava pesado, tenso, por causa de todas as coisas que não foram ditas.

"Esta é a sua chance, Dimple. Fala alguma coisa. Fala, pelo menos, que você está se divertindo." Mas ela não conseguiu transpor o silêncio. Quando chegaram à BMW, Rishi abriu a porta para ela, como antes, e Dimple entrou. O garoto entrou no carro em seguida. O clima parecia diferente da primeira vez que tinham entrado ali… mais vazio, mais duro. Mais frio.

Rishi olhou para Dimple e sugeriu:

– Pensei que a gente podia assistir um filme e tal, mas se você quiser voltar para o campus, tudo bem.

Ela ia falar que ver um filme seria ótimo. Mas, pensar naquele silêncio se perpetuando, aquela mistura de silêncios e vazios, de constrangimento e mágoa, era demais. Respirou fundo. E respirou fundo de novo.

– Na verdade, se você estiver a fim, tem um lugar que eu gostaria de ir. Fica a uns quinze minutos daqui. Alto de Bernal, conhece?

Rishi ergueu as sobrancelhas. Ela viu uma faísca de esperança, e isso a deixou feliz.

– O que tem em Alto de Bernal?

– Ah, você vai ver, meu amigo – falou, baixinho, por mais que o seu coração estivesse batendo alto no peito.

Rishi sorriu, deu partida no carro e saiu da vaga.

– Ok.

Dimple estava com a boca seca. Nunca, jamais, tinha feito algo assim. Para se manter ocupada, olhou de relance para o garoto e comentou:

– Você esqueceu o livro. – Em seguida, colocou *Uma dobra no tempo* em cima do painel do carro. – Você não vai ler o resumo na internet, né?

Ele deu risada.

– Não, estou louco para ler, mesmo. Tenho uma teoria: Charles Wallace é um robô assassino.

Dimple ficou só olhando para ele.

– Um... robô assassino?

– Que foi? Você falou que é ficção científica, né?

A garota retrucou:

– *Hai Ram*, nem todo livro de ficção científica precisa ter um robô assassino, Rishi Patel. Lê e pronto.

– Se não tem robô assassino, não vejo muito sentido, mas tudo bem.

E Rishi pensou: "Adoro o jeito como seus olhos brilham quando você está zoando".

Rishi

Uns quinze minutos depois, Rishi parou o carro.

– É aqui, Alto de Bernal.

Do outro lado da rua, um morador de rua mais velho gritava sozinho, com um sotaque de Boston. Rishi ficou imaginando qual seria a história dele; como uma pessoa de Boston tinha ido parar ali, e virado um sem-teto de cinquenta e poucos anos. A história daquele homem devia dar um quadrinho interessante. "Nem tudo é uma história, Rishi", diria seu pai. "Sua cabeça está nas nuvens de novo."

O garoto saiu do carro e abriu a porta para Dimple. O rosto dela brilhava, em tons de rosa e dourado, por causa do pôr do sol. Parecia animada. Rishi tentou não alimentar muitas esperanças.

Obviamente tinha interpretado errado tudo aquilo. Ele achou que o beijo significava que Dimple estava confusa. Que, talvez, pudesse conquistá-la, por mais que ela tivesse dito que aquilo era um *não encontro*. Isso, obviamente, não funcionou ao seu favor. A garota estava distante e estranha durante o jantar, e ele tinha quase certeza de que vira seus presentes como algo além da conta. *Argh*. Rishi sentiu o eco da pontada de rejeição, por mais que ela não tivesse dito nada claramente. Bom, ele não lhe daria essa oportunidade. De agora em diante, seria seu amigo e nada mais. Esse seria seu novo lema: amigo. *Friend. Dost.*

– É por aqui, acho eu... – falou Dimple, indo para frente, de olho no celular.

Rishi olhou em volta. Estavam indo por um caminho tortuoso em um dos muitos morros de São Francisco. Que tinha grama de um lado e, do outro lado, casinhas, uma rua e carros estacionados. Karl, o nevoeiro, se espalhava, sempre presente.

– E aí, agora você vai me contar onde estamos? O que tem aqui?

Dimple deu um sorriso e guardou o celular. Tirou um cacho da testa e falou:

– Continue caminhando.

CAPÍTULO 34

Rishi

FALAR era fácil. Alto de Bernal, definitivamente, fazia jus ao nome – as pernas de Rishi ardiam de tanto subir. Tinha a impressão de que deviam ter levado equipamento especial. Mas, pelo jeito, Dimple queria que os dois subissem aquele morro gigante, e foi isso que Rishi fez, mantendo seus gemidos no volume mínimo.

Quando chegaram lá em cima, o sol estava bem baixo, enchendo o céu de cores, e o garoto se esforçou ao máximo para não demonstrar que estava morrendo. O que, bom, pode ser difícil quando se está com o tronco dobrado, espirrando, com suor pingando no olho. Droga. Ele estava suando. Será que estava fedido? Rishi abaixou a cabeça, na tentativa – assim esperava – de cheirar as axilas discretamente, bem quando Dimple o pegou pelo braço e falou:

– Olha!

O garoto endireitou a postura.

– Caramba.

Tinham uma vista de 360 graus da beleza de São Francisco, quilômetro por quilômetro.

À primeira vista, parecia um caos: prédios e casas e ruas e outras construções genéricas, todas espremidas naquele pedacinho de

121 quilômetros quadrados. Mas, quando se presta atenção, como Rishi estava fazendo, tudo começa a se encaixar em um plano. As linhas onduladas de casas brancas e uma ponte (o garoto achava que era a Bay Bridge, mas não conhecia São Francisco tão bem assim para ter certeza), as tiras retangulares de prédios entremeadas com tiras de árvores quase negras, o Pacífico ao longe, invadindo tudo. E o céu que parecia uma tigela de ouro rosé de cabeça para baixo, lá em cima.

– É lindo, né?

Dimple foi mais para frente, mais para a beirada do morro. O instinto de Rishi era de pedir: "Por favor, vai mais para trás, para não cair", mas ele não fez isso. A garota parecia... estar em paz ali, com o pôr do sol dando um brilho avermelhado no seu cabelo preto, como se tivesse lava por dentro, e não sangue. Rishi sorriu com seus pensamentos. O fogo que ela tinha, toda aquela paixão? Sim, definitivamente era capaz de vê-la nascendo com lava em suas veias.

Dimple olhou para trás, e Rishi desviou o olhar, fingindo que também estava admirando o pôr do sol.

– Definitivamente, é algo e tanto – falou, respondendo à pergunta dela com alguns segundos de atraso. Como é que você descobriu esse lugar?

– Foi a Celia que comentou.

Dimple se aproximou de Rishi, e o coração do garoto disparou só porque ela estava mais perto. Imbecil. Obrigou-se a contar até três antes de olhar para ela, que ficou em silêncio, com uma expressão de incerteza. E, em seguida, Dimple estendeu a mão, que ficou ali parada entre os dois, com o nevoeiro se enroscando nos vãos entre seus dedos.

Como o garoto tinha quase certeza de que seu queixo tinha caído, concentrou as energias em obrigar sua boca a fechar. Será que Dimple... estava tentando pegar a mão dele? E, então, Rishi segurou a mão dela, sem fazer perguntas. E esperou, porque parecia que a garota tinha algo a dizer. Ele notou que as palavras estavam praticamente se espremendo, tentando sair.

– *Áhn...* – Dimple soltou um suspiro e, com a outra mão, prendeu um cacho atrás da orelha. O vento o soltou na mesma hora. Mas, pelo jeito, ela não percebeu. – Desculpa, Rishi, se dei a impressão de estar confusa lá no restaurante. O que você fez, aquele presente… – Nesse momento, sacudiu a cabeça e olhou bem para os olhos dele. – Foi a coisa mais atenciosa que alguém já fez pra mim. Eu gostei muito. Eu gosto muito… de você. – Dimple olhou para baixo de novo. Sua mão tremia de leve ao segurar a dele; Rishi a segurou com a outra mão. A garota olhou para ele de novo e falou: – Eu tenho dificuldade com esse negócio de sentimentos, às vezes… Mas acho que quero transformar isso em um encontro de verdade. Se você quiser, quer dizer. – Arregalou de leve os olhos e completou: – Quer dizer, não sei nem se você está a fim da mesma coisa. Falei que gosto muito de você e você não respondeu, e agora está só meio que me olhando…

Rishi não conseguiu segurar a risadinha que escapou de sua boca. Mas, ao perceber que Dimple tinha ficado com uma expressão desnorteada, soltou as mãos dela e segurou seu rosto. A garota estava tão perto que dava para sentir o cheiro daquele xampu de coco e jasmim. Sentiu o calor de Dimple tomando conta dele, atravessando seu corpo. Os olhos da garota, por trás dos óculos, estavam enormes, reluzentes.

– Dimple Shah… eu também gosto muito de você. – E beijou seus lábios de leve e continuou falando. Sentiu que ela tremeu novamente e sorriu, com os lábios encostados nos da garota. – E seria uma honra se isso se transformasse em um encontro de verdade.

Dimple entreabriu os lábios. E, aí, Rishi se perdeu nela.

Dimple

Ai, meu Deus. Ou, como Rishi diria, ai, meus deuses. Estavam *se beijando*. De novo. Finalmente. Dimple soltou um suspiro da mais perfeita felicidade, e Rishi reagiu abraçando sua cintura, puxando-a para perto e aninhando seu corpo no dele.

O garoto queria ficar com ela. Queria ficar com ela tanto quanto ela queria ficar com ele. Era inacreditável. Dimple nunca pensou que sua vida incluiria um garoto como Rishi. Seria coisa do destino, como ele falou? Nessa hora, sentiu a língua de Rishi roçando na sua, e todos os pensamentos racionais saíram voando de sua cabeça.

Em algum momento, pararam de se beijar para conseguir respirar, mas Rishi continuou abraçado nela. Seus lábios estavam inchados e bem vermelhos, naquela luz que se esvaía. Rishi sorriu e roçou o nariz no nariz de Dimple, bem de leve.

— Que pena que a gente não pode ficar fazendo isso indefinidamente. Oxigênio é uma coisa supervalorizada.

Dimple estava com os braços apoiados no peito de Rishi, mas então o abraçou também, cruzando os braços atrás das costas dele.

— Comer também.

— E fazer cursos ridículos de desenvolvimento web.

— Olha aqui. — A garota deu um tapa em Rishi e, sem querer, acertou a bunda dele. Tinha algo pontudo e duro, que parecia um caderno, no bolso de Rishi. — Esse curso é meu ingresso para ver Jenny Lindt. Não vamos nos esquecer disso.

— Ah, claro. Ela. O que ela tem de mais mesmo?

Rishi se afastou de Dimple, mas continuou segurando sua mão de leve, o que deixou Dimple mais feliz do que ela gostaria de admitir. Então o garoto se sentou no chão e a puxou. Os dois ficaram deitados, de frente um para o outro, com a cabeça apoiada no cotovelo, a parte de baixo das pernas enroscadas.

Dimple levou a mão livre ao coração.

— Você está falando sério? Jenny Lindt é uma guru. Uma mestra. Um símbolo do futuro das Mulheres na Tecnologia.

Rishi deu um sorriso e pôs um cacho de Dimple atrás da orelha dela. Aquilo estava se tornando sua Coisa Preferida. Além de beijá-la, óbvio.

— Ela é o seu Leo Tilden, né?

Nessa hora, deitou completamente e passou o braço por baixo da cabeça de Dimple.

A garota olhou para ele, com o coração sobressaltado. O olhar de Rishi era esperançoso, mas respeitoso. Não esperava nada. Depois de alguns instantes, Dimple deitou e apoiou a cabeça no seu peito. Rishi soltou um suspiro profundo, meio cantarolando, que ecoou no peito dele e nos ouvidos dela. Dimple sorriu para o céu.

— É. Ela é o meu Leo Tilden. — Ficaram ouvindo o vento bater nos eucaliptos por um tempo. Lá embaixo, um cão latiu. — E, por falar em Leo, por acaso isso aí no seu bolso é um caderno? Passei a mão sem querer.

– Que observadora. É sim. Eu sempre carrego um caderno de desenho. Deixei o grandão no quarto, mas tinha que trazer este.

– E aí... posso ver?

Rishi deu risada.

– Sim, mas com uma condição.

Ela franziu a testa e respondeu:

– Ok...

– Você tem que me deixar te desenhar.

A garota se sentou e olhou para ele.

– Como? O quê?

Rishi sorriu e virou de lado de novo, apoiando a cabeça em uma das mãos. Dimple mal conseguia vê-lo: a claridade estava diminuindo a cada segundo.

– Deixa eu desenhar você e eu deixo você olhar meu caderno.

Dimple apontou para o céu.

– Está escuro. Como você vai conseguir desenhar?

– Bom... – Nessa hora, Rishi pegou o celular. – Alguém me deu uma ótima ideia, de instalar um app de lanterna no celular.

A garota resmungou.

– Não sou das mais fotogênicas – declarou.

Sentiu um calor nas bochechas ao dizer isso. Não queria necessariamente chamar atenção para isso naquele exato momento, durante o primeiro encontro dos dois.

Rishi segurou seu queixo até ela olhar nos seus olhos.

– Você... é... linda. *Lajawab*. Meu único medo é não conseguir fazer jus a isso.

CAPÍTULO 35

Dimple

DIMPLE revirou os olhos, mas as borboletas no seu estômago começaram a bater as asas, parecendo um pequeno tornado. *Lajawab.* Literalmente, significa "sem resposta".

– Ok, tudo bem, mas só porque você vai me deixar ver seu caderno depois. – Um tanto insegura, puxou o vestido transparente de Celia para baixo, cobrindo as coxas. – Que posição você quer?

Rishi levantou a cabeça de repente e olhou para Dimple. A garota ficou corada ao se dar conta do duplo sentido de suas palavras. Ainda bem que Rishi parecia estar tão corado quanto ela. Segurou o lápis, passou a mão no pescoço e respondeu:

– Ah, só... Talvez... só fica deitada como você estava. Pode se apoiar nos cotovelos, se você quiser. Como você se sentir mais confortável.

Dimple deitou de novo, com absoluta consciência de cada movimento que estava fazendo. A grama úmida estava ainda mais gelada com o cair da noite e pinicava debaixo dos seus joelhos. Virou-se para o lado, de frente para Rishi, apoiou a cabeça em uma mão e ficou observando o garoto alisar o caderno pequeno. Na luz azulada do aplicativo de lanterna, viu que suas mãos tremeram muito levemente, quando pegou o lápis. Rishi olhou para Dimple, indo dos olhos para os lábios, para as escápulas, para o peito, para a cintura e para a curva de seus quadris. A garota ficou com calor, apesar do vento frio: teve a impressão de que o tecido transparente do vestido de Celia apertava ainda mais todo o seu corpo.

Rishi fez os primeiros traços, escondendo com a mão o toco de lápis-carvão que, obviamente, fora apontado muitas e muitas vezes. Quanto mais desenhava, mais sua expressão ficava concentrada, determinada, absorta. Não estava mais ali sentado ao lado dela, Dimple sabia disso. Levantava os olhos de quando em quando, mas não a enxergava de verdade, como Dimple. Esse pensamento era estranhamente perturbador, como se não o conhecesse de verdade. Rishi, o artista, e Rishi Patel, com quem estava tendo um encontro: será que eram a mesma pessoa?

O garoto virou a página, sorriu e a expressão relaxada tomou conta de seu rosto de novo. Dimple sentiu um tremor de alívio ao vê-lo de volta. "Era isso. Era isso que queria dizer quando falou que o desenho, para ele, era oito ou oitenta. O Rishi *vive* a sua arte. Se fizesse isso como carreira, talvez não tivesse tempo para mais nada nem ninguém", pensou.

– Ainda está confortável? – perguntou Rishi, gentil. – Pode se mexer se precisar, não vai me atrapalhar.

Dimple mudou levemente de posição e tentou espiar.

– Posso ver o que você fez até agora?

O garoto deu risada e escondeu o caderno com a mão.

– Ainda não. Logo mais, juro. Quero fazer várias outras coisinhas. Ok. Agora você pode só falar comigo.

– Falar? – Dimple franziu de leve a testa e ajeitou os óculos. Rishi começou a desenhar de novo. – Falar o quê?

– Qualquer coisa.

Rishi olhou rapidamente para ela e voltou a olhar para o caderno em seguida.

– Ah, tá bom. – Dimple ficou brincando com uma folhinha de grama. Sabia o que iria dizer, mas as palavras estavam presas em sua garganta, como uma espinha de peixe. – Você, *ãhn*... – limpou a garganta. Percebeu, pelo canto do olho, que Rishi olhou para ela e, em seguida, para o caderno de novo. – Eu não quero me casar tão cedo. Talvez nunca. Esse encontro não muda isso.

Não olhou para o garoto enquanto falava. Rishi ficou com as mãos paradas. Olhou para Dimple e disse:

– Eu sei. Você já falou isso. Não pensei que esse encontro mudou coisa nenhuma.

Em seguida, sorriu e voltou a desenhar.

Dimple devia falar logo. Naquele exato momento. "Só... fala... logo."

– Então qual o sentido? – Quando deu por si, já tinha dito. – Quer dizer, não foi por isso que você veio falar comigo naquele dia? Foi por isso que resolveu vir para cá, né? Porque achou que eu sabia desse negócio que nossos pais combinaram.

Rishi enrugou levemente a testa; o lápis parou de se mexer. Olhou para Dimple com aqueles olhos cor de mel.

– O que você está me perguntando? Por que eu ia querer sair com você se não vai dar em casamento?

A garota deu graças pela escuridão enevoada.

– É – respondeu, baixinho. – Achei que esse era o seu objetivo. Casar, realizar os desejos dos seus pais, tudo isso. E, se for, definitivamente, não vai ser comigo...

Ele pôs o caderno e o lápis de lado. Olhou para as estrelas, pensativo, e o coração de Dimple bateu forte no peito, com medo do que Rishi ia dizer. Mas também querendo que ele dissesse logo, arrancasse o Band-Aid de uma vez. O cheiro de eucalipto soprava nos dois, em ondas suaves.

– Não vou mentir. A cultura e a tradição são importantes para mim. – Nessa hora, Rishi olhou bem sério para Dimple. – Muito importantes. Foi assim que eu fui criado, sabe? É uma tremenda responsabilidade. Ser o primogênito... o filho mais velho. Ainda mais que Ashish é tão... enfim. A questão é: acho que ele não vai respeitar os desejos dos meus pais como eu. Como eu quero respeitar. Então, sim. Casar é importante para mim. Dar netos para meus pais algum dia é importante. Cuidar deles quando forem velhos, idem.

– E então, em um movimento rápido, Rishi deitou de barriga para baixo e ficou com o rosto perto do rosto de Dimple. Cruzou as mãos e apoiou o queixo nelas. O rosto dos dois estava a um centímetro de distância. Dimple não conseguia respirar. O garoto olhou bem nos olhos dela e disse: – Mas você está me mostrando que existem outras coisas que também são importantes. O objetivo de namorar você, Dimple Shah, é conhecê-la melhor. Ficar com você. Ver como você ajeita seus óculos no nariz quando está especialmente empolgada com o que diz. Sentir o cheiro incrível do seu xampu. Sentir o seu coração batendo perto do meu. Ver você sorrir. Beijar você. – Nesse momento, chegou mais perto e lhe deu um beijo de leve na boca. Quando Dimple abriu os olhos, Rishi estava sorrindo. – E, quem sabe, todas aquelas outras coisas que são importantes para mim podem ficar em segundo plano, por enquanto. E, quem sabe, eu não me importe com isso... se você não se importar.

O coração de Dimple desacelerou. Ela sentiu cada um dos seus músculos relaxarem.

– Eu não me importo. Não me importo nem um pouco.

A garota se inclinou e beijou Rishi de novo, sentindo o gosto dos seus lábios, sorrindo ao perceber que ele ficou sem ar quando suas línguas se encontraram.

Quando pararam de se beijar, Rishi sorriu e se sentou de novo, pegou o caderno e o lápis e voltou a desenhar.

– Então... Agora que resolvemos esse assunto, fala a verdade. O que você achou de mim da primeira vez que me viu?

– No casamento? Ou na Starbucks, quando você veio para cima de mim do nada? – perguntou Dimple, com a sobrancelha erguida.

Rishi deu risada.

– Ambos. Começa com o casamento.

– No casamento, achei você descolado. Tipo, você ficou sentado ali, rasgando revistas que nem eram suas. Isso nem sequer teria me ocorrido. Em princípio, achei que você fosse algum menino destrutivo, maluco. Mas aí você começou a fazer as flores, e fiquei completamente impressionada. E fiquei duplamente impressionada com o fato de você não se encolher todo quando ouviu a voz da minha mãe.

O garoto sorriu, olhou rapidinho para ela e tornou a desenhar.

— Quer saber o que eu achei?

Dimple se aproximou.

— Sim.

— Achei que você era a rata de biblioteca mais encantadora que eu já tinha visto na vida.

Ela deu risada e atirou grama em Rishi.

— Ah, faça-me o favor. Você não pensou nada nem parecido.

— Pensei, sim! — retrucou Rishi, indignado. — Por que outro motivo eu lhe daria a minha melhor flor?

Dimple não sabia se acreditava nele ou não, mas ficou corada de prazer mesmo assim.

— Então, agora me fala o que você achou de mim na Starbucks. Sabe, logo antes de eu atirar o meu café em você.

CAPÍTULO 36

Dimple

RISHI deu um sorrisinho irônico e voltou a olhar para o desenho.

– Achei que você estava tranquila. Sentada na beirada daquele chafariz, com o rosto virado para o sol. Parecia uma flor, com aquela auréola de anjo formada pelos seus cachos. Lógico que logo me dei conta do quanto eu estava enganado.

Dimple deu um tapa no joelho do garoto, mas também estava dando risada.

– Cala a boca. Você simplesmente me apavorou com aquela cantada de "futura esposa"! Deveria dar graças a Deus por eu não ter *spray* de pimenta nem estrelas ninja.

"Que incrível", pensou ela, "estamos dando risada disso". Quando aconteceu, Dimple teve tanta certeza de que ela e Rishi nunca teriam nada a ver um com o outro, mas aquele garoto era assim… Era como uma canção pop que a gente acha que não suporta. Mas, quando vê, está cantarolando no chuveiro.

– Percebi – comentou ele, sem parar de desenhar. – Em minha defesa, posso dizer que pensei que você estava aqui porque também tinha conhecimento do plano nefasto dos nossos pais.

Dimple soltou um suspiro.

– É. Meus pais são um assunto à parte. Você tem sorte de se dar tão bem com os seus.

"Mas talvez não seja sorte", pensou. Rishi concordava com tudo o que os pais diziam ou planejavam. Dimple não. Essa era uma diferença fundamental entre os dois, quando o assunto era relacionamento com os pais.

– Parece que a sua mãe se preocupa muito com você. – Como Dimple deu uma risada debochada, Rishi foi logo completando: – Quer dizer, ela te liga. Conversa com você. Tenta participar da sua vida.

A garota riu ainda mais.

– Tenta participar da minha vida? Acho que dá para dizer a mesma coisa de piolhos. Ou de cupins. Ou de botulismo. Essas bactérias estão só tentando participar da nossa vida.

Rishi deu um sorriso e largou o lápis.

– Ok. Pronto. Preparada para ver?

Dimple foi logo se sentando.

– Você terminou?

– Sim. – Então entregou o caderno para ela, marcando com o dedo um intervalo de páginas. – Começa por aqui e vai virando as páginas. Eu meio que me baseei em um exercício criativo que os quadrinistas gostam de fazer, chamado "Vinte e cinco expressões". Basicamente, você desenha o mesmo personagem com 25 expressões diferentes, para meio que conhecê-lo melhor. Essa foi uma das primeiras coisas que reparei em você. As suas expressões são tão claras…

A garota pegou o caderno e colocou o dedo no mesmo ponto, para não perder a página.

– Sério?

Rishi ergueu a sobrancelha, como quem diz "Tá de brincadeira?".

Dimple abriu o caderno. O primeiro desenho era dela com cara de… expectativa. Foi bem quando Rishi começou a desenhar. Tinha capturado a desconfiança que ela sentia, a ansiedade de como seria percebida. E ela percebeu que estava… bonita.

O garoto tinha feito o desenho meio esfumado, para representar como a via através da cortina de nevoeiro que os cercava. Ainda assim, os detalhes eram impressionantes. Tinha um brilho em suas bochechas, um leve reluzir em seus olhos. Os óculos lhe davam um jeito inteligente, meio nerd, meio artista. Não aquela cara de *geek* que Dimple achava que tinha. O coque era um amontoado de cachos rebeldes, mas não daquele jeito desgrenhado, sem pentear, que ela costumava ver no espelho. Ficou parecendo uma garota que poderia ser modelo de produtos de cabelo. Será que era assim que Rishi a via? Dimple virou a página.

No segundo desenho, estava rindo com os olhos fechados de algo que Rishi deveria ter dito. Parecia feliz, despreocupada, como se tivesse esquecido de si mesma. Gostou do fato de que, para o garoto, era inteligente, bonita e engraçada, tudo ao mesmo tempo. Virou a página.

Cada desenho a retratava de um jeito diferente e, em cada um deles, Dimple reconheceu sua própria essência. Rishi a tinha retratado em detalhes tão vibrantes, apesar de estar sentado ali na quase escuridão, só com a luz de um aplicativo de lanterna… E ela teve certeza: Rishi a tinha observado mesmo quando ela não estava vendo. Tinha guardado cada detalhe de seu rosto, de seu cabelo, de seu corpo, na memória. Antes de aquela noite se transformar em um encontro de verdade para Dimple, já era um encontro de verdade para Rishi. Ele só ficou esperando a garota alcançar seu entendimento das coisas.

Dimple se deu conta, de supetão, que também ficava observando Rishi. Mesmo quando não estava pensando nele, seus pensamentos eram relacionados a ele, na verdade. Desde aquele primeiro dia, depois que se recuperou do choque de Rishi ter surgido do nada, o garoto chamara a sua atenção. Dimple não estava procurando por aquilo… seja lá o que estivesse rolando entre os dois. Mas, sabe-se lá como, tinha a impressão de que o amor a havia encontrado e estava voejando em volta dos dois, esperando pelo momento certo de pousar.

Ela não sabia se queria isso. Não sabia muito além do fato de que, naquele exato momento, queria beijar Rishi. E foi isso que fez.

Pôs o caderno no chão, se arrastou até o garoto e se sentou no seu colo. Dimple não sabia de onde havia tirado essa coragem, mas enroscou as pernas na cintura dele, segurou seu rosto com as duas mãos e o beijou até não conseguir mais respirar e seus lábios ficarem inchados. Quando pararam de se beijar, Rishi estava olhando para ela, com as mãos entrelaçadas, bem apertadas em volta de seu corpo, como se não estivesse acreditando na própria sorte. Como se Dimple fosse uma *apsara*, uma deusa do paraíso, de asas douradas, que tinha acabado de encontrar na floresta.

– *Uau* – Rishi finalmente consegui falar, ofegante. – Acho que tenho que desenhar você com mais frequência.

Dimple deu risada, com vontade de dizer que o beijaria mesmo que ele não fizesse isso. Mas aí seus lábios se encontraram de novo, e a garota perdeu sua linha de raciocínio.

Rishi

Horas, semanas ou milésimos de segundo depois (o tempo meio que transcorria como bem queria quando Rishi estava com Dimple, percebeu o garoto), os dois estavam dentro do conversível, voltando para o campus. Conversaram por horas, até que o estômago de Rishi começou a rosnar, impaciente, e Dimple insistiu que fossem comprar sorvete de iogurte em um dos lugares preferidos dos dois, perto do dormitório.

Rishi olhou para Dimple, sentada ao seu lado, com as luzes da cidade refletidas em seu rosto e em seus cabelos. A garota percebeu que ele olhava, e os dois deram risada, surpresos, sem acreditar que aquilo estava acontecendo. Que estavam ali, que aquela magia existia para os dois, que era real. Isso, pelo menos, era o que Rishi achava. Dimple podia muito bem só estar dando risada da sua cara de bobo.

– Não esquece – lembrou Dimple, batendo no exemplar de *Uma dobra no tempo* que estava em cima do painel do carro. – A sua tarefa é ler para a gente discutir depois.

– Certo. Vou começar já. Mas ainda aposto que o Charles Wallace é um exterminador. O garoto é esquisito.

Dimple deu risada, e Rishi teve que se segurar para não fechar os olhos e deixar aquele som tomar conta dele. "Falando em esquisito, Patel… credo!"

CAPÍTULO 37

Dimple

UNS dois dias depois, Dimple e Rishi estavam sentados no auditório, tendo um debate acalorado (ou, como Rishi diria, "discutindo") a respeito do diagrama de dados do aplicativo, quando Celia se sentou na cadeira vazia ao lado deles e, simultaneamente, soltou um suspiro e uma nuvem de perfume cítrico.

Dimple olhou para a amiga e perguntou:

– Tudo bem?

– Tudo. Só estou dando um tempinho. Podem continuar falando. Apenas me ignorem.

Em seguida, a garota ficou remexendo na bolsa, de propósito, para não olhar Dimple nos olhos.

Dimple resistiu à vontade de olhar para trás, para os *Aberzombies*. As coisas entre Evan e Celia não deveriam estar indo muito bem. A amiga tinha chegado com o garoto naquele dia, depois de passar a noite no quarto dele.

– Ok, pessoal! Sei que está todo mundo ocupado, trabalhando no projeto, mas escutem só um instante. Tenho algo importante a dizer. – Max estava na frente do auditório, coçando a barba e dando um sorriso benevolente. Quando todos se aquietaram, ele prosseguiu: – Certo. Então, estamos quase na metade das seis semanas que vocês váo passar aqui. Acredito que todos estamos fazendo progresso com a programação e os aplicativos. Como vocês sabem, é mais ou menos nessa parte que anunciamos a parte divertida da Insônia Con... o show de talentos. Neste ano, o show acontecerá na semana que vem, no sábado, no Teatro Pequeno, às sete da noite.

Algumas pessoas aplaudiram, mas outras – aquelas mais introvertidas – resmungaram. Desnecessário dizer que todos os *Aberzombies* fizeram cara de quem ia tirar a roupa e dançar em cima da mesa, ali mesmo. Dimple fez careta para Rishi.

– O show de talentos é importante porque é uma oportunidade de conseguir uma vantagem na competição – continuou Max, falando mais alto do que o burburinho. – Historicamente, temos um prêmio de quinhentos dólares para a dupla vencedora. Contudo, neste ano, graças à generosidade de um benfeitor, o prêmio subiu para mil dólares. Legal, né? Lembrem-se de que o objetivo é deixar o projeto o mais finalizado possível para quando Jenny Lindt for avaliar. E esse dinheiro será de grande ajuda para vocês irem além, com o projeto mais elaborado.

Celia soltou um gemido e levantou.

– Acho que é melhor eu ir falar com minha dupla, para saber o que vamos fazer – falou.

Dimple acenou para ela e se virou para Rishi.

– Uau. O show de talentos está quase chegando – comentou. Seu coração acelerou de um jeito estranho e desagradável.

Rishi balançou a cabeça, com uma expressão desnorteada.

– É. Quase na metade do curso. Só mais três semanas e vamos para casa.

Ela ficou esperando o garoto falar mais. Tocar no assunto do qual ainda não haviam falado. O que iria acontecer quando o curso terminasse?

O garoto abriu a boca e se aproximou, com o olhar sério e aguçado. O coração de Dimple disparou. Mas, aí, o olhar de Rishi ficou mais terno e ele foi para trás.

– E aí? Você tem alguma ideia do que quer fazer nesse negócio?

Dimple engoliu a decepção e fez que "sim" com a cabeça. Ok, foco. Show de talentos. É isso que importa neste momento.

– Sim – respondeu, com firmeza. – Vamos fazer uma dança estilo Bollywood.

Rishi ficou só olhando para ela.

– Como assim? *Você* quer subir no palco, na frente de um monte de estranhos e dançar?

– Eu sei. Não faz meu gênero. Mas olha só isso. – Dimple abriu uma planilha e virou o notebook para ele. – Pesquisei os últimos dez anos, desde o início da Insônia Con, e peguei todos os vencedores do show de talentos. Olha: 2007, dança; 2008, dança; 2009 e 2010? Dança. 2011 foi o canto que venceu, mas 2012 foi dança de novo, seguido de mágica, em 2013. Mas, em 2014, temos dança de novo! 2015 e 2016 quem venceu fez malabares e cantou, respectivamente. – Nessa hora, virou para Rishi e completou: – Sabe o que isso significa?

– Que você está meio obcecada com a Insônia Con?

Dimple lhe deu um soco na costela, e a prova de que Rishi estava se acostumando com ela era que o garoto nem sequer se mexeu.

– Não. Que este é o ano da dança! Consigo sentir, lá no fundo. Os jurados, claramente, tendem à categoria da dança. E, olha, um terço dos ganhadores fizeram alguma dança étnica, mas ninguém fez uma dança ao estilo Bollywood ainda. Temos que fazer isso.

– Ok. Mas você tem consciência de que isso significa que vamos ter que subir no palco? E de fato dançar? – Rishi inclinou o corpo para frente. – Porque, não sei se você percebeu, mas é meio introvertida.

– Sim, pensei nisso – Dimple fez um coque, prendeu com uma caneta e olhou para baixo. – É por isso que escolhi uma música em que, *ãhn*, não danço muito. Basicamente, é você quem vai dançar.

A garota se encolheu e olhou de esguelha para Rishi.

– O quê?! Então você vai simplesmente me jogar aos leões para conseguir pegar seu prêmio, bem linda e faceira? – Rishi deu risada. – Acho que não.

– Olha… – Nessa hora, Dimple se virou, para que o garoto sentisse todo o poder de seu bater de pestanas. Não que ela fosse muito habilidosa. Mas, mesmo assim, tinha que tentar. – … você simplesmente tem cara de quem dança bem. – Rishi abriu a boca, provavelmente para discutir, mas Dimple foi logo completando: – Ok, não bem, mas dá para o gasto? – O garoto fez cara de "*Iiih*". – Você é o cara, Rishi. Eu não sei dançar. Eu fico toda nervosa, esquisita… e… eu fiz uma apresentação quando tinha o quê? Nove anos? Minha mãe me obrigou a fazer a dança *bhangra* na festa de *Diwali* da Associação Indiana. E eu vomitei. No palco. Na frente de *todo mundo*. Foi humilhante.

– Ahh, ok. – Rishi balançou a cabeça, querendo dizer que tinha entendido. E Dimple relaxou. – Então você quer que *eu* seja humilhado no seu lugar. – Ele ergueu a sobrancelha e completou. – Não, Dimple. Foi você quem teve essa ideia. Vamos fazer uma dança em que você tenha o papel principal.

A garota baixou a cabeça e coçou o couro cabeludo.

– *Argh*. Então acho que a gente vai ter que fazer outra coisa.

Ela olhou para a planilha, com um aperto no coração. Alguém que dançasse levaria o primeiro prêmio. Sabia isso, do fundo do coração. E, se ela vencesse, estaria mais perto de Jenny Lindt. Estava contando com Celia – que adorava se apresentar, chamar atenção e tudo o que torna alguém excepcional em um show de talentos – para fazer a dança. Mas Rishi? Rishi era parecido demais com ela. Soltou um suspiro. A verdade é que ainda estava feliz por estarem em dupla. Iam dar um jeito.

– Ei. – Rishi estava segurando sua mão e, quando Dimple olhou para ele, percebeu que o garoto estava sorrindo. – Eu faço.

Ela piscou.

– Faz o quê?

– Faço a dancinha ridícula. – Rishi abriu o sorriso e completou: – Mas você vai ficar me devendo uma.

– Está falando sério?

Dimple não conseguiu conter o sorriso.

– Total. Agora me conta: em que música você pensou?

– Posso fazer mais do que isso. Posso te mostrar. – Ainda sorrindo, Dimple pegou os fones de ouvido, ligou no computador e passou para Rishi. – Obrigada. – Nessa hora, se inclinou para frente e lhe deu um beijinho no rosto, antes que pudesse se convencer do contrário. O sorriso do garoto se transformou em um cometa. Dando risada,

Dimple pôs para tocar "Dil na diya", do filme *Krrish*, no YouTube.

— A gente pode ensaiar depois da aula, no seu quarto.

Enquanto Rishi ouvia a música, Dimple ouviu a voz de Celia, falando alto, furiosa. Virou para trás e viu a amiga gritando com Evan.

— Bom, eu não quero fazer isso! É uma palhaçada!

Em seguida, a garota deu as costas para Evan e foi embora, batendo a porta do auditório.

CAPÍTULO 38

Dimple

DIMPLE se virou para Rishi e falou, sem emitir som:

– Já volto.

O garoto balançou a cabeça. Pelo jeito, não tinha ouvido nada da confusão. Dimple levantou, correu atrás da amiga e a alcançou na entrada do auditório.

Celia estava no bebedouro, jogando água gelada na nuca, segurando os cachos com uma mão só. Suas bochechas estavam vermelhas. Quando viu Dimple, soltou um suspiro trêmulo.

– Você ouviu aquilo? – perguntou.

– Ouvi. Quer dizer, só o fim, logo antes de você ir embora. O que está acontecendo? Você está bem?

A garota encostou na parede, dobrou uma das pernas e apoiou o pé. Cruzou os braços e soltou um suspiro.

– O Evan está sendo um completo escroto. Quer dançar essa música, "Sexy heat", comigo, a Isabelle e o Hari. Você já ouviu essa música? – Dimple sacudiu a cabeça e se sentou no banco ao lado do bebedouro. "Pelo nome, é vitória na certa", teve vontade de dizer, mas conseguiu controlar a língua. – É uma bosta. Tipo, o clipe inteiro tem duas meninas de roupa vulgar dançando juntas, enquanto os caras ficam falando como elas são gostosas. Tipo, eu entendo. É só um show de talentos, nada demais. A Isabelle está super a fim de pôr um biquíni e dançar comigo no palco. Mas eu simplesmente... – Celia fingiu vomitar – ...eu tenho nojo. Tipo, a Isabelle é *maravilhosa*, não me entenda mal.

Dimple balançou a cabeça, incentivando a amiga a continuar falando. É claro que Isabelle estava super a fim. Provavelmente, até comeria carboidrato para receber tamanha atenção. Dimple ignorou a pontada de culpa que sentiu ao ter esse pensamento maldoso: Isabelle não era tão horrível quanto os garotos, nem de longe.

– Eu só não sei se quero ficar lá no palco, me exibindo para todo mundo – continuou Celia, sacudindo as mãos, furiosa. – Estou sendo sensível demais? Eles, pelo jeito, acham que sim – completou, apontando para o auditório.

– *Não*. – Dimple pôs a mão no braço da amiga. – Nem um pouco. Você é quem sabe se vai se sentir bem ou não fazendo isso, viu? Não o Evan nem o Hari nem a Isabelle. E daí que essa garota quer fazer? Ela não é você, e você não é ela. – Nessa hora, Celia olhou torto para Dimple, que deu uma risadinha. – Eu sei, sou muito sábia. Mas, sério, não ceda, já é uma bosta você ter que escolher entre ficar em dupla com o Evan ou simplesmente desistir. Será que o Max vai deixar vocês quatro fazer isso juntos? Tipo, pensei que as duplas só poderiam trabalhar entre si.

– É, acho que convenceram ele. Não contaram qual é a música, mas, pelo jeito, o Max achou criativo. As duplas serão julgadas separadamente, de qualquer jeito.

– Bom, será que dá para uma dupla se separar? Porque aí, quem sabe, você pode dançar com a gente, e o Evan é quem vai ter que ficar de biquíni.

Celia soltou uma risada debochada.

– Valeu, mas acho que não vão deixar a gente fazer isso. Eu é que tenho que dar um jeito de lidar com essa situação. – Nessa hora, abriu os braços, e Dimple se levantou para abraçá-la. – Obrigada por não achar que eu sou louca. Acho que passei muito tempo com aqueles três.

– Provavelmente – respondeu Dimple, se afastando. – Por que você não vem jantar comigo e o Rishi hoje à noite? A gente deve ir jantar no refeitório.

– Parece ótimo. – Celia deu um sorriso, parecendo animada com a ideia. – Valeu.

As duas se viraram e voltaram para o auditório.

– Você pegou o jeito, né? – perguntou Dimple, depois de os dois terem assistido o vídeo de "Dil na diya" pela quarta vez. Estavam no quarto de Rishi, depois da aula, se preparando para o primeiro ensaio. – Não é muito complicado? Quer dizer, sei que o Hrithik é, tipo, um dançarino de primeira, mas você não precisa ser. Só decora a coreografia que vai dar certo. Eu assisti aos outros ganhadores do show de talentos no YouTube, e nenhum é uma estrela do rock. A gente é programador, sabe? Não... – deixou a frase no ar ao ver que Rishi erguera a sobrancelha.

– Você está nervosa – comentou o garoto, mas não em tom de acusação. Estava meio que sorrindo.

Dimple mordeu a própria bochecha.

– Acho que sim. Um pouco.

Mas não pelo motivo que Rishi pensava. Estava nervosa porque, dentro de alguns segundos, ele a veria dançando. No vídeo, a garota dançava por cerca de dois segundos. Mas, mesmo assim... Dimple nunca tinha dançado na frente de ninguém desde o fiasco da *bhangra* e do vômito. Muito menos na frente de um garoto de quem gostava de verdade. De um garoto que tinha *beijado*. Ela percebeu que estava começando a entrar em pânico e se distraiu fazendo um coque no cabelo.

Rishi, sem ter noção da tempestade que ela estava enfrentando, tinha encostado a cama na parede, para terem uma área livre para ensaiar. Ficou parado ali no meio e balançou a cabeça, satisfeito.

– Ok.

Dimple apertou o play com os dedos trêmulos, e a música tomou conta do quarto. Rishi ficou parado, de olhos fechados, dando a impressão que estava tentando deixar o ritmo mover seu corpo ou algo assim. E então se sacudiu todo, suas mãos e pernas meio que tiveram espasmos enquanto tentavam copiar os passos de Hrithik Roshan. Continuou dançando, olhando de vez em quando para a tela, para garantir que estava acertando a coreografia. Estava sorrindo, se divertindo, pulou e caiu no chão com os pés abertos, depois rebolou pelo quarto, sacudindo a cabeça com cara de "É isso aí!".

A garota teve certeza de que estava sumindo, essa era a única explicação. Viu a própria mão flutuar na sua frente e apertar a barra de espaço do notebook, dando pause no vídeo.

Rishi parou de se debater, de repente.

– Que foi?

A garota se agarrou à beirada da escrivaninha. Os cantos do quarto desapareceram. Sua voz saiu, vinda de um milhão de galáxias de distância.

– É... assim que você dança?

Ele olhou para o próprio corpo como se quisesse conferir alguma coisa.

– Sim? – respondeu, olhando para ela, confuso.

Dimple segurou a própria cabeça.

– Mas você disse... você disse que dançava bem!

– Não disse, não! Mal concordei que dá para o gasto!

Ela olhou feio para o garoto, já perdendo a paciência. Falou devagar, pronunciando bem cada palavra.

– Isso... não chegou... nem *perto* de dar para o gasto.

Os dois ficaram se encarando por um minuto, e os olhos cor de mel de Rishi mergulharam nos olhos de Dimple. E aí caiu na gargalhada. Uma enxurrada de "há há há" brotou dele. E, ao vê-lo gargalhar daquele jeito, descontrolado, literalmente *estapeando o próprio joelho*, Dimple começou a dar risada também, só que uma risada levemente histérica.

Enfim, Rishi se sentou no chão, apertando a barriga, revezando entre gemidos e risadas. Dimple se sentou ao seu lado e secou as lágrimas: sua risada agora se resumia a alguns soluços.

– Ok, sério, o que a gente vai fazer?

Rishi olhou para a garota, esparramado no chão, com os braços e as pernas tortas.

– Bom, você ainda quer vencer o show de talentos?

Ela balançou a cabeça e respondeu:

– Óbvio.

– Então a gente vai continuar ensaiando. Temos três dias e meio para acertar essa coreografia. – Nessa hora, Rishi levantou em um pulo, ágil como um leão. Por que não podia usar essa graciosidade quando dançava? Estendeu a mão para Dimple e a ajudou a levantar. Abaixou-se para ficar cara a cara com ela e disse: – Mostre seu talento para mim, Priyanka.

Priyanka Chopra – a parceira de Hrithik Roshan em "Dil na diya" – era tão boa quanto ele. Ainda bem que, naquela música, seu papel era minúsculo. Dimple não sofreria aquela pressão intensa que Rishi iria sofrer. Ensaiaram a parte em que Hrithik e Priyanka dançam juntos. Dimple sacudiu os braços e pediu a Deus para não parecer que estava tendo uma convulsão. Como acontecera com Rishi, quando dançou. Ofegante, o garoto segurou seu braço, para que ela parasse de dançar.

– Ei, e se, nessa parte você, tipo, pulasse nos meus braços?

– Como assim? – Dimple passou a mão na testa e foi até o computador para dar pause no vídeo. Quando o silêncio se fez, declarou: – Rishi, não acho que pular nos seus braços vai melhorar essa coreografia. Vamos apenas fazer o que os coreógrafos de Bollywood, com toda a sua sabedoria e experiência, julgaram ser bom para Hrithik e Priyanka.

– Não, espera, deixa eu falar. Olha, volta um pouquinho. Tipo, até a parte em que o cara aponta para ela. – Dimple fez o que Rishi pediu, apesar de sua intensa angústia. – Ok. Agora aperte o play e volte aqui.

Ela obedeceu.

– Agora, quando eu apontar para você, em vez de começar a dançar, que tal você simplesmente pular em mim, que eu te seguro?

– Você está falando sério? Eu não vou pular...

– Não vou te deixar cair, juro. Ah, olha, está chegando o momento, vem logo!

Rishi abriu os braços, e Dimple, cedendo à pressão da sua dupla (apesar de todos os seus instintos gritarem para ela não fazer isso), pulou nos braços do garoto.

Ou melhor: tentou pular, mas sua calça jeans não lhe permitia a flexibilidade necessária. Ou seja, ela acertou uma joelhada nas costelas de Rishi, com força.

O garoto gritou "Ai!" e, em vez de segurar Dimple, se defendeu dela, com um golpe de karatê perfeitamente executado. Então, de repente, se deu conta do que estava fazendo e foi correndo ajudá-la, aparentemente consumido por um vórtice de arrependimento. Só que Dimple, rancorosa, o agarrou pelo pescoço enquanto caía, para derrubá-lo também.

Os dois ficaram em silêncio, em choque, jogados no chão, com os braços e as pernas tão enroscados que Dimple não fazia ideia de quem era o quê.

Por dez segundos, ficou dolorida demais para falar qualquer coisa. Ficou só lá caída, olhando para o teto, enquanto o ritmo alegre de "Dil na diya" tocava, na maior altura. E aí Rishi começou a rir de novo. Dimple ficou em dúvida se ainda gostava daquela sua tendência de encontrar humor em tudo.

O garoto virou a cabeça, gemendo, e perguntou:

– Você está bem?

– Estou ótima – Dimple conseguiu dizer, tirando a coxa dele de cima da sua barriga, para conseguir respirar melhor. – Ai.

Rishi tentou tirar o braço debaixo dela. Mas, como Dimple ainda estava meio que presa debaixo do seu corpo, só rolou para perto de Rishi. Que estava olhando para ela, com o nariz quase encostado no seu, as duas pernas de Dimple presas embaixo da sua perna esquerda.

– Oi – falou ele, com um olhar terno. – Desculpa.

Dimple tinha vontade de dar um soco nas costelas do garoto. Tinha vontade de morder seu nariz. Mas, ao ver aqueles olhos, se deu conta de que havia uma coisa que queria ainda mais. E, sendo assim, levantou a cabeça e lhe deu um beijo.

E foi neste exato momento que uma voz masculina falou, bem alto:

– Muito bem, MUITO BEM. O que temos aqui?

CAPÍTULO 39

Dimple

OS DOIS foram logo se separando, tentando sentar. A cabeça de Dimple girava. Ai, meu Deus. Não tinham nem ouvido a porta se abrir, de tão envolvidos que estavam, se beijando. Dimple piscou, e então fez careta. "Espera, Rishi não está dividindo o quarto com ninguém." Então quem era aquele garoto, com o cabelo preto cacheado e pernas musculosas, que pareciam infinitas, de shorts de basquete e tênis sujo, parado ali, com aquele sorrisinho irritante na cara?

Rishi

— Ashish? — Caramba! O que o imbecil do seu irmão estava fazendo ali, estragando aquele momento perfeito e incrível? Rishi ficou de pé e estendeu a mão para Dimple, mas ela levantou sozinha e ficou olhando para ele, para Ashish, para ele de novo, com uma cara estranha, como se os dois tivesses sido pegos em flagrante contrabandeando diamantes, e não se beijando. Seria cômico, se Rishi não estivesse tão irritado. — O que você está fazendo aqui?

Ashish foi entrando no quarto e deu pause no notebook de Rishi, como se fosse dele.

– Ok, *o que* está acontecendo aqui? – perguntou. Largou a bolsa de academia no chão e se sentou na cadeira, com aquelas pernas gigantes de louva-a-deus, invadindo o espaço de Rishi. E o fedor de desodorante Axe era tão forte que seria capaz de asfixiar qualquer um que estivesse a quinze metros dele.

Rishi deu um passo pra trás e cruzou os braços.

– Responde à minha pergunta primeiro.

Ashish revirou os olhos.

– Pensei que a mamãe e o papai tinham te avisado que eu queria dar uma olhada no campus.

Rishi abriu os braços. Será que todos os irmãos mais novos eram assim, tão irritantes? Ou ele tinha simplesmente sido abençoado com um espécime particularmente poderoso da espécie?

– E? Como você veio para cá? Por que a mãe ou o pai não me ligaram antes? E como foi que você abriu minha porta trancada, caramba?

O garoto tirou uma chave do bolso do shorts.

– Falei para a recepcionista que era Rishi Patel, do quarto 406. – Nessa hora, olhou para Dimple e disse, como um comentário à parte: – Os meus pais me falaram em que quarto ele estava. – Em seguida, se virou para Rishi e continuou: – Falei que tinha esquecido a chave dentro do quarto e precisava da chave extra. – Aí deu um sorrisinho e completou: – Que bom que as pessoas acham que os indianos são todos iguais, né?

Dimple limpou a garganta e lançou um olhar sugestivo para Rishi, que passou a mão no cabelo.

– Desculpe. Dimple, esse aqui é o Ashish, meu irmão. Ashish, essa é Dimple Shah.

O garoto deu um sorriso presunçoso para ela e apertou sua mão estendida.

– Você é bem menos assustadora pessoal…

– Responde às minhas outras duas perguntas – interrompeu Rishi, bem alto, na hora em que Dimple cruzou os braços e inclinou a cabeça, com uma postura de "Vai encarar?". – Como você veio para cá? E por que ninguém me ligou?

Ashish jogou a cabeça para trás.

– Ah, peguei uma carona com um conhecido. O papai e a mamãe estavam me enlouquecendo. Eu tinha que sair de lá. Então pensei: "Por que não agora?". Com alguns dias de antecedência, mas e daí? Você não se importa, né, *bhaiyya*?

O garoto falou "*bhaiyya*" de um jeito puxa-saco, irritante, debochado.

Aquilo era constrangedor. Não só porque Ashish estava sendo um completo imbecil, como sempre, mas também porque estava falando mal dos pais na frente de Dimple. Rishi jamais pensaria em falar dos pais pelas costas. Olhou de relance para a garota, se perguntando o que ela estava achando de tudo aquilo.

– Talvez seja melhor eu ir embora – declarou ela, já colocando o tênis. – Para vocês poderem conversar e tal...

Ashish entrelaçou as mãos atrás da cabeça.

– Ah, não vai embora. Ainda nem tive oportunidade de conversar com minha futura *bhabhi*.

Dimple ficou pálida ao ouvir o termo hindi para "cunhada", e Rishi foi logo corrigindo o irmão.

– Precisamos conversar sobre certas coisas, Ashish.

– O que vocês estavam fazendo? – perguntou o garoto, ignorando totalmente os dois. Como sempre, só vendo o lado dele, egoísta. Olhou para o vídeo do YouTube, inclinou a cabeça e perguntou: – Por acaso é o Krrish?

– É – respondeu Dimple, ignorando o fato de Rishi ter erguido a sobrancelha e sacudido a cabeça em uma tentativa óbvia de dizer "não dá papo para ele". – A gente vai participar de um show de talentos semana que vem e resolvemos apresentar a coreografia de "Dil na diya."

– Ei, precisam de ajuda? Quer dizer, não que eu queira me exibir, mas danço muito bem. – Ashish deu mais um sorriso, aquele sorriso puxa-saco, mostrando todos os dentes de tubarão. – Pergunta para o Rishi, ele sabe.

Dimple se virou para o garoto e falou:

– Sério? Seria incrível se...

– Não – interrompeu Rishi. – Não queremos sua ajuda. – Nessa hora, olhou para Dimple, meio implorando, meio irritado. – Certo? A gente consegue fazer isso sozinhos?

Ela ergueu a sobrancelha e ajeitou os óculos.

– A gente estava virado em uma massaroca no chão quando o Ashish entrou.

E ficou vermelha em seguida, porque pensou no que estavam realmente fazendo naquela massaroca. Rishi sabia, porque automaticamente também pensou nisso, e não conseguia parar de olhar para ela... e Dimple também estava olhando para Rishi.

O garoto limpou a garganta, bem alto, tirando os dois daquele delírio.

– O...k... parece que vocês dois estão... meio que em um impasse e tal. Vou lá embaixo devolver isso. – Sacudiu a chave extra e completou: – Até mais.

Em seguida, se levantou e foi saindo do quarto.

Dimple ficou observando Ashish ir embora. Depois que a porta fechou, virou para Rishi, retorcendo os lábios.

– *Esse* é o seu irmão? – perguntou.

– É. – Rishi soltou um suspiro. – Que foi? Por que sua boca está toda retorcida?

Dimple deu risada, com uma mão no peito.

– Ai, meu Deus. Vocês são tão diferentes. Tipo, nem achei que isso era possível. Não dizem que irmãos têm os mesmos genes e tal?

Rishi passou a mão no cabelo, com força, se sentindo levemente incomodado pelo fato de Dimple estar achando tanta graça daquilo. Aquela situação toda não era nada engraçada.

– É, ele é meio que uma aberração. Tenho quase certeza de que alguém roubou o garoto fofo e legal da nossa família e substituiu por... – Deixou a frase no ar, apontando para a porta.

A garota parou de dar risada.

– Ah, para. Ele não é tão ruim assim – disse, mexendo em uma caneta que estava em cima da escrivaninha de Rishi. – E a gente precisa muito de ajuda, Rishi. Você sabe que sim. Além disso, o que você vai fazer? Mandar seu irmão de volta para casa? Ele veio para ficar com você – concluiu, sacudindo os ombros.

Rishi se segurou para não gemer nem arrancar o próprio cabelo. Será que Dimple tinha razão? Será que ele seria um completo imbecil se insistisse para Ashish voltar para casa? Só havia uma pessoa em quem sempre podia confiar para pedir conselhos.

Rishi pegou o celular na escrivaninha e ligou para o pai.

– *Beta! Kaise ho?*

– Tudo bem, pai. Tenho visita.

Nessa hora, ergueu a sobrancelha para Dimple, que deu uma risadinha.

– *Haan? Kaun?*

O garoto franziu a testa. Quem seu pai achava que era?

– Ashish. – Ele endireitou a postura, porque um pensamento lhe ocorreu: – Não. Por favor, diga que ele avisou vocês que estava vindo para cá.

– Ashish! Ashish está com você? No seu quarto? – Rishi ouviu a mãe no fundo, falando em hindi bem rápido. Conseguiu entender alguns *"kya?!"* e *"kyon?!"* histéricos.

Rishi soltou um suspiro e apertou a ponte do nariz.

– Sim, ele está aqui. Veio de carona com alguém. Achei que vocês sabiam.

Dimple pôs a mão sobre a boca. Rishi não pôde deixar de perceber a leve expressão de admiração que ela fez.

Dimple

– *Haan*, papa, *main usko keh doonga.* Vou falar para ele. *Thikh hai.* Tchau.

Rishi desligou e olhou para Dimple. Seu rosto estava tão enrugado de preocupação que ele parecia ser, pelo menos, dez anos mais velho.

– É melhor eu encontrar Ashish antes que ele apronte alguma. Tremo só de pensar. Tudo bem você ficar sozinha aqui um minutinho?

– Claro. Quer dizer, posso voltar para meu quarto, se você precisar de um tempinho só com ele.

– Não, fique. A gente precisa ensaiar. Além do mais, ainda não estou preparado para você ir embora agora.

Rishi deu um sorriso, se abaixou e deu um beijinho de leve em Dimple. E aí sumiu.

CAPÍTULO 40

Dimple

DIMPLE se jogou na cadeira e ficou mexendo a esmo no computador. Aquilo era mais do que esquisito. Ashish não era nada parecido com o que ela esperava, de como pensava que o irmão mais novo de Rishi seria. O garoto já havia dito que Ashish era bem diferente dele, mas aquilo era muito mais do que diferente. Dimple não sabia nem o que pensar. Parecia que Ashish era filho de outros pais. Sinceramente, parecia muito mais o irmão mais novo de Dimple do que de Rishi.

Mas tudo estava fazendo mais sentido. Era por isso que Rishi fazia tanta questão de fazer exatamente o que os pais queriam. Já tinha dito isso, mas Dimple não tinha entendido direito. Era o único filho da família que fazia o que os pais queriam. Ashish devia dar tanta dor de cabeça que Rishi tinha vontade de facilitar as coisas, melhorar a situação para os pais.

"Mas isso não é justo", Dimple se pegou pensando, ficando brava. Por que Rishi era o responsável por deixar os pais felizes e Ashish podia fazer o que bem entendia? Por que virou obrigação de Rishi ser absolutamente responsável e obediente, só porque seu irmão não era? Ela sentiu uma pontada de mágoa contra os pais de Rishi, por não se darem conta do quanto estavam deixando o filho infeliz com suas expectativas injustas e irreais.

A garota se levantou e começou a andar de um lado para o outro, para dissipar um pouco da raiva antes que Rishi e Ashish voltassem. E foi aí que ela viu.

A bolsa de Rishi, pendurada aberta na coluna da cama. O caderno estava meio que caindo, cheio de desenhos, repleto do talento e da arte do garoto. Dimple pensou só por um segundo e foi até lá.

Passou os dedos na espiral da parte de cima, sentindo a pressão do metal frio em sua pele, tornando as pontas de seus dedos brancas. Rishi era ciumento com os desenhos. Não gostava que qualquer pessoa visse, mas estava prestando um grande desserviço a si mesmo e aos outros. Não fazia ideia do quanto o mundo precisava de sua arte. A sociedade estava praticamente conclamando gente que trabalhava de corpo e alma em algo que ia além si mesmo. Além do mais, Rishi tinha deixado Dimple ver o caderno de bolso. Com certeza não se oporia.

Tirou o caderno da pasta e começou a folheá-lo. Os desenhos mais antigos datavam de três anos atrás. E, à medida que ia virando as páginas, tinha a sensação de ter nas mãos um guia do talento de Rishi, do tempo e da dedicação que ele tinha empenhado para aperfeiçoar suas habilidades, com atenção e amor. Seus personagens pareciam mais vivos, mais reais. Apesar de ele ter desenhado várias coisas e pessoas – prédios, a casa dele, o que pareciam alunos na cantina de uma escola chique –, continuava voltando a Aditya. Com o passar do tempo, Aditya foi se tornando cada vez mais palpável, mais substancial. Suas expressões mudaram, se tornaram mais fluidas e dinâmicas, mais complexas. Nos desenhos mais recentes, Aditya tinha começado a se apaixonar por uma garota de cabelo preto, cacheado e bagunçado. Esses desenhos eram de antes de Dimple e Rishi terem se conhecido. Destino? E, quanto mais virava as páginas, a quantidade de desenhos diminuía. Ela sentiu uma dor no peito. A arte de Rishi estava desaparecendo. Como não havia ninguém para lhe dizer o quanto era bom, o quanto precisava continuar desenhando, o garoto estava deixando sua arte morrer. Dimple viu a dor naquelas páginas

– quando Rishi voltava a desenhar, retratava cenas detalhadas, cada folha de cada árvore, vívidas, cheias de vida.

Aditya tinha um ar de reprovação nos últimos desenhos. Seus olhos suplicavam ao artista para continuar com ele só mais um tempinho, não esquecê-lo, não relegá-lo àquelas páginas vazias. Dimple sentiu um nó de verdade na garganta. Aquilo estava errado. Ela não podia, em sã consciência, simplesmente ficar parada olhando enquanto o talento de Rishi murchava como uma pobre plantinha em um porão escuro.

Antes que desse tempo de se convencer do contrário, Dimple pegou o celular e começou a tirar fotos dos desenhos mais recentes de Rishi, concentrando-se em Aditya. Já tinha tirado seis fotos quando ouviu a voz dos dois irmãos no corredor, falando alto, discutindo. Com o coração disparado, pôs o caderno de volta na pasta de Rishi, foi para o outro lado do quarto e se sentou de novo na frente do computador. Guardou o celular no bolso, respirou fundo e tentou fazer uma expressão que não fosse de: "Não sou culpada de bisbilhotar nem de qualquer outra atividade ilícita".

Nem precisava ter se dado a esse trabalho. Quando os garotos entraram, a discussão estava tão acalorada que nem sequer olharam para ela.

– Você é tão puxa-saco – disse Ashish, que entrou passando a mão pelos cabelos, irritado, deixando-os espetados para todos os lados. – Sério que você tinha que ligar para eles no instante em que eu saí do quarto? Fala, foi tipo um impulso físico? Síndrome de bonzinho se manifestando?

– Puxa-saco! Sério? – berrou Rishi, com os olhos brilhando de raiva, coisa que Dimple ainda não tinha visto. – Você pode me xingar o quanto quiser, Ashish, mas nossos pais não faziam ideia de onde você estava. Você tem ideia de como a mamãe estava preocupada? Por acaso sequer te *ocorreu* pensar em alguém mais além de si mesmo?

Meu Deus. Dimple devia mesmo ter ido para o seu quarto. Tinha um pressentimento de que os dois não faziam ideia de que ela estava ali, testemunhando aquela briga muito, muito íntima. Por ela, iria embora agora, mas os dois estavam bem no meio do quarto, bloqueando o acesso à porta. Será que devia limpar a garganta, para os irmãos perceberem que estava ali? Será que devia levantar e ir embora mesmo assim, só passar no meio dos dois? Dimple decidiu pela estratégia de "limpar a garganta", mas o som foi engolido pela risada amarga de Ashish.

— Ah, sim, sou tão egoísta por querer viver a minha vida! Por querer ter o mínimo de espaço, onde meus pais não fiquem baforando no meu cangote o tempo todo, caramba! Sinto muito, *bhaiyya*, mas nem todo mundo pode ser um filho altruístas, obediente, daqueles que poderiam muito bem ser personagem de uma daquelas sagas cafonas de *Ramayana* que a mãe gosta!

— Tenha o mínimo de respeito! — rugiu Rishi. — Eles são nossos pais! Você não pode falar deles assim!

— Quem foi que disse? — retrucou Ashish. Na mesma hora, Dimple conseguiu enxergar os dois crianças, na época do Fundamental, tendo uma briga muito parecida para ver quem ia escolher o desenho para assistir na TV. — Pode até ser surpresa para você, mas você não pode controlar o que eu faço ou deixo de fazer!

— Pode até ser uma surpresa para você, mas *eu não quero fazer isso*!

No silêncio mortal que se seguiu, os dois irmãos ficaram se olhando feio, e o celular de Dimple tocou.

— Droga! — exclamou. A garota pôs a mão no bolso, sabendo que, agora, tanto Rishi quanto Ashish estavam olhando para ela, com uma expressão desolada, como se tivessem esquecido completamente da sua existência. O que, provavelmente, tinha acontecido. – Desculpa. — Dimple deu um sorriso envergonhado. — É a minha colega de quarto — explicou. Tocou a tela e atendeu a chamada: – Alô?

— Oi! Eu me dei conta que a gente não chegou a combinar que horas vai sair para jantar. Ou, tipo, nem pensou onde vai jantar.

Dimple ouviu Transviolet tocando ao fundo, aquela bandinha alternativa meio dor de cotovelo, o que significava que Celia devia estar deprê por causa do Evan, por mais que não quisesse admitir. Soltou um suspiro e falou "desculpa" para os garotos, sem emitir som. Rishi lhe deu um sorriso tenso, mas Ashish só se esparramou na cama e ficou mexendo no próprio celular.

– *Áhn*, é, não sei direito... Que tal lá pelas sete? Se você quiser, pode subir aqui no quarto do Rishi. Estou aqui agora, é o 406.

Dimple praticamente conseguiu *enxergar* Celia ficando de orelha em pé.

– *Aaaah*, você está no quarto dele? Não sabia que era isso que vocês iam fazer! – A garota deu uma risadinha, obviamente animada com a ideia. – Que legal! Vocês estão se pegando? Tipo, neste exato momento, você estava em pleno...

As bochechas de Dimple pegaram fogo. A garota não conseguia nem olhar para Rishi.

– *Não*, mas eu preciso muito desligar. A gente tem que ensaiar para o show de talentos, sabe? – Falando nisso, Dimple ainda não sabia qual seria a apresentação de Celia. Quando tinham conversado, na noite anterior, a amiga lhe disse que ainda não tinha se decidido e não estava muito a fim de falar a respeito com ela. Até onde Dimple sabia, Celia e os *Aberzombies* não estavam nem se falando. – Mas sobe aqui lá pelas sete. Ok, preciso desligar. Tchau. – E desligou, se sentindo levemente culpada. Celia, provavelmente, só estava se sentindo só. Mas Dimple tinha que lidar com o constrangimento entre Ashish e Rishi. – Desculpa – repetiu, apontando para o celular. – Era a minha colega de quarto. Só queria saber quais são nossos planos para o jantar.

– Legal – disse Ashish, mal tirando os olhos do celular. Seus dedões voavam pelo teclado.

Rishi olhou feio para o irmão e declarou:

– Você precisa voltar para casa. Eu te levo.

Ashish parou de mandar mensagens loucamente e ergueu os olhos; as sobrancelhas grossas sumiram no meio do cabelo.

– Você está falando sério? Tipo, já?

Rishi abriu os braços. Dimple suspeitava seriamente que, se ele fosse um cara violento, teria esganado Ashish.

– É, estou falando sério. Você não me ouviu? A mamãe e o papai estão morrendo de preocupação por sua causa. Você não pode simplesmente virar as costas para eles e achar que eu vou te acobertar.

– Não estou pedindo para você fazer isso. Eu ia ligar depois.

– Depois quando? Os dois podiam até ter ligado para a polícia, se é que você não sabe, mas você ia… – Rishi deixou a frase no ar e passou a mão no queixo. – Não consigo nem…

E olhou para Dimple, com cara de "Dá para acreditar nessa palhaçada?".

Ela conseguiu dar um sorriso amarelo.

– Bom, não vou embora. – Nessa hora, Ashish soltou o celular na cama. – E, a menos que você ache que pode me carregar no colo até o seu carro… – ameaçou, sacudindo os ombros.

Rishi fez que ia pular em cima dele, e Ashish levantou os braços para se proteger.

Isso de novo, não. Dimple levantou.

– Agora chega! – falou, com um tom mais agressivo do que pretendia.

CAPÍTULO 41

Dimple

OS DOIS irmãos congelaram e olharam para ela, surpresos.

– Olha, sei que vocês dois estão se odiando agora. – Dimple enfiou as mãos nos bolsos de trás da calça, porque estavam tremendo. Ela não tinha nada a ver com aquilo. Mas simplesmente não conseguia mais aguentar aquela briga. E, já que não podia ir embora, ia assumir o controle daquela situação esquisita. – Mas, a meu ver, é obvio que estamos em um impasse. Não vamos conseguir resolver nada, tipo, nem brigando e nem... – nessa hora, apontou para os dois – ... seja lá o que vocês estavam prestes a fazer. – Respirou fundo e continuou: – Então, o que eu tenho a propor é o seguinte. – Antes de falar, olhou para Rishi. – Podemos ir jantar lá pelas sete, o que é dentro de noventa minutos. Enquanto isso, vamos ensaiar, aperfeiçoar nossos passos de verdade. O Ashish pode comentar, se quiser. E aí, depois do jantar, vocês podem conversar de novo, mais calmos, e chegar a um plano para o Ashish.

– Sério? Você quer ouvir os meus conselhos? – o garoto deu um sorriso triunfante e olhou para o irmão, que revirou os olhos e sacudiu a cabeça.

– Pode ser – resmungou Rishi. – Ela só está falando isso para ser simpática. E tudo bem. Já que você está bancando o adolescente, acho que vamos ter que fazer isso – concluiu. Em seguida, olhou feio para Ashish, que ainda estava sorrindo.

– Eu não falei só para ser simpática, mesmo – corrigiu Dimple, aliviada pelo fato de os dois terem concordado. – A gente precisa de ajuda, muita ajuda, caso você não tenha percebido, Rishi. Não falta tanto tempo assim para o show de talentos.

Ashish sentou na cama de Rishi e esticou as pernas.

– Então, quanto tempo vocês ainda têm até o curso terminar, só para saber?

Dimple sentiu um nó na garganta e piscou bem rápido.

– *Áhn*, pouco mais de três semanas.

Ela percebeu, pelo canto de olho, que Rishi tinha ficado inquieto, mas o garoto não disse nada. Talvez, no fim do curso, eles simplesmente… iriam embora. Cada um para o seu lado. Dimple tinha deixado bem claro que não queria nada sério, certo? Então, por que Rishi ia querer algo além disso? Ela deveria se conformar com isso. Era melhor assim.

A garota se virou para Ashish, tentando afastar aqueles pensamentos confusos.

– Só fale o que você acha. Onde a gente pode melhorar? O que está muito esquisito?

Ele balançou a cabeça e pegou o celular.

– Posso até filmar, se vocês quiserem. Ajuda muito quando a gente se assiste. É isso o que eu faço quando tenho jogo.

– Ótimo. – Dimple deu um sorriso. Não estava muito animada com a ideia de se ver dançando, mas e daí? Precisava do dinheiro do prêmio. – Vamos fazer isso.

Trinta minutos depois, quando Dimple e Rishi caíram no chão, embolados, mais uma vez, Ashish apertou um botão no celular e parou de gravar.

– Posso dar uma sugestão? – perguntou.

– Sim, por favor – respondeu Dimple, debaixo de Rishi. Ele rolou para o lado e a ajudou a levantar. Dimple esfregou o braço – tinha

batido no queixo do garoto, que acabou se revelando surpreenden-
temente pontudo e perigoso.

– Ok, olhem só. – Ashish virou o celular para que os três pudessem ver e voltou o vídeo até a parte em que Dimple fazia seu solo de
três segundos. Assistiram a ela movimentando os quadris para lá e
para cá, sacudindo os braços no ar. Dimple ficou vermelha. Ashish
deu pause no vídeo e ficou olhando, com cara de expectativa, para
um e depois para o outro.

– Que foi? – perguntou Rishi, franzindo a testa.

– Para mim, fica bem claro… – declarou Ashish, olhando para
os dois como se fossem burros – …que a *Dimple* é quem realmente
tem talento aqui. Não está dando certo porque o *bhaiyya*, Rishi,
ficou com o papel principal. A gente precisa encontrar uma música
em que a Dimple dance a maior parte do tempo.

– Ãhn, *não* – disparou Dimple, bem na hora em que Rishi falou:
– Ai, meus deuses, você tem razão.

Os dois se olharam. Dimple foi espremendo os olhos, até fazer
cara feia para Rishi.

– Eu não vou dançar em cima daquele palco sozinha.

Rishi pôs a mão em seu braço, que estava quente e suado.

– Você não precisa fazer isso. A gente só vai escolher uma música
em que eu dance bem pouquinho.

– Mesmo assim, as pessoas vão ficar olhando para mim a maior
parte do tempo. – Dimple sentiu seu rosto ficando empipocado, só
de pensar. – Não consigo fazer isso. Não consigo. Não consigo. – E
ficou olhando, desesperada, de um irmão para o outro.

Ashish ficou pensativo por um instante, e sorriu em seguida.

– Tudo bem. Tive uma ideia.

Rishi

Rishi ficou observando seu irmão coreografar a nova dança,
fazendo vídeos em 360 graus dele e Dimple dançando. O garoto
até continuou gravando depois que eles pararam de dançar para

conversar sobre os passos, só para "capturar essa experiência louca", como definiu.

Quando Dimple ficava em dúvida se conseguiria fazer algum passo, Ashish assumia o papel de treinador, elogiando-a, para que ganhasse mais autoconfiança, e brincando com ela, sem nem deixar transparecer que era isso que estava fazendo. Até a garota concordar, sem perceber que tinha concordado. Rishi só conseguia pensar "uau". Há anos não via o irmão mais novo tão dedicado a algo que não tinha nada a ver com basquete. Nunca tinha visto Ashish tão animado com algo que não lhe traria nenhuma vantagem. Ele estava sendo... altruísta.

Esse pensamento pegou o garoto tão desprevenido que ele tropeçou. E Dimple, que estava prestes a dar um rodopio e ir parar nos braços dele, saiu rodopiando pelo quarto, sem Rishi.

– *Ops*, desculpa – falou.

Em seguida, deu um sorriso matador – assim esperava –, ao ver que Dimple tinha parado de rodopiar e estava fazendo cara feia para ele.

– Ah, talvez esteja na hora de dar um tempo mesmo – comentou Dimple, ficando com uma expressão menos irritada.

Isso era algo que Rishi andava reparando, cada vez mais: quando sorria, conseguia suavizar a irritação dela, deixá-la menos na defensiva. Só de pensar ficou feliz, quase delirante, principalmente porque não achava que era possível fazer Dimple ficar menos na defensiva, muito menos que ele seria a pessoa capaz de fazer isso.

Ashish deu pause no vídeo.

– Ótimo. Isso é muito bom. Podemos repassar de novo depois, mas acho que vocês estão muito perto de ter em mãos uma coreografia completa. Só precisam ensaiar um pouco mais e estarão prontos.

Dimple respirou fundo.

– *Aaah*, obrigada. – E deu um tapinha no braço de Ashish, meio sem jeito.

Como ela não gostava de demonstrar afeto fisicamente, Rishi teve certeza de que estava sendo sincera. Ficou se perguntando se deveria sentir uma pontada de ciúme – Dimple se dando tão bem com o seu irmão mais novo, mais descolado e mais musculoso –, mas só sentiu aquela coisa terna, quase melosa no peito. Como se seu coração estivesse recoberto de Nutella esquentada no micro-ondas. Dimple olhou para o relógio e avisou:

— Ok, são vinte para as sete. Vou descer rapidinho até o quarto e tomar banho antes de jantar. Posso encontrar vocês dois lá embaixo, no saguão.

— Espera, espera, espera. — Rishi a abraçou pela cintura, lhe deu um beijo ardoroso e demorado, depois sorriu, com a testa encostada na testa de Dimple. — Ok, agora você pode ir.

Dimple foi embora sorrindo, sentindo-se nas nuvens.

Depois que ela saiu, Rishi se virou para Ashish, que estava revirando os olhos para aquela demonstração pública de afeto.

— A gente ainda precisa conversar sobre a mamãe e o papai. — Ashish fechou a cara, e Rishi foi logo completando: — Mas obrigado. Por nos ajudar. Foi muito legal da sua parte.

Ashish sacudiu os ombros, e aquele velho muro de defesa estava de volta. Rishi tentou ignorar o peso da decepção que o esmagava.

— É. A Dimple é legal, sabe? Tomara que vocês ganhem esse negócio.

Parecia que o garoto estava falando com um conhecido qualquer, um conhecido de quem nem gostava muito. Rishi engoliu em seco e passou a mão na parte de trás da cabeça, que estava suada.

— É, *ãhn*, também vou tomar banho. Vamos jantar e aí a gente conversa para combinar quando vou te levar para casa.

Ashish se esparramou na cama e começou a mandar mensagens pelo celular. Nem olhou para Rishi enquanto o irmão falava com ele.

Rishi soltou um suspiro, pegou a nécessaire e a toalha e foi até o banheiro, no final do corredor.

CAPÍTULO 42

Dimple

ERAM sete e vinte, e Dimple estava sozinha no saguão.

Como Celia não estava no quarto nem respondera à sua mensagem, ficou ali sentada, ouvindo as risadas e as conversas dos outros alunos, que se preparavam para sair no sábado à noite (ou ficar no campus, em certos casos: José e Tim tinham acabado de receber uma pizza. Disseram que estavam se preparando para um fim de semana de maratona de programação). Mandou mensagem para Rishi há um minuto, mas a resposta ainda não havia chegado. Então, provavelmente, era agora ou nunca.

Dimple respirou fundo e abriu o aplicativo de e-mail no celular – já tinha um rascunho salvo, que escrevera depois do banho, mas ainda não tivera coragem de mandar. O burburinho das vozes se transformou em um leve rumor quando ela começou a ler o que tinha escrito.

Para: leotilden@leotilden.com
De: codegirlgg@urmail.com
Assunto: Nos conhecemos na Mini Comic Con da UESF

Oi, Leo,

Não sei se você vai se lembrar de mim, mas nos encontramos na Mini Comic Con da UESF, há duas semanas. Eu estava com um garoto, Rishi Patel, e você comentou a fantasia dele: kurta de brocado grosso, calças de seda e uma gada pintada à mão. Você perguntou se ele tinha algum desenho para lhe mostrar, e Rishi disse que não. Disse que não estava fantasiado de nada em especial.

Mas aí é que está: ele mentiu.

Você é o ídolo do Rishi, sempre foi. Ele assistiu cada vídeo que você já fez e estudou cada quadrinho que você já desenhou. Sou programadora: adoro tudo que se refere à programação e tecnologia. É uma paixão. Mas, para o Rishi, a arte é muito mais do que isso: é quem ele é. Faz parte dele. Tinta e sangue correm juntos pelas suas veias. E é isso o que o assusta. O Rishi acha que ama demais essa arte. E tem medo que ela o devore.

Só que eu acho que desperdiçar isso – nunca mostrar para o mundo – é o que ele realmente deveria temer. Porque realmente acredito que a arte do Rishi é capaz de mudar o mundo.

Bom, espero não ter sido muito melodramática. Na MCC, o Rishi estava fantasiado de Aditya, um super-herói indiano, Deus do sol, que ele desenha desde que tinha 15 anos. Anexei alguns desenhos no e-mail. Espero que você enxergue o mesmo que eu quando olho para eles.

O e-mail do Rishi é: platpanicfan@urmail.com

Muito obrigada,
Dimple Shah

Dimple já tinha anexado as fotos que tirara. Só faltava apertar o *enviar*. Respirou fundo. Ficou com o dedo pairando no botão. Rishi ia surtar se soubesse o que ela estava fazendo. Mas o garoto precisava de ajuda. Precisava de um cutucãozinho, para ver o que estava perdendo, o que poderia ter. Seus pais não iam fazer isso, Ashish não ia fazer isso. Só sobrava ela. Dimple não estava fazendo um favor para Rishi, estava fazendo um favor para a humanidade.

Então, apertou o botão e ouviu um *vuuuush*. Ou seja: o e-mail estava sendo enviado para Leo. Dimple se recostou, tremendo de leve, meio com medo, meio eufórica. A barulheira de fundo, que tinha sido abafada, voltou com tudo e a esmagou.

Agora não tinha como voltar atrás. Só precisava esperar e ver no que aquilo iria dar.

Rishi

A fila do banheiro estava grande, todo mundo estava se arrumando para o fim de semana. Quando Rishi terminou de tomar banho e escovar os dentes, já eram sete e meia.

— Droga — falou, assim que entrou no quarto e viu o relógio no móvel de cabeceira.

Ashish levantou da cama, ficou olhando para o irmão por alguns instantes e sentou de novo.

— Cara, onde é que você estava?

— Você mandou mensagem para Dimple? Meu telefone tocou? — Rishi correu até seu celular, que tinha deixado carregando. Quer dizer, pelo menos o máximo que dava para correr só de toalha. Tirou o aparelho do carregador. Além da mensagem: "Você já está descendo?", enviada há dez minutos, a garota não mandou mais nada. — Droga, ela deve estar brava.

Foi logo enviando uma mensagem: "Desculpa, a fila do banheiro estava uma loucura. Já estou me vestindo".

— Por que você não pegou meu celular e mandou uma mensagem para a Dimple? — reclamou.

Em seguida, abriu a porta do armário para se tapar, deixou a toalha cair no chão e vestiu a cueca e a calça jeans.

— Ah, claro, você não veria problema nenhum se eu pusesse minhas patas no seu celular.

— Desta vez, eu não teria me importado, não. Já passou meia hora do horário que prometemos encontrá-la, Ashish, anda logo. — Começou a sentir aquela pressão tão conhecida, latejando atrás dos olhos. Era como uma dor de cabeça de irritação, permanente, que tinha sempre que Ashish estava por perto. Vestiu um suéter leve e saiu de trás da porta do armário. – Pronto, vamos.

Os dois desceram de escada, e Ashish estava distraído, de um jeito estranho. Não parava de olhar para o irmão. Mas, quando Rishi olhava para ele, ia logo desviando o olhar.

– Que foi? – Rishi acabou perguntando, se segurando para não perder a paciência. – Por que você está fazendo isso?

Ashish ergueu a sobrancelha, e aquela posição do maxilar, em perpétua defensiva, ficou levemente mais pronunciada.

– Fazendo o quê? O que eu estou fazendo de errado agora? Respirando muito devagar? Piscando muito rápido?

Rishi soltou um suspiro. Às vezes, simplesmente não valia a pena.

Os dois entraram no saguão e o olhar de Rishi pousou em Dimple na mesma hora, como se seu corpo reconhecesse imediatamente onde ela estava. A garota virava o celular de um lado para o outro, sem parar, com uma expressão meio atordoada, meio feliz. Seu sorriso era encantador: mal dava para perceber, como se tivesse guardando um segredo bom demais para ser só dela. E foi aí que levantou o olhar, viu Rishi, ficou vermelha e deixou o celular cair no chão quando tentou guardá-lo na bolsa. Rishi não conseguiu controlar o sorriso que se esboçou em seu rosto. Estava tão, tão feliz com o fato de fazê-la corar, assim como ela também o fazia corar.

Atravessou o saguão bem rápido, sem esperar por Ashish.

– Oi – falou, quando já estava bem perto, puxando-a pelo braço de leve. Deu um beijo no seu nariz e completou: – Desculpa ter demorado tanto.

– Ah, não foi nada. – Dimple sorriu e ajeitou os óculos no nariz, desviando o olhar, como se estivesse com vergonha. Provavelmente, por causa de Ashish. Deve ter ficado constrangida com aquela demonstração de afeto na frente dele. – Recebi sua mensagem. E, na verdade, a Celia ainda não chegou. Não consegui falar com ela. Ela apareceu no seu quarto?

Nessa hora, a garota olhou para Ashish, que finalmente tinha alcançado os dois.

Rishi sacudiu a cabeça.

– Não, mas fiquei tanto tempo fora… – Rishi virou para o irmão, sem se soltar de Dimple, e perguntou: – Ela não apareceu, né?

Ashish sacudiu os ombros, como se não desse a mínima para tais banalidades, tipo saber onde a companheira de quarto de Dimple estava. Rishi ficou se perguntando se o irmão ensaiava aquele jeito folgado enlouquecedor na frente do espelho, ou era algo natural. Ninguém da família – nem Rishi nem seus pais – seria capaz de dar essa demonstração de indiferença que beirava a arrogância.

– A gente pode ir? Estou morrendo de fome – respondeu o garoto.

Dimple olhou para o celular, franzindo a testa.

– Pode, acho. Mandei mensagem para ela. Espero que a Celia responda depois e me conte o que está acontecendo. Será que ela voltou com o Evan?

Os três saíram. Como estava frio, Dimple vestiu o capuz, e Ashish soprou o ar.

– Cara, que nevoeiro – falou, olhando em volta.

– É só o Karl – Dimple e Rishi disseram, ao mesmo tempo, como se morassem há séculos em São Francisco.

Rishi olhou para ela, e os dois caíram na gargalhada. Os olhos de Dimple brilhavam, como se fossem pedras preciosas pretas e úmidas, mesmo com o capuz escondendo quase todo o seu rosto. Meus deuses, Rishi bem que gostaria de poder levá-la no bolso.

– O…k – balbuciou Ashish, revirando os olhos. Foi o seu tom de voz: Rishi não precisava olhar para o irmão para saber que ele estava revirando os olhos. – Não lembro de estar assim ano passado. – Falou isso todo ofendido, como se Rishi tivesse invocado o nevoeiro de propósito, para estragar a estadia dele.

O engraçado é que Rishi não se importou tanto. O comportamento de Ashish era tão irritante quanto molhar as mangas quando a gente lava as mãos. Mas, sabe-se lá como, na presença de Dimple, aquilo não o incomodava tanto. Não parecia tão ofensivo, tão imperdoável.

A verdade é que… Dimple tornava tudo mais suave. Funcionava como um esfuminho, aquela ferramenta de desenho que borra linhas duras, transformando-as em curvas suaves. Rishi segurou a mão da garota, e Ashish ficou atrás dos dois, já mandando mensagens pelo celular de novo e fingindo que eles não existiam.

— As suas mãos estão geladas. Você está nervosa?

Nessa hora, deu um sorriso para ela e ergueu as sobrancelhas, fazendo cara de vilão, já esperando que Dimple fosse dar risada, lhe dar um tapa ou um soco nas costelas.

Em vez disso, a garota engoliu em seco. Tipo, literalmente engoliu em seco. E deu um sorriso muito, muito alegre. Alegre demais.

— Não? Como assim? Por que você disse isso? Nervosa com o quê?

CAPÍTULO 43

Rishi

RISHI franziu a testa. Era impressão ou todo mundo estava estranho aquela noite?

– Eu só estava brincando – respondeu. Apertou a mão de Dimple de leve e perguntou: – Tudo bem a gente ir a um restaurante português? Estava pensando, quem sabe o Rios? É meio longe, mas o Ashish é fanático por caldo verde, e o deles é tão bom, então...

– Por mim, tudo bem. Celia ia me dizer o que queria comer, mas acho que ela vai ter que encarar. Se aparecer.

Dimple soltou um suspiro.

– Por acaso ela está tendo problemas com o *Aberzombie* número dois? – indagou Rishi, tentando não deixar o desgosto transparecer em sua voz.

– Acho que sim – respondeu Dimple, dando mais um profundo suspiro, que fez seus ombros se erguerem. – Estou com tanta pena da Celia... Aqueles caras estão sendo horríveis por causa do show de talentos, e ela estava toda chateada por causa disso. Não leva desaforo para casa, você sabe, mas essa gente a deixa muito nervosa, dá para perceber.

Nessa hora, olhou para Rishi. Mas, por causa do capuz, o garoto só conseguiu ver metade de um olho.

– Vou calar a boca. Sei que você despreza os caras.

– Não, eu queria saber. Eu gosto da Celia. Quem sabe o Maximo deixa ela entrar na nossa equipe.

Dimple lhe deu um sorriso de gratidão.

– Pensei nisso também, mas ela não queria que eu perguntasse. Ah, bom, tenho certeza de que tudo vai se resolver. Talvez a Celia só esteja precisando de uma noite para pensar e tal.

– Talvez – respondeu Rishi, pensativo. – Ei... – Olhou para trás, para se certificar de que Ashish não ia ouvir. Não deveria nem ter se dado ao trabalho; o garoto estava de novo entretido com o celular, enquanto seus dedos faziam uma dança furiosa em cima do teclado. Era bem possível que aquele não fosse o melhor momento para ter aquela conversa. Mas a ideia tomou conta dos pensamentos de Rishi, ao ponto de ele não conseguir mais controlá-la.

– Sim?

A garota olhou para ele, mordendo o lábio por dentro. Aqueles lábios... Rishi tinha praticamente certeza de que seria capaz de escrever um poema épico sobre eles.

– A gente vai embora daqui a três semanas. – O nevoeiro sugou a mínima entonação da sua voz, e a frase saiu neutra, sem vida. Rishi tentou de novo: – Quer dizer... A Insônia Con vai acabar. E vamos voltar à vida real.

Quando Dimple respondeu, sua voz saiu fraca. Estava olhando direto para a frente, e Rishi não conseguiu ver seu rosto.

– É. Também tenho pensado nisso.

– Tem? Mesmo? – Não conseguiu decifrar se ela estava feliz, triste ou sei lá o quê. Tinha a sensação de ter uma pedra no estômago, que moía lentamente os seus órgãos. – E o que você andou pensando, exatamente?

Dimple olhou de relance para o garoto e foi logo desviando o olhar.

– Não sei – respondeu, baixinho.

– Certo. – A pedra agora estava em cima do seu peito. – Você não sabe...

– Você vai para o MIT. E eu para Stanford, do outro lado do país.

Suas frases saíram sem emoção. Parecia que a garota estava lendo um manual de instruções. Karl, o nevoeiro, fez o nariz de Rishi arder. De repente, ele ficou bravo, de um jeito irracional, com o fenômeno climático.

– Certo. – Rishi engoliu em seco, ainda segurando a mão de Dimple. Não queria ser o primeiro a soltar, mas será que estava tornando tudo aquilo ainda mais difícil para ela? – Então você… você está querendo dizer…

– Eu estou dizendo que essas faculdades ficam em lados opostos do país. – Dimple olhou bem para Rishi, por trás dos óculos, com ar inquisidor, e continuou caminhando. – Então seria burrice, certo? Tentar continuar com isso? – Ela falou de um jeito que deu a impressão de que queria que Rishi argumentasse, e isso deixou o garoto com o coração mais leve. A pedra no estômago/peito se encolheu. Ainda bem. Só que aí Dimple ficou olhando para a rua de novo. – Quer dizer, todo mundo fala que relacionamento a distância é a pior coisa que existe. Tipo, é só um jeito idiota de passar o primeiro ano da faculdade… comprometido com alguém.

– Certo, certo – comentou Rishi, como se estivesse seriamente refletindo sobre os argumentos dela. – Mas, quer dizer, as pessoas falam todo tipo de bobagem sobre a faculdade. Tipo, você já ouviu falar que quem entra na faculdade engorda oito quilos durante o primeiro ano, né?

Ela soltou uma risada debochada.

– Já. Que burrice.

– Exatamente. *Exatamente.* – Nessa hora, Rishi deu um sorriso. – E todo aquele papo de fraternidade? As pessoas realmente acham que fazer parte dessas coisas é o único jeito de se dar bem na faculdade.

– Verdade – concordou Dimple, pensativa. – Como se pagar para ter amigos realmente enriquecesse a experiência de fazer faculdade.

– Isso! – Rishi deu risada e ficou olhando para Dimple até ela olhar para ele também. A garota estava sorrindo. A pedra se transformou em um monte de mel quente e grudento. Puxou a mão da garota de leve e insistiu: – E aí…?

Dimple sacudiu os ombros e respondeu:

– Acho, *āhn*… acho que a gente pode tentar ver se dá certo e tal.

Só que estava com um sorriso tão grande que não conseguiu terminar a frase do mesmo jeito indiferente que tinha começado.

Rishi segurou seu braço, puxou Dimple para perto e a levantou pela cintura. A garota ficou gritando, indignada. Então a pôs no chão e segurou seu rosto gelado, sabendo que Ashish estava observando os dois, provavelmente com uma expressão de crítica.

– Então a gente vai fazer isso? Vamos dar uma chance de verdade para esse lance?

– Desde que esse lance não envolva *shaadi* por pelo menos uma década – respondeu Dimple, cutucando o peito de Rishi.

O garoto deu risada e beijou Dimple de leve, sentindo seu cheiro de jasmim e coco.

– Dimple Shah – falou, ainda com a boca colada na dela –, se eu puder fazer isso regularmente, fico feliz em deixar o casamento de lado por, pelo menos, um *século*.

Dimple

O Rios era um restaurante aconchegante, com paredes de azulejo azul e branco, chão de cortiça e janelas que se abriam para as ruas da cidade. Todas as mesas de madeira tinham lampiões acesos. Dimple soltou um suspiro, feliz com o calor do ambiente, afofou o cabelo úmido e sentou no sofazinho de veludo. Rishi sentou do seu lado, e Ashish se jogou no sofá da frente.

Um arrepio meio histérico percorreu seu corpo ao ver as mãos dos dois, lado a lado, em cima da mesa. Tinham combinado de namorar a distância. A distância. *A distância.* Ela tinha ido para São Francisco tão aliviada de poder dar um tempo de tudo – da constante falação da mãe e de tia Ritu sobre maquiagem, roupas e o M.I.I. –, e estava indo embora dali com um namorado sério. Um namorado que, na verdade, os *pais* tinham escolhido para ela. Um namorado em quem atirou café gelado na primeira vez que o viu. Parecia que isso tinha acontecido há uma eternidade. Mas, na verdade, fora há menos de um mês.

"Você tem certeza disso?", perguntou uma vozinha irritante, que ficou cutucando sua cabeça.

"Claro que tenho", pensou Dimple, sorrindo para Rishi na luz do lampião. "Isso é bom. É perfeito."

"Você simplesmente mentiu para ele. Eu não chamaria de isso de 'perfeito'", disse a vozinha, com um tom definitivamente passivo-agressivo.

Mas Dimple não tinha mentido, só omitido informações. Ter mandado aqueles desenhos para Leo Tilden foi uma coisa *boa*. Rishi lhe agradeceria depois, quando Leo escrevesse para ele, confirmando o que Dimple já sabia: que Rishi era um gênio.

"Mesmo que a gente deixe de lado a mentira – o que, na minha opinião, não deveríamos fazer – ainda resta a questão desse relacionamento. Que, para começo de conversa, você nunca quis. Acha mesmo que vai ser algo sem compromisso? Para você ou para Rishi? Está preparada para isso? Preparada *de verdade*?"

A garota desejou que a vozinha se engasgasse no próprio cuspe e morresse.

– Tudo bem? – perguntou Rishi, colocando um cacho úmido atrás da orelha dela.

– Tudo, claro – respondeu Dimple, se endireitando no sofá e se obrigando a sorrir. – Por quê?

– Parece que você está a um milhão de quilômetros de distância. E está assim desde que saímos do dormitório. – Ele franziu a testa, juntando as sobrancelhas grossas, e se virou para Ashish. – Você também. O que… É alguma coisa na água? Alguma coisa que eu estou fazendo?

Ashish olhou para o celular e, em seguida, tamborilou os dedos na mesa.

– O que foi? – perguntou, de repente, levantando a cabeça e olhando para os dois. É claro que não tinha ouvido uma palavra do que Rishi dissera.

CAPÍTULO 44

Dimple

DEPOIS que Rishi comentou, Dimple notou que Ashish de fato parecia meio estranho. Poderia presumir que tinha algo a ver com o fato de ele e Rishi estarem brigados, e o garoto ter que ir embora quando era tão óbvio que não queria ir. Só que a estranheza só começou quando estavam a caminho do Rios. Dimple franziu a testa e notou que Ashish olhou para o celular de novo.

O telefone de Dimple apitou.

Cadê você?

– É a Celia, finalmente! – disse para Rishi, enquanto digitava: *No Rios. Cadê VOCÊ??*

O celular tocou de novo.

Longa história.

Dimple ficou esperando. Mas, pelo jeito, a amiga não revelaria mais nada. Estava cada vez mais curiosa.

Vem jantar com a gente. O irmão do Rishi está aqui também. Alerta: ele é bem… adolescente.

Chego em cinco.

Cinco minutos? Será que Celia estava andando pelo bairro? Dimple pôs o celular na mesa, com a tela para baixo, e falou para Rishi:

– Ela vai chegar daqui a alguns minutos.

– Ah. – O garoto tomou um gole d'água. – Será que ela já estava aqui perto com os *Aberzombies*? Está tudo bem?

Dimple sacudiu os ombros. Por um lado, estava feliz por ter aquele mistério para distraí-la da vozinha irritante.

– Não faço ideia, mas acho que já já vamos descobrir.

Ashish estava observando os dois com atenção, do outro lado da mesa. Mas, quando Dimple cruzou olhar com ele, o garoto virou o rosto.

O sininho da porta tocou, e Celia entrou, com uma cara perturbada e exausta. Seu rosto estava corado, por causa do frio úmido, e seu cabelo, bagunçado. Mesmo assim, estava fabulosa, como sempre, de capa de chuva comprida fúcsia e botinhas *peep-toe* de salto anabela. Argolas enormes de pedrinhas brilhavam em suas orelhas. Sorriu quando viu Dimple e Rishi e foi se aproximando da mesa, desabotoando a capa. A garota tinha aquele ar de "estrela de cinema" natural, e Dimple teve vontade de conseguir odiá-la. Só que a amiga parecia tão nervosa – seu olhar se movimentava para todos os lados, pousando em Ashish por um breve segundo, depois em Rishi, depois em nada – que Dimple não tinha coragem.

– *Eeeeei* – falou. – Até que enfim!

Celia ficou de pé, perto da mesa, em vez de sentar ao lado de Ashish. Deu um passo para a frente e meio que se virou para Dimple.

– *Áhn,* você pode… você pode me encontrar no banheiro?

Dimple franziu a testa e perguntou:

– Tudo bem?

– Só… – Celia apontou para onde ficavam os banheiros, dando um sorriso transtornado. – Por favor?

Dimple balançou a cabeça e ficou olhando a amiga se afastar, apressada.

– Que droga foi essa? – perguntou Rishi, olhando para Celia.

– Não faço ideia… – Dimple saiu do sofazinho, depois de Rishi levantar. – Já volto.

Correu até o lado direito do restaurante e entrou no banheiro minúsculo.

Celia estava parada, olhando-a pelo espelho, e seu cabelo cor de caramelo brilhava sob as luzes indiretas. Estava com olheiras fundas. Foi se virando devagar, com as mãos entrelaçadas, nervosa.

– O que está acontecendo? – perguntou Dimple, já se aproximando para segurar o braço de Celia. – Você está bem? Está machucada? O Evan fez alguma coisa?

– Eu-e-o-Ashish-ficamos-não-me-odeie.

Celia olhou para a amiga, de olhos arregalados, com uma expressão tensa.

Dimple ficou se perguntando se *era* para entender aquilo. Seria francês? E aí a palavra enorme e sem sentido que Celia pronunciou começou a se dividir em palavras menores e mais compreensíveis. "Eu e o Ashish ficamos. Não me odeia." A garota soltou o braço da amiga. Ficou olhando para Celia. Que, com certeza, estava uns doze centímetros mais alta do que ela por causa daqueles saltos ridículos.

– Como assim?

– É verdade. – Celia ficou andando de um lado para o outro no banheiro, feito uma galinha chateada, e a sua capa aberta ficava batendo atrás dela, parecendo uma asa enorme. – Desculpa. Apenas… aconteceu.

– Mas… você nem conhece ele. – E, na mesma hora, Dimple teve certeza de que isso não era verdade. Como ela sabia disso? Porque Celia, que não era indiana, tinha pronunciado o nome do garoto corretamente. Não "Ash-ish", como se escreve, mas "A-shish". E também – e isso era ainda mais importante – ela tinha quase certeza de não ter mencionado o nome do irmão de Rishi para Celia.

A garota parou de andar de um lado para o outro, olhou para Dimple e explicou:

– Só que não. A gente se conhece.

Rishi

– Do que você está falando, caramba? – perguntou Rishi, olhando bem para o irmão. O seu irmão de 16 anos que, pelo jeito, estava se dando bem, com garotas que mal conhecia, fazendo muito mais sucesso do que ele. Quem *era* aquele garoto?

Ashish passou as mãos pelo cabelo comprido. Um cacho caiu no seu olho, e ele não o tirou dali. Rishi teve vontade de arrancar aquele cacho da cabeça dele.

— Mano, você sabe que eu já vim para cá, fazer aquele treinamento de basquete. E aquela garota é, tipo, arroz de festa. Estava em todas as festas que eu fui no verão passado.

Rishi ergueu as mãos, em um gesto de desespero.

— Então, obviamente, quando você a reviu, a primeira reação apropriada era ficar com ela. *No tempo que eu levei para tomar banho.*

Ashish olhou para o irmão com uma expressão defensiva.

— A gente não *transou*. Não dava tempo para isso. A gente só fez outras coisas. Você ficou fora quase quarenta minutos!

Rishi soltou um gemido e segurou a cabeça com as duas mãos.

Dimple

— Como foi tão rápido? — perguntou Dimple. Estava sinceramente curiosa. Como é que aquilo acontecia?

— Vocês, tipo, só disseram "oi" e aí se agarraram?

Celia soltou um gemido e abaixou a cabeça: seus cachos bateram na cintura de sua calça jeans *skinny*. Tinha tirado a capa e jogado em cima do balcão.

— Tipo isso. Rolou uma química entre a gente, no verão passado, quando nos encontramos em todas aquelas festas, ficamos conversando, dando risada, paquerando e mandando mensagens, mas não rolou nada. Eu tinha uma namorada na época… Nada sério. Mas, mesmo assim… Então parecia que a gente estava só retomando de onde tinha parado. E, como a gente sabia que vocês estavam nos esperando, era, tipo, uma emoção a mais.

Dimple fez careta e advertiu:

— Meu Deus. Não estou nem um pouco interessada em saber.

Um silêncio se fez, e Celia soltou um suspiro.

— Desculpa. Sei que não é legal ficar com parentes das amigas, ainda que sejam parentes por tabela.

Dimple sacudiu a cabeça.

– Eu só quis dizer que tenho pena de você. – Deu uma risadinha e completou: – O Ashish é meio... instável.

Celia franziu de leve a testa.

– Não notei. Além do mais, não precisa ter pena de mim. Quer dizer, não estou planejando fazer isso de novo nem nada, é só constrangedor. Ele ficou me mandando mensagem porque, depois que a gente deu uns beijos, eu surtei, me dei conta do que estava rolando e saí correndo. Só consegui responder que eu estava bem. Fiquei andando por aí desde então, tentando pôr a cabeça no lugar. Eu me sinto tão culpada...

Dimple ficou se perguntando se tinha perdido algum detalhe.

– Culpada por quê? Eu te disse que eu não ligo.

Celia olhou para a amiga, de sobrancelha erguida.

– Não só por sua causa, sabe? Lembra do Evan? O cara que estou namorando?

Dimple teve a sensação de estar em um universo paralelo.

– Você está se sentindo culpada porque vai deixar o Evan chateado. O Evan, que estava tentando te obrigar a ficar com a *prima* dele só para ser o ponto alto da apresentação de vocês no show de talentos?

"O Evan, que ficou com mil outras garotas desde que vocês começaram a namorar?" Essa parte Dimple não disse.

Celia sacudiu os ombros e ficou mexendo na fina pulseira de ouro que estava usando.

– É complicado.

Dimple abriu a boca para dizer que, sim, na sua opinião, misoginia *é* complicado. Principalmente porque é uma coisa integrada na estrutura da sociedade, o que torna difícil perceber quando um cara está sendo um completo escroto com você. Mas fechou a boca de novo.

– *Hmmm...* – acabou dizendo, na esperança de que a interjeição pudesse ser confundida com compreensão, e não com sarcasmo. – E aí? O que você vai fazer?

– Não sei – respondeu Celia. – Tenho a impressão... Tipo, mesmo ano passado, quando eu e o Ashish só ficamos conversando e tal, tive a impressão de que para ele era mais do que uma simples ficada. Que, tipo, talvez esteja apaixonadinho por mim. E isso me faz sentir ainda pior, como se eu estivesse me aproveitado, sabe? Ele é só um menino que está no Ensino Médio.

— Bom, não fale como se você fosse uma papa-anjo e tal – comentou Dimple. – Você acabou de se formar no Ensino Médio. Tem 17 anos, e ele, 16. A diferença não é tão grande assim.

— Ainda tem uma grande diferença em relação ao momento de vida de cada um. Eu estou me preparando para entrar na UESF, no próximo semestre, e ele só vai jogar basquete com o time do colégio – concluiu Celia, fazendo careta.

"Isso é meio injusto", pensou Dimple. Se Evan era o seu parâmetro de "homem", era melhor Celia só conhecer meninos pelo resto da vida. Mas segurou a língua.

— Então só seja sincera com Ashish. Quer dizer, ele é um cara legal. Merece saber que não tem chance. E aí, quem sabe, vocês podem deixar pra lá o constrangimento.

CAPÍTULO 45

Rishi

– **NÃO** toca no assunto, Ashish, custe o que custar. – O garoto tinha sorte de ter um *bhaiyya* como Rishi, disposto a cuidar dele. – Sério, se a Celia tentar comentar, desconversa. Fala de outra coisa. Posso te ajudar também, quando ela vier para a mesa. Não vai dar em nada.

– Sério? – perguntou Ashish, meio que duvidando. "O que não deixa de ser ingrato", pensou Rishi. – Não seria melhor falar logo com ela? Saber o que a Celia acha disso?

– Errado. – Rishi sacudiu a cabeça. – Muito errado. Olha, Ashish, você pode até ser pegador. Mas, pelo jeito, gosta mesmo dessa garota. – Como seu irmão ficou corado, *corado* mesmo, Rishi continuou: – E é por isso que eu sei do que eu estou falando. – Apontou para onde Dimple estava sentada, antes de ir ao banheiro, como quem diz: "Preciso dizer mais alguma coisa?". – As meninas não gostam de caras carentes. Querem alguém confiante, seguro de si. A Celia vai entrar na sua quando perceber que você é assim. Todo esse constrangimento vai passar. – Nessa hora, avistou um borrão fúcsia no outro lado da coluna, bem no meio do restaurante. – Ok, elas estão voltando. Lembra do que eu falei: não toca no assunto.

Ashish soltou um suspiro e olhou para o teto, como se estivesse pedindo instruções para os deuses. "Ele não precisa disso", pensou Rishi. "Ele tem a mim."

Rishi levantou para Dimple conseguir sentar no lugar dela, e Ashish foi mais para lá, para Celia conseguir sentar no sofá. Rishi fez um "joinha" em pensamento. Não conseguia acreditar que o irmão tinha mandado mensagens para Celia sem parar desde o instante em que ela saiu do quarto. Se Rishi soubesse que Ashish estava sendo tão pateta, teria esmigalhado seu celular. Isso só provava que um cara pode até ser pegador, mas, para ter um relacionamento de verdade com uma mulher, é preciso experiência. O que, obviamente, Rishi tinha. Apertou a mão de Dimple por debaixo da mesa, ela lhe mostrou a língua e se fingiu de vesga.

– *Áhn*, então, acho que todo mundo nesta mesa sabe o que rolou – declarou Celia, olhando primeiro para Ashish, depois para Rishi, que balançou a cabeça. – Ok – continuou a garota, virando-se para Ashish. – Olha, desculpa por ter ignorado as suas mensagens, eu estava surtando. Quem sabe a gente pode conversar mais tarde, depois do jantar?

Ashish trocou um olhar rápido com Rishi, que ergueu as sobrancelhas e sacudiu a cabeça discretamente. Seu irmão limpou a garganta. Rasgando o porta-copos de papel, falou:

– Ah, bom, talvez não haja necessidade disso.

Rishi mordeu o lábio por dentro, para não sorrir de orgulho. Seu irmão mais novo – que ainda estava naquela fase desengonçada, com cotovelos, joelhos e pomo de adão proeminentes –, aprendendo tanto com seu *bhaiyya*. Dimple se remexeu ao lado dele, inquieta. Celia fez cara feia para Ashish e insistiu:

– Como assim? Por que não? Você me mandou uma mensagem dizendo que queria conversar.

– É, mandei – respondeu Ashish. – Mas só porque estava preocupado com você. Já passou.

Há! Há há há. Rishi estava tão orgulhoso de Ashish. E, para ser sincero, de si mesmo.

Dimple

– Já… passou?

"Para quem não queria ficar com um 'menino do Ensino Médio', Celia até que está bem magoada", pensou Dimple. A amiga estava com as bochechas vermelhas e os olhos brilhando, como se fosse chorar ou estivesse pensando seriamente em fazer isso. Engoliu em seco e olhou para Dimple, que balançou a cabeça, para apoiá-la. Qual era o problema de Ashish, caramba? Se ele gostava mesmo de Celia – e Dimple tinha lido algumas das mensagens; parecia gostar mesmo –, por que estava sendo tão indiferente? E também ficava dando aquelas olhadinhas sutis para Rishi. Dimple olhou para o namorado e franziu de leve a testa. O garoto estava balançando a cabeça discretamente para o irmão, erguendo as sobrancelhas. O que…

– Por acaso você não teria nada a ver com isso, teria? – perguntou Dimple, mais alto do que pretendia.

Rishi levou um susto e olhou para ela, já ficando com as orelhas vermelhas. Lançou um olhar para Ashish e olhou de novo para ela.

– *Hein*? Como? A ver com o quê? Do que você está falando?

Dimple fez uma cara desconfiada e olhou para Ashish, que olhou para ela com uma expressão de agonia, praticamente gritando "Socorro".

– Ah, com… Ashish, se você está a fim de conversar com Celia, deveria conversar. Já. Vocês dois deveriam ir para outro lugar, sozinhos, sem interferência de ninguém… – nessa hora, olhou bem séria para Rishi, que abaixou a cabeça e resmungou algo – …e simplesmente conversar.

Ela percebeu que estava sendo protetora em relação aos dois, o que foi um choque. Jamais tinha se sentido assim em relação a ninguém, a não ser, talvez, seu pai.

Agradecidos, Celia e Ashish levantaram do sofazinho e saíram pela porta.

Depois que os dois foram embora, Dimple se virou para Rishi, inclinou a cabeça e indagou:

– Sério? *Você* dando conselhos sentimentais para o seu irmão?

Rishi ficou de queixo caído.

— Não precisa ofender! — Dimple continuou olhando para ele, até o garoto ceder e dizer:

— Tá, ok. Eu realmente achei que ia dar certo.

A garota deu risada e apoiou a cabeça no ombro do namorado, adorando a sensação daqueles músculos firmes.

— Pelo menos, suas intenções foram boas.

O garçom se aproximou, e Dimple pediu bacalhau à Gomes de Sá, assado com cebola e batata. Rishi pediu caldo verde sem linguiça. Depois que o garçom foi embora, o garoto segurou a mão dela por cima da mesa. Dimple ouviu seu sorriso, apesar de Rishi estar virado para o outro lado, com os olhos fixos nas mãos entrelaçadas dos dois.

— Não acredito que a gente vai tentar namorar a distância.

Dimple deu uma risada debochada.

— Por quê? Porque eu sou um pé no saco?

Rishi se virou para ela, com um brilho nos olhos.

— Não, porque…

O silêncio se prolongou.

Meu Deus. Ele… O quê? Será que Rishi ia dizer… *aquilo?* Aquelas três palavrinhas?

— Você… — Dimple ficou olhando para ele, tentando fazê-lo desembuchar com a força do pensamento. Vai, vai, vai. Fala logo, bobo. Porque eu… também.

"Eu também", pensou de novo, e seu mundo se encheu de cores com essa percepção repentina. Muito, muito. Dimple teve que usar todas as suas forças para não abrir um sorriso de orelha a orelha e se jogar nos braços de Rishi por cima da mesa.

Só que o garoto limpou a garganta e tomou um gole d'água. Quando voltou a falar, disse:

— Eu só estou muito feliz porque a gente vai fazer isso.

Dimple deu um sorriso sem graça, decepcionada, mas sem querer demonstrar. Talvez tenha sido melhor Rishi não ter se declarado. Isso só complicaria as coisas, né? Tornaria tudo mais sério? Já era uma loucura os dois namorarem a distância depois de se conhecerem há apenas seis semanas.

— Eu também. Mas não vai ser fácil, sabe?

Ele apertou sua mão e concordou:

— Eu sei. Mas a gente consegue. Tipo, a gente começou tudo quando você estava determinada a me odiar.

A garota deu risada.

— Verdade. Eu achava, sério, que você ia me impedir de ganhar.

— E agora?

Rishi olhou para Dimple com um olhar sedutor, dando um sorriso, e o coração dela deu vários pulinhos.

— Agora sei que sou muito sortuda por ter você na minha equipe.

Nessa hora, o sorriso de Rishi se alastrou, como se soubesse que Dimple não estava só falando dos aspectos da parceria ligados ao desenvolvimento web.

— Seu pai vai ficar tão impressionado quando você ganhar.

Ela respirou fundo, tensa.

— Tomara. Quero muito que ele consiga usar o aplicativo, sabe? Quero que o papai saiba o quanto significa para mim todos os sacrifícios que ele fez.

— Tipo o quê? — perguntou Rishi, e era óbvio que ele não estava perguntando só por educação. Queria mesmo saber mais sobre o pai dela.

Dimple se recostou no sofá. Com a mão livre, ficou mexendo no guardanapo.

— Ele teve uma infância difícil, mas nunca toca no assunto. A mamãe me contou que o pai dele bebia e tinha uns ataques de fúria. A mãe dele, minha *daadi*, o irritava de propósito, para que batesse nela e poupasse meu pai. Quando o papai ficou mais velho, tentou convencê-la a ir embora, mas a *daadi* não quis. E, quando se casou com a mamãe, e os dois decidiram vir morar nos Estados Unidos, meu pai tentou convencer a *daadi* a vir também, mas ela disse "não". Papai não ganhava muito dinheiro no início. Mas, mesmo assim, mandava metade para ela. Acho que tinha esperança de que a mãe guardasse o dinheiro escondido e, uma hora, criasse coragem para se separar. Mas a *daadi* morreu quando eu ainda era bebê. Só que ninguém contou a verdade para o meu pai. A explicação oficial é que ela caiu de uma escada. — Nesse momento, Dimple sacudiu a cabeça.

– O papai tem uma alma sensível, bondosa, sabe? O oposto de mim e da mamãe. Eu entendo que uma experiência dessas pode mudar a pessoa, torná-la mais dura, transformá-la no monstro que tanto odiava. Mas, com o papai, não foi assim. Quando muito, aposto que ele se aproveitou disso para ser um marido e um pai melhor.

Rishi levou a mão de Dimple aos lábios.

– Ele deve ser incrível.

Dimple sorriu para Rishi, deixando transparecer o delicioso arrepio na espinha que sentiu quando os lábios do garoto tocaram sua mão.

– Ele é.

– E a sua mãe?

Ela encolheu os ombros, e o arrepio se foi na mesma hora.

– É… a mamãe. Acredita que o meu valor está diretamente ligado à minha beleza e à minha capacidade de arranjar um marido. Não dá a mínima para a minha personalidade nem para a minha inteligência.

– Isso não pode ser verdade. Não tem como ela ver o que eu vejo e pensar isso de você.

Dimple deu um sorrisinho malicioso.

– Talvez você precise ter uma conversa com ela. Tenho certeza de que vou ganhar aquele sermão quando voltar para casa.

– Por que você não vai se casar, é isso?

– É.

A garota soltou um suspiro, ficando desanimada só de pensar nessa conversa.

– Aposto que tem um lado dela que você ainda não viu.

Dimple ergueu os olhos e franziu a testa.

– Como assim?

Rishi ficou fazendo carinho na mão da namorada.

– Sei lá. Ela é sua mãe, sabe? Tenho a impressão de que, se você estivesse sofrendo ou precisasse muito dela, a sua mãe te apoiaria, sem restrições. E talvez exista um lado dela que ainda não te mostrou, que não seja nada do que você espera.

A garota pensou que isso devia ser a mais pura bobagem, mas falou:

– É, talvez. Mas agora me fala dos seus pais.

O garçom pôs na mesa o prato que Dimple pedira, de bacalhau com batata e ovos cozidos cortados pela metade, perfumado e fervilhando. A sopa de Rishi também parecia deliciosa. Mas Dimple pensou que teria preferido com linguiça. Os dois continuaram de mãos dadas, em um acordo tácito, e começaram a comer com a outra mão.

– *Áhn*, vamos ver. O meu pai também teve uma infância difícil. Os pais dele morreram em um acidente, quando ele tinha 6 ou 7 anos. Por isso o papai foi criado por vários parentes, que o tratavam muito mal. Praticamente, chegou à faculdade sem apoio de ninguém e, quando viu a minha mãe, teve certeza de que queria casar com ela. Como não tinha família para ir pedir a mão dela em casamento, ele mesmo teve que fazer isso. E sabia que, provavelmente, os pais dela não o aceitariam: um homem pobre, sem família. Então, só foi lá e disse para o pai da mamãe o quanto gostava dela. E prometeu que, um dia, teria dinheiro para dar a vida que a filha dele merecia. – Nesse momento, Rishi sorriu e comeu um pedaço de batata. – O pai da minha mãe, meu *nana*, virou fã número um do papai depois desse discurso. Foi a única pessoa que ajudou os dois a virem para os Estados Unidos. Até deu dinheiro para o meu pai abrir o primeiro negócio. Que acabou falindo, mas os contatos que ele fez nessa época o levaram a fazer parte do time de primeira da Global Comm.

– Uma verdadeira história do sonho americano – comentou Dimple, sorrindo e tomando um gole d'água.

– E do sonho indiano – completou Rishi. – Meu pai conquistou uma família de verdade, que era o que ele mais queria. Que o apoiou desde o início. Ele e a minha mãe têm um casamento de conto de fadas.

– É isso que você quer? – perguntou Dimple, baixinho, e suas mãos começaram a suar. – Um conto de fadas?

Rishi olhou para ela, com as orelhas vermelhas.

– Originalmente, eu queria uma parceria prática, mas agora acho que ganhei o conto de fadas de todo jeito.

Dimple sentiu suas bochechas ficarem coradas. Deu um sorriso tímido para Rishi, e viu que ele também estava corado e sorrindo.

O garçom tentou empurrar toucinho do céu e mousse de chocolate para os dois, mas Dimple recusou ambos.

– Eu trouxe uma sobremesa para a gente – revelou, depois que Rishi pagou a conta (ele insistiu, apesar de Dimple ter feito de tudo para convencê-lo a rachar).

Os dois saíram do restaurante, em pleno nevoeiro. Dimple estava se sentindo pesada de tanta comida. Fechou o zíper do moletom de capuz bem na hora em que Rishi abotoou o casaco, e os dois se encolheram de leve, no conforto de seus agasalhos. Dimple pôs a mão na bolsa e tirou de lá uma caixinha vermelha, de papelão.

– O que é isso? – perguntou Rishi, espremendo os olhos para conseguir enxergar naquela luz trêmula que vinha dos postes, borrada pelo nevoeiro.

– Isso, meu amigo, são os palitinhos Pocky. São coreanos. – Dimple deu um sorriso, abriu a caixinha e o saquinho laminado e pôs três palitinhos cobertos de chocolate na mão de Rishi. – Uma delícia, a combinação perfeita de biscoito com chocolate, leves como o ar.

Ficou observando Rishi morder o primeiro. Seus olhos foram automaticamente para a boca do garoto, e ela sentiu um calor no rosto. Aquilo andava acontecendo cada vez mais: reagir à mera presença física de Rishi, às diferenças físicas entre os dois. O rosto dele tinha aquela linda barba por fazer, sua pele era áspera comparada com a de Dimple…

– Uau, que delícia! – Rishi praticamente engoliu os outros dois palitinhos.

A garota deu um sorriso e engoliu em seco para dissipar aquela sensação melosa e quente em seu corpo, e entregou a caixinha para ele. Rishi comeu mais três e só então lhe passou a embalagem.

– *Ops*, desculpa. Você quer?

– Não.

Ela só sacudiu a mão. Não tinha como comer agora, porque seu estômago estava sensível, e seus olhos não paravam de se fixar em detalhes como: os pés de Rishi eram maiores do que os seus, os ombros do garoto eram largos, por baixo daquele casaco. Era de se pensar que Dimple jamais tivesse visto um menino na vida.

– Ei, tudo bem? – perguntou Rishi.

Nessa hora, passaram por uma lixeira, e ele jogou a caixinha fora.

Dimple olhou para ele, que estava com a testa levemente franzida, observando sua expressão.

– Tudo. Por quê? – Ainda estava com dificuldade de olhá-lo nos olhos. De repente, se sentia tímida, como... como se houvesse algo novo entre os dois, algo diferente. Depois que tinham combinado de continuar o relacionamento a distância, as coisas pareciam mais pesadas, mais sérias. E Dimple estava permitindo que seu cérebro entrasse em lugares que jamais havia estado antes.

Rishi segurou sua mão e a puxou até um beco escuro entre uma joalheria fechada e uma loja de roupas. A garota se encostou na parede, e Rishi espalmou as mãos, uma de cada lado dela. O coração de Dimple bateu acelerado, de um jeito ótimo, e sua respiração ficou mais rápida.

– Que foi? – perguntou Rishi, tentando decifrar sua expressão. – É... por causa do que a gente conversou? De namorar a distância?

Dimple começou a sacudir a cabeça e logo parou.

– *Ãhn*, mais ou menos.

Estava com dificuldade de falar com aquele perfume amadeirado tomando conta dela, com o calor do corpo de Rishi envolvendo-a mais que o nevoeiro.

– Então, o que foi?

O garoto colocou uma mecha do cabelo de Dimple atrás da orelha dela e, sem querer, ela suspirou fundo e se inclinou na direção da mão de Rishi.

Ele ficou com uma expressão mais relaxada, e os seus olhos se tornaram um fogo cor de mel, dirigindo-se aos lábios da garota, que estavam entreabertos (e ela nem havia se dado conta disso). Parecia que seu corpo era um traidor, agindo sem a permissão do seu cérebro. "Ainda mais considerando o que você estava pensando hoje cedo", tentou intervir aquela vozinha irritante. "É sério que você vai permitir que os hormônios decidam por você, quando há coisas importantes em jogo?" Mas, quando Rishi abaixou a cabeça e beijou seus lábios, e aquela barba por fazer arranhou de leve seu queixo, de um jeito delicioso, o cérebro de Dimple parou de funcionar por completo. Rishi passou os braços pela sua cintura, a puxou bem para perto, e Dimple pôs as mãos no cabelo do garoto, sentindo os fios sedosos entre seus dedos.

Naquele momento, ele pôs as mãos por baixo do seu moletom e da sua blusa, encostando na pele de suas costas, e o sangue de Dimple pegou fogo. Ela fez a mesma coisa em Rishi, pôs as mãos por baixo do casaco e da camisa, para sentir os músculos firmes de suas costas. O garoto soltou um gemido profundo, e Dimple chegou ainda mais perto dele, sentindo como Rishi a desejava, definitiva e desesperadamente...

E, nessa hora, o garoto se afastou, ofegante.

– A gente... *ãhn*, a gente não deve... não podemos fazer isso.

Dimple parou de acariciá-lo e ficou piscando, querendo que ele voltasse para perto e continuasse do ponto onde tinham parado. Sentia as pernas bambas, como se fosse cair. Tinha vontade de sentar. No colo dele. Ou deitar. Com ele.

– Como assim? Você quer dizer aqui? Não podemos fazer isso aqui?

– É, bom, aqui. – Rishi passou a mão no cabelo e completou: – Mas também precisamos parar para pensar no que estamos fazendo. Onde isso vai dar. Não queremos ir longe demais, certo?

Dimple ficou só olhando para ele.

– Longe demais. Tipo...

Rishi balançou a cabeça, com as orelhas e as bochechas vermelhas. Ainda estava levemente ofegante; era visível que estava tentando acalmar seu corpo. Dimple teve vontade de pular em cima dele.

– Sexo. Precisamos conversar antes de prosseguir.

– Certo. Bom... acho que a gente devia prosseguir.

Rishi deu risada e gemeu ao mesmo tempo, passando a mão no rosto.

– Pode acreditar, Dimple, eu também acho. Mas essa não é uma conversa que devemos ter quando os dois estão... – Nessa hora, o garoto apontou para ambos. – Precisamos pensar bem e conversar com a cabeça mais no lugar. Eu, pelo menos, gostaria de fazer isso.

E então ergueu a sobrancelha, em uma expressão de súplica.

Dimple soltou um suspiro e disse:

— Se você está fazendo isso por alguma preocupação antiquada com a minha "honra", não precisa.

Rishi chegou mais perto e segurou as mãos da namorada.

— Não tem nada a ver com a sua honra nem com a minha. Só que eu sinto que devíamos pensar bem antes, em vez de simplesmente ir fazendo. Eu gostaria de ter um tempo para pensar de verdade se queremos dar esse passo agora.

O que Rishi estava dizendo fazia sentido. Seria a primeira vez de Dimple, e a dele também — disso a garota tinha quase certeza. Os dois, definitivamente, não deviam fazer aquilo em uma parede imunda de um beco abandonado, com gatos observando, de cara feia, em cima de uma lata de lixo. E a garota ainda precisava pensar no que aquela vozinha havia dito. Se algo em tudo aquilo valia a pena. Se transassem, o sexo só complicaria ainda mais as coisas. Mas, ainda assim... Um lado dela se contorcia, frustrado por ter sido acuado. Parecia que seu desejo tinha vida própria, e era mandão e imperativo para caramba.

Dimple respirou fundo, se afastou da parede e falou:

— Você tem razão. Vamos pensar nisso e retomar outro dia.

Rishi deu risada e a abraçou forte pela cintura, puxando-a para perto, aninhando-a em seu corpo. Os dois saíram do beco assim, grudados, e Dimple estava se sentindo confusa e frustrada e mais um monte de coisas que não era capaz nem de começar a descrever.

Na terça à noite, Ashish pôs a câmera em um pequeno tripé que tinha comprado e olhava pela tela. Estava levando tudo ainda mais a sério agora que: (a) só faltavam quatro dias para a apresentação e (b) a conversa com Celia naquela noite, depois de saírem do Rios, não tinha sido boa. Não que Celia ou Ashish tivessem comentado nada com Dimple (ou com Rishi). Mas só o fato de não quererem falar nada a respeito além de "está tudo certo" já dizia muita coisa.

Dimple e Rishi assumiram a posição, já usando o figurino, sorrindo, e os primeiros acordes de "Dance pe chance" começaram a tocar.

A garota nem estava mais nervosa. Ok, isso era mentira. Toda vez que pensava em dançar diante de uma plateia cheia de desconhecidos, dali a apenas quatro dias, tinha vontade de vomitar ou de morrer. Ou de pular de um prédio bem alto. Qualquer coisa que a impedisse de se apresentar. Mas ficava pensando no objetivo final. No prêmio. No dinheiro que lhe permitiria fazer um aplicativo mais bem-acabado, o que seria muito melhor a longo prazo. Isso aumentaria as suas chances – as chances dos dois – de vencerem a Insônia Con.

– Você sabia que 78% dos vencedores do show de talentos também venceram a Insônia Con? – perguntou, dando pause no vídeo para ajeitar a tiara.

– Sim, eu sabia, meu bem – respondeu Rishi, dando-lhe um beijinho no rosto. – Você já me disse isso 78 mil vezes.

Ashish, atrás da câmera, deu uma risada debochada, mas Dimple tentou silenciá-lo olhando feio para o garoto.

– Você ainda está gravando? Não é melhor parar quando não estivermos dançando? Você não vai ficar sem memória?

Ashish olhou para ela, com uma expressão perplexa.

– Você faz muitas perguntas quando está nervosa.

– Como assim?

Ele deu um sorriso e sacudiu a cabeça.

– Estou salvando tudo na nuvem, não no meu celular. Como temos uma tonelada de vídeos, é a melhor opção.

"Uma tonelada" mesmo. Tinham passado umas 4 horas na noite anterior assistindo aos vídeos das "sessões de ensaio", como Ashish definiu. Ou "sessões de tortura", de acordo com Rishi. Ele não parava de dizer que o irmão estava bancando o treinador Taylor com os dois, da série *Tudo pela vitória*.

Mas Dimple gostava do empenho de Ashish em seus ensaios. O garoto tinha um olhar natural para coreografia, e tudo o que dizia meio que fazia sentido para ela. Sabia que os dois agora tinham uma coreografia muito melhor naquele momento do que quando tinham começado. Era engraçada e divertida, diferente, descolada o suficiente para conquistarem os votos que precisavam.

Rishi fez carinho no seu rosto e declarou:

– Vai dar tudo certo. Mesmo que a gente não vença, nos entregamos de corpo e alma. É só o que podemos fazer.

Dimple segurou sua mão e disse:

— Eu sei. Mas quero tanto vencer... A gente tem que vencer, sabe? Não só o show de talentos, mas a Insônia Con. A gente *tem* que vencer.

O garoto sacudiu a cabeça, meio atônito.

— Por quê? Você é tão talentosa, Dimple. Mesmo se não vencer este concurso, vai fazer coisas incríveis. Este aplicativo vai transformar vidas.

— Eu sei. É por isso que quero ter certeza de que ele vai ter as melhores oportunidades. — Nesse momento, olhou bem nos olhos de Rishi, tentando fazê-lo enxergar o que ela via. — Esse aplicativo pode ajudar pessoas como o papai; não tenho dúvidas disso. Não estou sendo arrogante, é só algo que aprendi convivendo com uma pessoa que tem diabetes. Vi essa doença se apossar da vida dele. O que ela fez com o meu pai. Que tenta disfarçar, mas a ansiedade é grande. E ganhar a Insônia Con vai me ajudar a ter contato com a Jenny Lindt, a única pessoa que *tenho certeza* de que pode me ajudar a levar o aplicativo para um público maior. Ela é incrível, Rishi. Vocês já devem estar cansados de me ouvir falar isso, mas ela é, mesmo. Tenho a sensação de que só de estar na presença dela meu aplicativo já vai melhorar. Imagina se ela resolve nos ajudar a terminar e divulgar. — Dimple deu risada, percebendo que tinha se exaltado, como sempre fazia quando falava de programação ou de Jenny Lindt. Estava até apertando, com força, o braço de Rishi. — Desculpa — falou, soltando os dedos tensos.

— Tudo bem, foi no braço esquerdo — debochou o garoto. — Não preciso dele mesmo. — Em seguida, começou a fazer a coreografia de "Dance pe chance" com o braço esquerdo duro, parado na lateral do corpo. — Viu só? Funciona do mesmo jeito.

Dimple deu risada e atirou um travesseiro em Rishi.

— Pode parar. — Respirou fundo e completou: — Vamos ensaiar.

— Até que enfim — comentou Ashish, ainda atrás da câmera. — Achei que vocês dois não iam levar isso a sério hoje.

CAPÍTULO 46

Dimple

UMA hora e meia depois, mais ou menos, já tinham ensaiado a coreografia, assistido ao vídeo, e ensaiado a coreografia de novo. Dimple alongou os músculos doloridos. Seu corpo estava coberto por uma fina camada de suor.

– Vou tomar banho. Acho que ensaiamos bastante, né? – perguntou ela, virando-se para Ashish.

– Sim – respondeu ele, confiante. – É melhor não ensaiar demais. Acho que agora vocês dois só precisam relaxar.

– Graças aos deuses – resmungou Rishi, se jogando de costas na cama.

Dimple deu risada e cutucou seu joelho com o pé.

– Que nojo. Você está todo suado, e agora seus lençóis vão ficar com cheiro de suor.

O garoto sentou e segurou o pulso da namorada, fazendo-a cair em cima dele.

– Sei que você adora – falou, passando o nariz no pescoço dela. Dimple ficou toda arrepiada, porque a conversa da semana passada, depois daquele jantar no Rios, veio-lhe à cabeça.

– Pronto, fui – falou Ashish, atrás deles. – Vocês dois precisam ir para a cama.

Dimple olhou para trás, com a sobrancelha erguida. Rishi deu risada, perto do seu ouvido, e seu hálito lhe fez cócegas.

– Ah, certo – completou Ashish, olhando em volta e passando a mão no cabelo bagunçado. – Vocês já estão na cama. Deixa para lá. Estou com fome. Vou almoçar um taco naquele *food truck*. Vocês querem alguma coisa?

Os dois sacudiram a mão, fazendo sinal para ele ir embora. O garoto saiu e fechou a porta do quarto.

Em silêncio, Dimple se virou para Rishi. Ainda estava em cima dele, suas curvas delicadas contrastavam com os músculos firmes do namorado. Podia sentir seu cheiro, quente, de limpeza, com um leve toque de almíscar. Mudou levemente de posição, e Rishi soltou um gemido. Dimple tinha plena consciência de que estava sentindo... alguma coisa. Pressionando sua coxa. Ao se dar conta disso, teve a sensação de que suas juntas estavam quentes e soltas, liquefeitas. Então se aproximou e beijou Rishi, movimentando a língua com um fervor que a surpreendeu.

Um minuto depois que Rishi pôs as mãos nas suas costas e na sua bunda, e Dimple pôs as próprias mãos onde conseguiu encaixar – no rosto, no cabelo, nos ombros incríveis dele –, o garoto a afastou, com delicadeza.

– Espera, espera, espera – falou, ofegante.

Seus olhos estavam sérios e mais escuros, quase só se viam as pupilas.

Dimple encostou os lábios nos de Rishi, de novo, e perguntou:
– Por quê?

Ele virou a cabeça e soltou um grunhido.

– Não terminamos aquela conversa daquele dia, depois do Rios. E você está me enlouquecendo. Vai ser duro parar se continuarmos assim. Quer dizer, já está duro. – Então se virou para Dimple de repente, e viu que a garota estava sorrindo. – Não foi isso que eu quis dizer.

Ela deu risada e fez carinho em seu rosto. Ficou encantada ao perceber que as pálpebras de Rishi foram se fechando.

– A gente não precisa conversar. Pensei no que você disse aquele dia.

O garoto olhou para Dimple de novo, bem sério.

– E?

– E... eu quero, Rishi. Agora.

Dimple não conseguia acreditar que aquelas palavras tinham mesmo saído de sua boca. Então era assim que o desejo se manifestava? Transformava a pessoa em alguém cara de pau, destemido, que pedia o que queria em vez de ficar todo constrangido, como sempre? Talvez Dimple devesse passar mais tempo em um estado de desejo incontrolável.

Rishi olhou bem para ela e perguntou:

– Você quer... Então você está me dizendo que quer transar comigo?

Dimple começou a beijar a orelha dele, a tateá-la com os lábios.

– Quer dizer, por que não? Nós dois somos adultos. Pensamos a respeito. Temos um quarto só para nós. A gente se gosta... – Nessa hora, se afastou e olhou bem séria para ele. – Certo? Você gosta de mim? Isso não é apenas um plano elaborado para me levar para a cama?

O garoto ficou com uma expressão verdadeiramente ofendida.

– O quê? Claro que não! Você sabe que eu jamais...Dimple deu risada.

– Relaxa. Estou só brincando – explicou. Em seguida, encostou a cabeça no peito dele e ficou ouvindo o *tum tum tum* de seu coração. Que era firme, forte, confiável. Depois, fez carinho na clavícula do namorado. – Eu estou pronta, se você estiver.

Rishi fez cafuné em Dimple e segurou delicadamente a sua nuca.

– E os seus pais?

Ela fez uma careta e teve certeza de que seu tom de voz seria capaz de transmitir essa expressão.

– *Áhn*, prefiro deixar os dois fora disso.

O garoto deu risada, e o riso ecoou em seu peito.

– Não, quer dizer, eles não vão ficar decepcionados? Os meus ficariam. Super acreditam que a gente só deve transar depois do casamento. Uma vez, um primo veio nos visitar com a noiva, e os dois pediram para dormir no mesmo quarto. Achei que o meu pai ia morrer de ataque apoplético. Passou o maior sermão neles, falando que os dois estavam decepcionando os próprios pais, ele e a minha mãe e todos os deuses e deusas.

Dimple soltou uma risada debochada.

– Deve ter sido bem interessante ouvir essa conversa. Quantos anos você tinha?

– Tipo uns 11 ou 12. Só fiquei chateado porque não ia mais poder colar o ouvido na parede do quarto dos primos e ouvir algo de interessante durante a noite.

– Eca. – Dimple lhe deu um tapinha no peito, e Rishi deu risada. – Bom, a mamãe sempre me falou que os meninos são cheios de más intenções. Mas acho que nunca ficou muito preocupada comigo. Nunca tive uma legião de caras atrás de mim nem nada. Quando muito, acho que ela sempre teve medo de eu acabar sozinha, rodeada de gatos. – Nessa hora, apoiou a cabeça no cotovelo e olhou nos olhos do namorado. – Mas isso não tem importância para mim, de qualquer modo. É entre eu e você. A decisão é *nossa*. Por que a gente precisa pensar nos nossos pais?

Rishi lhe deu um beijinho na testa e respondeu:

– Porque é isso que a gente faz.

Dimple abriu a boca para discutir, mas fechou em seguida, porque se deu conta de que o garoto tinha razão. Querendo ou não, sempre pensava nos pais quando queria tomar uma decisão importante. Ela se importava com a opinião deles, por mais que quisesse que não fosse assim.

Rishi se afastou e olhou para ela.

– Só que, neste caso, neste caso *bem específico*, concordo com você. Acho que a gente deveria tomar essa decisão sozinhos.

Dimple deu um sorrisinho e o beijou.

– Que bom. Então minha decisão é que você deve tirar a camisa.

Rishi

Rishi teve a sensação de que aquele momento era, ao mesmo tempo, difícil de acreditar e completamente inevitável, se é que isso era possível.

Os dois ficaram ajoelhados na cama, de frente um para o outro. Dimple estava com os olhos arregalados, os lábios levemente entreabertos.

– Você tem...?

Rishi olhou para ela, esperando que completasse a frase.

– Tenho? – E aí caiu a ficha. Dimple estava falando de camisinha. O garoto sentiu o rosto corar, igualzinho ao dela. – Tenho, sim.

Dimple balançou a cabeça, e Rishi desabotoou a camisa. Seus dedos tremiam de leve. Não que estivesse nervoso porque a namorada o veria sem roupa. É porque tinha a sensação de que estavam ultrapassando um limite palpável, irremediável. Não tinha como voltar atrás depois de transar; não tinha como desfazer a profundidade da decisão que estavam tomando.

Quando tirou a camisa, ficou observando o olhar de Dimple, pairando sobre seu peito e sua barriga. E suas mãos, que seguiam esse olhar, bem de perto. Perguntou-se se deveria ter pensado melhor. Será que deveria ter mais dúvidas? Será que deveria ter argumentado mais com Dimple, para ver se ela queria mesmo, de verdade, fazer aquilo e que não se arrependeria depois?

Dimple olhou para Rishi.

– Você é inacreditavelmente lindo – sussurrou, com os olhos brilhando feito duas estrelas gêmeas.

E, então, todas as dúvidas do garoto se dissiparam no ar.

Dimple

Rishi tirou os óculos de Dimple com uma delicadeza que lhe deu vontade de chorar; seus dedos mal encostaram no rosto dela. Em seguida, dobrou as hastes, colocou os óculos em cima do móvel de cabeceira com todo o cuidado e se virou de novo para a namorada.

O garoto pôs as mãos nas suas costas, puxou-a mais para perto e abriu o zíper de sua *kurta*. Ficou parado, com as mãos nos seus ombros, e olhou para ela como se quisesse perguntar algo. Dimple balançou a cabeça, mordendo o lábio, com o coração batendo tão forte que tinha certeza de que seu peito pulava junto com cada batida.

Aí seu sutiã caiu do lado da cama de Rishi, junto com a calça jeans e a calcinha, tudo embolado e quente. Olhou para cima, viu o contorno borrado do corpo dele, tentou interpretar sua expressão.

Que era de... reverência. Não havia outra palavra. Olhava para Dimple como se ela tivesse saído das páginas de seus quadrinhos, uma alma gêmea, em carne e osso, para Aditya; aquela garota rebelde, de cabelos cacheados, ganhara vida.

– *Aah*... – o suspiro escapou sem que Rishi percebesse. O garoto se abaixou e afastou o cabelo dela para o lado só com as pontas dos dedos e ficou beijando delicadamente a lateral do seu pescoço, seu ombro, sua clavícula. – *Lajawab* – murmurou, com os lábios encostados na pele dela.

Dimple soltou um suspiro, e seu corpo se transformou em ouro líquido sob o fogo lento dos lábios de Rishi. Fechou os olhos e deixou ele que a puxasse para baixo, até os dois deitarem na cama.

CAPÍTULO 47

Dimple

QUANDO Dimple entrou no próprio quarto, na hora do jantar, ainda estava sorrindo. Sentia que seus ossos estavam quentes e flexíveis, suas juntas estavam coladas com gás hilariante. As cores pareciam mais vivas, mais reluzentes. E ela nem ligava para o fato de isso ser um clichê.

Estava cantarolando "Dance pe chance" com seus botões quando o volume formado pelas cobertas na cama de Celia se movimentou. Dimple levou um susto.

— Não sabia que você estava tirando um cochilo aqui! Desculpa. Fiz muito barulho?

O rosto que apareceu no meio das cobertas tinha uma barbicha. Dimple gritou.

— Relaxa, cara – falou Evan, esfregando o rosto, mal-humorado, já sentando na cama. Estava coberto até a cintura, sem camisa. Mesmo com aquela barriga tanquinho, a garota não pôde deixar de pensar que preferia o corpo firme de Rishi ao dele. Só parecia mais... honesto, de certa forma.

— Cadê a Celia? – perguntou, mas a porta se abriu, e Celia entrou, usando um roupão verde-limão que mal cobria sua bunda.

– *Áhn* – ficou olhando de Dimple para Evan, sem parar, com as bochechas vermelhas. Seus cachos pingavam água direto no carpete. – Achei que você ia ficar com o Rishi até tarde.

– É, vim buscar a minha carteira. – Nesse instante, pegou a carteira que estava em cima da cômoda e a balançou, para provar. Em seguida, olhou para Evan. – E aí…

Celia se virou para Evan e declarou:

– É melhor você ir embora. Depois a gente se fala.

– Beleuza.

"Beleuza?" Dimple não conhecia ninguém que falasse daquele jeito sem ironia. Teve a impressão de que o garoto estava vestindo a cueca por baixo das cobertas e ficou agradecida por isso. Evan saiu da cama, vestiu a calça e a camisa e passou a mão no cabelo. O silêncio era ensurdecedor. Dimple ficou ali parada, mexendo no zíper da carteira. Celia ficou olhando, sem expressão, para Evan. Finalmente, ele se despediu das duas balançando a cabeça e foi embora sem dizer nada.

As duas suspiraram ao mesmo tempo quando a porta se fechou. Dimple olhou para Celia, tentando não fazer cara de reprovação. Celia apertava os lábios, na defensiva, e seus olhos castanhos brilhavam.

– Que foi? – perguntou.

Dimple levantou as mãos e disparou:

– Não falei nada.

– É, mas pensou. – Celia se aproximou do armário, abriu a porta e deixou o roupão cair no chão. Dimple se virou para o outro lado. – Fala logo.

Dimple soltou um suspiro e foi até a cama. Sentou, com a carteira entre os joelhos.

– Não quero te julgar nem nada, se é disso que você tem medo. Eu só… Esse cara te deixou infeliz. Não quero que você se magoe.

– Não vou me magoar – retrucou Celia, com a voz abafada porque estava vestindo alguma coisa. – Já sou bem grandinha, sei me cuidar. – Fechou a porta do armário e se encostou nela. Estava usando uma calça jeans *skinny* e uma blusa azul violeta com mangas estilo morcego, que deixava seu umbigo à mostra. – O que me faz lembrar de outra coisa: resolvi que vou fazer a tal dança. Com a Isabelle e os meninos.

Depois dessa, ficou olhando para a amiga por debaixo dos cílios, como se estivesse esperando um ataque de fúria. O que Dimple estava determinada a não fazer.

— Certo — falou, cautelosa. — Com aquele lance do biquíni e tudo o mais?

Celia revirou os olhos e foi até a cômoda, abriu vários potinhos de maquiagem e começou a passar tudo na cara.

— É. Não é nada demais, ok?

Dimple ficou mordendo o lábio por dentro, se perguntando se devia simplesmente deixar para lá. Provavelmente. Mas isso jamais a havia impedido de abrir a boca.

— Parecia tudo demais quando ele te falou pela primeira vez, naquele dia, lá na aula. Lembra? Você saiu do auditório chorando.

— É, mas eu só estava exagerando. Olha, você tem um conflito de interesses em relação a esse assunto.

Dimple ficou olhando para a parte de trás da cabeça da amiga, franzindo a testa.

— O que você quer dizer com isso?

Celia olhou para ela pelo espelho, enquanto apertava os cílios com um troço que devia ser um curvex, mas parecia mais um instrumento de tortura medieval.

— É óbvio que você quer que eu fique com o Ashish.

— Não quero! Quer dizer, não é por isso que eu… Admito que acho o Ashish um par melhor para você do que o Evan. — Dimple tentou falar o nome do cara sem vomitar, e praticamente conseguiu. — Mas não é por isso que estou falando. Você me pareceu chateada aquele dia. Esse negócio não tem nada a ver com você, Celia. Sei que você quer entrar para a turma dessa molecada descolada, já que não conseguiu no Ensino Médio e tudo mais…

Celia se virou para ela, com uma expressão fria e vaga.

— Você me conhece há um mês, Dimple.

A garota sentiu um aperto frio no coração. E se levantou bem devagar.

– Não, você tem razão. Sei que, se eu estivesse prestes a cometer um erro, ia querer que a minha amiga me falasse, mas essa sou eu. Mas, de qualquer modo, não dá para ser amiga de alguém com quem você morou por menos de um mês. Então, tudo bem. Eu entendo.

Celia ficou com uma expressão magoada por um segundo, mas aí voltou a se maquiar, em silêncio. Dimple saiu do quarto sem dizer "tchau".

Rishi

Durante o jantar, Rishi buscou o olhar de Ashish, que fez cara de "Vai saber?", e continuou comendo seu frango com guioza (teoricamente, a família inteira era vegetariana, por motivos religiosos. Mas Ashish – óbvio – comia carne sempre que os pais não estavam por perto). Rishi tentou trocar olhares com Dimple, mas ela não parava de enfiar batatas fritas na boca, como se quisesse castigá-las com os dentes. Por um breve segundo, o garoto pousou os olhos na boca da namorada e lembrou… daquilo. Mas aí, sentindo-se corar, afastou esse pensamento. "Agora, definitivamente, não é hora, Patel."

– Tudo bem? – ousou perguntar, já esperando o ataque.

Quando se encontraram, Dimple estava esperando pelos dois irmãos no saguão e, quando Rishi tentou tocá-la, ela lhe deu uns tapinhas nas costas, meio indiferente e com muito mais força do que o necessário. Depois disso, saiu andando, furiosa, até chegarem ao refeitório.

– Tudo – respondeu a garota, rangendo os dentes enquanto mastigava outra batata. – Tudo ótimo. Simplesmente incrível. Maravilhoso. – Depois dessa, ela tomou um gole de Coca e olhou feio para os cubos de gelo, que fizeram barulho. Aí se virou para Ashish e falou:

– Você tem que esquecer a Celia. Não vai rolar.

Rishi viu a cara do irmão cair e se transformar na máscara de indiferença de sempre, e sentiu uma pontada de compaixão. Ele se virou para Dimple e perguntou:

– Por quê? O que foi que aconteceu?

A garota apunhalou o potinho de ketchup que tinha no prato com uma batata frita.

– Ela é uma imbecil – respondeu. Em seguida, se virou para Ashish, com o olhar um pouco mais suave. – Desculpa, cara, mas a Celia está muito a fim do Evan para rolar alguma coisa entre vocês. Por motivos que não sou capaz de imaginar. Tipo, é óbvio que você é a melhor alternativa, mas tenta falar isso para ela... – Nessa hora, soltou a batata no prato e se recostou na cadeira, suspirando. – O amor transforma todo mundo em imbecil, é isso.

Rishi deu um sorriso e comentou:

– É, mas nem sempre isso é ruim.

Dimple deu um sorriso relutante, e o coração de Rishi foi aos céus, voando com asas douradas. Rishi tinha esse poder. De fazer Dimple sorrir mesmo quando estava chateada. Aquela garota sentia por ele o mesmo que ele sentia por ela. Só de pensar nisso, ainda ficava tonto. Mas aí lembrou da dor do irmão, pôs a mão no ombro dele e falou: – Sinto muito.

Ashish deu de ombros e tomou um gole d'água. Empurrou a cadeira para trás e avisou:

– Vou dar uma volta. Mais tarde a gente se encontra, lá no quarto.

Os dois ficaram olhando Ashish ir embora, e Dimple falou, baixinho:

– Você acha que ele vai ficar bem?

– Vai – respondeu Rishi, ainda acompanhando com o olhar o irmão que se afastava. – Ele vai ficar bem. O Ashish sempre cai de pé.

CAPÍTULO 48

Dimple

A NOITE de sábado chegou voando, mais rápido que um foguete. Dimple não se sentia nem de longe preparada para a apresentação.

Os bastidores do palco eram mais escuros do que ela previa. A garota não pisava em uma área dessas desde o Ensino Fundamental. Aquele lugar era grande demais, sério demais, pesado demais. Todo mundo estava falando baixinho, entrando e saindo dos camarins, apesar de a plateia ainda nem ter começado a entrar. Max ficou andando de um lado para o outro, encorajando as pessoas, pondo a mão no ombro de quem estava especialmente nervoso.

Dimple engoliu em seco e se virou para Rishi, na lateral do palco.

– Acho que não vou conseguir. – Apertou com força a *ecobag* em que tinha trazido o figurino e a maquiagem. – Sério. Talvez seja melhor a gente desistir agora.

O garoto sorriu e lhe deu um beijo na testa.

– Não.

Ela ergueu a sobrancelha.

– Por acaso você acabou de me dizer "não"?

Rishi fez uma cara inocente e respondeu:

– Não?

Isso a fez sorrir. Por um segundo.

– Olha, quem sabe a gente fala para o Max que estou doente. Ele não pode nos tirar pontos por causa disso, né? É tipo uma catástrofe natural e tal. Até as companhias de seguro sabem que esse tipo de situação…

Rishi segurou seus ombros e respirou fundo. Ela fez a mesma coisa, sem nem pensar. E, na mesma hora, ficou mais calma.

– Vai dar tudo certo – garantiu ele, baixinho, tentando tranquilizá-la. – Juro.

Seus olhos cor de mel não mentiam.

Dimple balançou a cabeça e, de mãos dadas, os dois entraram nos camarins, nos fundos dos bastidores.

Atrás do palco, reinava um silêncio pesado, tenso, mas os camarins estavam um caos divertido e enlouquecedor. O cheiro de *spray* de cabelo e colônia parecia uma presença física; acotovelava-se no meio das pessoas, abraçando Dimple. Tinha gente se olhando naqueles espelhos com lâmpadas enormes em volta, que eram tão quentes que o moletom leve que Dimple estava usando começou a parecer uma roupa de esqui. Ela abriu o zíper e tirou o casaco, olhou em volta e viu colegas em vários estágios de preparação, com os figurinos e a maquiagem.

– Uau – exclamou.

– Sem brincadeira – falou Rishi, também olhando em volta. Seus olhos brilhavam sob as luzes dos camarins. – Parece que todo mundo é das artes cênicas.

Um garoto vestido de mímico – com o rosto todo branco, os lábios pintados de um vermelho rosado – virou-se para eles, sentado em uma cadeira próxima. – E aí?

Dimple levou quase dez segundos para perceber que era José. Deu risada e respondeu:

– E aí? Belo figurino.

José sorriu, e seus dentes pareciam levemente amarelados, por causa da maquiagem branca.

– Valeu. Mas isso não é nada. Pelo jeito, alguns dos nossos colegas fizeram contato com o pessoal que veio fazer curso de teatro. É por isso que tem uns figurinos tão incríveis. – E apontou discretamente para uma garota de cabelo castanho, Lyric, que estava com um macacão de *lycra* de manga comprida cheio de penas de pavão saindo da bunda, enfeitado com lantejoulas azuis e verdes, e boás de penas pretas com lantejoulas pretas caindo dos pulsos. Parecia uma criatura etérea.

Dimple olhou em volta. Não viu Celia nem os *Aberzombies*. Ficou imaginando o que estaria acontecendo. E aí se distraiu – alguns dos caras tinham maletas completas de maquiagem que pareciam profissionais, com aqueles rolinhos de pincéis e tudo. Ela estava com a sua maquiagem de farmácia, que tinha desde o nono ano, porque sua mãe a obrigou a comprar para usar na comemoração do *Diwali*. Em pânico, olhou para Rishi e perguntou:

– De onde eles sabem como usar essas coisas?

O garoto se aproximou dela.

– A gente não precisa disso – falou, confiante. – Temos talento. É óbvio que essa gente está tentando compensar o que não tem.

Um dos caras com fantasias profissionais passou por eles e olhou feio. Dimple espremeu os olhos para não dar risada.

– Bom, acho melhor eu começar a me arrumar.

Ela se sentou em uma banqueta e colocou a *ecobag* em cima da bancada. Rishi se sentou na banqueta ao lado.

Já tinham vindo com o figurino quase completo. Por sorte, Anushka Sharma e Shah Rukh Khan usavam roupas bem simples no vídeo oficial de "Dance pe chance" – roupas de ginástica para ela; calça, camisa e paletó para ele. Mais um motivo para a escolha de Ashish ter sido tão genial. Agora Dimple podia se concentrar apenas em não errar os passos nem cair do palco.

– A Celia não está por aqui – falou Rishi, apenas.

Dimple não respondeu à pergunta que ele não fez.

– Não.

Concentrou-se em ligar a chapinha – que tinha pedido emprestado para uma garota que estava no mesmo andar que ela e Celia no dormitório e que iria usar peruca na apresentação –, e pôs suas maquiagens sobre a bancada. Base em pó, delineador (e não kajal: sua mãe ficaria tão decepcionada) e gloss. Tentou não pensar no que podia estar acontecendo lá na plateia: a apresentação só começaria dali a quarenta e cinco minutos, mas alguns apressadinhos já teriam sentado. Cada apresentação não devia durar mais do que cinco minutos, e Dimple e Rishi só entrariam no meio do espetáculo. Sendo assim, deviam ter que esperar quase duas horas. *Argh.*

– Ouvi dizer que a plateia vai ser composta por alunos dos cursos de verão de belas artes e teatro – comentou Louis, um garoto loiro e quietinho.

Estava sentado à direita de Dimple, usando terno, com um lenço vermelho saindo do bolso. Havia uma cartola preta, luvas brancas e um buquê de flores de plástico coloridas em cima de sua bancada.

– Mágica? – perguntou Dimple, fazendo sinal com a cabeça para os apetrechos do garoto.

– Faço isso desde que tinha 7 anos – respondeu, concordando. Em seguida, inclinou a cabeça sinalizando seu companheiro de dupla, que estava sentado do seu lado, mexendo no celular. – O Connor vai ser meu assistente. Vou serrá-lo ao meio no fim da apresentação. Acho que a gente tem grandes chances de ganhar.

A tabela de Dimple dizia o contrário. Números de mágica eram concorrentes reconhecidamente fracos.

– Legal – falou ela.

– E vocês? – perguntou o garoto, olhando para Rishi. Que, sem se dar conta, estava ensaiando os passos na frente do espelho.

– A gente vai dançar uma música indiana – respondeu Dimple, sentindo um frio na barriga, de nervoso.

Louis olhou bem para Rishi, que estava rodopiando.

– *Aaah* – disse, bem devagar. – Boa sorte.

Max apareceu, ficou parado entre as banquetas dos dois e sorriu. Era a segunda visita que recebiam em dez minutos. Ashish tinha aparecido antes de Max, só para confirmar que estava preparado, com a música no ponto e tudo. Não parou de falar: "Relaxem, manos, vocês vão ir superbem". Dimple sabia que o garoto estava tentando ajudar, mas teve vontade de bater com a banqueta na cabeça dele. Sinceramente, nervosa do jeito que estava, só conseguia lidar com a presença de Rishi.

– Vocês dois estão prontos? – perguntou Max, olhando para Rishi e para Dimple. Seu sorriso, escondido debaixo da barba e do bigode, diminuiu levemente quando viu a cara de Dimple. Pôs a mão no ombro dela e falou: – Vocês vão arrasar. Vocês ensaiaram. Agora subam lá e se divirtam. Só isso. – Ah, que ótimo. Dimple era uma das pessoas que ganhavam "mão no ombro". Ela balançou a cabeça, engoliu em seco e sorriu. – Dois minutos, ok?

Então Max deu um tapinha nas costas de Rishi e se virou para esperar Louis e Connor terminarem a apresentação de mágica. Pelos poucos aplausos, parecia que o número, àquela altura, não estava indo nada bem.

– Ai, meu Deus – falou Dimple, apertando a barriga. O cabelo recém-alisado caiu no seu rosto. E se começarem a nos vaiar? A gente termina? Ou só faz a reverência e vai embora? Quer dizer, é tão humilhante continuar a apresentação quando as pessoas começam a vaiar, né? E se começarem a jogar coisas na gente? Ouvi falar que os alunos de artes cênicas podem ser bem sem coração, porque tem parâmetros muito altos...

– Não se preocupe – disse Rishi, alongando os braços. Como é que ele conseguia ficar tão relaxado, caramba? *Como?* – Vou ser seu escudo.

Dimple olhou feio para ele e retrucou:

– Não tem graça, Patel.

CAPÍTULO 49

Rishi

RISHI não entendia como Dimple podia estar tão nervosa. Tinham assistido aos vídeos dos ensaios juntos. Ela era incrível, tão *apsara*, que o garoto tinha pena dos outros competidores. Podiam muito bem fazer as malas e ir embora de uma vez.

Fez carinho no braço da namorada e ficou encantado ao ver que a pele dela se arrepiou toda. Dimple era tão incrivelmente linda, mesmo naquela hora, em que emanava aquela energia frenética, nervosa. Seus olhos pareciam aflitos atrás dos óculos (tinha se recusado considerar a possibilidade de tirá-los para dançar, com medo de cair do palco, por mais que não enxergasse tão mal assim), e ela não parava de engolir em seco, compulsivamente. "Deve estar tão cheia de ar que bem poderia levantar voo do palco, feito um balão", pensou Rishi, sorrindo. Mas, provavelmente, não devia dizer aquilo para ela.

Segurou a mão de Dimple, e os dois foram andando pela lateral do palco. Ouviram a plateia bater palmas, desanimada, quando Louis e Connor terminaram sua apresentação. Max deu uma piscadela para Rishi e para Dimple, entrou no palco e apresentou os dois.

– Tem tanta gente aqui – murmurou Dimple, espiando a plateia pela cortina.

Rishi aproveitou a oportunidade para dar uma última olhada para a namorada. Não ligava muito para o show de talentos, a não ser pelo fato de que era importante para Dimple. Era um cara de sorte; o fato de não se importar o deixava extremamente não nervoso. Ficou olhando para a veia que pulsava levemente no pescoço de Dimple, para seus ombros encolhidos. Ela queria tanto aquilo. Tanto, tanto.

Deu um beijo nas têmpora da garota e sussurrou:

– *Tujhme rab dikhta hai* – uma fala exagerada do filme de onde tinha saído a música que escolheram para dançar. Significava "vejo Deus em você". Viu que ela sorriu e revirou os olhos, e completou:

– Eu te amo.

Dimple levou um susto e se virou para o namorado, de olhos arregalados, bem na hora em que Max disse o nome dos dois. Rishi deu um sorriso e a arrastou até o palco.

Dimple

Estava tudo escuro quando entraram no palco. Dimple olhou para o vulto de Rishi, bem ao seu lado. Ouviu o silêncio absoluto da plateia. Algumas pessoas se remexeram nas cadeiras, outras tossiram. Sentiu a própria respiração.

"Eu te amo."

Ele tinha mesmo, finalmente, dito as três palavras. Rishi a amava. Quando as luzes se acenderam, Dimple estava sorrindo.

A música começou, e a garota começou a dançar. Sabia que Rishi estava fazendo sua parte, mas não se concentrou nele. Não se concentrou no que a plateia estava vendo, apenas continuou dançando, do jeito que tinha ensaiado a semana toda, do jeito que seu corpo sabia que deveria dançar. E, misturado com a música e a batida, não parava de ouvir "Eu te amo. Eu te amo. Eu te amo".

E aí a música terminou. Ela e Rishi se aproximaram para cumprimentar a plateia, e o teatro inteiro aplaudiu.

Rishi

Os dois saíram do palco correndo, assim que as luzes se apagaram. Dimple estava rindo tanto que Rishi ficou com medo de que ela fosse cair dura no chão. Estavam de mãos dadas de novo. Só que, desta vez, era Dimple que arrastava o namorado para fora do palco.

– Ai, meu Deus – disse ela. – Ai, meu Deus; ai, meu Deus; ai, meu Deus. A gente conseguiu.

Rishi deu um sorriso e abraçou sua cintura.

– *Você* conseguiu. Você foi incrível.

Dimple se virou para ele enquanto se dirigiam aos camarins e parou bem ao lado de uma dupla que estava alongando os músculos posteriores da coxa. Tinham parado de se alongar para mandar um joinha para os dois.

– Eu te amo – ela declarou.

Os olhos dela brilhavam tanto que mais pareciam uma estrela cadente.

O coração de Rishi explodiu, em milhares de cores. O mundo estava pegando fogo. Segurou o rosto dela e a beijou como se não houvesse amanhã.

Dimple o beijou com uma vontade febril. Ele sentiu o gosto de sal do seu suor. Quando pararam de se beijar, Rishi deu um sorrisinho e falou:

– Eu já sabia.

A garota deu risada e segurou no braço dele, e os dois voltaram para os camarins.

– Você acha que a gente tem chance de vencer? Todo mundo, pelo jeito, amou. Acho mesmo que temos uma boa chance.

– Com certeza temos. Uma ótima chance.

– Muito bem, pessoal! – Era Ashish, que vinha correndo na direção dos dois, sorrindo.

Dimple se virou e perguntou:

– Você acha mesmo? A gente foi bem?

– Bem? – Ashish ofereceu o celular. – Pode ver com seus próprios olhos. Vocês pareciam a Anushka e o Shah Rukh lá no palco.

Nessa hora, Ashish pôs um pedacinho do vídeo. Rishi ficou perplexo. Sabia que Dimple se saíra bem, mas estava distraído com a própria coreografia. Agora, vendo o que o irmão tinha visto da plateia, estava impressionado. Dimple parecia uma *dançarina*. Não alguém que tinha resolvido fazer aquilo para um show de talentos, mas alguém que fazia isso sempre. Pegava fogo em cada passo; seus quadris eram mágicos.

– Você deveria ser dançarina profissional – comentou. Em seguida, assobiou e completou: – Tipo, *uau*.

Dimple deu um sorriso e ficou corada, linda. E começou a estapeá-lo de brincadeira.

– Fico tão feliz que deu certo. Quero muito ganhar esse dinheiro.

– E vai ganhar – comentou Ashish, sendo absolutamente sincero.

O coração de Rishi se encheu de amor pelo irmão mais novo.

Dimple

Dimple estava zonza de tanta felicidade. Ficou parada na frente do espelho, tirando a maquiagem com o demaquilante que José lhe emprestara. O garoto parecia sinceramente animado por Rishi e por ela, e Dimple achou isso fofo. Depois da descarga de endorfina que sentiu após ter se saído tão bem na apresentação, entendeu por que atores e artistas ficavam viciados naquilo. Algo que sempre lhe pareceu impensável, escolher uma carreira em que as pessoas se colocam diante de centenas ou milhares de pessoas, arriscando serem rejeitadas em tempo real. Mas, se essas pessoas sentissem metade do que estava sentindo, quando tudo dava certo...

Uma gargalhada tirou Dimple de seu delírio. Pelo espelho, viu Isabelle e Celia meio que tropeçando atrás dela, se abraçando, rindo, um tanto trôpegas. Celia estava com a cara vermelha e suada; seus cachos, normalmente tão exuberantes, estavam grudados na nuca e na testa. Seu figurino era um maiô *pink* com rabo de coelho e uma tiara de orelhas cor-de-rosa cintilantes. Parecia que tinha mergulhado em glitter. Isabelle estava com um biquíni preto que deixava à mostra 98% de sua pele, e não tirava os braços da frente do corpo; parecia que o figurino não tinha sido escolhido por ela.

– Ai, meus deuses – murmurou Rishi, ao lado de Dimple, com a boca retorcida em um misto de pena e nojo. – Celia está tentando ser uma coelhinha sexy.

– Como será que os garotos estão vestidos? – perguntou Dimple, bem na hora em que Evan e Hari entraram. Os dois estavam sem camisa – até aí, nada de surpreendente. As barrigas tanquinho (será que, juntas, davam uma máquina de lavar?) estavam reluzentes de óleo bronzeador. Dimple sentiu o cheiro mesmo de longe – tinha cheiro da palavra "tropical". Os dois usavam bermudas de surfista, com o cabelo meio desgrenhado.

Evan percebeu que ela estava olhando e lhe deu um sorriso de mil watts.

– Bela legging – falou, olhando meio de lado para Dimple. – Pena que faltou bunda.

Rishi levantou, com os punhos cerrado na lateral do corpo e indagou:

– O que foi que você disse?

Dimple segurou seu braço.

– Não vale a pena – falou, olhando bem para Evan, que deu risada. Ele e Hari trocaram soquinhos no ar e seguiram em frente.

Celia nem sequer olhou para ela. Dimple não sabia se a amiga tinha lhe visto. Mas, mesmo assim, ficou magoada.

– Cara, aqueles dois cantores acabaram de se dar muito mal. Tipo, simplesmente destroçaram "Hotel California" – falou Ashish, aproximando-se com duas garrafinha de água. Parou de repente quando viu Celia e os *Aberzombies*, e seu sorriso foi se desfazendo.

Dimple foi até o garoto e pegou as duas águas. Falou baixinho, olhando para ele, mas sem tirar os olhos de Celia:

– Ela só está fazendo isso porque quer, finalmente, ter aquela experiência que nunca teve no Ensino Médio. Não quer dizer nada.

Ashish engoliu em seco, e seu pomo-de-adão subiu e desceu bem devagar. Olhou para Dimple e respondeu:

– Isso só piora as coisas.

E foi embora em seguida, bem na hora em que Evan levantou Celia do chão, só com um braço, e ela começou a dar gritinhos estridentes.

Dimple voltou para o lado de Rishi e lhe deu uma garrafinha d'água.

– Que merda – falou, suspirando. – Acho que seu irmão gosta mesmo da Celia.

Rishi não abriu a garrafa. Estava olhando para o corredor, por onde Ashish tinha saído.

– É – falou, meio pensativo. – Acho que gosta mesmo.

– Que foi? – perguntou Dimple. – Por que você está com essa cara?

Rishi só se virou para ela depois de um bom tempo, como se só então tivesse se dado conta de que a namorada lhe fizera uma pergunta. Sacudiu a cabeça, como se quisesse se livrar dos pensamentos.

– Preciso conversar com o Ashish um minutinho.

CAPÍTULO 50

Rishi

RISHI encontrou Ashish sentado perto de uma pilha de cadeiras dobradas, em um canto escuro e empoeirado dos bastidores. Estava com as mãos entrelaçadas, no meio dos joelhos, olhando para o nada. Rishi limpou a garganta, baixinho, e o irmão dirigiu o olhar para ele. Ficou impressionado com o quanto Ashish parecia vulnerável, sentido e magoado – no instante que levou até ele voltar a ficar na defensiva. "Fui eu que fiz isso", pensou. E esse pensamento doeu feito urtiga. "Eu é que fiz o Ashish ficar sempre na defensiva, de tanto criticar suas escolhas, só porque não são as que eu faria."

Puxou uma cadeira da pilha e se sentou do lado de Ashish.

– Você gosta mesmo dela – declarou.

– Gosto. – Ashish ficou inquieto e completou: – E não preciso de um sermão dizendo que ela não é "ideal" e tal.

Rishi ergueu a mão e falou:

– Eu não ia dizer isso.

– Bom, que novidade – resmungou Ashish, com um tom sarcástico.

Os dois ficaram em silêncio por alguns instantes, observando um grupinho de pessoas que conversavam, animadas, sobre suas chances de vencer o show de talentos. Pelo jeito, não perceberam que os irmãos estavam ali, sentados no escuro, a três metros de distância. Quando foram para os camarins, Rishi se virou para Ashish e falou:

— Me desculpe.

Ashish fez cara de surpreso e perguntou:

— Pelo quê?

— Você nos apoiou tanto nessa história de show de talentos. Ajudou muito a Dimple, e me ajudou também. Agradeço muito por isso. Desculpe por não ter falado nada antes.

Ashish balançou a cabeça e desviou o olhar.

— Tá, não foi nada.

— Mas também… — Rishi olhou para as próprias mãos, ergueu os olhos em seguida e ficou esperando até o irmão encará-lo de novo. — Me desculpe por nem sempre te apoiar. Eu te julguei, em vez de simplesmente te apoiar. Você é diferente do restante da família, e eu sempre tentei te mudar para ficar mais parecido com a gente. Isso não é justo. — Rishi ficou em silêncio, olhou para a escuridão, e prosseguiu: — A verdade é que… sempre tive um pouco de inveja de você. Você sempre foi tão confiante, sempre teve tanta certeza do que quer, apesar de ser algo que a mamãe e o papai nunca incentivaram. Mesmo quando fizemos de tudo para fazer você desistir de algo que realmente queria, você foi lá e fez. Sempre invejei essa coragem. — Nessa hora, o garoto deu um sorriso e completou: — Também vejo isso na Dimple. Deve ser por isso que vocês se dão tão bem.

Ashish ficou só olhando para Rishi, passando a mão no queixo.

— Uau. Eu, *ãhn*, não sei nem o que dizer.

Rishi sacudiu os ombros.

— Você não precisa dizer nada. Eu só queria dizer isso. E essa garota, a Celia, se você gosta dela, devia lutar. Porque não acho que ela vá ficar muito tempo com o Evan. Acho que nem gosta do cara.

— É, mas eu não sei nem se ela gosta *de mim*.

— E aí, o que você vai fazer? – perguntou Rishi. – Só ficar parado, sem tomar uma atitude? Você não é assim. — E, como Ashish não disse mais nada, o garoto levantou e falou: — Acho que vou lá ficar com a Dimple.

— Rishi?

Rishi se virou para trás.

– Valeu. – Ashish deu um sorrisinho e, pela primeira vez, desde que tinha chegado à UESF, sua expressão estava relaxada. – Não que isso tenha muita importância, mas gosto muito da Dimple. Eu me enganei a respeito dela.

Seu irmão deu um sorriso e falou:

– Eu sei.

E então voltou para os camarins.

Dimple

Max parecia preocupado. Até a barba e o bigode tremiam.

– Vocês não podem se apresentar desse jeito.

Dimple estava tomando água, tentando fingir que não estava ouvindo a conversa. Mas isso era difícil, já que a conversa estava acontecendo literalmente a meio metro de onde ela estava sentada.

– A gente pode, sim – falou Evan, olhando bem para Max. – Não tem nada de errado.

O instrutor olhou sério para Isabelle, que estava se segurando para não dar risada, com as duas mãos na frente da boca. Ao lado da garota, Celia estava com um sorriso bobo, parecia que os músculos de suas mandíbulas tinham derretido.

– De verdade – disparou Max.

– De verdade – repetiu Hari. Então cruzou os braços e ficou esperando Max olhar para ele. – Tá tudo certo. Tipo, eu poderia ligar para os meus pais, mas acho que isso não é necessário, você não acha?

Houve um instante de tensão, em que Dimple ficou sem saber como aquilo iria terminar. Quem eram os pais de Hari? Era óbvio que o garoto tinha dado uma carteirada em Max, mas Dimple não fazia ideia do que ele estava querendo dizer.

Por fim, Max soltou um longo suspiro.

– Tudo bem – falou, naquela tom ultracalmo que os adultos usam quando estão se segurando para não perder a paciência. – Vou anunciar as duas duplas de vocês, então.

Evan e Hari trocaram soquinhos no ar, e Evan falou:

– Mano, isso foi demais. Aquela ala que seus pais doaram para o Departamento de Ciência da Computação deve ser fora de série.

Ah. Agora a reação de Max fazia mais sentido.

Hari deu de ombros, como se não ligasse para o comentário de Evan. Mas estufou o peito, como se ser rico fosse algo que ele tivesse construído com as próprias mãos de unhas feitas. Os *Aberzombies* começaram a sair dos camarins. No último instante, Dimple puxou Celia para o canto, o que não foi muito difícil, porque ela estava afastada dos outros três. Sua pele estava com um tom meio esverdeado, de doente.

– Você não precisa fazer isso – Dimple foi logo dizendo. Dava para ouvir Max apresentando o grupo no palco. – Ainda dá para desistir.

Os olhos castanhos de Celia – que estavam vermelhos – cruzaram com os dela. Por um segundo, parecia que a garota ia chorar e abraçar Dimple ou pedir para alguém levá-la para casa. Mas aí sacudiu o braço para se soltar da amiga, e foi correndo atrás dos outros integrantes do grupo.

Rishi apareceu, olhando para o grupinho por cima do ombro.

– Eles estão fedendo a sovaco e álcool etílico – comentou. E então, ao ver a cara de Dimple, perguntou: – Tudo bem?

Dimple balançou a cabeça.

– Quero sair daqui e ir para um lugar onde a gente possa assistir à apresentação deles.

– Tá bem.

Os dois foram juntos até a lateral do palco. Ashish também estava lá. As luzes do palco ainda estavam apagadas, mas os quatro já tinham tomado suas posições. Os holofotes se acenderam, e os homens da plateia começaram a assobiar para Celia e Isabelle. Que estavam abraçadas no centro do palco, dançando ao som de "Sexy heat". Algumas mulheres da plateia vaiaram, principalmente depois que Evan e Hari começaram a dançar, dando tapinhas na bunda das meninas e dublando a letra.

– Que horrível – comentou Rishi.

Dimple percebeu que, como ela, o namorado não conseguia desviar o olhar daquela catástrofe anunciada.

A garota olhou de esguelha para Ashish, que estava pálido, apertando os lábios. Um músculo de seu maxilar pulou quando Evan fingiu puxar o cabelo de Celia.

— Talvez seja melhor você não assistir isso — falou Rishi, olhando para o irmão, preocupado.

— Não — respondeu Ashish, respirando fundo. — Eu quero ver.

Em cima do palco, Celia e Isabelle estavam chegando cada vez mais perto uma da outra, e Dimple teve certeza de que a parte em que as duas deviam dançar juntas estava se aproximando. Mas, quando Isabelle passou os braços pelo pescoço de Celia e a puxou para perto — seguido dos aplausos fervorosos da maioria dos homens da plateia —, Celia foi para trás.

O coração de Dimple saltou. Isabelle ficou com uma expressão confusa. Parou de dançar e ficou piscando, como se estivesse se perguntando como tinha ido parar em cima daquele palco. Evan correu até as duas e sussurrou algo para as meninas, com uma cara furiosa. Hari cruzou os braços. A plateia ficou em silêncio, só observando.

E aí... Celia deu um empurrão em Evan.

Ele mal se mexeu, mas ela perdeu o equilíbrio. Ashish foi para frente, como se quisesse correr para o palco. E, nessa hora, Celia gritou:

— Vai se foder!

Em seguida, saiu correndo do palco, direto para onde Dimple, Rishi e Ashish estavam.

A música parou de tocar. Depois de um instante de silêncio intenso, a plateia começou a vaiar.

Celia correu para a lateral do palco, chorando, bem na hora em que Dimple foi em sua direção. Quando viu a amiga, ela chorou mais ainda. Sem pensar, Dimple abraçou Celia bem apertado. Apesar de estar usando um salto de quinze centímetros, conseguiu se encolher e esconder o rosto na lateral do pescoço de Dimple, que ficou dando tapinhas nas costas dela e dizendo:

— Tudo bem. Você fez o certo. Estou orgulhosa.

E foi aí que os *Aberzombies* chegaram, esbaforidos. Hari gritou:

— Você fodeu com tudo, Celia!

Isabelle falou, baixinho:

– Não grita com ela.

– Cai fora! – completou Dimple, olhando feio para Hari.

– E se eu não sair? – Evan cruzou os braços e se aproximou de Dimple e Celia. – Que tal você não se meter nisso?

Rishi ficou entre Evan e Dimple e retrucou:

– Que tal você se afastar?

Evan olhou feio para Rishi, e aí Hari falou:

– Algum problema?

Do nada, Ashish apareceu do lado do irmão. Dimple puxou Celia mais para o fundo, longe da plateia, e Isabelle acompanhou as duas.

Celia disse, bem baixinho:

– Os dois não vão brigar, vão? – No mesmo momento, Evan disparou:

– Não é culpa minha se a vadia não conseguiu terminar a apresentação.

E aí Ashish lhe deu um soco.

CAPÍTULO 51

Dimple

O CAOS se instaurou por alguns minutos, porque Hari foi pra cima de Rishi, e Evan e Ashish também se pegaram. Dimple olhou em volta, com um nó na garganta e o coração apertado. Acenou para Max, que estava vindo na direção deles, de olhos arregalados. Ele e mais dois alunos mais fortinhos da Insônia Con separaram a briga.

– Podem parar! – gritou o instrutor. – Agora!

Quando os quatro se separaram, Dimple percebeu, horrorizada, que o nariz de Rishi estava sangrando. Celia choramingou ao ver que Ashish estava com o lábio machucado e a parte da frente da camiseta manchada de sangue.

– Não acredito nisso – falou Isabelle, ao lado delas. Em seguida, virou-se para Celia, com o rosto vermelho. – Você fez certo de parar. Eu também não queria fazer aquilo, mas eles… – engoliu em seco e ficou ainda mais vermelha.

Dimple ficou olhando de Isabelle para Celia, sem parar. Para ela, sempre ficou claro que Isabelle não concordava completamente com Evan e Hari, mas Dimple não esperava aquela confissão.

Celia enxugou as lágrimas, balançou a cabeça e falou:

– Tudo bem. Eu quase fui em frente também. Acho que, às vezes, é difícil reconhecer o limite e não ultrapassar, mesmo quando a gente tem a sensação de que a coisa é totalmente errada.

Isabelle soltou um suspiro.

– É. Desculpa, Celia. – Aí se virou para Dimple e falou. – Desculpa… por tudo.

Depois disso, deu as costas para as duas e foi para os camarins, sem olhar para ninguém.

– Saiam daqui agora – ordenou Max, olhando feio para todos. – Todo mundo. Vão embora.

Rishi e Ashish se aproximaram de Dimple e Celia.

– Vamos embora – disse Rishi, com a voz tensa e grave.

E foi isso que fizeram.

Rishi

As garotas improvisaram uma enfermaria no quarto das duas. Rishi sentou na cama de Dimple, e Ashish, na de Celia. O nariz de Rishi não estava mais sangrando, mas Dimple continuou insistindo para o namorado colocar uma compressa gelada (tinha pegado uma para cada um no kit de primeiros socorros da recepção). Rishi nem sabia se compressa gelada é realmente bom para tratar sangramento no nariz, mas estava gostando tanto de receber aquela atenção que não quis falar nada para Dimple.

Do outro lado do quarto minúsculo, Ashish sorriu para o irmão. Celia não saía do lado dele, limpando o corte no seu lábio com um pano molhado. Tinha tirado a maquiagem pesada, colocado shorts e camiseta e prendido o cabelo volumoso em um rabo-de-cavalo. Parecia muito mais a Celia de verdade, e Rishi ficou feliz por isso.

– Valeu muito a pena – declarou Ashish.

Seu irmão deu risada e concordou:

– É.

Celia resmungou e falou:

– Não, não valeu. – Nessa hora, pressionou o lábio de Ashish com mais força, mas parou quando percebeu que o garoto se encolheu de dor. – Desculpa. Mas, sério, vocês poderiam ter se machucado de verdade.

– Brigar nunca é a solução. Nunca ninguém falou isso para vocês, imbecis? – disparou Dimple. Aí soltou um suspiro e se sentou ao lado de Rishi – Por mais que aqueles idiotas merecessem muito.

Celia mordeu o lábio e cerrou o punho em volta do pano.

– Pessoal, eu… eu sinto muito. Nunca devia ter me envolvido com eles. Nem sei direito o que eu estava tentando provar. Eram péssimos amigos… nem eram amigos de verdade… e eu estava só sacrificando tudo que sou para ser aceita no grupinho. Acho que queria um repeteco do Ensino Médio e tal. – Nesse momento, a garota sacudiu a cabeça e se aproximou de Dimple, que se levantou e deu um abraço bem apertado na amiga. – Você tem sido uma amiga tão boa – declarou Celia, com a voz embargada e mais aguda. – E você tinha razão: eu estava me sentindo constrangida e odiando todo aquele negócio. Jamais deveria ter aceitado.

– Ei. – Dimple soltou a amiga e puxou de leve o rabo-de-cavalo dela. – Tenho muito orgulho porque você teve a coragem de simplesmente sair do palco daquele jeito. Bem no meio da apresentação. – Deu um sorriso, com um brilho nos olhos, e completou: – Além do mais, você praticamente dizimou as chances daquele pessoal ganhar. Então, obrigada, viu?

Celia deu uma risada meio chorosa e apertou o canto do olho com o dedo.

– De nada – falou.

Em seguida, se virou para Ashish, e os dois ficaram se olhando, em silêncio. Havia tanta coisa não dita entre os dois que Rishi teve que virar para o outro lado.

– Quer dar uma volta? – perguntou Ashish, baixinho.

– Por favor – respondeu Celia.

Os dois saíram juntos do quarto e fecharam a porta.

Dimple soltou um suspiro no silêncio que passou a reinar.

– Eles formam um casal fofo.

Passou o braço pela cintura de Rishi e encostou a cabeça em seu ombro.

– Não tão fofo quanto eu e você – disse ele.

– Óbvio – concordou ela, e seu sorriso transpareceu em sua voz.

Rishi encostou a cabeça no travesseiro de Dimple e a puxou para perto de seu peito.

– Tira um cochilo comigo? – perguntou.

Ela se aninhou no namorado, e seus cabelos fizeram cócegas no nariz dele, inundando-o daquele perfume de coco e jasmim.

– Ok – respondeu ela, bocejando. – A gente merece.

Dimple

O barulho do celular de Dimple acordou os dois. Rishi sentou na cama, esfregou o rosto e perguntou:

– Quem é?

– Não sei.

Era um número desconhecido. A garota limpou a garganta e passou o dedo na tela para atender.

– Alô?

– Oi, Dimple. É o Max, seu instrutor.

– Ah. Oi.

Ela se sentou direito na cama e olhou para Celia e Ashish – que, obviamente, tinham voltado em algum momento, enquanto Dimple e Rishi estavam cochilando. Eles estavam deitados na cama de Celia. Segurou a mão de Rishi, de olhos arregalados, o coração batendo forte no peito. Max não seria capaz de expulsá-la, seria? Quer dizer, ela nem tinha se envolvido na briga, não diretamente…

– Sei que vocês foram embora antes e quis te contar, caso você ainda não saiba: você e Rishi ficaram em primeiro lugar.

As palavras atingiram seus ouvidos, mas não chegaram direito ao cérebro.

– Nós… como?

O tom de Max era de alegria.

– Vocês ficaram em primeiro lugar. Parabéns. Ganharam mil dólares para aplicar no desenvolvimento do aplicativo. É um passo na direção certa.

– Ai, meus deuses. – Então pôs a mão sobre a boca, com a sensação de que o sorriso faria seu rosto explodir de tão grande. Ashish e Celia estavam fazendo cara de "Vocês ganharam?", do outro lado do quarto, e Rishi ficou só olhando para ela. – Obrigada. Obrigada mesmo.

– De nada. E… pode falar para Rishi que ele não vai ser expulso do curso. Estou disposto a fingir que não vi, desde que isso não aconteça de novo.

– Que ótimo, isso é ótimo. – Sua caixa torácica se expandiu como se, do nada, tivesse adquirido a capacidade de conter mais ar. – Obrigada. De novo.

– De nada, de novo. Agora tenho altas expectativas em relação a vocês dois.

Dimple deu risada, com a sensação de que poderia sair flutuando da cama.

– Pode deixar. – Desligou e olhou para os amigos. – Conseguimos – falou, baixinho. – Ganhamos.

As últimas três semanas passaram muito mais rápido do que Dimple gostaria. Queria ter mais mil dólares – um pouco mais, um pouco menos – para aperfeiçoar o *wireframe*. Mesmo assim, sabia que agora estava bom, bom mesmo. O protótipo estava bem-acabado; muito mais bem-acabado do que poderia ter imaginado que ficaria dentro daquele prazo, graças ao prêmio em dinheiro do show de talentos. Os designers pegaram os desenhos de Rishi e aperfeiçoaram, fazendo o projeto como um todo ganhar vida. E agora… bom, agora estava na hora de parar de mexer nele. Os jurados chegariam para avaliar todos os protótipos. Não dava para fazer mais nada. Os alunos do curso só deveriam passar no auditório para ouvir o grande pronunciamento.

– Mais duas horas – falou Dimple, encostando-se na cadeira.

Estavam na Você só pode estar gelando!, uma sorveteriazinha duvidosa que, por algum motivo, fora eleita o lugar preferido dos dois para comer doce durante aquelas três últimas semanas tão intensas. Dimple tinha pedido uma tigela gigante de sorvete de cereja e, até então, só tinha comido duas colheradas.

– Você deve estar mesmo doente. – Rishi fez uma cara preocupada. Estava mandando ver na segunda tigela de sorvete, como se não comesse há quatro dias.

Celia deu uma risadinha. Os dois viraram para ela, que tirou os olhos os celular e ficou vermelha quando percebeu que o casal a observava.

– Mensagem do Ashish? – perguntou Dimple, remexendo as sobrancelhas.

– Ele acabou de falar um negócio muito engraçado sobre sorvete de manteiga de amendoim... – Celia não terminou a frase quando viu a cara dos dois. – Deixa para lá. – Nessa hora, largou o celular e soltou um suspiro. – Não estou preparada para tudo terminar. Só faltam três dias.

– Ninguém ligou mesmo para o fato de você ter desistido do curso? – perguntou Rishi, lambendo a colher.

– Não. – Celia sacudiu os ombros. – Acho que não podem fazer nada se eu quis jogar dinheiro fora desse jeito. Estou feliz por me deixarem ficar no dormitório até depois da Festa da Despedida em Grande Estilo.

A Festa da Despedida em Grande Estilo era a oportunidade de comemorar e relaxar depois de seis semanas tão intensas. Depois dela, era "tchau, tchau, São Francisco". Dimple ficava se perguntando se Rishi temia tanto esse momento quanto ela. Os dois praticamente estavam evitando tocar no assunto.

– Mas é uma pena terem deixado o Evan entrar para a equipe do Hari e da Isabelle – prosseguiu Celia. – Eu meio que torcia para ele ser obrigado a sair do curso também. Só que, em vez disso, vão juntar os dois projetos ou algo assim. Grande coisa. Até parece que conseguem fazer isso em três semanas.

– Bom, espero que fique uma droga – declarou Dimple, mais alto do que pretendia. Algumas pessoas que estavam na pequena sorveteria dirigiram o olhar para ela.

Celia sorriu para a amiga, agradecida, e falou:

– Eu também.

Rishi levantou o tronco, de repente. Estava pálido e suando frio.

– *Áhn...*

– Tudo bem? – perguntou Dimple, com uma expressão preocupada, colocando a mão em seu braço. Mas Rishi empurrou a cadeira para trás e foi correndo para o banheiro.

Dimple levantou às pressas e foi atrás dele. Quando saiu do banheiro, parecia que tinha sido atropelado por um dos bondes de São Francisco.

– Você está bem? – insistiu Dimple, correndo para o lado dele.

Rishi apertou a barriga e gemeu.

– Não estou me sentindo muito bem.

– Ah, não. Será que o sorvete estava estragado?

Celia veio correndo.

– O que foi? Está tudo bem?

– Pode ser intoxicação alimentar – respondeu Dimple, passando o braço na cintura de Rishi. – Vou levar o Rishi de volta para o dormitório.

– Ok. Vou avisar aquela menina de 14 anos lá atrás que pode ser uma boa ela jogar fora o sorvete de banana com calda de chocolate – disse Celia, apontando para a garota de lábios pintados de gloss com glitter, que mandava mensagens no celular atrás do balcão. – Depois passo lá pra ver como vocês estão. Se precisar de alguma coisa nesse meio-tempo, é só mandar mensagem.

Rishi

Rishi tinha quase certeza de que ia morrer. Estava suando frio, e seu estômago não parava de se revirar, por mais que não tivesse mais nada para vomitar. O garoto tinha quase certeza de que estava enxergando a cortina para o além se abrindo.

– Estou… me… sentindo… tão mal – sussurrou.

Dimple revirou os olhos. Literalmente revirou os olhos. Aquela garota não tinha compaixão.

– Você comeu demais – falou ela, passando uma toalha de papel molhada, que pegou no banheiro do dormitório, na testa do namorado. – Devia ter parado na primeira tigela, como as pessoas normais fazem.

– Intoxicação… alimentar… – Rishi conseguiu dizer, mas só de pronunciar essas palavras teve a sensação de que iria vomitar de novo.

– Não estou convencida disso. – Dimple ajeitou o travesseiro dele e completou: – Quer dizer, eu só sei que você comeu tipo, seis bolas de sorvete. E eu e a Celia não passamos mal.

– Vocês mal comeram – argumentou Rishi. – Não foi suficiente para passar mal.

– Exatamente. – Dimple deu um sorriso vitorioso. – A culpa é toda sua.

Rishi gemeu e choramingou:

– Malvada.

– Que bebezão que você é. – Mas Dimple fez carinho no rosto dele, sorrindo. – O que posso fazer para servi-lo, ó senhor do apetite voraz?

Rishi olhou para a namorada com a sobrancelha erguida, dando um sorriso que, na sua cabeça, era lascivo e sedutor.

Dimple deu um tapa de leve no peito do garoto.

– Menos isso.

– Você falou que eu tenho um apetite voraz – retrucou Rishi, dando risada. E aí voltou a gemer, porque seu estômago se revirou de novo.

– Ok. Chega de rir. Quer dizer, eu te amo e tal, mas se você vomitar aqui, não sou eu que vou limpar.

Dimple estava sorrindo. Mas, pelo jeito que ela não parava de amassar a toalha de papel molhada, Rishi podia perceber que a garota estava tensa.

– Como você está? – perguntou, deitando de lado para poder ver melhor o rosto dela.

Dimple soltou um suspiro e abaixou a cabeça.

– Ai, não muito bem. Sou péssima em ficar esperando.

Rishi deu uma leve risada, com cuidado para não provocar seu estômago dolorido.

– Não mesmo, você me parece uma pessoa tão tranquila…

Dimple olhou feio para o garoto.

– Eu *sou* tranquila – retrucou, de um jeito nada tranquilo. Os dois deram risada. – Ok, acho que você tem razão. Mas, dessa vez, tudo parece ainda… mais pesado do que o normal. É que é muito importante para mim. Jenny Lindt. Mudar a vida das pessoas. Tudo.

Rishi se sentou na cama, ignorando a azia e a leve onda de náusea que sentiu quando fez isso. Segurou as mãos de Dimple e falou:

– Você *vai* fazer isso. Mudar vidas. Jenny Lindt vai ter a sorte de te conhecer. Você é incrível.

A garota deu risada e revirou os olhos. Rishi queria poder fazê-la enxergar do jeito que ele a enxergava, a beleza estonteante de sua alma radiante.

Dimple se levantou.

– Ok. Vou pegar mais umas toalhas de papel e outra garrafa d'água da máquina que está funcionando lá no corredor. – Nessa hora, fingiu uma cara bem séria, apontou para Rishi e advertiu: – Nada de vomitar enquanto eu estiver fora.

Rishi se recostou, gemendo, e respondeu:

– Palavra de escoteiro.

CAPÍTULO 52

Dimple

DIMPLE estava tentando equilibrar duas garrafas d'água e uma pilha de toalhas de papel molhadas que pingavam no chão. Bem nessa hora, Celia apareceu, veio correndo e pegou algumas coisas.

– Valeu! Eu devia mesmo ter planejado isso melhor.

– Ah, bom, como é que ele está?

As duas foram andando juntas em direção ao quarto de Rishi.

– Melhor, acho. As toalhas molhadas ajudam a passar a náusea.

– Ah, colocadas em sua testa febril, que romântico – falou Celia, dando risada.

– Cala a boca – retrucou Dimple. – É só para ele não vomitar em mim.

– Tá, certo. Na próxima, espero de você uma sopa feita em casa. Com vegetais orgânicos que você mesma plantou, lá no campo. – Celia deu um sorrisinho malicioso para a amiga. – Se você não tomar cuidado, Rishi vai te transformar em moça de família.

"Família."

A palavra ecoou na cabeça de Dimple. Será que Celia tinha razão? Ela estava se transformando nisso, não estava? Estava se tornando tudo que sempre disse que não queria ser. Tinha namorado – um namorado bem sério – antes de entrar no primeiro ano da faculdade. E as coisas que aquela vozinha tinha dito lá no Rios? Era tudo verdade, não era?

E, pelos deuses, ele era tão tradicional. Tão confiável, prático e estável. Era uma caderneta de poupança. Dimple tinha 18 anos. Não precisava de uma caderneta de poupança. Precisava de aventura, espontaneidade e viagens. Precisava tomar algumas decisões erradas, ter o coração partido por alguns garotos. Não era isso que estava buscando? Viver de acordo com as suas próprias regras? Então, como tinha se atolado naquela coisa "família", que nem os pais?

Dimple abriu a porta do quarto de Rishi sentindo calor e frio ao mesmo tempo, parecia que as toalhas de papel eram feitas de chumbo molhado. Quando olhou para ele, seu coração não se alegrou, como antes. De repente, não sabia o que sentia direito, o que deveria sentir. Não sabia mais nada direito.

Só que Rishi, pelo jeito, não percebeu seu conflito interno. Estava sentado na cama, com o celular na mão.

– Acabei de receber uma mensagem – falou, olhando para ela. – Os jurados já terminaram a avaliação. E escolheram o ganhador da Insônia Con.

Celia soltou um suspiro de surpresa e Dimple foi correndo pegar o celular: tinha deixado o aparelho no móvel de cabeceira de Rishi. A mensagem que Max enviara dizia apenas:

Hora do grande anúncio.

No auditório, todos estavam sentados nos lugares de sempre, apesar de não haver mais motivo para isso (com exceção de Celia, que estava esperando no quarto das duas, com Ashish, que finalmente tinha terminado de fazer o tour pelo campus proposto por um cara do time de basquete).

Dimple sentiu um certo alívio ao sentar em seu antigo lugar, com o braço encostado no de Rishi, tudo igualzinho ao que fora durante as últimas seis semanas. Tinha esquecido, por ora, todos os pensamentos que invadiram sua cabeça lá no dormitório. Os jurados tinham chegado a uma decisão antes do tempo previsto. O que isso queria dizer? Era algo bom? Algo horrível? Ela nunca tinha ouvido falar de algo assim acontecendo nas edições anteriores.

Um silêncio sobrenatural reinava no auditório. Até os *Aberzombies,* lá no fundão, estavam estranhamente calados. Parecia que as paredes seguravam a respiração de todos, como se tivessem inspirado, mas ainda não expirado. A garota sentiu uma pressão no topo da cabeça e na espinha. Rishi apertou sua mão, e a mão dele estava gelada e seca. Parecia estar se sentindo melhor, mas ainda se agarrava à garrafinha d'água.

– Cadê o Max? E os jurados? – murmurou Dimple, mais com seus botões do que qualquer outra coisa, sem parar de balançar a perna. – Não era para eles já terem chegado?

Como se estivesse só esperando ela perguntar, Max subiu no palco. Vestia um blazer especial para a ocasião, e o cabelo, sabe-se lá como, estava bem penteado. Depois dele, subiram um homem e uma mulher que pareciam ter sessenta e poucos anos, frágeis, que se movimentavam feito passarinhos. A mulher estava usando colar e brincos com diamantes enormes – que piscavam e brilhavam, mesmo de tão longe –, e o homem estava de sapato estilo náutico e abotoaduras que reluziam sob as luzes do teto. Dimple ficou se perguntando se eram parentes, ou simplesmente tinham saído da mesma fábrica que produz gente indecentemente rica.

Max subiu no púlpito.

– Obrigado a todos por terem vindo tão rápido. Sei que é antes do combinado, mas os jurados chegaram muito rápido a um acordo a respeito dos vencedores. Antes de anunciarmos o resultado, gostaria de apresentá-los e também de agradecer a eles.

O instrutor meio que se virou e sorriu para a dupla. A mulher era Anita Perkins, e o homem se chamava Leonard Williams. Ambos tinham posições de muito destaque, vários títulos acadêmicos e, obviamente, centenas de contatos mundo afora. Foi mais ou menos isso que Dimple entendeu. Percebeu que, enquanto Max falava, foi apertando cada vez mais os dedos de Rishi. Até que, finalmente, seu namorado chegou mais perto e sussurrou:

– É com essa mão que eu desenho, sabe?

Dimple soltou a mão dele e se obrigou a respirar fundo algumas vezes.

– E agora, chegou o momento pelo qual todos estavam esperando... – Max fez uma pausa dramática. – Vou deixar Leonard e Anita fazerem as honras.

Todos resmungaram pelo auditório, e Max deu risada enquanto saía do púlpito e dava lugar para Anita.

– Foi uma decisão muito difícil – falou a mulher, com a voz levemente trêmula. Dimple ficou imaginando se ela estava nervosa, e por qual motivo. Quem tinha mais a perder ou ganhar eram os alunos. – Como vocês sabem, o prêmio deste ano inclui a oportunidade de trabalhar com Jenny Lindt, uma de nossas talentosas vencedoras das edições passadas, o que torna tudo ainda mais emocionante. – Parecia que a mulher estava lendo um *script* pronto. Mal escrito. – Os protótipos deste ano foram todos de primeira. Contudo, só pode haver um ganhador. Este ano, eu e Leonard temos a honra de conferir o título a Hari Mehta, Evan Grant e Isabelle Ryland pelo protótipo Zumbis bêbados!

Os aplausos foram estrondosos – ou talvez fossem os ouvidos de Dimple zumbindo. Rishi estava lhe dizendo alguma coisa, mas ela não ouviu. Viu os *Aberzombies* do sexo masculino se movimentando pelos corredores, como zumbis (ironicamente), indo buscar o troféu. Isabelle olhou de relance para Dimple e Rishi quando passou, calada. Ficou com um olhar sério, e não sorriu. Sacudiu de leve a cabeça; pedindo desculpas? Dando a entender que achava aquilo uma completa palhaçada? Dimple não soube dizer. Quando deu por si, estava de pé, com uma sensação estranha nas pernas, que pareciam de borracha e se arrastaram pelo outro corredor até a porta.

Na entrada do auditório, estava mais silencioso. Dimple se jogou em um banco a uns quatro metros, perto do bebedouro.

– Acabou – obrigou-se a dizer. Obrigou a si mesma a ouvir de verdade aquela palavra. – Você tentou, mas não venceu. Acabou.

Mas, bem lá no fundo, a vozinha insistia em perguntar *por que* ela não tinha vencido. Por que estava ali agora, depois de tanta paixão, de tanto esforço? Teria sido por causa de Rishi? Será que o garoto, de algum modo, tinha desviado sua energia, a energia que deveria ter sido aplicada naquele projeto? Será que Dimple tinha empenhado em Rishi tanta energia, tanta paixão, que deixara de lado seu principal objetivo na vida, a única coisa que queria mais do que tudo? Será que tinha feito justamente o que tanto temia e se deixado distrair por um garoto? Sentiu um aperto no peito, de remorso, sentiu a boca seca, com um gosto amargo de arrependimento. "Família." Ouviu a voz de Celia ecoando em sua cabeça: "Família".

Dimple ouviu as portas do auditório se abrirem e passos vindos na sua direção. Sentiu a presença de Rishi antes de enxergá-lo. O garoto sentou ao seu lado.

– Isso é uma merda – falou, em tom baixo, mas furioso. – Eles só ganharam por causa dos pais de Hari.

– Você não sabe se foi isso – disse Dimple, olhando para a frente. Não ia chorar. *Não* ia chorar de novo. Tentou abafar o ressentimento que borbulhava dentro dela. Claro, era fácil para Rishi pôr a culpa em Hari. Mas *e ele*? E o fato de, desde o começo, ela ter dito que não o queria ali? Por que o garoto nem sequer questionou sua responsabilidade naquilo? A responsabilidade do relacionamento dos dois naquilo?

– Zumbis bêbados? Fala sério, tipo... – disparou ele.

Em seguida, passou a mão inquieta no cabelo.

Dimple mordeu o lábio e se obrigou a falar o que estava pensando.

– O app deles será apresentado a Jenny Lindt. Talvez ela adore.

– A menos que a Jenny Lindt seja um garoto de fraternidade disfarçado, tenho sérias dúvidas quanto a isso. Eles vão se dar mal. Esse negócio não vai para a frente. – Rishi se virou, olhou para Dimple, com a mão no braço dela e pediu: – Ei, olha pra mim. – Ela olhou. – Isso não quer dizer que a sua ideia não é incrível. Temos que continuar e tentar lançar o app. Ok? Não vamos parar por aqui.

Dimple queria acreditar em Rishi. Queria aceitar o que ele estava lhe oferecendo: esperança. Mas sabia que não podia fazer isso. Piscou, virou o rosto e falou:

– É, quem sabe. Acho... – Dimple ficou de pé e completou: – Vou voltar para o meu quarto.

– Ok. – Rishi também se levantou e foi andando ao lado dela. – Vamos fazer maratona de alguma série na Netflix. E, com certeza, vamos pular a tal Festa da Despedida em Grande Estilo amanhã, só para constar.

O garoto parou de andar e olhou para trás quando percebeu que Dimple não o acompanhava.

– Eu só... quero ficar sozinha – falou ela, sem conseguir olhar direito nos olhos de Rishi. – Por favor.

– Ah. – A mágoa transpareceu por um breve instante na expressão dele, mas foi substituída por compreensão e preocupação. – Claro. Manda mensagem para mim depois?

Dimple balançou a cabeça e foi andando rápido até a porta; seus olhos estavam se enchendo de lágrimas, bem depressa.

Nada estava dando certo. O mundo estava desmoronando.

CAPÍTULO 53

Dimple

DIMPLE ficou sentada no quarto, olhando para a parede. Até olhar para fora lhe parecia um esforço enorme. Vinte e quatro horas depois de ter recebido a notícia – ela tinha perdido para os *Aberzombies* –, tudo continuava um caos.

O que estava pensando quando gastou o dinheiro dos pais para fazer aquele curso, praticamente por um capricho, só por vontade de conhecer Jenny Lindt? Estava se sentindo uma completa idiota, feito uma criança burra que acredita que tem chance de transformar a própria casa em uma casinha de biscoito (algo que Dimple realmente aspirava fazer quando era pequena: achava que era só uma questão de crescer e treinar aquelas habilidades).

Segurou o celular: seus pais já tinham ligado três vezes, só naquele dia, querendo saber do resultado. Na terceira mensagem de voz, seu pai só disse: "Tudo bem, *beti*. Só liga para a gente". Óbvio que eles adivinharam. O tom de compreensão e bondade na voz do seu pai foi demais. Dimple não sabia se conseguiria falar com ele com firmeza, sem cair no choro. O pior é que havia decepcionado seu pai. Que realmente poderia ter se beneficiado do projeto.

Seu celular tocou de novo. "Casa" apareceu na tela. Ou seja: seus pais estavam ligando do telefone fixo.

Dimple respirou fundo, trêmula, e atendeu.

– Alô?

Argh! Até ela percebeu seu tom choroso.

– Dimple? – Era seu pai, com uma voz preocupada, protetora, delicada e mais um monte de coisas que fizeram a garota ter ainda mais vontade de chorar. Sua garganta doía de tanto segurar o choro. – *Kaisi ho, beti*?

– Minha ideia não venceu – Dimple meio que sussurrou. Só queria tirar aquilo logo da frente. Uma lágrima desceu pelo seu rosto, e ela a secou, com o punho cerrado.

– Ah, *beta*… Essas coisas acontecem, *hmm*?

A garota sacudiu a cabeça, e mais lágrimas caíram. Dimple ficou com o rosto todo enrugado, tentando não chorar ainda mais.

– Desculpa, pai – falou, finalmente, com a voz embargada.

– Desculpa? *Kis ke liye*? Pelo quê?

– Estou sentida por ter decepcionado o senhor. Pedi dinheiro para você e para a mamãe e simplesmente estraguei tudo. Eu nem sei onde foi que eu errei, nem tenho como consertar. Não nos deram nenhum feedback, foi uma péssima ideia, tudo isso…

Dimple se desfez em soluços. Seus óculos ficaram embaçados, e começou a escorrer ranho pelo seu nariz.

– Dimple… – disse seu pai, com a voz calma e firme. – Não foi uma péssima ideia. Foi uma ótima ideia. Você foi até aí e fez algo que é sua grande paixão. Não fique sentida. Fique orgulhosa, como eu.

A garota fungou e perguntou ao pai:

– O senhor está… orgulhoso? Não acha que foi um tremendo fracasso?

– Não, não, não. De jeito nenhum. – Dimple sentiu, pela voz do pai, que ele estava sorrindo e teve vontade de sorrir também. – *Ab tum ghar kab aa rahi ho*?

– Vou para casa amanhã de manhã. Já falei para a mamãe. – Nessa hora, Dimple franziu a testa e perguntou: – Onde ela está, aliás? –

Estava esperando que a mãe fosse arrancar o telefone das mãos do pai para lhe dar conselhos indesejados. Provavelmente, diria para a filha fazer as malas e se casar, encarar aquilo como um sinal dos deuses. "Dos deuses." Ela estava começando a falar igual a Rishi. Dimple fechou os olhos quando pensou no namorado, quando pensou na decisão que precisava tomar, mas não queria.

– Ah, ela foi até a casa da Seema e da Ritu, assistir *Mahabharata*. Mas, na verdade, acho que sua mãe só queria ver as cortinas novas da Ritu. Estava me contando que a Seema odeia as cortinas, mas que a Ritu a obrigou a comprá-las mesmo assim.

Dimple revirou os olhos e se segurou para não dar risada.

– Que ótimo. Bom, acho que logo, logo vou ouvir essa história toda.

A garota desligou e se sentou em silêncio de novo, a sensação temporária de leveza que tivera enquanto conversava com o pai já se dissipava. Ele até podia dizer que não estava decepcionado. Não importava. Dimple estava decepcionada consigo mesma. Estava furiosa.

Soltou o celular para não ceder à tentação de atirar o aparelho longe. No dia anterior, o choque de ter perdido para aqueles imbecis tinha diminuído sua raiva. Mas, naquele momento, o sentimento tinha voltado com força total. Era tão *injusto*. Hari, Evan e Isabelle não mereciam ter vencido. Ontem, Celia lhe contara sua teoria: os fundadores da Insônia Con comiam nas mãos do pai de Hari desde sempre. Pelo jeito, o garoto até os chamava pelo primeiro nome, coisa que jovens não costumam fazer com professores ou mentores. Todos foram jantar na sua casa poucos meses antes do início da competição.

Fazia sentido. Dimple lembrou ter ouvido Evan falar, no show de talentos, que os pais de Hari doaram a nova ala do Departamento de Ciência da Computação. Os garotos não tinham sido expulsos por causa da briga. E o mais revelador de tudo: venceram a Insônia Con com aquela ideia ridícula de game de bebedeira, coisa bem de garoto de fraternidade. O aplicativo de Dimple teria mudado vidas. "Bom, o aplicativo deles também", pensou, sarcástica. Ser levado às pressas para o hospital de ambulância, por coma alcoólico, é uma experiência que muda a vida da pessoa, certo?

Seu celular apitou: era uma mensagem. Dimple espiou a tela.

Posso te buscar para a gente tomar brunch *em meia hora?*

Era de Rishi. Ela abaixou a cabeça; a culpa e o ressentimento brigavam por espaço dentro de seu peito.

Alguma coisa tinha mudado. Desde que Celia fizera aquele comentário, no dia anterior… Não, na verdade, tinha começado antes disso. Tudo ia bem enquanto ela e Rishi estavam só saindo, quando a definição não pesava no relacionamento dos dois. Mas, assim que o garoto propôs um compromisso, de tentar namorar a distância… as coisas mudaram de figura.

E agora Dimple tinha perdido a Insônia Con. Não restavam dúvidas: se ela e Rishi não estivessem saindo juntos, Dimple teria passado quase todo o tempo livre desenvolvendo o protótipo. Ajustando. Aperfeiçoando. E, quem sabe, um desses ajustes teria feito toda a diferença. Quem sabe, teria se saído tão bem que os organizadores não poderiam ignorá-la, com ou sem Hari.

Ela pegou o celular e digitou:

Não, estou com dor de cabeça. Vou tirar um cochilo.

Mas a Jenny Lindt vai estar lá ao meio-dia. Você podia conversar com ela.

Jenny Lindt estaria no edifício Spurlock conversando com Hari e companhia, a respeito da ideia vencedora ridícula deles. Dimple não tinha a menor vontade de conhecê-la agora, que se sentia tão derrotada. Ver os *Aberzombies* se gabando, provavelmente, a faria perder a cabeça. E Dimple não queria ter assassinatos pesando sua consciência.

Não, acho que vou passar. Depois a gente se fala.

Ela não falava cara a cara com Rishi desde a divulgação dos resultados, no dia anterior. O garoto estava respeitando a sua privacidade, mas Dimple sabia que o namorado devia estar começando a se perguntar qual era o problema. Foi invadida pela culpa ao pensar em seus olhos castanhos, tão sinceros. Em seu sorriso bobo e fofo. Nas mãos de Rishi em sua cintura.

A verdade é que, talvez, tivessem chegado ao fim do caminho que os unia. Talvez estivesse na hora de dizer "adeus".

Rishi

Rishi ficou só olhando Celia devorar outro *donut*. Ashish passou o braço na frente dela e pôs um pão doce no prato. Como é que os dois conseguiram comer daquele jeito? Rishi tinha a sensação de que o seu estômago era uma *khishmish*: uma uva-passa seca, desidratada e murcha.

Estavam no refeitório tomando *brunch* – como quase todos os participantes da Insônia Con –, antes que Hari, Evan e Isabelle se reunissem com Jenny Lindt. Depois, quem também quisesse conversar com ela teria direito a alguns minutos. Rishi esperara ansioso por aquele momento por causa de Dimple. Mas não tinha mais tanta certeza assim. Bateu no bolso para conferir se o pendrive estava ali, perguntando-se se seu plano era mesmo uma boa ideia.

– Você acha que ela está só deprimida porque perdeu a competição? – perguntou, pela décima oitava vez.

Celia passou um guardanapo na boca para limpar a camada cor-de-rosa, e as sobrancelhas de Ashish se juntaram, em uma expressão compreensiva. Aquilo era algo com o qual Rishi era capaz de se acostumar: ter um irmão que realmente sentia algo por ele que não fosse irritação e desdém. Celia segurou a mão do amigo e falou:

– Acho mesmo que sim. Ela mal trocou uma palavra comigo, e olha que estamos no mesmo quarto. Está sendo difícil, mas a Dimple vai superar. Você sabe que vai. Isso não vai impedi-la de chegar aonde quer.

Nos fundos da cafeteria, ouviram um *pumba!* e, em seguida, gargalhadas, porque Hari tinha subido na mesa, tirado a camisa e estava rodopiando a peça de roupa. Evan batia palmas e incentivava. Isabelle não estava por perto.

– Imbecis – murmurou Celia. – Não acredito que eles venceram.

– Nem eu. – Ashish apertou a mão dela. Instantes depois, se virou para Rishi e falou: – *Bhaiyya*, acho que eu e a Dimple somos muito parecidos em certas coisas. Dá um tempinho para ela. Acho que deve estar precisando lamber as feridas por um tempo antes de se reerguer.

Rishi balançou a cabeça e tomou um gole de chá. Podia fazer isso. Nesse meio-tempo, seguiria com seu plano.

CAPÍTULO 54

Dimple

A PORTA se abriu com um estrondo. Dimple gemeu, debaixo das cobertas. Instantes depois, sentiu a cama afundar, porque alguém tinha sentado ali.

– Dimple? – a voz de Celia, vindo de trás dela, era baixa, mas firme. – Já está na hora de levantar. Está todo mundo preocupado.

Dimple entreabriu os olhos. O quarto estava escuro, o sol podia estar se pondo ou raiando.

– Que horas são? – perguntou, quase em um sussurro.

– Sete da noite. Quanto tempo faz que você está dormindo? Você perdeu o almoço.

A garota se virou. Celia olhou para ela, com um ar preocupado. Estava com o cabelo para trás, preso com uma faixa de tecido bordada com lantejoulas.

– Umas duas horas.

Celia tirou um cacho da testa de Dimple, com uma expressão de compaixão. Ela engoliu em seco para não chorar. A amiga respirou fundo e ajeitou a postura.

– Tudo bem. Está na hora de levantar e se arrumar. Vamos sair.

Dimple fez careta. Só de pensar em sair do quarto quentinho e silencioso e encarar o mundo caótico e barulhento parecia tão atraente e animador quanto ir comprar *salwar* com sua mãe.

– Por quê? Aonde?

Celia inclinou a cabeça e respondeu:

– Por quê? Porque você não está em condições de responder às minhas perguntas usando mais de duas palavras. Onde? Na Festa da Despedida em Grande Estilo.

Dimple resmungou e se enfiou embaixo das cobertas de novo.

– Não.

Houve um instante de silêncio, e Dimple achou que Celia estava brava. Mas aí a amiga perguntou, falando mais baixo:

– Você está assim por ter perdido a Insônia Con? Ou é por outra coisa?

O coração de Dimple começou a bater mais forte.

– Tipo o quê? – disparou, depois de alguns instantes, com os olhos arregalados, debaixo da escuridão das cobertas.

– Percebi que você não está falando com Rishi. Nem dele. O Rishi também percebeu, sabia?

A amiga não falou em um tom de crítica, mas o peito de Dimple ficou apertado, com aquela sensação de culpa bem conhecida.

– Ele... O que foi que ele disse?

– O Rishi só quer saber o que está acontecendo. É um cara tão legal, Dimple. Gosta muito de você. Não, risca isso. Ele te ama de verdade.

Dimple tirou as cobertas de cima do rosto e olhou para Celia.

– Sei que ama.

E era verdade: ela sabia disso. O problema é que... tinha conhecido o garoto quando ainda era muito nova. E isso era o mais cruel. Não que Rishi fosse o cara errado. Era o cara certo demais.

Celia olhou para a amiga, depois de ficar um bom tempo em silêncio, e balançou a cabeça.

– Se você vai mesmo partir o coração do garoto, faz isso agora. Não enrola. Não é justo com o Rishi.

Dimple soltou um suspiro e falou:

– Ainda não sei o que vou fazer.

Só que isso não era inteiramente verdade. Ela tinha quase certeza. Só não tinha coragem e energia ainda de admitir isso para si mesma.

Celia levantou da cama.

– Bom, eu sei. Você vai à festa com a gente. – Encolheu os ombros, porque Dimple fez careta. – Acho bom você olhar na cara do seu namorado. Talvez te ajude a se decidir, a sair desse limbo esquisito em que você se enfiou.

Rishi

Rishi, que estava falando no celular, desligou e ficou andando de um lado para o outro, com o coração disparado. Passou a mão no cabelo, sorriu e exclamou:

– Ai, meus deuses!

Ashish, que estava lendo alguns dos exemplares antigos de *Platinum Panic* do irmão, ergueu os olhos do quadrinho e perguntou:

– Que foi?

– Sabe com quem eu estava falando?

O garoto tinha a sensação de que sua cara ia partir ao meio, de tanto que sorria.

Ashish fechou o quadrinho e foi se sentando devagar.

– Não… Com quem?

Dimple

Dimple entrou no saguão principal do edifício Spurlock com Celia. O lugar tinha sido decorado para a Festa da Despedida em Grande Estilo com balões e serpentinas. Até tinha um grande bufê comandado por um restaurante local. As pessoas já estavam fazendo fila para pegar a comida grátis, fazendo pilhas bem altas nos pratos. Ninguém estava com cara de triste por ter perdido a competição, com exceção, talvez, de José Alvarez. Que estava sentado com o companheiro de equipe, Tim Wheaton, ambos com os ombros encolhidos, uma expressão vaga e sem vida. Dimple sentiu uma pontada de compaixão. Se sua dor não fosse tão grande, teria ido lá reclamar da vida com eles

Olhou em volta, e seu estômago revirou. Onde estava Rishi? Tinha mandado uma mensagem, pedindo para encontrá-lo ali, o que na verdade, foi bom. "Vai ser como tirar um Band-aid", pensou a garota. Era só arrancar logo.

– Cadê ele? – perguntou para Celia, batendo a mão suada na própria coxa. Não tinha contado para ela o que ia fazer com todas as letras. Mas achava que a amiga já tinha adivinhado. Como não? Dimple travava toda vez que pronunciava o nome de Rishi. Era mais fácil assim, menos doloroso.

E aí ela viu os dois, Ashish e Rishi, acotovelando-se com os grupinhos de alunos. Os dois estavam com uma energia animada, mal conseguindo disfarçar, enquanto caminhavam, quase na ponta dos pés. Ashish olhava direto para Celia. Mas, de quando em quando, dirigia o olhar para Dimple. Rishi só tinha olhos para a namorada.

O estômago de Dimple se revirou de novo. Ela sentiu outra pontada forte de angústia. Ia mesmo fazer aquilo? Mesmo quando, só de olhar para Rishi, já sentia tudo aquilo? Aquela onda de amor, companheirismo, amizade e felicidade? Será que ia mesmo extinguir tudo isso só porque se achava muito nova? Mas já sabia a resposta. Sim, ia. Sim, porque não era esse o plano. Sim, porque a última coisa que queria era terminar o namoro dali a cinco anos, quando estivessem ainda mais envolvidos. Seria como cortar um braço. Agora seria doloroso, mas nada comparado com o que poderia ser mais para frente. Então, a resposta era "sim".

Ashish abraçou Celia e a beijou. Rishi ficou parado na frente de Dimple. De algum modo, sabia, por instinto, que não devia abraçá-la. Será que tinha adivinhado? Ela respirou fundo e disse:

– Preciso falar com você. –

Na mesma hora em que o garoto disse:

– Vem comigo.

Os dois ficaram calados, e aí Dimple perguntou:

– Aonde?

Rishi pegou sua mão, com um brilho nos olhos.

– Você vai ver, minha amiga – falou, e começou a puxá-la até a entrada do auditório.

Rishi

Rishi mal podia conter a vontade de correr no meio dos participantes da Insônia Con até chegar à entrada do auditório. Agora entendia por que dizem que o amor faz as pessoas criarem asas. Só conseguia pensar em como Dimple estaria se sentindo dentro de poucos minutos.

Ela era tão linda e tão corajosa. Só o fato de estar ali, na Festa da Despedida em Grande Estilo, já era um ato de coragem. Rishi sabia o quanto aquilo significava para a namorada, o quanto ela estava arrasada, por mais que tentasse não demonstrar. Mas era visível, nas linhas e rugas em volta de sua boca, em sua testa franzida. Até seus cachos, normalmente tão extravagantes, estavam meio murchos.

Pôs a mão na maçaneta da porta do auditório e se virou para trás. Dimple estava com uma cara completamente confusa. O coração de Rishi se alegrou, e ele sorriu. Há! Háháhá. Aquilo seria o máximo.

– Preparada?

Dimple respondeu balançando a cabeça, e Rishi abriu a porta.

Dimple

Dimple entrou, se perguntando o que raios Rishi Patel estava aprontando agora. Se aquilo fosse um prêmio de consolação, porque estava com pena dela, não estava nem um pouco a fim. E, de qualquer modo, só queria acabar logo com aquilo, comunicar sua decisão e ir para casa. Mas, como o garoto praticamente tinha corrido até ali… foi vencida pela curiosidade

Entrou no auditório vazio e silencioso, e olhou em volta.

– Que foi? Por que estamos…

E aí Dimple a viu, na frente do auditório. Sentada na primeira fileira, como se fosse uma aluna, virada para trás e com um leve sorriso nos lábios.

Jenny Lindt.

Dimple ficou literalmente de queixo caído. Sentiu as pernas bambas, como se fosse cair a qualquer momento.

Jenny Lindt ergueu a mão e falou:

– Oi, Dimple.

A garota quase caiu para a frente. Teria caído, se Rishi não tivesse segurado seu braço e a incentivado a se aproximar.

– Anda – falou, baixinho, no ouvido dela. – Você merece.

E aí saiu de fininho, deixando Dimple a sós com sua ídola.

A garota se aproximou, com as pernas bambas. Era ela. Era ela de verdade, com o seu cabelo de sereia de verdade, com aquele corte Chanel assimétrico, suas roupas retrô descoladas (naquele exato momento, estava usando uma saia godê azul de bolinhas, uma blusa com gola Peter Pan e óculos de gatinho cheios de pedrinhas) e seu olhar incisivo. Parecia que podia atravessar alguém com aqueles seus olhos castanhos.

– Oi – repetiu, quando Dimple chegou bem perto. – Senta.

Jenny Lindt apontou para o lugar vago ao lado dela, e Dimple se sentou, com plena consciência de que cada músculo do seu corpo estava vibrando.

– Isso é... – sua voz saiu um sussurro rouco; ela limpou a garganta e tentou de novo: – *Áhn*, nem sei por que... Nem como... – então fez um gesto vago, como se aquilo fosse esclarecer o que ela estava tentando dizer. Meus deuses, porque tinha reservado aquela imitação de foca que não sabia se expressar para aquele momento, em que estava cara a cara com a Jenny Lindt, caramba? Que imbecil.

Só que Jenny abriu ainda mais o sorriso, como se estivesse acostumada àquele tipo de reação. E, pensando bem, devia estar mesmo.

– O seu amigo – falou, apontando para a porta do auditório. – Namorado? Bom, ele veio falar comigo mais cedo, quando vim fazer a reunião com os vencedores da Insônia Con.

Aquelas palavras foram um banho de água gelada.

– Os vencedores da Insônia Con. – Deveria ter sido ela. E aí caiu a ficha do que Jenny Lindt acabara de dizer. – Espera aí. O Rishi veio falar com você?

– É, ele ficou uma hora na fila para conseguir falar comigo depois que todo mundo foi embora. – Jenny ergueu a sobrancelha e completou: – Isso é que é dedicação.

– Mas... por quê? O que foi que ele disse?

Jenny tirou do bolso um pequeno pendrive e mostrou para Dimple.

– Ele me mostrou o quanto vocês se dedicaram para participar do show de talentos. Tinha até uma parte do vídeo em que você fala do quanto o seu aplicativo é importante para você e por que queria que eu o visse. Ele também gravou o *wireframe* do seu protótipo. – Jenny sacudiu a cabeça e completou: – É uma ideia bem viável. Você é muito boa.

Dimple ficou sem ar. Esperava há *anos*, anos, para ouvir aquilo. Tinha pensado em desistir tantas vezes, mas não desistira porque talvez, um dia, Jenny Lindt poderia dizer que ela era talentosa; e este dia tinha chegado. Dimple piscou bem rápido e tentou ignorar os arrepios que percorreram seus braços e suas pernas.

– Eu, *ãhn*, uau! Não acredito que isso está acontecendo.

Jenny deu risada, uma risada gutural e sofisticada.

– Bom, precisa acreditar. Você é quem tem talento. Não aqueles imbecis que eu conheci há pouco. *Zumbis bêbados...* – Jenny deu uma risada debochada e completou: – Que piada.

Dimple sentiu um sorriso de felicidade se esboçar em seu rosto.

– Mas eles venceram a Insônia Con.

A cadeira de Jenny soltou um guincho de pesar, porque ela foi para trás e juntou as pontas dos dedos, maquiavélica, com uma expressão bem séria.

– É – falou, olhando bem para Dimple. – E eu vou ser obrigada a ter uma conversa com os organizadores sobre conflitos de interesse. Se os pais de alguém doam uma nova ala para o Departamento de Ciência da Computação, a pessoa não devia nem poder participar. – Falou isso sacudindo a cabeça. Olhou bem sério para Dimple e prosseguiu: – Gostaria de poder dizer que esse tipo de coisa é um caso isolado, mas não é. Você vai ver muito disso. Gente se dando bem injustamente, porque nasceu dentro de uma determinada categoria:

homem, branco, hétero, rico. Eu mesma me encaixo em algumas dessas categorias, e é por isso que faço questão de ajudar pessoas que não se encaixam, pessoas que talvez não tenham espaço se eu não me der a esse trabalho. A gente precisa sacudir essa área, sabe? Precisamos de mais pessoas com pontos de vista, experiências e formas de pensar diferentes, para continuar inovando e avançando. – Nessa hora, Jenny deu um sorrisinho e acrescentou: – E é por isso que eu queria conversar com você a respeito de uma parceria para lançar o seu aplicativo. O que você me diz?

Dimple teve quase certeza de que ia cair no choro. Contou até três, respirou fundo e respondeu:

– Sim, por favor.

CAPÍTULO 55

Rishi

DO LADO de fora do auditório, Rishi ficou andando para lá e para cá, com a sensação de que estava esperando ouvir da boca de um médico sérias notícias que mudariam sua vida. Dimple estava com uma expressão tão completamente desconcertada, que ele ficou torcendo para ter acertado em sua decisão de surpreendê-la. Achava que, já que a namorada estava tão deprimida, podia não aceitar se encontrar com Jenny Lindt – argumentar que não estava preparada ou não estava a fim. Queria que Dimple simplesmente fosse lá e conhecesse Jenny, ver como sua ídola tinha ficado impressionada com ela. Quer dizer, a mulher tinha ligado pessoalmente para Rishi e disse que tinha ficado completamente maravilhada tanto pelo vídeo quanto pela programação do aplicativo.

O garoto sentiu uma onda de orgulho ao lembrar disso. Tinha passado quase a noite inteira, no dia anterior, grudado no computador, assistindo aos vídeos que Ashish tinha feito dele e Dimple, para então combinar tudo em uma versão editada de cinco minutos, e poder mostrar para Jenny Lindt. Teve a ideia depois que a namorada voltou para o próprio quarto. "Se, pelo menos, a Jenny pudesse ver quanto tempo e dedicação a Dimple investiu nisso, o quanto ela é boa", pensou. E aí se deu conta de que podia fazer isso acontecer por ela. Ashish o ajudou por mais ou menos uma hora e depois foi dormir. Mas, antes disso, olhou para o irmão e falou:

– Caramba, *bhaiyya*. Você está mesmo apaixonado, *hein?*

Rishi respirou fundo, trêmulo. Sim, estava.

Foi correndo até o outro lado do corredor comprido quando ouviu a porta do auditório se abrir com um estrondo. Ele se virou e viu Dimple vindo rápido na sua direção, praticamente correndo, com os cachos voando. Foi se aproximando da garota, que lhe deu um encontrão e, em seguida, pendurou-se no seu pescoço.

Rishi a abraçou bem forte, sentindo o coração da namorada bater contra o seu peito, ouvindo sua respiração acelerada e descontrolada. Começou a temer que a conversa tivesse dado muito, muito errado. E foi bem nessa hora que ela se afastou, com os olhos marejados e um leve sorriso no rosto.

– Obrigada – sussurrou.

Todo o ar dos pulmões de Rishi saiu tão rápido que até fez barulho. Ele sorriu.

– A conversa foi boa, então?

Dimple foi para trás, soltando-se dele, e cruzou os braços. Já não estava sorrindo. Rishi franziu a testa de leve. Alguma coisa estava estranha. A garota deveria estar gritando de felicidade, correndo loucamente em círculos, mas não estava. O sorriso de Rishi se desfez.

– Vamos conversar lá fora – disse ela, apontando para a porta lateral atrás do garoto, que dava para a escuridão da noite.

Os dois saíram do auditório bem na hora que um Porsche prateado passou voando e buzinando. Dimple levantou a mão, e Rishi viu uma alegria genuína em seu olhar. Orgulho também. Então a conversa tinha sido boa. O garoto reprimiu suas dúvidas e foi andando com ela até um pequeno pátio ali perto, mergulhado no nevoeiro. Os dois sentaram em um dos bancos meio molhados. A iluminação do interior do prédio lançava tiras largas de uma luz amarelada no chão e na mesa. Rishi olhou para Dimple, sentada ali, na sua frente, e ficou esperando.

Ela puxou as mangas do moletom de capuz até cobrir as pontas dos dedos, ainda sem olhá-lo nos olhos. O garoto começou a sentir algo se revirando na boca de seu estômago. Os palitinhos Pocky que tinha devorado pouco antes, no quarto, estavam ameaçando voltar. Alguma coisa estava errada. Muito errada. Tentou pegar na mão de Dimple por cima da mesa, e ela foi para trás. O coração de Rishi congelou, como se estivesse dentro de um bloco de gelo.

Só aí Dimple olhou para Rishi.

– Obrigada – falou, baixinho. – Foi... um presente incrível. Ter feito o vídeo, entrar em contato com ela, tudo.

Rishi balançou a cabeça, apesar de estar com a sensação de que tudo estava acontecendo muito longe dele, de que estava vendo sua própria vida através de um telescópio.

– Você merece – disse.

– Ela quer fazer uma parceria comigo, para terminar o aplicativo e pôr no mercado, então...

Dimple deu um sorriso e mordeu o lábio, como se quisesse suprimir esse sorriso.

Rishi deu um sorriso discreto.

– Que ótimo. Eu sabia. Que outra reação ela poderia ter?

– Eu tenho uma confissão a fazer – declarou Dimple.

O coração de Rishi disparou.

– Que tipo de confissão?

– Eu... – ela pôs o capuz do casaco, como se quisesse se proteger do nevoeiro. – Fiz algo parecido por você. Ou melhor: tentei.

Rishi franziu o cenho, sem entender nada.

A garota ficou descascando a pintura da mesa de madeira com a unha, e lascas de tinta verde saíram voando.

– Mandei seus desenhos para o Leo Tilden.

Rishi ficou olhando para ela, sem entender direito o que sua namorada estava querendo dizer.

– Como assim, mandou meus desenhos para ele? – Então sacudiu a cabeça, como se esse movimento fosse capaz de melhorar seu entendimento. – Como? Quando?

– No dia em que o Ashish chegou. Vocês saíram do quarto para conversar, e eu tirei fotos do seu caderno. E aí mandei por e-mail para o Leo Tilden. – Dimple olhou Rishi nos olhos, com uma expressão tanto defensiva quanto nervosa, de decepção e de afronta. – Ele... ele ainda não te mandou e-mail, suponho. Mas vai mandar. Sei que vai.

Rishi sacudiu a cabeça de novo, tentando expulsar o que estava sentindo. Raiva dela. Decepção com o silêncio de Leo Tilden. Vergonha. Também se sentia traído. Apoiou os cotovelos na mesa e a cabeça, nas mãos.

– Por que... Como você foi capaz de fazer isso? – falou, baixinho. Temia que, se erguesse a voz, não conseguiria mais parar de gritar. – Depois do que eu te falei. Depois de eu ter te explicado por que eu não podia fazer isso.

– Porque sim! – respondeu Dimple. Sua voz ecoou, mas foi logo engolida pelo nevoeiro implacável. – Porque você está sendo...

Rishi olhou bem sério para ela e perguntou:

– Sendo o quê?

– Covarde – completou Dimple, erguendo o queixo. – Você está sendo covarde. Você tem um verdadeiro dom, Rishi. Você não pode permitir que nem seus pais nem ninguém dite o que você vai fazer com esse dom.

O garoto engoliu em seco, torcendo para seu coração parar de bater tão forte, seu sangue parar de ferver.

– Covarde. Certo. – Ele levantou de um salto e começou a andar de um lado para o outro, passando a mão trêmula no cabelo, sem parar. Não sabia se estava mais magoado ou com raiva. – E acho que conversar com você a respeito de compromissos e obrigações não adianta nada. Assim como não adiantou das outras vezes. – Parou de andar para lá e para cá e olhou feio para Dimple. – E por falar em covardia... você mexeu na minha bolsa escondido e pegou meu caderno de desenho. Você mandou e-mail para o Leo sem a minha permissão! Isso não é covardia?

– Eu estava te fazendo um favor! – exclamou a garota, cerrando os punhos em cima da mesa.

– Um favor! – esbravejou Rishi, levantando as mãos. – Você tem noção do quanto está me subestimando ao dizer isso? Então você só estava fazendo um favor para o covarde imbecil que não sabe o que é melhor para ele, certo?

– Não foi isso que eu disse! – Dimple olhou bem feio para Rishi, e seus olhos brilhavam por trás dos óculos. – E como isso é diferente do que você fez por mim com a Jenny Lindt?

– Porque faz seis semanas que você não para de me falar o quanto ela é importante para você e o quanto queria conhecê-la! Porque você veio para a Insônia Con justamente para que a Jenny conhecesse o seu trabalho! Essa é a diferença: você queria, e eu não! Eu disse claramente que não queria!

– E eu disse claramente que não queria um relacionamento! Não quero!

Dimple gritou, e sua voz o atingiu em cheio, bem no peito, despedaçando seu coração.

Dimple

Ela ficou ali sentada, ofegante, sem conseguir acreditar que tinha acabado de gritar com Rishi daquele jeito.

– Desculpa – falou, na mesma hora, com a voz trêmula. – Desculpa. Mas eu… Não está mais dando certo para mim.

Rishi ficou olhando para Dimple, como se a namorada tivesse acabado de dizer que um meteoro gigante estava vindo em direção à Terra e não havia mais nada que pudesse ser feito. Aproximou-se do banco com as pernas trêmulas e se jogou nele. Ficou olhando para as próprias mãos por um tempo, e então olhou para ela.

– Quanto tempo faz que você sabe que quer terminar comigo?

O nevoeiro abafou suas palavras.

– Eu não sabia – respondeu Dimple. – Quer dizer, eu estava bem em dúvida há semanas… Mas… – Ela respirou fundo e continuou: – Eu só tive certeza há uns dois dias. Quando anunciaram os vencedores.

Rishi ficou calado por um bom tempo. E aí perguntou:

– Por quê?

Dimple pensou em lhe dizer a verdade por uma fração de segundo: que Rishi era o cara certo demais para ela, que tinha medo de tê-lo conhecido muito nova, que estava apavorada, achando que tinha desistido de uma parte essencial de si mesma ou que tivesse se esquecendo dos motivos pelos quais nunca quis um relacionamento, para começo de conversa. Só que tinha certeza de que Rishi a convenceria, que teria um bom contra-argumento para cada um dos seus argumentos. Acabaria querendo ficar com Rishi de novo, e não era isso que ela queria. Queria terminar e pronto, era esse o seu objetivo.

— A gente é muito diferente — falou, por fim, optando por uma meia verdade. — Não posso... Não posso ficar com alguém que se importa tanto com o que os pais querem. Você não tem coragem, Rishi. E não posso ficar com alguém assim. — Estava sendo tão cruel... Mas não podia dar chance para o azar. — Quero muito mais da vida do que você aparenta querer.

Rishi olhou para Dimple, com um olhar vazio, vago, que ela jamais tinha visto. Sua cabeça doía, fisicamente, doía de verdade, mas ela se obrigou a continuar com uma expressão firme, impassível, enquanto o garoto falava.

— Eu mudei tanto por sua causa. Sei que não parece, mas mudei. Só quero ficar com você, Dimple. Eu até estava disposto a deixar de lado os planos dos meus pais. Eu estava disposto a ir atrás de você pelo mundo, aonde você quisesse, aonde quer que sua carreira te levasse. Mas você tem razão: eu não tenho a coragem que você parece ter de abandonar todas as tradições e simplesmente fazer o que eu quero. Eu me importo, sim, com o que os meus pais pensam de mim, eu me importo com o que eles querem.

O sangue de Dimple começou a ferver de raiva, por mais que soubesse que fora ela quem havia provocado Rishi.

— Por acaso você está me chamando de egoísta?

Rishi ficou de pé e apoiou as pontas dos dedos na mesa.

— Estou te chamando de insensível. Você tem razão: somos muito diferentes.

Então virou as costas e foi embora. O nevoeiro o engoliu por completo.

CAPÍTULO 56

Dimple

— **MAS** você não pode esperar até amanhã de manhã? – perguntou Celia, que estava esparramada na cama, com as pernas no colo de Ashish. Os dois se entreolhavam, preocupados. E Dimple fingia que não estava vendo nada.

Atirou as roupas na mala sem se dar ao trabalho de dobrá-las. Depois de ter terminado com Rishi, tinha passado uma hora chorando sozinha no banco, envolvida pelo nevoeiro. Mas depois secou as lágrimas, voltou para o dormitório pisando firme e tomou um longo banho, esfregando os cabelos até o couro cabeludo ficar quase em ferida. E foi aí que decidiu que não iria esperar até o dia seguinte para ir embora. Que sentido fazia?

Celia e Ashish tinham acabado de chegar, há dez minutos. Dimple ficou com a sensação de que Rishi havia contado o que tinha acontecido. Era óbvio, porque os dois *não* perguntaram por ele.

— Não. Preciso sair daqui agora.

Ashish limpou a garganta e perguntou:

— Mas e a Jenny Lindt? A conversa foi boa, não foi?

Então tinham falado com Rishi. Dimple ficou parada por alguns instantes, inundada pela dor, mas depois continuou o que estava fazendo, como se nada estivesse tivesse acontecido. — A gente vai trabalhar praticamente só pelo computador. De qualquer modo, vou para Stanford daqui a algumas semanas, não vou estar tão longe. Posso vir para cá de carro.

Fechou a mala com força e se virou.

Celia levantou da cama e falou:

— Vou ficar com saudade.

— Eu também. — Dimple se aproximou da amiga e lhe deu um abraço. — Mas a gente vai continuar se falando por mensagem. E vamos estar bem perto a partir do próximo semestre. De carro é rapidinho.

Celia ficou balançando a cabeça loucamente e, quando se afastou de Dimple, estava com os olhos marejados.

— Tenho a sensação de que, seja lá quem for minha colega de quarto, vou ficar decepcionada — falou. — Porque não vai ser você.

Dimple engoliu em seco o nó que sentia na garganta.

— Idem. Sabe que você pode mudar de ideia e pedir transferência para Stanford…

Celia revirou os olhos.

— Ah, tá. Até parece que um dia vão me deixar entrar naquele lugar.

Dimple deu risada e se virou para Ashish, que agora estava ao lado de Celia. O garoto sorriu para ela, mas foi um sorriso triste, que lhe deu um aperto no peito. Seus olhos eram tão parecidos com os de Rishi que a garota teve que piscar e olhar para o outro lado.

— Adorei conhecer você, Ashish — falou, passando a mão no nariz. — Obrigada pela ajuda com o show de talentos.

Ela estendeu a mão, mas Ashish a ignorou e lhe deu um abraço.

— Você teria dado uma ótima *bhabbi* algum dia — declarou.

E depois dessa, mais do que nunca, a ficha caiu com tudo. Era definitivo: não havia mais nada entre ela e Rishi.

Dimple engoliu em seco e se afastou de Ashish, dando um grande sorriso.

— Ok, fui. Vocês vão embora amanhã, né?

Os dois balançaram a cabeça.

— Quer que eu leve a sua mala? — perguntou Ashish. Mas Dimple só sacudiu a cabeça.

Celia lhe deu mais um abraço e, em seguida, foi para trás, passou o braço pela cintura de Ashish e secou as lágrimas com a outra mão.

Dimple respirou fundo e endireitou os ombros, determinada a não derramar mais nenhuma lágrima naquele campus.

Rishi

Rishi estava sentado na beirada da cama, de cabeça baixa, enquanto ligava para a casa dos pais. O som de espera lhe trouxe uma sensação de solidão fora do normal, como se estivesse ligando para uma casa vazia.

Tinha a impressão de ter sido atingido por um raio que veio do nada, em um dia ensolarado, de céu azul. Não imaginava que aquilo ia acontecer. Achou que Dimple podia estar infeliz, mas que era porque tinha perdido a competição, porque não teve oportunidade de falar com Jenny Lindt. Rishi não fazia ideia de que ela… que Dimple… que ela não o amava mais. Que, provavelmente, nunca tinha amado.

E todas as coisas que ela disse: será que era assim que Dimple o via? Como um grande covarde, que tinha medo de enfrentar os pais, que tinha medo de viver de verdade? Alguém que queria se esconder e se proteger de todas as tempestades da vida, alguém que queria uma existência fácil, pacata, chata, nula?

Será que ela tinha razão?

– *Haan, bolo, Rishi beta!* – A reação alegre de seu pai ao atender a ligação fez Rishi levar um susto, e sair daqueles pensamentos frios e confusos.

– Pai… – sua voz saiu rouca, tosca. Limpou a garganta. Estava sem palavras.

– Rishi? – Pelo tom de voz, seu pai ficou preocupado. – *Kya baat hai, beta?*

– Por acaso estou cometendo um erro, pai? – perguntou, quase em um sussurro. Passou a mão na nuca, sentindo uma onda de frustração que não conseguia explicar. Levantou da cama e começou a andar de um lado para o outro. Continuou a conversa, falando mais alto: – Quer dizer, MIT? Engenharia? O senhor que é bom de matemática, não eu. Nem consegui consertar o notebook quando deu pau no ano passado, lembra?

Houve um instante de silêncio, e Rishi teve certeza de que o pai estava se esforçando para entendê-lo.

– Mas, Rishi, existem muitos cursos de engenharia – falou, finalmente, meio perplexo. – *Tumhe patta hai*, você não precisa consertar computadores para ser engenheiro. Você sabe disso.

Rishi chutou o pé da escrivaninha, que tremeu toda.

– Mas não estou falando de consertar o notebook! – Ficou agitando a mão livre. Por que seu pai não era capaz de entender? – Estou falando... de tudo. Do meu cérebro, pai. Que não funciona do mesmo jeito que o seu. Eu não me interesso por matemática nem por negócios nem por nada do que o senhor faz. Imagina se eu quero passar 50 ou 60 anos da minha vida preso na Global Comm, fazendo coisas que já acho chatas agora, aos 18 anos? Quer dizer, o que vai ser da minha vida depois de todo esse tempo? Quem é que eu vou me tornar se fizer isso?

– Mas existem várias empresas boas além da Global Comm, Rishi – insistiu o pai, ainda meio desorientado. – Você não precisa trabalhar aqui. Pode trabalhar no Google; eles são progressistas, *na?* Muitos jovens gostam de trabalhar...

Ai, meus deuses. Ele simplesmente não estava entendendo.

– Não, pai – interrompeu Rishi, parado no meio do quarto, olhando para a cama onde, há poucos dias, ele e Dimple tinham dado um passo tão importante. A cama onde Rishi se deu conta de que não poderia viver sem Dimple, não importa o que acontecesse. Sentiu aquela pontada amarga da rejeição apertar seu peito. – E se eu quiser me dedicar aos meus quadrinhos em vez disso?

Houve um longo silêncio. Rishi ficou esperando, com o coração disparado.

– Q-quadrinhos? – Rishi nunca tinha ouvido o pai gaguejar daquele jeito. – Rishi, por que você está falando essas coisas, *beta?* De onde você tirou essas ideias? Planos *sub change kar rahe ho*... Você está desistindo de todos os seus planos. Por quem? *Dimple ne kuch kahaa?*

Será que Dimple tinha falado alguma coisa? Rishi teve vontade de rir. "É, ela disse muita coisa", pensou. Mas, em vez de tocar nesse assunto, falou:

– Sim. Ela falou. Mas eu me sentia assim antes disso, pai. Eu... A engenharia não é para mim. É para o senhor. Eu tenho alma de artista. Não de engenheiro. Nem de máquina corporativa.

Seu pai soltou um longo suspiro, tentando invocar uma paciência que, naquele momento, não tinha. Quando falou de novo, foi com um tom grave e controlado. Era um tom que Rishi já tinha ouvido o pai usar em reuniões pelo telefone, quando estava tentando não perder a cabeça.

– *Ghar aao,* Rishi. Aí a gente conversa. *Aur Dimple...*

– Não tem mais Dimple – respondeu, baixinho. Seus pais não sabiam até onde a amizade deles tinha se transformado em outra coisa. E, naquele momento, Rishi ficou feliz por não ter contado. – E, sim, vou voltar para casa.

Desligou e ficou parado, em silêncio, por um bom tempo. Aí, quando pegou a pasta, pensou: "*Semper sursum* – Sempre para cima".

Dimple

SERÁ que é possível morrer de tédio? Dimple tinha quase certeza de que estava bem perto disso. Sua pulsação estava lenta, a temperatura do seu corpo tinha caído. Estava entrando em modo *stand-by*.

Tinha passado a última hora – sessenta minutos inteiros, ela ficou contando – sentada na sala enquanto sua mãe, tia Ritu e, em menor grau, *didi* Seema falavam de gravidez.

Sim, era verdade. A calada Seema e Vishal, o rebento de tia Ritu, estavam prestes a ter o próprio rebento. Dimple tremia só de pensar que criatura poderia surgir daí. Será que viria ao mundo fofocando e jogando conversa fora sobre coisas sem a menor importância? Ou será que viria escondida atrás de uma cortina de cabelo preto, encarando os médicos com seus olhos negros inescrutáveis?

Sendo bem sincera, Seema parecia, sim, razoavelmente feliz – o mais feliz que Dimple já a vira. Tinha um leve sorriso em seus lábios enquanto olhava para a imagem do ultrassom que mostrava o borrão granulado/ameba supervalorizada.

– Mas *jo bhi kaho*, o parto é uma das experiências mais dolorosas na vida de uma mulher! – proclamou tia Ritu, enfiando mais um biscoito Milano na boca. – Eu gritei tanto quando tive Vishal *ki* depois fiquei sem voz por dois dias! – contou, espalhando migalhas de biscoito por todos os lados. *Didi* Seema estava toda encolhida ao lado de Ritu, mas Dimple não soube dizer se era por causa dos projéteis de comida parcialmente digerida ou pelas palavras de sabedoria tão animadoras sobre o parto.

– *Haan, bilkul sahi* – disse sua mãe, balançando a cabeça com cara de mártir. – Tiveram que tirar Dimple com o fórceps, sabe? Doeu muito. Depois disso, não consegui mais ir ao banheiro sem gritar. – Nessa hora, tomou um gole de *chai* e soltou um suspiro, olhando para Dimple. – E, depois que saem da gente, eles são tão ingratos.

Dimple revirou os olhos para si mesma.

– Sinto muito por decepcioná-la – resmungou, tão baixo que ninguém ouviu. Mas pensou, de qualquer modo. Quando levantou os olhos, *didi* Seema estava mordendo a própria bochecha, para não sorrir.

– Mas, ainda sim, Ritu, você tem muita sorte, sabia? – continuou a mãe de Dimple, dando um sorriso nostálgico para a imagem do ultrassom, que tinha ido parar em suas mãos. – Dentro de oito meses, você será avó! *Tum kitni khush kismet ho.*

"*Khush kismet.*" Sortuda. O que, obviamente, implicava que a mãe de Dimple não tinha sorte. Tinha um fracasso de filha que a rasgara toda para vir ao mundo e, desde então, só fazia decepcioná-la.

Dimple e sua mãe não tinham conversado de verdade sobre nada do que acontecera no verão, lá na UESF, com Rishi. Seu pai fez questão de dizer que apoiava a decisão dela de cortar todos os laços com o ex-namorado, mesmo sem saber de todos os detalhes. Só queria ter certeza de que Rishi não tinha magoado sua filha. Seu pai lhe falou para se concentrar no aplicativo e no relacionamento com Jenny Lindt. Falou que Dimple faria novos amigos e teria coisas novas para se empolgar em Stanford, que tudo isso logo se transformaria em uma lembrança distante. Todas aquelas coisas que os pais dizem para os filhos quando a vida lhes dá um limão.

E aí, tinha a sua mãe. Que olhava para a filha com reprovação desde que ela voltou da Insônia Con. Não disse nada com todas as letras, mas suspirava tanto que Dimple temia que a casa estivesse prestes a cair. E adorava falar da gravidez recente de *didi* Seema. Sua mãe falava incessantemente sobre a vida em família e de como era perfeita para Seema e do quanto a tia Ritu estava feliz. E, nas entrelinhas, Dimple lia o quanto sua mãe estava decepcionada com ela. O quanto gostaria de trocar de vida com Ritu.

Dimple se levantou de repente, as lágrimas ameaçavam cair. Isso andava acontecendo do nada, como se cortar relações com Rishi a tivesse deixado com as emoções à flor da pele, vulnerável à ação dos elementos ao seu redor.

– Com licença – falou, sabendo que sua voz estava trêmula. – Preciso terminar de fazer as malas

Sentada em sua cadeira de rodas, tia Ritu olhou para Dimple toda feliz, sem se dar conta de nada, apesar de ter visto, de canto de olho, a mãe de Dimple franzir a testa.

– Você está indo amanhã, *na?* Stanford!

Dimple tentou sorrir, mas não conseguiu, e se contentou em balançar a cabeça. Tia Ritu tirou da bolsa uma cédula e ofereceu para a garota. Um costume das pessoas mais velhas, quando os jovens entravam em uma nova fase da vida.

– Ah, tia, não posso…

– Pode, sim. E precisa aceitar – disse tia Ritu, pondo a nota em sua mão. – *Khush raho, beti.* E boa sorte.

A garota conseguiu, então, dar um meio sorriso, pensando: "Agradeço os votos, mas felicidade já é pedir demais".

Dimple ficou sentada na beira da cama, olhando para a mala, o travesseiro e a única caixa de livros que ia levar. Não estava levando muito mais do que isso. Tinha conseguido convencer seus pais a deixá-la ir de carro sozinha, mas os dois só permitiram porque ela prometeu voltar no feriado prolongado do Dia do Trabalho. A garota pensou que poderia pegar o que mais precisasse nessa ocasião. Não precisava exagerar: só queria mesmo seu computador e seus livros.

Não olhou, de propósito, para a estante, onde tinha deixado as *graphic novels* que Rishi lhe dera no Duas Irmãs. Tinha lido uma antes de ir embora da Insônia Con. Que era repleta de amor, magia e promessas de coisas novas. Dimple não conseguia encarar isso agora. Tinha vontade de doá-las, mas ainda não tinha criado coragem. Quando voltasse para casa no feriado, quem sabe.

Então olhou para o quarto, imaginando se sua mãe sequer notaria sua falta. Talvez fosse mais feliz se não precisasse pensar em Dimple a cada instante, sem ter que ficar cara a cara com as tantas decepções que a filha causava o dia inteiro, todos os dias.

Sua mãe entrou no quarto sem bater, como sempre, e colocou um copo de *haldi doodh* no seu móvel de cabeceira. Dimple virou a cara. Não seria capaz de suportar mais decepção e reprovação. Estava tão farta disso... As coisas já estavam difíceis, as dúvidas que ela mesma tinha já eram difíceis sem ter que lidar com a constante pressão da mãe.

– Você me disse que já tinha terminado de arrumar as malas – disse ela, sentando-se em uma cadeira de vime que Dimple comprara em uma feira de antiguidades, anos atrás.

– Terminei – respondeu Dimple. – Eu só queria sair dali. Não aguentava mais aquela conversa sobre bebês.

A mãe de Dimple deu uma risadinha e falou:

– *Haan*. As duas estão muito animadas. Primeiro filho e primeiro neto, na?

– Elas já foram embora?

Sua mãe balançou a cabeça. Depois de alguns instantes, perguntou:

– *Sab theekh hai*?

Dimple ficou olhando para ela, sentindo um nó na garganta.

– Não, mãe. Não está tudo bem.

A mãe de Dimple franziu a testa, confusa. Meu Deus, a mulher não tinha a menor noção.

– *Kyon?* Rishi...

– Não é por causa do Rishi – disparou Dimple. E, em seguida, com a voz mais calma, explicou: – Não é *só* por causa do Rishi. É por sua causa, também. – Respirou fundo, tensa, e completou: – A sua... a sua decepção é como um cobertor gelado que pesa nos meus ombros, mãe. A senhora não consegue nem olhar para mim sem deixar isso bem claro.

– Dece... decepção? – repetiu sua mãe, inclinando o tronco para frente. – *Hai Ram*, Dimple, *não* estou decepcionada com você.

A garota sentiu uma lágrima rolar pelo seu rosto e a secou bruscamente.

– Ah, tá. A senhora gostaria que eu fosse mais parecida com a *didi* Seema. Que me casasse com alguém escolhido por vocês, sem reclamar; que tivesse filhos, sem reclamar; que aceitasse o meu destino sem resistir. Certo? A senhora adoraria que isso acontecesse.

– Adoraria tanto quanto adoro isso. – Sua mãe respirou fundo e ajeitou o sári azul-pavão no ombro. – Dimple, você é minha *beti*. Só quero a sua felicidade. *Bas. Aur kuch nahin.*

A essa altura, as lágrimas de Dimple já estavam caindo bem mais rápido.

– Mas a senhora só me mandou para a Insônia Con para que eu me apaixonasse por Rishi Patel. A senhora quer que eu me case nova e tenha filhos, e eu não estou lhe proporcionando nada disso. Pelo contrário: a senhora tem uma filha cabeça-dura, determinada a ficar sozinha...

A garota começou a chorar e ficou sem ar, com o nariz entupido.

– Oh, Dimple, não... – Sua mãe se sentou ao lado dela, na cama, e a abraçou. – Não sou tão velha assim. Eu entendo; *aaj kal* 18 anos é muito cedo para *shaadi*, para se casar. Quero que você tenha um lar feliz algum dia. – Apertou bem a filha e prosseguiu: – Mas só quando você quiser, *beti*. Não estou decepcionada. Estou triste por causa do que vejo em seu olhar, no seu silêncio. Uma tristeza muito grande. *Tum usse pyaar karti ho, na?*

"Você ama o ama, né?"

Essas palavras abriram as comportas que Dimple mantivera tão bem fechadas durante o último mês. Ela se virou, aninhou o rosto no pescoço da mãe – como não fazia desde que estava no Ensino Fundamental –, e chorou.

Chorou pelos momentos que ela e Rishi jamais passariam juntos. Chorou pelo amor que só tinha desabrochado e jamais amadureceria. Chorou por ter sido tão maldosa, por ter xingado Rishi daquelas coisas. Chorou pela própria cabeça-dura e por um mundo que não permitia que ela fosse as duas coisas: uma mulher apaixonada e uma mulher que tinha uma carreira, sem sentir culpa nem duvidar de si mesma o tempo todo, ficando em frangalhos. Ninguém que ela conhecia conseguia equilibrar as duas coisas. Era trabalho ou amor. Querer as duas coisas era pedir demais: tinha a sensação de que era como pedir um sorvete quente ou um cubo de açúcar amargo. E, por isso, tinha se afastado de Rishi. Tinha partido o coração dele e dizimado o próprio.

— Eu o amo, sim, mãe – disse, quando conseguiu recuperar o fôlego. Endireitou-se na cama e secou as lágrimas com a *pallu* da mãe, a ponta solta do sári. – Mas não tem como dar certo sem que um de nós sacrifique algo importante. E a senhora sabe como é. Normalmente, é a mulher que acaba se sacrificando. E eu não posso fazer isso. Não quero.

A mãe de Dimple suspirou e fez carinho nas costas da filha.

— Você tem razão, Dimple. Normalmente, é a mulher que se sacrifica. Mas, *beti*, vendo você tão infeliz… fico imaginando se você não está se sacrificando agora. É ou Rishi ou sua carreira, é assim que você vê as coisas agora. Mas, para mim, parece que cortar qualquer um dos dois é cortar uma parte de você mesma. *Hmmm?* – Nessa hora, deu um beijo na têmpora da filha e continuou falando: – Faça o que fizer, Dimple, eu sou sua mãe. Sempre vou te apoiar. Sempre vou ter orgulho de você. Ok?

E então sua mãe lhe ofereceu o copo de *haldi doodh*.

Dimple olhou para ela, com os olhos cheios de lágrimas, e só enxergou amor e paciência no seu sorriso. O aperto doloroso que sentia no peito diminuiu. Pegou o copo de leite e sussurrou:

— Ok.

Rishi

Rishi estava parado na frente de casa, com os pais e Ashish. Só levava uma pequena mala de viagem, depois se preocuparia com o resto. Não podia evitar de traçar um paralelo com o dia em que saiu de casa para ir à Insônia Con. Esse pensamento trouxe lembranças indesejadas de Dimple: seus olhos brilhantes e observadores, a careta que fazia, com uma ruguinha entre as sobrancelhas, seu cabelo cacheado e revolto. Foi difícil se livrar delas.

O garoto sorriu para o pai, que também sorriu. Não havia nenhuma tensão no ar. Tinham se entendido. Sabe-se lá como, os pontos de vista divergentes não resultaram em gritos, berros e mágoas. Sabe-se lá como, tinham conseguido sentar e conversar.

E Rishi conseguira entender o ponto de vista do pai. Que não pedira para o filho desistir dos quadrinhos por arrogância, orgulho ou porque tinha vergonha das tendências artísticas do filho mais velho. Seu pai era apenas um homem extremamente prático, e Rishi era capaz de admirar isso.

Levou um tempo para seu pai se convencer. Mas, quando entendeu, *entendeu*. Ele se deu conta de que pedir para Rishi se matricular em um curso de engenharia era a mesma coisa que pedir para o filho morar em uma jaula bem decorada pelo resto da vida. E, quando Rishi mandou o formulário de matrícula para o curso de belas artes e se afastou do caminho que o levaria a ser um engenheiro formado pelo MIT, seu pai lhe deu um tapinha no ombro, sorriu e disse:

— Eu pintava quando tinha a sua idade. De vez em quando, meus sonhos são em aquarela. Você tem uma coragem que eu nunca consegui ter, Rishi.

Na frente de casa, sua mãe já tinha feito o ritual *puja* com a bandeja prateada, igualzinho ao que fizera quando Rishi foi para a Insônia Con. Naquele exato momento, estava segurando o braço filho, olhando para ele, com lágrimas nos olhos.

— Liga logo para a gente, *beta*.

— Ligo, sim, mãe. — Então lhe deu um abraço apertado, sentindo uma pressão na garganta. Era o fim. Veria a família raramente nos próximos quatro anos. Aquela não era mais sua residência principal. Abaixou-se e tocou os pés da mãe, depois os do pai, pedindo a bênção.

Assim que levantou, Ashish lhe deu um abraço de urso e um tapa nas costas. O celular que estava no bolso dele apitou. Rishi se afastou, levantou a sobrancelha e perguntou:

— Celia?

Ashish respondeu balançando a cabeça e ficou corado. As coisas entre ele e Celia tinham ficado mais sérias no último mês. Ashish foi diversas vezes para São Francisco ficar com ela. Os pais estavam deixando passar em brancas nuvens por enquanto, mas ele já tinha ouvido uma discussão a respeito de quando o irmão iria convidar Celia para jantar em casa.

– *Bhaiyya*… – falou Ashish, coçando o queixo. – Tem certeza?

Tinham tocado naquele assunto tantas vezes no último mês e, em todas as vezes, Rishi encerra a conversa.

Rishi soltou um suspiro.

– Sim, tenho certeza – respondeu, olhando também para os pais, apesar de os dois estarem fingindo que não tinham nada a ver com aquilo. – Dimple deixou bem claro que não queria mais falar comigo. Disse que tenho medo de viver, de me arriscar.

– *Lekin, beta*... – começou sua mãe.

Rishi levantou a mão, fazendo sinal para ela parar.

– Já falamos sobre isso. Ela tinha pontos positivos? Talvez. – Encolheu os ombros e continuou: – Ela sempre me incentivou a ser eu mesmo? Claro. Mas não vamos esquecer que Dimple me chamou de covarde. – Olhou para eles e repetiu: – De *covarde*.

Seus pais suspiraram, mas Ashish levou a mão à nuca e bufou.

– Olha, acho isso uma burrice total. – Olhou para os pais e disse: – Desculpa, pai. Desculpa, mãe. Sei que vocês não querem que eu me intrometa nem chateie o Rishi. – Virou-se para o irmão e continuou: – Mas a Dimple queria que você fosse *você mesmo*, Rishi. Enxergou quem você realmente é e insistiu para você ser essa pessoa. Eu vi como ela te olhava. Ela te ama. Pode até ter tido um surto temporário, mas ela te *ama*. Eu te falei o que a Celia contou, que a Dimple anda muito diferente no último mês. Que está deprimida, em estado de choque ou algo assim. E todos nós sabemos… – nessa hora, apontou para os pais – …que você anda igual. Está pela metade. Parece um fantasma, caramba! Mal come, mal dorme. Vocês dois se amam. Você precisa parar de ser tão teimoso e ir atrás dela, falar o que sente.

Rishi ficou só olhando, em silêncio, para o irmão mais novo, depois para os pais. Algo em seu peito se alvoroçou, uma semente de dúvida que estava rapidamente se transformando em uma árvore frondosa.

– Mãe, pai, vocês também acham isso?

Sua mãe fez uma cara constrangida, e seu pai encolheu os ombros e disse:

— A decisão é sua, Rishi. Mas...

— Mas você parece tão infeliz, *beta* – completou sua mãe, falando baixinho. – Tão infeliz...

Rishi achou que tinha tomado a decisão mais saudável, de não ficar chorando por Dimple. Bom, pelo menos não visivelmente. Tentou virar a página. Ignorar seu coração partido. Mas, mesmo assim, eles tinham percebido. Tinham visto o quanto o garoto estava sofrendo. O quanto estava sofrendo de verdade. Aquela era uma luta que ele travava internamente todos os dias: tentar se esquecer da mulher que tinha tão obviamente esquecido dele. Quando Ashish lhe contou o que Celia havia dito, Rishi não prestou atenção. Era óbvio que só estavam tentando consolá-lo.

Mas e se fosse verdade? E se Dimple ainda o amasse mesmo? E se só tivesse falado aquelas coisas porque estava com raiva e tivesse se arrependido? Dimple podia ter enxergado o fundo de sua alma e gostado do que viu.

Ao olhar para o rosto das pessoas de sua família, Rishi teve certeza de uma coisa: ele tinha que descobrir. Já. Ai, meus deuses. Como foi burro. Tão, tão burro.

Endireitou a postura e atirou a mala de viagem no banco de trás do carro conversível.

— Já vou – falou, pulando no assento do motorista.

— Aonde? – perguntou Ashish, com uma expressão ao mesmo tempo esperançosa e desconfiada.

— Tentar reconquistar sua *bhabbi* – respondeu Rishi, sorrindo.

Passou correndo pelas árvores da entrada, ouvindo as risadas e vivas de sua família.

Dimple

Dimple estava quase chegando ao campus de Stanford quando o celular tocou. Passou a mão sobre o painel do carro, mas aí se deu conta de que tinha guardado o aparelho na bolsa na última parada que fizera para descansar. Enfiou a mão na bolsa e ficou remexendo lá dentro até sentir a borda rígida do aparelho, debaixo de uma pilha de papéis. Virou a bolsa no banco do carona, olhou para baixo e viu o rosto da mãe na tela.

Dimple deu risada; sua mãe já tinha ligado três vezes, só para saber se ela estava acordada. Ela não entendia que falar ao telefone dirigindo era quase tão perigoso quanto dormir no volante. Passou o dedo para rejeitar a chamada e cair na caixa postal e foi aí que seu olhar pousou em um pedaço de papel que tinha caído da bolsa.

De olho na estrada para não sair da pista, alisou o papel. Era o exercício de 25 expressões que Rishi fizera na noite do não-encontro-que-virou-encontro deles, no topo do morro de Alto de Bernal. Dimple ficou sem ar ao ver os traços fluidos, ao lembrar de como Rishi tinha capturado sua personalidade de forma tão perfeita e sincera, de como teve certeza de que o garoto passara um tempo a observando, a estudando.

E aí, o verão que passaram juntos começou a voltar aos poucos – Rishi enfrentando os *Aberzombies* por ela; trabalhando incansavelmente para ajudá-la a fazer o melhor protótipo possível, por mais que não se interessasse muito por desenvolvimento web; se dispondo a fazer papel de bobo dançando em cima do palco, só para Dimple vencer o show de talentos; arranjando aquela conversa com Jenny Lindt, porque sabia o quanto isso era importante para ela.

E, aí, a garota foi atingida por uma grande onda: a percepção de que Rishi Patel a amava de modo tão profundo, tão verdadeiro, que ela jamais encontraria isso de novo, não importa o quanto nem por quanto tempo procurasse. Pelo resto da vida, compararia outros homens com ele. Rishi seria o parâmetro do relacionamento perfeito, do amor mais verdadeiro.

Quando deu por si, Dimple já tinha passado da saída que levava à Universidade de Stanford. E então ficou de olho na placa que dizia: AEROPORTO INTERNACIONAL DE SÃO FRANCISCO. Se corresse, conseguiria encontrar Rishi antes que ele embarcasse no voo para o MIT.

Durante o período em que passaram na UESF, Rishi havia lhe contado que ia para o MIT no dia 27 de agosto. Dimple lembrava porque planejava ir para Stanford no mesmo dia. Não devia haver tantos voos assim partindo de São Francisco para o Aeroporto Logan, certo? E ainda era cedo. Rishi ainda não devia ter partido.

Ela parou no estacionamento do aeroporto e entrou correndo, procurando nos painéis o próximo voo partindo para o aeroporto Logan. Havia um saindo dentro de quarenta minutos, no Terminal 2. Perfeito. Dimple correu para o terminal, torcendo para que Rishi estivesse lá. Seu coração estava saindo pela boca, batendo loucamente. Devia ter mandado uma mensagem para Rishi antes. Ou… ou um e-mail. Alguma coisa. O que diria se Rishi olhasse para ela com cara de nada? Ou com cara de horrorizado? Talvez devesse ter pensado um pouco melhor antes.

Só que Rishi não estava no Terminal 2. Dimple o procurou no meio das pessoas duas vezes, três vezes, mas ele, definitivamente, não estava lá. Foi até um dos passageiros esperando para embarcar, uma jovem que estava lendo, e bateu no ombro dela.

– Oi. É deste terminal que vai sair o voo para Boston?

A mulher balançou a cabeça rapidamente, e voltou a ler. Dimple olhou em volta, e seu coração afundou. Já estava indo embora, imaginando o que fazer, quando a mulher falou, sem olhar para ela:

– Tem outro voo para Boston saindo dentro de noventa minutos. Terminal 1.

Dimple ficou esperando bem na saída do Terminal 1, mas Rishi não apareceu. Tinha certeza de que ele havia dito que o voo sairia antes do almoço, ou seja: só podia ser aquele. Mas o garoto podia ter trocado a passagem e ido antes. Com certeza não iria depois; as aulas logo iriam começar, e ele queria estar preparado. Então tinha ido para o outro lado do país sem nem tentar entrar em contato com ela. E Dimple era uma imbecil.

Voltou para o carro e entrou, tentando se proteger da dor de ter o coração partido pela segunda vez.

Rishi

Quando Rishi deu por si, estava no campus da Universidade de Stanford, diante do maior prédio residencial para calouros, onde Dimple dissera que iria morar. Ficou esperando no saguão por trinta minutos, tentando vê-la no meio das enormes filas de calouros acompanhados dos pais, procurando pelo cabelo rebelde dela, por sua silhueta baixinha.

Mas ela não estava lá. Havia dito que chegaria na manhã do dia 27, Rishi tinha certeza disso. Tinha programado um lembrete no celular quando ainda estavam na UESF, porque queria mandar um buquê de flores para a namorada no seu primeiro dia de faculdade.

Quarenta minutos.

Cinquenta.

Tinha mandado mensagem para ela uns dez minutos depois de chegar ("Estou no saguão. Desculpa."), e ela não respondera.

Sessenta minutos.

Ela não ia responder. Dimple não estava confusa, óbvio. Tinha tomado a decisão e não voltaria atrás.

E Rishi era um imbecil.

Levantou e foi até o carro, arrastando os pés, esmagado pelo sofrimento.

Dimple

Dimple foi em direção à Starbucks do campus da UESF. Talvez devesse ter ido direto para Stanford, mas não podia ir embora sem dar um "tchau" oficial para aquele lugar. Quem sabe ver o campus, tocar naquele chafariz podia ajudá-la a deixar o lugar – a deixar Rishi – para trás, de uma vez por todas. O sol era uma bola reluzente de fogo; nada de nevoeiro naquele dia. Nem Karl queria se aproximar dela.

Rishi

Ai, o que ele estava fazendo ali? Será que era mesmo tão bobo e sentimental? Por que não tinha ido direto para onde deveria ir?

Mas, parecia que seu cérebro estava completamente desconectado de suas pernas. Quando deu por si, Rishi estava se dirigindo à Starbucks da UESF. Como se fosse burro ao ponto de esperar ver Dimple ali, sentada naquela naquele chafariz, como da outra vez, com um café gelado na mão...

Ele piscou.

E piscou de novo.

– Dimple?

Dimple

Ela abriu os olhos de repente, ao ouvir aquela voz, sentindo um aperto dolorido no peito, porque seu cérebro lhe dizia que era burrice ter esperança, muita burrice. Mas…

Era ele. Rishi Patel, que olhava para Dimple, de queixo caído.

Ela levantou, com as pernas bambas, respirando com dificuldade, em uma um misto de descrença e esperança, se enroscando e se alvoroçando em seu peito. Suas mãos tremiam tanto que o café quase caiu no chão.

– Rishi?

Rishi

Ele ficou ali parado, olhando para a garota. Uma palavra ecoava em sua cabeça, sem parar, como o canto de um pássaro: "destino". Tinha certeza de que parecia transtornado, com o coração batendo forte na cabeça, no peito e na garganta, tudo ao mesmo tempo, com a boca seca, o corpo todo duro e gelado, em choque. Esticou a mão na direção dela, mas desistiu e tornou a baixá-la.

– Eu mandei mensagem…

– Eu fui para o…

Os dois falaram ao mesmo tempo. Rishi se calou, fez sinal de "Vá em frente" e disse:

– Pode falar.

Dimple mordeu o lábio. Meu Deus, como ela é linda. Tão, tão perfeita. Sentiu um calor no peito e também um aperto. Tinha um desejo intenso: precisava aproximar a cabeça dela do próprio queixo e sentir o cheiro do seu xampu. Era só isso que ele queria agora, só isso. Mas continuou com a postura rígida, ficou meio de lado, como se não quisesse chegar muito perto.

– Eu, *ãhn...* – Dimple prendeu um cacho atrás da orelha, e Rishi viu que sua mão estava tremendo de leve.

– O que você está fazendo aqui?

Ela o olhava bem nos olhos, em busca de respostas.

Rishi pôs as mãos nos bolsos para não ceder à tentação de fazer carinho no rosto de Dimple.

– Eu, ah, eu estudo aqui.

Dimple arregalou os olhos de um jeito quase cômico. Meus deuses, como ela é fofa.

– Você agora é aluno da UESF? E o MIT?

Rishi sacudiu a cabeça, deu um sorriso e respondeu:

– Tive uma longa conversa com o papai, sobre minha alma de artista.

O garoto viu o sorriso largo de Dimple, só por um segundo, porque ela logo parou de sorrir.

– E o seu pai concordou com isso?

Rishi encolheu os ombros e respondeu:

– Uma hora, vai concordar. Ainda está se acostumando com a ideia, mas acho que quer me ver feliz, mais do que qualquer coisa.

Dimple balançou a cabeça, como se soubesse do que ele estava falando.

– Mas não era tarde demais para você fazer a matrícula?

Ele passou a mão no cabelo e se obrigou a olhá-la nos olhos.

– Leo Tilden conversou com eles. Como o pessoal daqui é muito fã do cara...

– Então ele te mandou e-mail? – Aquele sorriso largo tinha voltado, mas Dimple o reprimiu de novo, ficou corada e desviou o olhar. – Que ótimo.

– Obrigado – falou Rishi, baixinho.

Dimple

Dimple olhou para Rishi e perguntou:

– Pelo quê?

O garoto ainda estava olhando para ela daquele jeito indecifrável. Seus olhos cor de mel queriam dizer muito, mas Dimple estava com medo de descobrir o que era.

– Por ter mandado meus desenhos para ele. O Leo me enviou um e-mail há duas semanas. Na verdade, foi ele que me ajudou a mostrar para o papai o quanto isso é importante para mim. E me ajudou a ter coragem de dar esse passo. O que você fez por mim foi incrível. Desculpa não ter percebido isso antes. Não percebi muita coisa.

Será que ele queria dizer…? Será que ele estava falando…? Não, claro que não. Dimple piscou os olhos, com um nó na garganta.

– Tudo bem. Teria sido um desserviço à humanidade se você não apostasse em seu talento, viu?

Rishi sorriu, um sorriso suave e delicado, feito uma luz que se apaga.

– E você? E o seu aplicativo?

– A Jenny tem sido incrível. Estamos quase terminando; mais um mês ou dois, talvez. – Ela ajeitou os óculos e falou: – *Eu* é que agradeço por ter feito isso por mim. Acho que fui meio ingrata naquele momento e também peço desculpa.

Rishi balançou a cabeça devagar, triste.

– Talvez, nós dois estivéssemos envolvidos demais com outras coisas que precisávamos resolver – falou. Em seguida, respirou fundo e perguntou: – Aliás, o que você está fazendo aqui?

Dimple ficou vermelha, virou o rosto e apertou o copo de café gelado com as duas mãos.

– Nada – foi logo respondendo. Mas aí respirou fundo e tentou de novo. Tinha ido até lá. Queria uma oportunidade de acertar as coisas. Bom, era isso. Aquela era a sua oportunidade. Rishi podia até não sentir mais a mesma coisa por ela, mas ainda assim, ela lhe devia um pedido de desculpas. – Bom, a verdade é que eu, *ãhn…* eu passei primeiro no aeroporto. Achei que ia te encontrar lá.

Rishi

O coração de Rishi começou a subir e descer pelo seu peito. Dimple tinha ido ao aeroporto atrás dele?

– Eu não estava lá – falou, feito um paspalho.

Dimple deu um sorrisinho.

– É, percebi. Você não vai para o MIT, afinal de contas.

– Mas por que… por que você queria me encontrar? – perguntou, com a respiração acelerada. Tentou acalmar sua pulsação, mas não teve muito sucesso.

– Eu… – Ela engoliu em seco, tão forte que deu para ouvir. Olhou nos olhos de Rishi. – Eu… me enganei, Rishi. – Deu uma risadinha nervosa e ofereceu o café gelado para ele. – E, se você quiser atirar isso em mim, vou super entender. – E então, com a voz baixa, mas firme, completou: – Eu fui uma completa idiota. Eu te amo. – Houve um silêncio, porque Rishi não conseguiu pensar em absolutamente nada para dizer. Seu cérebro tinha congelado, superaquecido ou algo assim. – Entendo se for tarde demais. – Dimple foi logo completando: – Eu só queria pedir desculpas. E dizer que jamais deveria ter dito tudo aquilo para você. Eu estava com medo e…

Ela sacudiu a cabeça, virou o rosto e mordeu o lábio, como se estivesse com medo de chorar.

Aquilo era real? Estava mesmo acontecendo? Só podia ser um sonho… Rishi beliscou o próprio braço, com força.

– Ai!

Dimple fez careta e olhou para ele.

– Caramba, o que você está fazendo?

Rishi sacudiu de leve a cabeça, ainda em completo estado de choque.

– Espera aí, mas… mas eu te mandei mensagem, do saguão do seu dormitório. E você nem me respondeu.

Dimple fez cara de surpresa.

– Eu… – Nessa hora, ela deu um tapa na própria testa. – Meu celular caiu do banco quando eu estava dirigindo. Não consegui pegar e deixei lá. Está no silencioso, nem ouvi. E, quando cheguei aqui, queria tanto ver esse lugar que esqueci completamente. – A garota sorriu de repente, um sorriso franco, largo e alegre, como se tivesse acabado de entender o que Rishi havia dito. – Espera aí… Você ficou me esperando no saguão do dormitório? Por quê?

O garoto chegou mais perto dela, com o coração batendo tão forte que parecia que ia pular do seu peito. Passou os braços pela cintura de Dimple e declarou:

– Porque, Dimple Shah, estou loucamente, imbecilmente, irritantemente apaixonado por você. Você tinha razão a respeito de tantas coisas... Eu *estava* com medo. Estava morrendo de medo de fazer o que eu queria e de magoar meus pais. Estava carregando esse peso enorme nos ombros sem nem me dar conta, sem nem precisar. Você me deu coragem. É como se você tivesse um pincel, mergulhado em tintas lilases, azuis e douradas, e tivesse pintado completamente minha vida monocromática com outras cores. Preciso de você; preciso do seu pincel. – Nessa hora, passou a mão trêmula no cabelo, apavorado, exaltado e sem ar, e completou: – Uau. Nem sei se isso faz sentido.

Dimple olhou para cima e sorriu para Rishi, de um jeito que fez o coração do garoto dar pulinhos muito interessantes.

– Faz todo o sentido. Eu estava me sentindo do mesmo jeito. Chamei você de covarde, mas estava tão apavorada quanto, Rishi. – Ela sacudiu a cabeça, e seus óculos refletiram os raios do sol. – Eu estava com tanto medo de seguir o mesmo caminho dos meus pais, de acabar com a mesma vidinha de família, que esqueci de considerar uma coisa: esta é a *nossa* vida. É a gente que faz as regras. É a gente que decide o que fica e o que sai, o que tem importância e o que não tem. E só sei de uma coisa: eu te amo. Dói demais ficar longe de você.

Parou de falar, com lágrimas nos olhos.

Rishi respirou bem fundo. A solidão, as dúvidas e a dor aguda que sentira naquele último mês estavam finalmente se dissipando.

– Idem – sussurrou. E então falou, mais alto: – Desculpa por ter demorado o restante do verão para me dar conta disso e ir atrás de você. Mas estou aqui agora. Você está aqui agora. Então, o que me diz de a gente fazer tudo certo desta vez?

Dimple

Dimple deu um sorriso, e seus ouvidos zumbiam, com o ritmo de mil canções de amor de Bollywood

– Sim, por favor.

E então colou seus lábios nos de Rishi.

AGRADECIMENTOS

Este livro jamais existiria sem minha incrível editora, Jennifer Ung. Jen não é apenas uma editora talentosa com uma surpreendente capacidade de fusão mental. Também trabalha incansavelmente para trazer diversidade ao universo editorial dos livros para crianças, uma tarefa/missão que cala fundo no meu coração. Como se não bastasse, também é mestre em mandar memes relevantes de cachorro por e-mail. Muito, muito obrigada por tudo o que você faz. Estou mais do que animada porque vamos continuar trabalhando juntas!

Thao Le, minha agente incansável e absolutamente adorável, obrigada por trazer esta oportunidade até mim. Eu estava em um momento de total bloqueio criativo até receber aquele seu e-mail – no dia do meu aniversário, ainda por cima.

À toda a equipe da Simon Pulse, à Regina Flath, minha designer excepcional, à equipe de marketing e divulgação, passando por todo mundo, entre uma coisa e outra: obrigada, obrigada por essa maravilhosa oportunidade. A Pulse tem sido como uma família carinhosa e acolhedora. Não poderia pedir uma editora melhor!

À minha família, que me apoia sem questionar, sempre com um entusiasmo desmedido, quero dizer que vocês são minhas lagostas. Amo vocês e mal posso esperar para ter mais aventuras nas montanhas!

E, por fim, mas com certeza em primeiro lugar, quero agradecer a VOCÊ, caro leitor. Você, que se emocionou com a história de Dimple e Rishi, você que se alegrou junto com eles nos momentos felizes e chorou com eles nos momentos difíceis. Espero que você tenha conseguido enxergar a si mesmo neste livro, seja lá quem for e de onde vier. Tenho certeza de que foi o destino que trouxe você até aqui – e sei que Rishi concordaria comigo.

Este livro foi composto com tipografia Adobe Garamond Pro e impresso em papel Off-White 70 g/m² na Formato Artes Gráficas.